World Classic Detective Novel

世界经典侦探小说

杨永胜　编译

百花洲文艺出版社

图书在版编目（CIP）数据

世界经典侦探小说／杨永胜编译.—南昌：百花
洲文艺出版社，2018.2
ISBN 978－7－5500－2602－5

Ⅰ．①世… Ⅱ．①杨… Ⅲ．①侦探小说－小说集－世
界 Ⅳ．①I14

中国版本图书馆 CIP 数据核字（2017）第 324606 号

世界经典侦探小说

杨永胜 编译

出 版 人　姚雪雪
出 品 人　杨建峰
责任编辑　余丽丽　辛蔚萍
美术编辑　松 雪　王 进
制　　作　王 进
出版发行　百花洲文艺出版社
社　　址　南昌市红谷滩世贸路 898 号博能中心 A 座 20 楼
邮　　编　330038
经　　销　全国新华书店
印　　刷　河北鹏润印刷有限公司
开　　本　880mm×1230mm　1/32　印张　12
版　　次　2018 年 2 月第 1 版第 1 次印刷
字　　数　258 千字
书　　号　ISBN 978－7－5500－2602－5
定　　价　32.00 元

赣版权登字 05－2017－548

邮购联系　0791－86895108
网　　址　http://www.bhzwy.com
图书若有印装错误，影响阅读，可向承印厂联系调换。

前　言

　　侦探小说是通俗文学中最受欢迎的体裁之一，是以案件发生和推理侦破过程为主要描写对象的小说类型，又称侦探推理小说。

　　侦探小说素有"智慧文学"之称，自诞生以来就以其独特的魅力在世界文坛上大放异彩，一直是世界文学中少有的畅销类型。一百多年来，由于大批一流作家的投入，侦探小说取得了辉煌的成就。

　　侦探小说在世界文学史上占有重要的位置，这不能不归功于英国杰出的侦探小说家、剧作家阿瑟·柯南·道尔的努力。 阿瑟·柯南·道尔是第一个以侦探小说家的身份出现在世界文学史的代表人物，被誉为英国的"侦探小说之父"，在他的侦探短篇小说里，全部以福尔摩斯为主角，以华生作陪衬，解决了各种疑难的罪案。福尔摩斯也由此成了一个比他的作者更著名的世界性文学人物。福尔摩斯探案故事的成功，使侦探小说如雨后春笋，迅速在西方兴起，形成了世界侦探小说发展史上的第一个黄金阶段。 在第二个黄金阶段，世界公认的侦探小说女王阿加莎·克里斯蒂声名鹊起，她塑造的大侦探波洛的形象也受到侦探小说迷们的高度评价，她的侦探小说曾被翻译成一百多个国家的文字，其小说销售总量达到了20 亿册（《2000 版吉尼斯世界纪录》），这不能不说是一种奇迹。 作为"黄金时代"最有代表性的作家之一，阿加莎·克里斯蒂善于利用扑朔迷离的布局、充满疑窦的人物，创造许多假象，最后提出令人惊奇的结局。 她一生写了80多部侦探小说，塑造了波洛和马普尔小姐两个侦探的形象。 在第三个黄金阶段，由横沟正史创作的日本侦探小说《金田一探案》相继登场，其塑造的名侦探金田一耕助以其不修边幅的形象和对案件的超凡洞察力而成为日本最知名的侦探形象之一，引起了侦探迷们的浓厚兴趣，并由此拉开了侦探小说由西方向东方繁荣过渡的序幕。 横沟正史作为日本现代侦探小说的奠基人，他笔下一系列的解谜推理小说，提升了日本在第二次世界大战后的推理小说水准，更缩短了与欧美原有的差距，奠定了战后日本推理小说后来居上、雄霸全球的盛况。

世界侦探小说艺术流派的风格多姿多彩，除了这三位黄金阶段的代表人物，侦探小说史上还涌现了一大批著名的侦探小说家：英国女作家奥希兹女男爵、吉尔伯特·基思·切斯特顿、被誉为日本"侦探推理小说之父"的江户川乱步、世界闻名的法语侦探小说家乔治·西默农、美国著名的侦探小说家埃勒里·奎恩、被誉为"世界短篇推理小说之王"的爱德华·霍克、美国的杰克·福翠尔、中国现代侦探小说"第一人"程小青等。

无论是阿瑟·柯南·道尔，还是阿加莎·克里斯蒂，我们都能从他们的作品中感受到各自独特的魅力。 一个个匪夷所思、不为人知的惊天秘密牵扯而出，无数神秘诡异、来路不明的各方人物纷纷涌现，杀手之谜、身份之谜、巨大宝藏之谜，更有一段尘封多年的悬案浮出水面。 迷雾重重、悬念不断、错综复杂、扣人心弦。品味精彩纷呈、引人入胜的侦探故事，领悟侦探小说本身具有的积极社会意义与现实批判主义的精神，见识故事巧妙而脱俗的布局与构思，获得读来出人意料、结果又在情理之中的释然，惊叹于侦探小说大师严谨与周密的文学结构，最终从作品对罪犯的独特个性的塑造和对离奇案件的侦破过程的讲述中领略侦探文学的独特魅力。读侦探小说的过程，仿佛是进行一场高级的智力游戏。 罪犯巧妙而别出心裁的作案，企图把水搅混，让对手的思维步入歧途。 而聪明的侦探则从蛛丝马迹中发现破绽，通过深入调查研究和进行逻辑推理，最终得出合乎真相的判断。

为展现世界短篇侦探小说的奇幻与精彩，《世界经典侦探小说》精选了 8 位著名侦探小说家的 16 篇颇具代表性的世界优秀短篇侦探小说，展现 8 位世界顶级侦探的精彩解谜艺术。 这些小说布局精巧，语言生动，篇篇精彩，风格独特，让读者得以一览当代短篇侦探小说的风貌，获得美妙而独特的阅读体验。

2018 年 2 月

目　录

名侦探之——

歇洛克·福尔摩斯

斑点带子案 / 001

临终的侦探 / 030

名侦探之——

奥古斯都·范杜森

科学杀人法 / 049

鬼屋奇案 / 071

名侦探之——

简·马普尔

马普尔小姐的故事 / 105

奇特的玩笑 / 115

名侦探之——

埃勒里·奎因

黑便士抢劫案 / 130

泣血的画像 / 152

名侦探之——

布朗神父

181 / 蓝宝石十字架

204 / 狗的启示

名侦探之——

梅格雷探长

231 / 蜡泪

244 / 淹死鬼客栈

名侦探之——

山姆·霍桑

281 / 闹鬼音乐台谜案

303 / 神秘消失的空中飞人

名侦探之——

明智小五郎

325 / D 坡杀人案

348 / 心理测验

| 名侦探之 |

歇洛克·福尔摩斯

Sherlock Holmes

【阿瑟·柯南·道尔（1859—1930 年）】

英国著名小说家，堪称侦探悬疑小说的鼻祖。 年轻时在爱丁堡大学学习医学，毕业后作为一名随船医生前往西非海岸，1882年回国后开始写作。 1887 年，发表了他的第一部重要作品《血字的研究》，该部小说的主角就是之后名声大噪的歇洛克·福尔摩斯。 道尔一生一共写了 56 篇短篇侦探小说以及 4 部中篇侦探小说，全部以福尔摩斯为主角，其小说有非常强的画面感，其冲突设置集中，情节跌宕、引人入胜。 代表作为《福尔摩斯探案全集》，包括《冒险史》系列、《新探案》系列、《回忆录》系列、《归来记》系列，以及《血字的研究》《恐怖谷》《巴斯克维尔的猎犬》《四签名》等中长篇。

斑点带子案

八年来，关于我的朋友歇洛克·福尔摩斯的破案方法，我记录了七十多个案例。 我粗略地翻阅了一下这些记录，发现这些案例多是悲剧性的，也有一些是喜剧性的，其中绝大部分是离奇古怪的，倒没有一例是平淡无奇的。 这样的结果主要是因为福尔摩斯做工作与其说是为了获得酬金，不如说是出于对他那门技艺的兴趣和爱好。 他只对那些独特的或甚至近乎荒诞的案子情有独钟，而对于常规型的案情不屑一顾，拒不参与任何侦查。 而在所有这些变化多端的案例中，我想不起哪一例会比萨里郡斯托克莫兰的著名家族罗伊洛特家族那一例更具有异乎寻常的特色了。 现在我谈论的这件事，发生在我和福尔摩斯交往的早期。 那时，我们都是单身汉，在贝克街合住一套寓所。 原本我早就可以把这件事记录下来，但当时我曾作出严守秘密的保证，直至上月，由于我为之作出过保证的那位女士不幸逝世，方才解除了这种约束。 现在，该是使真相大白于天下的时候了，因为外界对于格里姆斯比·罗伊洛特医生之死众说纷纭，广泛流传着各种谣言。 这些谣言使得这桩事情变得比实际情况更加地骇人听闻。

事情发生在一八八三年四月初。 一天早上，我醒来时发现歇洛克·福尔摩斯已穿得整整齐齐，正站在我的床边。 一般说来，他是个爱睡懒觉的人，而此时刚七点一刻。 我诧异地朝他眨了眨眼睛，有点不太高兴，因为我自己的生活习惯是很有规律的。

"对不起，把你叫醒了，华生，"他说，"或许，我们今天注定是睡不好觉的，先是赫德森太太被敲门声吵醒，接着她报复似的来吵醒我，现在我便又来把你叫醒了。"

"那么，有什么事情吗，难道说失火啦？"

"不，是一位委托人。 好像还是一位年轻的女士光临了，她情绪相当激动，坚持非要见我不可。 现在她正在起居室里等着呢。 你瞧，如果说有年轻的女士一大早就徘徊在这个大都市里，甚至把还在梦乡中的人从床上吵醒，我想，那必定是一件紧急的事情吧，因为她们不得不找人商量。 假如这件事将是一件有趣的案子，那么，你肯定希望从一开始就能对此有所了解。 所以我认为无论如何应该也把你叫醒，给予你这样一个机会。"

"我的朋友，那我是无论如何也不肯失掉这个机会的。"

我最大的乐趣就是观察福尔摩斯进行专业性的调查工作，欣赏他迅速作出的推论。 他敏捷、准确的推论完全像是出自于直觉，但却总是建立在逻辑的基础之上。 他就是依靠这些解决了委托给他的种种疑难问题。 我匆匆地穿上衣服，几分钟后已准备就绪，随同他来到楼下的起居室。 一位女士正端坐在窗前，穿着黑色衣服，蒙着厚厚的面纱。

"早上好，小姐，"福尔摩斯愉快地说道，"我的名字是歇洛克·福尔摩斯。 这位是我的挚友和伙伴华生医生。 在他面前，你可以像在我面前一样地谈话，不必顾虑。 哈！ 赫德森太太想得可真周到，她已经为我们烧旺了壁炉。 请凑近炉火坐坐，我叫人给你端一杯热咖啡，我看你好像是在发抖。"

"我不是因为冷才发抖的。"那个女人换过了座位低声说道。

"那么，您是为什么呢？"

"福尔摩斯先生，是因为害怕和恐惧。"她一边说着，一边掀起了面纱。 我们能够看出，她确实正处于万分焦虑之中，非常地引人怜悯。 她脸色苍白，神情沮丧，双眸惊惶不安，酷似一头被追逐的小动物的眼睛。 她的身材相貌看上去也就三十岁左右，但那头发却显得未老先衰，夹杂着几丝银丝，表情尤其地萎靡憔悴。

福尔摩斯迅速从上到下打量了她一下，探身向前轻轻地拍拍她的手臂，安慰她说："你不必害怕，我毫不怀疑，我们很快就会把事情处理好的，我知道，你是今天早上坐火车来的。"

"这么说来，你认识我？"

"不，我注意到你左手的手套里有一张回程车票。 你一定是很早就动身了，而且在到达车站之前，还乘坐过单马车在崎岖泥泞的道路上行驶了一段漫长的路程。"

　　那位女士猛吃一惊，惶惑地凝视着我的同伴。

　　"这里面没什么奥妙，亲爱的小姐，"福尔摩斯笑笑说，"你外套的左臂上至少有七处新溅上去的泥点，除了单马车以外，其他车辆是不会把泥巴甩成这样的，并且只有当你坐在车夫左面时才会溅到泥水的。"

　　"不管你是怎么判断出来的，你说得完全正确，"她说，"我六点钟前离家上路，六点二十到达了莱瑟黑德，然后乘坐开往滑铁卢的第一班火车来的。 先生，这么紧张的事情让我再也受不了啦，这样下去我会发疯的。 没有谁能够帮助我，只有那么一个人在关心我，可是他这可怜的人啊，也是爱莫能助。 我曾听人说起过你，福尔摩斯先生，我是从法林托歇太太那里听说您的，你曾经在她急需帮助的时候援助过她。 我正是从她那里打听到了您的地址。 噢，先生，难道您不可以也帮帮我的忙吗？ 至少能够为陷于黑暗深渊里的我指出一线光明吧。 目前我无力酬劳你对我的帮助，但在一个月或一个半月以内，我就可以结婚，那时我就能够支配自己的收入，你至少可以知道，我不是一个忘恩负义的人。"

　　福尔摩斯转身走向他的办公桌，打开抽屉的锁，从中取出一本小小的案例簿翻阅了一下。 "法林托歇，"他说，"是的，我想起了那个案子，那是件和猫儿眼宝石女冠冕有关的案子。 华生，那还是在你来到这里之前的事情呢。 小姐，我只能说我很乐于为你这个案子效劳，就像我曾经为你的朋友那桩案子效劳一样。 至于酬劳，我的职业本身就是对它的酬劳；并且，你可以在你感到最合适的时候，随意支付我在这件事上可能付出的费用。现在，请你讲讲这桩心事吧。"

"唉，"我们的客人说，"我之所以感到恐惧，正是因为我所担心的东西十分模糊，我的疑虑完全是由一些琐碎的小事引起的。这些小事在别人看起来可能是微不足道的，在所有的人当中，甚至我最有权利取得其帮助和指点的人，也把关于这件事的一切都看作是一个神经质女人的胡思乱想。他倒没有这么说，但我能从他安慰的话中和回避的眼神中觉察出来。但我听说，福尔摩斯先生，您能看透人们心中隐藏着的种种邪恶。请告诉我，在危机四伏的情况下，我该怎么办？"

"别急，我会十分留意你的讲述，小姐。"

"我的名字叫海伦·斯托纳，我和我的继父住在一起，他是位于萨里郡西部边界的斯托克莫兰的罗伊洛特家族中的最后一个生存者，那也是英国最古老的撒克逊家族之一。"

福尔摩斯点点头，说："这个名字我很熟悉。"

女人接着说："这个家族一度是英伦最富有的家族之一，它的产业占地极广，超出了本郡的边界，北至伯克郡，西至汉普郡。可是到了上个世纪，连续四代子嗣都是那种荒淫浪荡、挥霍无度之辈，而到了摄政时期，这个家族最终被一个赌棍最后搞得倾家荡产了。除了几亩土地和一座两百年的古老邸宅外，其他都已荡然无存，而即便那座邸宅也已典押得差不多了。最后的一位地主在那里苟延残喘，过着落魄贵族的可悲生活。但是他的独生子——也就是我的继父，认识到他必须有所作为，于是从一位亲戚那里借了一笔钱，这笔钱使他得到了一个医学学位，并且出国到了加尔各答行医，在那里，他凭借着高超的医术和坚强的个性，打下了坚实的基础。 可是正当事业稳步上升之际，由于家里几次被盗，他盛怒之下殴打当地人管家致死，差一点因此而被判处死刑。 为此，他遭到了长期监禁。 后来有机会返回英国，从此却变成一个性格暴躁、失意潦倒的人。

"罗伊洛特医生在印度时娶了我的母亲，她当时是孟加拉炮兵司令斯托纳少将的年轻遗孀，斯托纳太太。 我和我的姐姐朱莉娅是李生姐妹，我母亲再婚的时候，我们年仅两岁。 她有一笔相当可观的财产，每年的进项不少于一千英镑。 我们和罗伊洛特医生住在一起时，她就立下遗嘱把财产全部遗赠给他，但附有一个条件，那就是在我们结婚后，每年要拨给我们一定数目的金钱。 我们返回英伦不久，我们的母亲就去世了。 她是八年前在克鲁附近的一次火车事故中丧生的。 此后，罗伊洛特医生放弃了重新在伦敦开业的想法，带我们一起到了斯托克莫兰祖先留下的古老邸宅里生活。 而我母亲遗留的钱足够应付我们的一切需要，看来我们的幸福似乎是毫无问题的了。

"但是近来，我们的继父发生了可怕的变化。 起初，邻居们看到罗伊洛特的后裔回到这古老家族的邸宅时都十分高兴。 可是他却一反与邻居们互相往来交友的常态，把自己关在房子里，深居简出，甚至不管碰到什么人，都一味穷凶极恶地与之争吵。 或许这种近乎癫狂的暴戾脾气在这个家族中是有遗传性的。 我相信我的继父是由于长期旅居于热带地区，致使这种脾气变本加厉了。就这样，一系列毫无道理的争吵发生了。 其中两次甚至一直吵到法庭。 结果，他在村里成了一个叫人望而生畏的人，人们一看到他无不敬而远之。 他还是一个力大无穷的人，当他发怒的时候，简直没什么人能控制了他，上星期他把村里的铁匠从栏杆上扔进了小河，我花掉了尽我所能收罗到的钱以后，才避免了又一次当众出丑。

"事实上，他所谓的朋友只有那些到处流浪的吉卜赛人。他允许那些流浪者们在那块象征着家族地位的几亩荆棘丛生的土地上扎营，还会到他们的帐篷里去接受他们作为报答的殷勤款待，甚至有时候随他们出去流浪，最长可达数周之久。另外，他还对印度的动物有着强烈的爱好，这些动物是一个记者送给他的。目前有一只印度猎豹和一只狒狒，这两只动物就在他的土地上自由自在地跑来跑去，村里人就像害怕它们的主人一样害怕它们。

"通过我说的这些情况，你们不难想象我和可怜的姐姐朱莉娅是没有什么生活乐趣的。没有外人愿意和我们长期相处，在很长一段日子里，我们操持所有的家务。我姐姐死的时候才仅仅三十岁，可她早已两鬓斑白，未老先衰了，就和现在的我差不多。"

"那么，你姐姐已经死了？"

"她离开我们刚好两年，我想对你说的正是有关她去世的事情。在我们的那种生活里，我们几乎见不到任何年龄相仿或地位相同的人。但我们还有一个姨妈，她叫霍洛拉·韦斯法尔小姐，她是我母亲的亲姐妹，并且是个老处女。她住在哈罗附近，我们偶尔会得到允许到她家去短期做客。两年前，朱莉娅在圣诞节的时候去了她家，在那里认识了一个领半薪的海军陆战队少校，并和他缔结了婚约。我继父闻知这一婚约时并未表示反对，可是谁知，就在预定结婚的前两周内，可怕的事情发生了，从而使得我失去了唯一的伙伴。"

福尔摩斯一直仰靠在椅背上，闭着眼睛。但在这时他却半睁开眼睛，看了一眼他的客人说："请把这其中的细节说准确些。"

"好的，这对我来说虽然很痛苦，但也很容易，因为在那可怕的时刻里发生的每一件事都深深地印在了我的记忆中。 我已说过，庄园的邸宅是非常古老的，只有一侧的耳房现在还住着人。耳房的卧室在一楼，起居室位于房子的中间部位。 这些卧室中的第一间是罗伊洛特医生的，第二间是我姐姐的，第三间是我的。这些房间彼此互不相通，但是房门都朝向一条共同的过道开着，而三个房间的窗子都是朝向草坪开着的。 发生不幸的那个晚上，罗伊洛特医生早早就回到了自己的房间，但我们知道他并没有睡去，因为我姐姐被他那强烈的印度雪茄烟味熏得苦不堪言。 所以她离开自己的房间来到我的房间里逗留了一些时间，并和我谈起了她即将举行的婚礼。 到了十一点钟，她准备回自己的房间，但走到门口时却停了下来，回过头来问我：'请告诉我，海伦，在夜深人静的时候，你听到过有人在吹口哨吗？'

"'从来没有。'我说。

"'我想你睡着的时候，不可能吹口哨吧？'

"'当然不会，你为什么要这样问？'

"'因为这几天的深夜，大约在清晨三点钟左右，我总是听到轻轻的，但很清晰的口哨声。 我是一个睡不沉的人，所以就被吵醒了。 我说不出那声音是从哪里来的，可能来自隔壁房间，也可能来自草坪。 我当时就想，应该问问你是否也听到了。'

"'没有，一定是种植园里那些讨厌的吉卜赛人。'

"'很有可能。 可是口哨声如果是从草坪那里传来的，奇怪的是你为什么没有听到？'

"'可能是我一直都睡得比你沉吧。'

"'好吧，不管怎么说，这都没什么关系的。'她对我笑笑就离去了。 不一会儿，我就听到她的钥匙在门锁里转动的声音。"

"什么？"福尔摩斯说，"这是不是你们的习惯，夜里总是把自己锁在屋子里？"

"总是这样。"

"为什么呢？"

"我已经说过了，医生养了一只印度猎豹和一只狒狒。 不把门锁上，我们感到不大安全。"

"应该是这么回事。 请你接着说下去。"

"那天晚上，我睡不着。 不知为什么，总有一种大祸临头的模糊感觉压在心头上。 我还说过，我们是孪生姐妹，你知道，我们那种血肉相连的心灵纽带是多么的微妙。 那天晚上是个暴风雨之夜，外面狂风怒吼，雨点劈劈啪啪地打在窗户上。 突然，在风雨声中传来一声女人惊恐的狂叫，我听出那是姐姐的声音，便一下子从床上跳了起来，裹上了一块披巾就冲向了过道。 就在我开启房门时，我仿佛听到一声轻轻的就像我姐姐说的那种口哨声，口哨稍停时，我又听到哐啷一声，仿佛是一块什么金属东西倒在了地上。 就在我顺着过道跑过去的时候，只见我姐姐的门锁已开，房门正在慢慢地移动着。 我吓呆了，瞪大了眼睛，不知道会有什么东西从门里出来。 借着过道的灯光，我看见出来的竟是我姐姐。她的脸由于恐惧而雪白如纸，双手摸索着寻求援救，身体就像醉汉一样摇摇晃晃。 我跑上前去拥抱住她，结果她瘫痪似的颓然跌倒在地，像一个正在经受剧痛的人那样翻滚扭动，四肢可怕地抽搐起来。 起初我以为她没有认出是我，可是当我俯身要抱她时，她突然发出凄厉的叫喊声，那叫声我是一辈子也忘不了的。 她叫喊的是'唉，海伦！ 天啊！ 是那条带子！ 那条带斑点的带子！'她似乎言犹未尽，还想说些别的什么，把手举在空中指向医生的房间，但是抽搐再次发作，她说不出话来了。我疾步奔跑出去，大声喊我的继父，正碰上他穿着睡衣急急忙忙地从房间里赶过来。他赶到我姐姐身边时，我姐姐已经不省人事了。尽管他给她灌下了白兰地，并从村里请来了医生，但一切努力都是徒劳的，因为她已奄奄一息，濒临死亡，直至咽气之前再也没有苏醒过。这就是我那亲爱的姐姐的悲惨结局。"

"等一等，"福尔摩斯说，"你敢肯定听到那口哨声和金属碰撞声了吗？你能保证吗？"

"本郡验尸官在调查时也正是这样问我的。我是听到的，它给我的印象非常深。可是在猛烈的风暴声和老房子嘎嘎吱吱的一片响声中，我也有可能听错。"

"你姐姐还穿着白天的衣服吗？"

"没有，她穿着睡衣。在她的右手中发现了一根烧焦了的火柴棍，左手里有个火柴盒。"

"这说明在出事的时候，她划过火柴，并向周围看过，这一点很重要。验尸官得出了什么结论？"

"他非常认真地调查了这个案子，但是他找不出任何能说服人的致死原因。我证明房门总是由里面锁着的，窗子也是由带有宽铁杠的老式百叶窗护挡着，每天晚上都关得严严的。墙壁仔细地敲过，发现四面都很坚固，地板也经过了彻底检查，结果也是一样。烟囱倒是很宽阔，但也是用四个大锁环闩上了。所以可以肯定我姐姐在遭到不幸的时候，只有她一个人在房间里。另外，她身上没有任何暴力痕迹。"

"会不会是毒药？"

"医生们为此做了检查，但查不出来。"

"那么，你认为这位不幸的女士是怎么死的呢？"

"尽管我想象不出是什么东西吓坏了她，可是我相信她致死的原因纯粹是由于恐惧和精神上的震惊。"

"当时种植园里有吉卜赛人吗？"

"有的，那里几乎总是有些吉卜赛人。"

"她提到的带子，从那带斑点的带子中你推想出什么来了吗？"

"有时我觉得，那只不过是精神错乱时说的胡话，有时又觉得可能指的是某一帮人。也许指的就是种植园里的那些吉卜赛人。他们当中有许多人都戴着带点子的头巾，我不知道这是否可以说明她所使用的那个奇怪的形容词。"

福尔摩斯摇摇头，好像这样的想法远远不能使他满意。他说："这里面另有原因，请继续讲下去。"

"这事情已经过去两年了，我的生活比以往更加孤单寂寞。直到最近，也就是在一个月前，我很荣幸有一位认识多年的亲密朋友向我求婚。他的名字叫珀西·阿米塔奇，是住在里丁附近克兰霍特的阿米塔奇先生的二儿子。我继父对这件婚事没有表示异议，我们商定在春天的时候结婚。两天前，这所房子西边的耳房开始进行修缮，我卧室的墙壁被钻了些洞，所以我不得不搬到我姐姐丧命的那间房子里，睡在她睡过的那张床上。昨天晚上我睁着眼睛躺在床上，回想起她那可怕的遭遇，在这寂静的深夜，我突然也听到曾经预兆她死亡的那轻轻的口哨声，请想想看，我当时被吓成什么样子！我跳了起来，把灯点着，但是在房间里什么也没看到。可是我实在是吓得魂不附体了，再也不敢上床。于是我穿上了衣服，等天一亮我就悄悄地出来了，在邸宅对面的克朗旅店雇了一辆单马车，坐车到莱瑟黑德，又从那里来到您这里。"

福尔摩斯说："你这样做很聪明，没有什么需要补充的吗？"

"是的，没有了。"

"不，罗伊洛特小姐，你并没有完全说出来，你在袒护你的继父。"

"哎呀！ 您这是什么意思？"

福尔摩斯没有回答，只是拉起了我们客人那黑色花边袖口，露出她白皙的手腕，手腕上有五小块乌青的伤痕，正是四个手指和一个拇指的指痕。

"很明显，你受过虐待。"福尔摩斯说。

这位女士满脸绯红，遮住受伤的手腕说，"他是一个身体强健的人，他也许不知道自己的力气有多大。"

大家沉默了好长时间。 福尔摩斯将手托着下巴，凝视着劈啪作响的炉火。 最后他说："这是一件十分复杂的案子。 在决定采取什么步骤以前，我希望了解的细节将会多得不可胜数的。 不过，我们已经刻不容缓了。 假如我们今天到斯托克莫兰去，我们是否可能在你继父不知道的情况下，查看一下这些房间呢？"

"可以的，刚巧他说过今天要进城来办理一些十分重要的事情。 他可能一整天都不在家，这就不会对你有任何妨碍了。 虽然我们有一位女管家，但是她已年迈，而且愚笨，我很容易就能把她支开。"

"好极了，华生，你不反对走一趟吧？"

"绝不反对。"

"那么，我们两个人都要去的。 你自己有什么要办的事吗？"

"既然到了城里，有一两件事我想去办一下。 但我将乘坐十二点钟的火车赶回去，好及时在家里等候你们。"

"你可以在午后等我们。 我还有些业务上的小事情要料理一下。 稍后你一起和我们吃些早点吧。"

"不，我得走啦。 我把我的烦恼向你们吐露出来后，心情轻松多了。 我盼望下午能再见到你们。"我们的客人把那厚厚的黑色面纱拉下来蒙在脸上，悄悄地走出了房间。

"华生，你对这一切有何想法？"福尔摩斯向后一仰，又靠在了椅背上。

"在我看来，这是个十分阴险毒辣的阴谋。"

"是够阴险毒辣的。"

"可是，如果这位女士所说的地板和墙壁没受到什么破坏，而由门窗和烟囱又钻不进去人，在这种情况下她姐姐怎么会莫名其妙地死去呢？ 我想当时，无疑是还有人在屋里的。"

"那么，夜半哨声是怎么回事？ 那女人临死时非常奇怪的话又如何解释呢？"

"我想不出来。"

"我们先来看看这些情况：夜半哨声；同这位老医生关系十分密切的一帮吉卜赛人的出现；我们有充分理由相信医生企图阻止他继女结婚这个事实；那句临死时提到的有关带子的话；以及海伦·斯托纳小姐听到的金属碰撞声——那声音可能是由一根扣紧百叶窗的金属杠落回到原处引发的。 当我们把所有的这些情况联系起来的时候，我有充分根据认为：沿着这些线索就可以解开这个谜。"

"可是，那些吉卜赛人都干了些什么呢？"

"我想象不出。"

"我觉得任何这一类的推理都有许多缺陷。"

"是的。 恰恰就是由于这个原因，我们今天才要到斯托克莫兰去。 我想看看这些缺陷是无法弥补的，还是可以解释清楚的。可是……真见鬼！ 这又是怎么回事呢？"我的伙伴突如其来地叫喊一声，是因为我们的门突然被人撞开了。 一个彪形大汉堵在了房门口。

来人的装束很古怪，既像一个专家，又像一个庄稼汉。 他头戴黑色大礼帽，身穿一件长礼服，脚上却穿着一双有绑腿的高筒靴，手里还挥动着一根猎鞭。 他长得如此高大，头顶的帽子都擦到房门上的横楣了，而身体宽得把门的两边堵得严严实实。 他那张布满皱纹、被太阳晒得发黄且充满邪恶的宽脸来回向我们瞧着。而那双凶光毕露的深眼睛和细长的高鹰钩鼻子使他看起来就像一头老朽、残忍的猛禽。

"你们俩谁是福尔摩斯？"这个怪物问道。

"先生，我就是，可是失敬得很，你是哪一位？"我的伙伴平静地说。

"我是斯托克莫兰的格里姆斯比·罗伊洛特医生。"

"哦，医生，"福尔摩斯和蔼地说，"请坐。"

"不用来这一套，我知道我的继女到你这里来过，因为我在跟踪她。 她对你都说了些什么？"

"今年都这个时候了，天气居然还这么冷。"

"她都对你说了些什么？"老头子暴跳如雷地叫喊起来。

"但是我听说番红花将开得很不错。"

我的伙伴谈笑自如。 这位客人却向前跨上一步，挥动着手中的猎鞭说："哈！你想搪塞我，是吗？我认识你，福尔摩斯，你这个无赖！我早就听说过你，一个爱管闲事的混蛋！"

我的朋友微微一笑。

"福尔摩斯，好管闲事的家伙！"

福尔摩斯更加笑容可掬。

"福尔摩斯，你这个苏格兰场的自命不凡的跟屁虫！"

福尔摩斯咯咯地笑了起来，指着门说："你的话真够风趣的，但出去的时候请把门关上，因为有一股穿堂风正在刮过。"

"别急，我把话说完就走。我知道斯托纳小姐来过这里，我跟踪了她。我可是一个不好惹的危险人物，你最好别干预我的事情！你瞧这个。"他快步向前走了几步，抓起火钳，用他那双褐色的大手轻易就把它拗弯了。"小心别让我抓住你！"他咆哮着，顺手把弯曲的火钳扔到壁炉里，大踏步地走出了房间。

"真像是个非常和蔼可亲之人。"福尔摩斯哈哈大笑着说："我的块头儿没有他那么大，但是，假如他多待一会儿的话，我会让他看到我的手劲并不比他小。"说着，他拾起那条钢火钳猛一使劲，又把它弄直了。"更好笑的是，他竟那么蛮横地把我和官方侦探混为一谈！不过这段插曲却为我们的调查增添了些风趣，只希望我们的小朋友不会由于粗心大意而被这个老畜生跟踪上受到什么折磨。好了，华生，我们叫他们开早饭吧，饭后我要步行到医师协会去，希望在那里能搞到一些有助于我们处理这件案子的材料。"

福尔摩斯回来时已将近一点钟。他手中拿着一张蓝纸，上面潦草地写着一些笔记和数字。"我看到了那位已故妻子的遗嘱，"他说，"为了确定它确切的意义，我不得不计算出遗嘱中所列的那些投资有多大进项。其全部收入在那位女人去世的时候略少于 1 100 英镑。而现在由于农产品价格下跌，至多不超过 750 英镑。而每个女儿一结婚就有权索取 250 英镑。所以很明显，假如两个小姐都结了婚，这位医生就会只剩下菲薄的收入了，甚至即使一个结了婚也会弄得他很狼狈。我早上的工作并没有白费，因为它证明了他有着强烈的动机以防止这一类事情发生。华生，现在再不抓紧就太危险了，特别是那老头子已经知道我们对他的事感兴趣了。所以你最好能尽快准备好，然后我们去雇一辆马车前往滑铁卢车站。假如你悄悄地把你的左轮手枪揣在口袋里，我将非常感激。对于能把钢火钳拗弯的先生，枪才是最好的保障，再加上一把牙刷，那就是我们全部的需要了。"

我们在滑铁卢正好赶上一班开往莱瑟黑德的火车。到站后我们从车站旅店雇了一辆双轮轻便马车，沿着萨里单行车道行驶了五六英里。那天天气极好，阳光明媚，晴空中白云轻飘。树木和路边的树篱刚刚露出第一批嫩枝，空气中散发着令人心旷神怡的湿润的泥土气息。对于我来说，至少这春意盎然的景色和我们从事的险恶案子形成了奇特的对照。我的伙伴双臂交叉地坐在马车的前部，帽子耷拉下来遮住了眼睛，头垂到胸前，深深地陷入沉思之中。蓦地，他又抬起头来拍了拍我的肩膀，指着对面的草地说："你瞧，那边。"

那边是一片树木茂密的园地，随着平缓的斜坡向上延伸，在最高处形成了密密麻麻的一片丛林。树丛之中矗立着一座古老邸宅的灰色山墙和高高的屋顶。"斯托克莫兰？"他说。

"是的，先生，那是格里姆斯比·罗伊洛特医生的房子。"马车夫说。

"看来那里正在装饰房屋，那也正是我们要去的地方。"

马车夫遥指左面的一簇屋顶说，"村子在那儿，但如果你们想到那幢房子去，你们跨过篱笆两边的台阶，再顺着地里的小路走会更近一些。就是那儿——那位小姐正在走着的那条小路。"

"我想，那位小姐就是斯托纳小姐吧，"福尔摩斯手遮眼睛上，仔细瞧着说，"是的，我看我们最好还是照你的意思办。"

我们下了车，打发走马车走上台阶时，福尔摩斯说："我认为还是让这个家伙把我们当成是这里的建筑师，或者是来办事的人好些，省得他闲话连篇。午安，斯托纳小姐。你瞧，我们是说到做到的。"

我们这位早上来过的委托人急急忙忙地赶上前来迎接我们，脸上流露出高兴的神色。"我一直在焦急地盼着你们，"她热情地和我们边握手边大声说，"一切都很顺利。罗伊洛特医生进城了，看来他傍晚以前是不会回来的。"

"我们已经很高兴地认识了医生。"福尔摩斯把经过大概地叙述了一番，听得斯托纳小姐的整个脸和嘴唇都变得惨白。

"天哪！"她叫道，"那么，他一直在跟着我！"

"看来是这样。"

"他太狡猾了，我无时无刻不感到受着他的控制。他回来后会怎么说呢？"

福尔摩斯笑道："他必须先保护好自己，因为他可能发现，有比他更狡猾的人在跟踪他。今天晚上，你一定要把门锁上不放他进去。如果他很狂暴，我们就送你去哈罗你的姨妈家里。现在，我们得抓紧时间，所以，请马上带我们到需要检查的那些房间去吧。"

这座邸宅是用灰色的石头砌成的，石壁上布满了青苔，中央部分高高矗立，两侧是弧形的边房，像一对蟹钳似的向两边延伸。一侧的边房窗子已经破碎，用木板堵着，房顶也有一部分坍陷下来，完全是一副荒废残破的景象。房子的中央部分也已年久失修。但右首边那排房子却比较新，窗子里窗帘低垂，烟囱上蓝烟袅袅，显然正是这家人居住的地方。靠山墙竖着一些脚手架，墙的石头部分已被凿通，此时却没有工人。福尔摩斯在那块草草修剪过的草坪上缓慢地走来走去，十分仔细地检查着窗子的外部。

　　"我想，这是你过去的寝室，当中那间是你姐姐的房间，挨着主楼的那间是罗伊洛特医生的卧室。"

　　"一点不错。但是现在我在当中那间睡觉。"

　　"我想这是因为房屋正在修缮中的缘故，但顺便说说，那座山墙似乎并没有急着修缮的必要吧。"

　　"根本就不需要，我想那只不过是要我从我的房间里搬出来的一个借口。"

　　"啊，这很说明问题的。这狭窄边房的另一边正是那条三个房间都朝向它开着的过道吧，那里面当然也有窗子啦？"

　　"有的，不过是一些非常窄小的窗子。太窄了，人钻不进去。"

　　"既然你俩晚上都锁上房门休息，从那一边想进入你们的房间当然是不可能的。现在，麻烦你到你的房间里去，并且闩上百叶窗。"

　　斯托纳小姐照办后，福尔摩斯又仔细地检查了开着的窗子，然后用尽各种方法想打开百叶窗，结果都失败了，甚至连一条能把刀子插进去撬起闩杠的裂缝也没有。随后，他用凸透镜检查了合叶，合叶是铁制的，牢牢地嵌在坚硬的石墙上。 他有点困惑地挠着下巴说：

"我的推理肯定有些说不通的地方。 如果这些百叶窗闩上了，是没有人能够钻进去的。 好吧，我们来看看里边是否有什么线索能帮助我们弄清事情的真相。"

一道小小的侧门通向刷得雪白的过道，三间卧室的房门都朝向它。 福尔摩斯不想检查第三个房间，所以直接来到了第二间，也就是斯托纳小姐现在的寝室，也正是她的姐姐不幸去世的那个房间。 这是一间简朴的小房间，按照乡村旧式邸宅的样式盖成的，有低低的天花板和一个开口式的壁炉。 房间的一隅立着一只带抽屉的褐色橱柜，另一隅安置着一张窄窄的罩着白色床罩的床，窗子的左侧是一只梳妆台。 房间里的全部摆设就是这些家具再加上两把柳条椅子，另外正当中还有一块四方形的威尔顿地毯。 房间四周的木板和墙上的嵌板是些蛀孔斑斑的棕色栎木，十分陈旧，并且褪了色。 这些木板和嵌板很可能在当年建筑这座房子的时候就已经有了。 福尔摩斯搬了一把椅子默默地坐在墙角，眼睛却前前后后、上上下下不停地打量着。 最后，他指着悬挂在床边的一根粗粗的铃铛拉绳问："这个铃通向什么地方？"那绳头的流苏实际上就搭在枕头上。

"通到管家的房间里。"

"看样子它比其他东西都要新些。"

"是的，才装上一两年。"

"我想是你姐姐要求装上的吧？"

"不是，我从来没有听说她用过它。 我们想要什么东西总是自己去取的。"

"是啊，看来没有必要再安装这么好的一根铃绳。 对不起，让我再花几分钟来搞清楚这地板。"福尔摩斯说着趴了下去，拿着放大镜迅速地前后匍匐移动，仔细地检查着木板间的裂缝。 接着对房间里的嵌板做了同样的检查。 最后他走到床前，目不转睛地把它打量了好一阵子，又顺着墙上下来回打量。 末了，他把铃绳握在手中，突然使劲一拉。 "咦！ 这只是做样子的。"他说。

"不响吗？"

"不响，上面甚至没有接上线，这太有意思了。 现在你能看清，绳子刚好系在那个小小的通气孔上面的钩子上。"

"多么荒唐的做法啊！ 我以前从来没有注意到这个。"

"非常奇怪！"福尔摩斯拉着铃绳默默地说，"这房间里有一两个十分特别的地方。 例如，多么愚蠢的造房人才会把通气孔朝向隔壁房间，花费同样的工夫，他本来可以把它通向户外的。"

"那也是新近的事。"这位小姐说。

"是和铃绳同时安装的吗？"福尔摩斯问。

"是的，有好几处小改动是那时候同时进行的。"

"这些东西实在太有趣了：做样子的铃绳，不通风的通气孔。你要是允许的话，斯托纳小姐，我们再到里面那一间去检查检查。"

格里姆斯比·罗伊洛特医生的房间比他继女的较为宽敞，但房间里的陈设也是那么简朴。 一张行军床，一个摆满多是学术性书籍的小木制书架，床边是一把扶手椅，靠墙有一把普通的木椅，一张圆桌和一只大铁保险柜。 福尔摩斯在房间里慢慢地绕了一圈，全神贯注地逐一地将它们都检查了一遍。 他敲敲保险柜问道："这里面是什么？"

"我继父业务上的文件。"

"噢，那么说你见过它的里面了？"

"仅仅一次，那是在几年以前。 我记得里面装满了文件。"

"比方说，里边不会有一只猫吗？"

"不会，这多么奇怪的想法啊！"

"哦，看看这个！"他从保险柜上边拿起一个盛奶的浅碟。

"不，我们没养猫。 但是有一只印度猎豹和一只狒狒。"

"啊，是的，当然！ 印度猎豹差不多就是一只大猫，但我敢说要满足它的需要，一碟奶怕是不怎么够的。 还有一点我必须确定一下。"他蹲在木椅前，聚精会神地检查了椅子面。 "噢，差不多解决了。"说着，他站起来把放大镜放在衣袋里，忽又说道："喂，这儿有件很有意思的东西！"

那是挂在床头上的一根鞭子。 不过，这根鞭子是卷着的，而且打成了结，以使鞭绳能够盘成一个圈。

"你怎么理解这件事，华生？"

"那只不过是一根普通的鞭子。 但我不明白，为什么要打成结？"

"并不那么太普通吧？ 唉，这真是个万恶的世界，一个聪明人如果只把脑子用在为非作歹上，那就糟透了。 我想我现在已经察看够了，斯托纳小姐，如果你许可的话，我们到外面的草地上去走走吧。"

我从来没有见到过我的朋友在离开调查现场时，脸色是那样的严峻，或者说，表情是那样的阴沉。 我们在草坪上来来回回地走着，无论是斯托纳小姐或者是我，都不想打断他的思路，直到他自己从沉思中恢复过来为止。 他说："斯托纳小姐，现在最重要的是，你的一切都必须绝对按照我所说的去做。"

"好的，我一定照办。"

"事情非常严重，已经不容有片刻犹豫。你的生命可能取决于你是否听从我的话。"

"我向你保证，我一切听从你的吩咐。"

"首先，我的朋友和我都必须在你的房间里过夜。"

斯托纳小姐和我都惊愕地看着他。

"对，必须这样，让我来解释一下。那就是村里的旅店吧？"

"是的，那是克朗旅店。"

"好得很。从那里看得见你的窗子？"

"当然。"

"你继父回来时，你一定要假装头疼，把自己关在房间里。然后，当你听到他夜里就寝后，就打开你那扇窗户的百叶窗，解开窗户的搭扣，把灯摆在那里给我们作为信号，随后带上你可能需要的东西，悄悄地回到你过去住的房间。我相信，尽管那间房子尚在修理，但你还是能在那里住一夜的。"

"是的，没问题。"

"其余的事情就交给我们处理吧。"

"可是，你们打算怎么办呢？"

"我们要在你的卧室里过夜，我们要调查打扰你的这种声音是怎么来的。"

"我相信，福尔摩斯先生，你已经打定了主意。"斯托纳小姐拉着我同伴的袖子说。

"也许是这样。"

"那么，发发慈悲吧，告诉我，我姐姐到底是怎么死的？"

"我希望在有了更确切的证据之后再说。"

"你至少可以告诉我，我的想法是否正确，她也许是突然受惊而死的。"

"不，我不认为是那样。 我认为可能有某种更为具体的原因。 好啦，斯托纳小姐，我们必须离开你了，如果罗伊洛特医生回来见到了我们，我们就会无功而返的。 再见，你要勇敢些，只要按照我告诉你的话去做，请尽可以放心，我们将会彻底解除威胁着你的危险。"

福尔摩斯和我在克朗旅店的二层订了一间卧室和一间起居室。在这里，我们可以从窗子俯瞰斯托克莫兰庄园林荫道旁的大门和主人的边房。 黄昏时刻，我们看到格里姆斯比·罗伊洛特医生驱车过去，他那硕大的躯体和给他赶车的瘦小少年形成强烈的对比。那男仆在打开沉重的大铁门时稍稍费了点事，我们听到医生嘶哑的咆哮声，并且看到他由于愤怒而对男仆挥舞起了拳头。 马车继续前进，接着我们看到树丛里突然照耀出一道灯光，原来这是有一间起居室点上了灯。

这时，夜幕逐渐降临。 我和福尔摩斯正坐在一起谈话，他说："你知道吗，华生，我正是因为有顾虑，才邀请你和我一起来的，因为它确实存在着明显的危险因素。"

"我能助一臂之力吗？"

"你在场可能会起很重要的作用。"

"那么，我当然应该来。"

"非常感谢！"

"你提到了危险。 显然，你在那些房间里看到的比我多得多。”

“不，我们看到的一样多，只是我多推断出了一些东西而已。”

“除了那铃绳以外，我没有看到其他值得注意的东西。至于那东西有什么用途，我承认，那不是我所能想象得出来的。”

“你也看到那通气孔了吧？”

“是的，但是我想在两个房间之间开个小洞，并不是什么异乎寻常的事。那洞口是那么的窄小，连个耗子都很难钻过去。”

“在我们没来以前，我就知道一定会发现个通气孔。”

“什么？亲爱的福尔摩斯！”

“没错，我知道的。你记得当初她在叙述中提到她姐姐闻到了罗伊洛特医生的雪茄烟味吧。这立刻就能表明在两个房间当中必定有一个通道。并且只可能是非常窄小的，不然在验尸官的询问中，就会被提到。因此，我推断是一个通气孔。”

“但是，那又会有什么妨害呢？”

“至少在时间上有着奇妙的巧合，凿了一个通气孔，挂了一条绳索，睡在床上的一位小姐送了命。这难道还不足以引起你的注意吗？”

“我仍然看不透其间有什么联系。”

“你注意到那张床有什么特别之处吗？”

“没有。”

“它是用螺钉固定在地板上的。你以前见到过一张那样固定的床吗？”

“我不敢说见到过。”

“那位小姐移动不了她的床。那张床就必然总是保持在同一相应的位置上，既对着通气孔，又对着她从来没有用过的铃绳。"

"福尔摩斯，"我叫了起来，"我似乎隐约地领会到你暗示着什么。 我们刚好来得及防止发生某种阴险而可怕的罪行！"

"真够阴险可怕的。 一个医生堕入歧途，就会成为相当可怕的怪物，因为他既有胆量又有知识。 帕尔默和里查德就在他们这一行中名列前茅，但这个人更高深莫测。 当然，华生，我想我们比他更高明。 只是在天亮之前，还有很多叫人担惊受怕的事情，看在上帝的份上让我们静静地抽一斗烟，换换脑筋，暂时想点愉快的事情吧。"

大约九点钟，树丛中透过来的灯光熄灭了，庄园邸宅一片漆黑。 又两个小时缓慢地过去了，在钟声敲响十一点的时候，我们的正前方突然出现了一盏孤灯，照射出明亮的灯光。

"那正是我们的信号！"福尔摩斯跳了起来。

我们向外走的时候，福尔摩斯和旅店老板交谈了几句话，解释说我们要连夜去访问一个熟友，可能会在那里过夜。 很快，我们就来到了漆黑的路上，夜风吹在脸上，在朦胧的夜色中，只有昏黄的灯光在引导我们去完成阴郁的使命。 由于山墙年久失修，到处都是残垣断壁，我们轻易地就进了庭院。 我们穿过树丛，又越过草坪，正待通过窗子进屋时，突然在一丛月桂树中蹿出了一个丑陋畸形的孩子，扭动着四肢纵身跳到草坪上，随即飞快地跑过草坪消失在了黑暗中。

"天哪！"我低声叫道，"你看到了吗？"

福尔摩斯也吓了一跳，用他那像老虎钳似的手攥住了我的手腕。 接着又低声地笑了起来，把嘴唇凑到我的耳朵上说："真是不错的一家子！ 这就是那只狒狒。"

我已经忘了医生所宠爱的奇特动物，他可还有一只印度猎豹呢！那家伙可能随时都会趴在我们的肩上。随后，我学着福尔摩斯的样子脱下鞋，钻进了卧室，直到这时我才稍稍安稳了一些。

我的伙伴毫无声息地关上了百叶窗，把灯挪到桌子上，向屋子四周瞧了瞧，室内的一切和我们白天见到的一样。他蹑手蹑脚地走到我跟前，把手圈成喇叭形对着我的耳朵小声说："哪怕是最小的声音，都会破坏我们的计划。"那声音轻得我刚能听个明白。

我点头表示听见了。

"我们必须摸黑坐着，不然他会从通气孔发现亮光的。"

我又点了点头。

"千万别睡着，这关系到你的性命。把你的手枪准备好，以防万一我们用得着它。我坐在床边，你坐在那把椅子上。"

我取出左轮手枪，放在桌子角上。

福尔摩斯带来了一根又细又长的藤鞭，把它放在身边的床上。床旁边放了一盒火柴和一个蜡烛头。然后，他吹熄了灯。

那夜的黑暗无论如何也让我无法忘记。百叶窗把可能照到房间的最小光线都遮住了，我们在伸手不见五指的漆黑中等待着。我听不见一点声响，甚至连喘气的声音也听不见。但我知道，我的伙伴正睁大眼睛坐在和我只有咫尺之隔的地方，并且一样地紧张。

外面偶尔传来猫头鹰的叫声，有一次就在我们的窗前发出两声长长的猫叫似的哀鸣，显然那只印度猎豹正在到处乱跑。我们还听到远处教堂深沉的钟声，每隔一刻钟就沉重地敲响一次。而每一刻钟仿佛都无限地漫长。钟声敲了十二点、一点、两点、三点，我们就那样一直沉默地端坐着，等待着可能出现的任何情况。

突然，从通气孔的方向闪现出一道瞬间即逝的亮光，随之而来的是一股燃烧煤油和加热金属的强烈气味。显然，隔壁房间里点着了一盏遮光灯，并且我听到了轻轻挪动的声音。可是接着，一切又都沉寂下来，只有那气味越来越浓。我竖起耳朵坐了足足半个小时，突然，我听到另一种声音，那是种非常柔和轻缓的声音，就像烧开了的水壶咝咝地喷着气。在我们听到这声音的一瞬间，福尔摩斯突然从床上跳了起来，划着了一根火柴，并用他那根藤鞭猛烈地抽打起铃绳。

"你看见了没有，华生？"他大声地嚷着，"你看见了没有？"

我却什么也没有看见。但就在福尔摩斯划着火柴的时候，我却听到一声低沉的、清晰的口哨声。突如其来的耀眼亮光照在我疲倦的眼睛前，虽然让我看不清他拼命抽打的是什么，但我却看到他的脸像死人一样苍白，一副恐怖和憎恶的表情。

福尔摩斯停止抽打后，注视起了通气孔。在黑夜的寂静之中，突然爆发出一声我有生以来听到过的最可怕的尖叫，那叫声越来越高，交织着痛苦、恐惧和愤怒，简直恐怖到了极点。后来据说这喊声把远在村里，甚至教区里的人们都从熟睡中惊醒了。此时，这一叫声也使得我们为之毛骨悚然。我站在那里，呆呆地望着福尔摩斯，他也呆呆地望着我，直到最后的回声渐渐消失后，一切又恢复了原来的寂静。

"这是怎么回事？"我忐忑不安地说。

"事情已经结束了。"福尔摩斯说，"总的来看，这可能还是最好的结局。带着你的手枪，我们到罗伊洛特医生的房间去。"

福尔摩斯点着了灯，表情非常严峻地走过过道。他敲了两次卧室房门，里面没有回音，他便自行打开了门，我打开枪机紧跟在他身后走了进去。 出现在我们眼前的是一幅奇特的景象——

桌上放着一盏遮光灯，遮光板半开着，一道亮光照到柜门半开的保险柜上。 桌旁那把木椅上坐着格里姆斯比·罗伊洛特医生，他身上披着一件长长的灰色睡衣，睡衣下面露出一双赤裸的脚脖子，两脚套在红色土耳其无跟拖鞋里，膝盖上横搭着那把短柄长鞭子。 他的下巴向上翘起，眼睛恐怖、僵直地盯着天花板的角落，额头上绕着一条异样的、带有褐色斑点的黄带子，那条带子似乎正紧紧地缠在他的头上，我们走进去的时候，他既没动弹，也没有作声。

"带子！ 带斑点的带子！"福尔摩斯压低声音说。

我跨前一步，却见他那条异样的头饰蠕动起来！ 他那头发中间骤然钻出一条又粗又短、长着三角形的头和有着胀鼓鼓脖子的毒蛇！

"这是一条沼地蝰蛇！"福尔摩斯叫道，"印度最毒的毒蛇。 这人被咬后十秒钟内就死去了。 真是恶有恶报，阴谋家掉进他给别人挖的陷阱中了。 来吧，先把这畜生弄回它的巢里去，然后把斯托纳小姐转移到安全的地方，再让地方警察知道这里发生了什么事情。"说着，福尔摩斯迅即从死者膝盖上取过打狗鞭子，将活结甩过去套住那条蛇的脖子把它拉了起来，又伸长手臂提着它扔进了铁柜子里，随手将柜门关上。

这就是斯托克莫兰的格里姆斯比·罗伊洛特医生死亡的真实经过。 这个叙述已经够长的了，至于我们怎样把这悲痛的消息告诉给那吓坏了的小姐；怎样乘坐早班车送她去哈罗，交给她好心的姨妈；以及冗长的警方调查怎样得出最后的结论，认为医生是在不明智地玩弄他豢养的危险宠物时丧生的等等，就没必要在此一一赘述了。 而关于这件案子我还不太了解的一些情况，福尔摩斯在第二天回城的路上告诉了我。 他说：

"亲爱的华生，我曾经得出了一个错误的结论，这说明依据不充分的材料进行推论将是多么的危险：那些吉卜赛人的存在，那可怜的小姐使用的'band'一词，无疑是表示她在火柴光下仓皇一瞥时所见到的东西，这些情况足够引导我追踪一个完全是错误的线索。 当我认清那威胁到室内之人的任何危险既不可能来自窗子，也不可能来自房门时，我立即对此案作出了新的考虑。 同时，我的注意力迅速地被那个通气孔和悬挂在床头的铃绳吸引住。 当我发现那根绳子只不过是个幌子，那张床又是被螺钉固定在地板上的时候，我便立即找准了方向。 我怀疑那根绳子只不过是起着桥梁的作用，是为了方便什么东西钻过洞孔到这边的床上来，我立即就想到了蛇。 我知道医生豢养了一群从印度运来的动物，当我把这两件事联系起来时，便已经预知了后果。 那是种使用任何化学试验都检验不出来的毒素，这个念头只有受过东方式的锻炼，而且聪明又冷酷的家伙才会想到。 从他的观点来看，这实在是个完美的计划，确实，这需要眼光多么敏锐的验尸官才够检查出那毒牙咬过的两个小黑洞。 接着我想起了口哨声。 当然，天一亮他就必须把蛇召唤回去，以免他想要谋害的人看到它。 他训练那条蛇能一听到召唤就回到他身边，很可能就是利用我们所见到的牛奶来刺激它的。 他在认为是最合适的时候把蛇送过通气孔，使它顺着绳子爬到床上。 蛇也许会、也许不会咬床上的人，这可能使她在整整一周的晚上都幸免于难，但她迟早是逃不掉的。

"而我在走进他房间之前就已得出了这个结论。 对他椅子的检查证明，他常常站在椅子上，为了够得着通气孔这当然是必要的。 而保险柜和那一碟牛奶以及鞭绳的活结，足以消除我余下的任何怀疑。 斯托纳小姐听到的金属哐啷声很明显是由于他继父急急忙忙地把那条可怕的毒蛇关进保险柜时引起的。 事情确定下来后，你已知道我采取了什么方法来验证它。 我听到那东西咝咝作响的时候——当然，你也听到了，我马上点着灯并用力抽打它。结果不仅把它从通气孔赶了回去，还使得它反过去扑向了它的主人。 因为我那几下藤鞭激起了它的本性，于是它就对第一个见到的人狠狠地咬了一口。 为此，我无疑得对罗伊洛特医生的死负有间接责任。 好在凭良心说，我并不怎么为此感到内疚。"

（童 辉 译）

临终的侦探

长期以来，女房东赫德森太太吃了不少苦头。 她的二楼成天有些奇异的且不受欢迎的客人光临。 而她那位著名的房客——歇洛克·福尔摩斯先生的生活更是充满怪癖而没有规律的，简直是在考验她的忍耐力。 他邋遢得简直令人难以置信，喜欢在特定的时间段里听音乐，不时地在室内练习枪法，进行古怪的、恶臭的科学实验，周围充满了暴力和危险的气氛。 这样一个怪人，简直就是全伦敦最糟糕的房客。 但他出的房钱却很高，可以肯定的是，我和福尔摩斯在一起住的那几年里，他所付的租金足以买下这座住宅了。

房东太太畏惧他，但也喜欢他，因为他对待妇女始终彬彬有礼，虽然他不喜欢、不信任女性，在这方面却永远是个骑士气概的反对者。所以不论他的举动多么令人难以忍受，房东太太从不去干涉他。我知道她对福尔摩斯的真切关心，不想在我婚后的第二年，她却来到我家带来了我那朋友的悲惨处境。

"他快要死啦，华生医生！"她说，"他已经重病三天了，怕是活不过今晚了，可他不准我请医生。到了今天早上，他的颧骨都凸出来了，两只眼睛瞪得大大的，我见了再也受不了啦！我想不管他愿不愿意，我都要叫医生了。他说'那就叫华生来吧'。先生，我们不能再浪费时间了，否则您再也见不到活着的朋友了。"

我吓了一跳，我并没听说他生病的事。我来不及多想，赶紧穿衣戴帽随她而去。路上，我向她打听详情，她说：

"我了解的也不多，先生。他一直在罗塞海特研究一种什么病，好像是在河边的小胡同里，他就是在那里把这种病毒带回来的。自从星期三下午躺倒在床上后，他一直没走动过。三天了，不吃也不喝。"

"天哪！你为什么不请医生？"

"我说了他不让，先生。您是知道他那股专横劲儿的，我不敢不听他的。他在这世上不会长久了，或许您一看到他，便明白了。"

福尔摩斯的样子确实凄惨。现在是十一月，窗外有雾，室内昏暗，暗弱的光线下使得这间小小的病房阴沉沉的。当我看见病床上那张消瘦而干瘪的脸时，更是打心底胆战心寒。他的眼睛因发烧而通红，嘴唇上结出一层黑皮，两颊更是红得怕人，放在床单上的两只手不停地抽搐着，声音暗哑而急切。

他有气无力地躺在床上，见到我，眼里闪露出一线光芒。

"唉，华生，看来我们遇上了不吉利的日子。"他声音微弱，还保持着他那一贯的满不在乎的味道。

"我亲爱的伙伴！"我痛叫着向他走去。

"站开！ 快站开！"他竭力叫嚷，那紧张的神态预示着某种危险，"华生，你若是再靠近我，我就命令你出去！"

"为什么？"

"因为……我就是要这样，难道这不可以吗？"

没错，赫德森太太说得对。 他甚至比以往更加专横，可那精疲力竭的样子又叫人怜悯。 我解释说："我只是想帮助你。"

"很好，那么我叫你怎么做你便怎么做，这就是最好的帮助。"

"好吧，福尔摩斯。"

他那严厉的态度缓和了几分，喘着气问我："你没生气吧？"

"我可怜的朋友啊，你躺在床上这么受罪，我怎么会生气呢？"

"我这样做，都是为了你好，华生。"他嘶哑地说。

"为了我？"

"我很清楚我是怎么了。 我害了从苏门答腊传来的一种苦力病，荷兰人比我们更清楚这种病，虽然他们至今仍束手无策，但有一点是肯定的：这是一种致命的疾病，并且非常容易传染。"他有气无力地说着，不时地挥动着两只大手示意我保持一定距离。"没错，一旦接触就会传染的——对，你站远些就没事了。"

"天哪，福尔摩斯！ 你以为这样说就能拦住我吗？ 难道你的这种态度能够叫你的老朋友放弃他的职责？ 即使是不认识的人也阻拦不住我！"

我又往前走去，他再次喝住了我，显然是发火了。

"如果你站住，我就对你讲。 否则，你就离开这房间！"

我一直尊重福尔摩斯的崇高人格，并且一直听他的话，哪怕我并不理解。 可是现在，我的职业本能激发了我，别的事仍可以由他支配，但在这病房里，他必须得听我的。

"福尔摩斯，"我说，"你病得厉害，病人应当像孩子一样听话，我是来给你看病的，不管你愿不愿意，我都要看看你的病状，以便对症下药。"

福尔摩斯恶狠狠地盯着我，说："如果我非要找医生，那至少也得请个我信得过的人。"

"这么说，你信不过我？"

"你的友情，我当然信得过。 但事实上，你到底只是一名普通的医师，经验有限，资历很差。 这么说来叫人很不愉快，但眼下我必须说出对你的真实看法。"

这话深深地刺伤了我，我说："你是不该说出这种话来的，福尔摩斯。 你这话清楚地表明了你的精神状态。 如果你信不过我，我不勉强你，那我就去请贾斯帕·密克爵士或彭罗斯·费舍，当然还有伦敦其他最好的医生。 但不论怎么说，你总得有个医生。 如果你认为我可以站在这儿见死不救，也不去请别的医生来帮助你的话，那你就把你的朋友看错啦！"

"你是一片好意，华生，"福尔摩斯再次说话了，他似呜咽，又像呻吟，"难道非要我指出你的无知吗？ 请问，你懂得打巴奴里（印度地名）热病吗？ 你知道福摩萨（十六世纪葡萄牙殖民主义者对台湾的简称）黑色败血症吗？"

"确实没有。"

"华生，在东方有许多疾病问题，有许多奇怪的病理学现象。"他一顿一顿地说着，以积聚那微弱的力气，"我最近做过一些有关医学犯罪方面的研究，从中学到了不少东西。 我的病就是在这些研究过程中得的。 你是无能为力的。"

"也许是这样。 但我正好知道爱因斯特里博士目前就在伦敦。 他是目前还健在的热带病权威之一。 不要再拒绝啦，福尔摩斯。 我这就去请他。"

我毅然转身向门口走去。 让我万万想不到的是，病人竟像老虎似的从床上一跃而起把我拦住，同时，我听见钥匙在锁孔里咔嗒一响。

过了一会儿，病人又摇摇晃晃地回到床上。 经过这一番激怒，他显然消耗了大量体力，气喘吁吁、精疲力竭地躺在了床上。

"你不会硬把钥匙从我手里夺去吧，我的朋友，我可以留住你，我不让你走，你就走不了。 但我还是会听你安排的……"说这话时，福尔摩斯狠狠地喘息着，而每说完一句又会拼命地吸气。 "我知道你在为我着想，但你得给我一点时间，让我恢复体力。现在还不行，你看，现在是四点钟，到了六点钟我让你走。"

"你简直疯了，福尔摩斯！"

"就两个钟头，华生，你必须等到六点钟！"

"看来我也没有别的办法啦。"

"没错。 华生，我还有一个条件。 你可以去找人来帮助我，但不是你提到的那几个，而是要从我挑选的人里寻求帮助。"

"当然可以。"

"从你进屋以来，'当然可以'这四个字是最通情达理的一句。 华生，那儿有书，你自己看吧。 我没有力气了，感觉就像一个电池组里的电量全都输入了一个非导电体中似的，真说不出是什么滋味。 咱们六点钟再谈吧。"

我站了一会儿，望着病床上沉默的身影。 被子几乎把他的脸全部遮住了，他好像已经睡去。 我无心看书，在屋里不停地踱步，没有目的地来回走着，看完贴在四周墙上著名的罪犯照片，最后又来到了壁炉台前。

台上零乱地放着烟斗、烟丝袋、注射器、小刀、手枪子弹以及一些乱七八糟的东西。 其中还有一个黑白两色的象牙小盒，盒上有一活动的小盖子。 我见这个小玩意儿很精致，便伸手去取，想仔细看看，这时——

福尔摩斯突然狂叫起来——这是一声可怕的、令人毛骨悚然的叫喊。 这一声恐怕连大街上的行人都能听到。

我回过头来，只见一张抽搐的脸和两只惊狂的眼睛。 我手拿着小盒子站定那里一动不动了。

"快放下！ 华生——我叫你马上放下！"

我把小盒放回壁炉台上，他才深深地松了一口气，重新躺回枕头上。

"我讨厌别人动我的东西，华生。 这你是知道的，你使得我无法忍受。 你这个医生——简直要把病人赶到避难所里去。 安静地坐下来吧，老兄，让我休息！"

这件意外给我留下了极不愉快的印象。 粗暴和无缘无故的激动，以及随时可能讲出口的粗野话语，都与他平时的温和态度相差甚远。 或许这恰恰说明他的头脑已经混乱了，灾祸之中，高贵、聪慧的头脑被损毁，那是多么令人痛惜的啊！

我开始一声不响，情绪非常低落，一直在坐等他规定的时间。

我一直看着钟，他似乎也一直在看着钟，因为刚过六点，他就开始说话了，并且好像恢复了几分生气。

"现在，华生，你口袋里有零钱吗？"

"有。"

"银币呢？"

"很多。"

"半个克朗的有多少？"

"五个。"

"啊，那太少啦！ 太少啦！ 真是不幸！ 华生，虽然就这么点，你还是把它放到表袋里去吧，其余的钱放到你左边的裤子口袋里。 谢谢你这么做，这样一来，就可以使你保持平衡了。"

真是一派胡言！ 他颤抖起来，发出既像咳嗽又像呜咽的声音。

"现在，你把煤气灯点燃，但要小心，只能点上一半。 我请求你务必小心。 谢谢，华生，这太好了。 不，你不用拉百叶窗。 劳驾把信和报纸放在这张桌子上我够得着的地方，谢谢。 再把壁炉台上乱七八糟的东西拿一点过来……好极啦！ 对，那上面有个方糖夹子，请你用夹子把那个象牙小盒夹起来，放到这报纸里面。 好！ 现在，你可以到下伯克大街 13 号去请柯弗顿·史密斯了。"

说实话，我已经不想请医生了，因为可怜的福尔摩斯如此糊涂，我离开他怕有危险。 可是，他现在要我去请他说的那个人来看病，其迫切的心情正如他刚才不准我去请医生的态度一样强烈。

"我从没听说过这个名字。"我说。

"也许吧，我的好朋友。 现在我告诉你原因，也许你会很意外，因为治这种病的内行并不是一位医生，而是一个种植园主。柯弗顿·史密斯先生是苏门答腊的知名人士，现在正在伦敦访问。他的种植园里出现了一种疫病，由于得不到医药救护，他不得不自己着手研究，并且取得了显著的效果。 但他这人非常讲究条理，时间性很强，我叫你六点之前不要去，是因为我知道之前你无法在他的书房里找到他。 如果你能把他请来，以他治疗这种病的经验，我肯定会对我们有所帮助的。"

福尔摩斯极其痛苦而又矛盾地讲完了这番话，而讲话时的那种自在的风度依然如故。 即便到了这奄奄一息的时候，他依然是个支配者。 而这几个小时里，他的病情也在不断地恶化：热病斑点更加明显，深陷的黑眼窝里射出的目光更加刺人，额头上直冒冷汗。

"请把我的情况详细告诉他，"他说，"要把你心里的印象表达出来——生命垂危——生命垂危！ 神志昏迷……噢，我真的想不出，我想不出为什么整个海滩不是一整块丰产的牡蛎……啊，我糊涂啦！ 真奇怪，脑子竟要由脑子来控制！ 我在说什么……华生？"

"叫我去请柯弗顿·史密斯先生。"

"噢，我记得。 我的性命全靠他了，你去恳求他，我和他之间彼此没有好感。 他有个侄子，华生——我曾怀疑这里面有卑鄙的勾当，我让他看到了这一点。 这孩子死得真惨。 史密斯恨透了我。 你要去说动他的心，华生。 请他，求他，想尽办法把他弄来。 他能救我——只有他！"

"既然这样，那我就把他拉进马车好了。"

"这可不行。 你要把他说服，让他来。 然后你在他之前先回到这里来。 随便用什么方法都可以，千万不要跟他一起来。 别忘了，华生，你一定能做到。 你也从来没有使我失望过……肯定有天然的敌人限制生物的繁殖。 华生，你和我都已尽了最大努力，那么，这个世界会不会还被繁殖过多的牡蛎淹没呢？ 不会，不会，可怕呀！ 你要把心里的一切都表达出来。"

我听任他像个傻孩子似的胡言乱语，喋喋不休。 他把钥匙交给我，我赶快接过，要不然他会把自己锁在屋里的。 赫德森太太在过道里等待着，她颤抖着，哭泣着。 我走过套间，后面再次传来福尔摩斯那胡乱的尖细嗓音。

到了楼下，当我正在叫马车时，一个人从雾中走来。

"先生，福尔摩斯先生怎么样啦？"他问。

原来竟是老相识——身穿便衣的苏格兰场的莫顿警长。

我说："他病得很厉害。"

他以一种非常奇怪的神情看着我，竟让我觉得他在幸灾乐祸！我正奇怪于这种念头时，忽听他说："我听到过一些关于他生病的谣传。"

我来不及理会他，马车已经起步了。

下伯克街在诺廷希尔和肯辛顿的交界处。 这一带房子很好，界限却不清楚。 马车在一座住宅前面停下，住宅的老式铁栏杆、双扇大门以及闪亮的铜件都带有一种体面而严肃的高贵气派。 里面走出来个一本正经的管事，他身后射来淡红色的灯光，这背景跟他倒是很协调。 他说："柯弗顿·史密斯先生在里面。 嗯，华生医生！ 很好，先生，我把你的名片交给他。"

我是个无名小卒，也许不会引起柯弗顿·史密斯先生的注意，我正琢磨着，通过半开着的房门，忽然听到一个嗓门很高、暴躁刺耳的声音。

"这个人是谁？ 他要干什么？ 嗯，斯泰帕尔，我不是对你说过多少次了，在我做研究的时候不要让人来打扰我吗？"

管事轻言细语地做了一番解释。

"哼，我不见他！ 斯泰帕尔，我的工作不能这样中断。 请告诉他我不在家，如果他非要见我，就叫他早上来。"

想到福尔摩斯正在病床上辗转不安、一分一秒地忍受着折磨，我便顾不得那么多了，不等管事替主人说完托词，我便闯过他身边进了屋里。

火边的靠椅上迅速地站起一人，发出愤怒的尖叫。

这是一张淡黄的面孔，满脸横肉，一把油腻；他有一个肥大的双层下巴；毛茸茸的茶色眉毛下一对阴沉吓人的灰眼睛；一顶天鹅绒小帽故作时髦地斜压在光秃秃的大脑门上，帽檐下露出几缕红色的卷发。 他的脑袋确实很大，可当我往下看时，不觉大吃一惊，他的身躯竟然又小又弱，双肩和后背呈弓状，好像小时候得过佝偻病。

"这是怎么回事？"他高声尖叫，"你怎么可以就这样闯进来呢？ 我不是传过话，叫你明天早上来吗？"

"对不起，"我说，"事情不能耽搁了，歇洛克·福尔摩斯先生——"

提到我朋友的名字，这个矮小人物脸上的愤怒表情竟不见了，取而代之的是紧张和警惕。 "你是从福尔摩斯那儿来的？"他问道。

"我刚从他那儿来。"

"福尔摩斯怎么样？ 他好吗？"

"他病得快死啦。 我就是为这事来的。"

他指给我一把椅子，自己也在靠椅上坐下来。 这时，我从壁炉墙上的镜子里再次见到了他的脸。 我敢起誓说，他脸上露出的是一丝恶毒而阴险的笑容。 但我想，可能是我的意外表现引起了他的紧张，因为过了一会儿，他转过身来看着我的时候，脸上显露出了真诚关怀的表情。

"听到这个消息，我很不安，"他说。 "我只是通过几笔生意才认识福尔摩斯先生的。 不过我很看重他的才华和性格。 他业余研究犯罪学，我业余研究病理学。 他抓坏人，我灭病菌。 这就是我的监狱，"说着，他指向桌子上一排排瓶瓶罐罐，"在这里培养的胶质中，就有世界上最凶恶的犯罪分子在服刑哩。"

我说："正因为你有特殊的知识，福尔摩斯才想见到你。 他对你评价极高。 他认为在伦敦，只有你才能帮助他。"

他吃了一惊，那顶时髦的小帽竟滑到地上去了。

"为什么？"他问，"为什么福尔摩斯认为我可以帮他解决困难？"

"因为你懂得东方的疾病。"

"那么，为什么他认为染上的是东方疾病呢？"

"因为工作需要，他曾在码头上和中国水手一起工作过。"

柯弗顿·史密斯先生高兴地笑了，拾起了他的小帽。 "哦，是这样——呃？"他说，"我想这事并不像你想的那么严重。 他病了多久啦？"

"差不多三天了。"

"神志昏迷吗？"

"有时候昏迷。"

"啧、啧！ 这么说很严重。 不答应他的要求去看他，那是不人道的。 可叫我中断工作我又非常不愿意。 不过，这件事可以另当别论。 我这就跟你去。"

我想起福尔摩斯的嘱咐，说："我另外还有约会。"

"没关系，我一个人去。 我有他的住址。 你放心，我半小时内就到。"

我不知当我离去后，福尔摩斯会出什么事，此时，我提心吊胆地回到他的卧室。 还好，他好多了，我放下心来。

他的脸色仍然惨白，但已无神志昏迷的症状。 他说话的声音很虚弱，总归是比过去清醒些。 他问："唔，见到他了吗，华生？"

"见到了。 他就来。"

"好极了，华生！ 好极了！ 你是最好的信差。"

"他想同我一起来。"

"那绝对不行，那显然不行！ 对了，我生什么病，他问了吗？"

"我告诉他是关于东区（伦敦东区是劳动者的聚居地）中国人的事情。"

"好的，华生！ 你已尽了好朋友的责任。 现在你可以退场了。"

"我想，我得听听他的意见，福尔摩斯。"

"那当然。 不过，如果他以为这里只有我和他的话，我想他的意见会更加坦率，也更有价值。 刚巧，我的床头后面有地方，华生！"

"噢，我亲爱的福尔摩斯！"

"我想再没有别的办法了，华生。这地方不适于躲人，但也不容易引人生疑。我想你就躲在那儿吧。"他突然坐起，憔悴的脸上一副严肃而全神贯注的表情，"我听见车轮声了，快呀，华生，快藏起来，听我说好朋友，不管出了什么事，你千万别动，听见了吗？不要说话！别动！你只要听着就行了。"转眼间，他那突如其来的精力消失了，老练果断的话音又变成神志迷糊的微弱咕噜声。

我赶忙躲藏起来。我听到上楼的脚步声，卧室的开门声和关门声。后来，我不知发生了什么事情，只听见鸦雀无声里我那朋友急促的呼吸声。我想象得到，我们的来客正站在病床边上观察病人呢。

寂静终于打破了。"福尔摩斯！"他喊道，"福尔摩斯！"他的声音显得很急切，"我说话，你能听见吗，福尔摩斯？"一阵沙沙声，像是他在摇晃病人的肩膀。

"是史密斯先生吗？"福尔摩斯轻声问，"我真不敢想，你会来。"

那个人笑了。

"我可不这样认为，"他说，"你看，我来了。这叫以德报怨，福尔摩斯——以德报怨啊！"

"你真好——真高尚。我欣赏你的特殊知识。"

我们的来客扑哧笑了一声。

"你是欣赏，可惜的是，你是伦敦唯一表示欣赏的人。你得的是什么病，你知道吗？"

"同样的病。"福尔摩斯说。

"啊！你认得出症状？"

"太清楚了。"

"唔，这不奇怪，福尔摩斯。只是，如果是同样的病，你的前途就不妙了。可怜的维克托在得病的第四天就死去了——他可是个身强力壮、生龙活虎的年轻人啊。正如你所说，他竟然在伦敦中心区染上了这种罕见的亚洲病，这当然使人惊奇。对于这种病，我也进行过专门研究。简直是神奇的巧合嘛，当福尔摩斯也注意到它的时候，你们建立起了无情的因果关系。"

"我知道是你干的。"

"哦，你知道，是吗？可你终究无法加以证实。你到处造我的谣，现在你自己得了病又来求我帮助，你又有何感想啊？这到底是玩的什么把戏——呃？"

我听见病人急促而吃力的喘息声。"给我水！"

"你就要完蛋了，我的朋友。不过，我得跟你把话说完再让你死。所以我可以把水给你……拿着，别洒了！对，你还听得懂我说的话吗？"

福尔摩斯呻吟起来。

"请尽可能地帮助我吧，过去的事就让它过去吧，"他低声说，"我一定把我的话忘掉——我起誓，我一定。只请你把我的病治好，我就忘掉它！"

"忘掉什么？"

"哎，忘掉维克托·萨维奇是怎么死的。事实上刚才你承认了，是你干的。但我一定会忘掉它。"

"你忘掉也罢，记住也罢，随你的便。我是不会在证人席上见到你了。我对你实话实说吧，我的福尔摩斯，要见到你，恐怕会是在另外一个世界了，而在这个世界里，就算你知道我侄子是怎么死的，又能把我怎么样。 而我们现在要谈的也不是他，而是你！"

"对，对。"

"来找我的那个家伙——他的名字我忘了——他对我说，你是在东区水手当中染上这病的。"

"我只能做出这样的解释。"

"你以为你的脑子了不起，是吗，福尔摩斯？ 你以为你很高明，是不是？ 这一回，你遇到了比你还要高明的人。 你回想一下吧，你得这个病不会另有原因吧？"

"我不能思考了，我的脑子坏啦！ 看在上帝的分上，请帮助我！"

"是的，我要帮助你。 我要帮助你弄明白你现在的处境以及你是怎样走到如此境地的。 在你死之前，我很愿意让你知道。"

"给我点什么，减轻我的痛苦吧。"

"痛苦吗？ 是的，苦力们快断气的时候总要发出几声号叫的。 我看你大概是抽筋了吧。"

"是的，是的，抽筋了。"

"嗯，还好你还能听出我在说什么。 现在请你听好了，你记不记得，就在你开始出现症状的时候，你遇到过什么不平常的事情没有？"

"没有，没有，完全没有。"

"再想想。"

"我病得太厉害，想不起来啦。"

"哦，那么我来帮助你回忆，你收到过什么邮件没有？"

"邮件？"

“偶然收到一个小盒子？”

“我头晕——我要死了！”

“听着，福尔摩斯！”那人发出一阵响声，好像是在摇晃快要死去的病人。 我只能躲在那里一声不响。 “听我说，你一定得听我说。 你记得一个盒子——一个象牙盒子吧？ 星期三送来的。你把它打开了——还记得不？”

“对，对，我把它打开了。 里面有个很尖的弹簧。 是开玩笑——”

“不是开玩笑。 你上当了。 你这个傻瓜，自作自受。 谁叫你来招惹我呢？ 如果你不来找我的麻烦，我也不会伤害你。”

“我记得，”福尔摩斯气喘喘地说，“那个弹簧，它把我刺出血来啦。 这个盒子——就是桌子上这个。”

“就是这个，没错！ 如果我把它放进口袋带走了事，你最后的一点证据也没有了。 现在你明白真相了，福尔摩斯。 你该知道是我把你害死的，你可以死了。 你对维克托·萨维奇的命运了如指掌，所以我让你来和他分享一下。 哈哈，你已接近死亡了，福尔摩斯。 我要坐在这里，眼看着你死去。”

福尔摩斯细微的声音小得简直听不见了。

“说什么？”史密斯问，“把煤气灯扭大些？ 啊，夜色降临了，是吧？ 好，我来扭。 这样我也可以把你看得更清楚些。”他走过房间，突然灯火通明。 “还有什么事要我替你效劳吗，朋友？”

“火柴……香烟。”

我一阵惊喜，差点儿叫了起来。 因为福尔摩斯说话时恢复了他那自然的声音——或许还有点虚弱，但正是我熟悉的声音。 长时间的停顿过后，我感觉得到柯弗顿·史密斯正一声不响、惊讶万分地站在那里瞅着我的朋友。

"这是什么意思？"我终于听见他开口了，声音焦躁而紧张。

"扮演角色的最成功的方法就是自己充当这个角色。"福尔摩斯说，"我对你说了，三天来，我没吃没喝，多亏你的好意，给我倒了一杯水。但是，我觉得最叫人难受的还是烟草。啊，这儿有香烟。"我听见划火柴的声音。"这就好多了。喂！喂！我是听到一位朋友的脚步声了吗？"

外面响起脚步声。门打开，莫顿警长出现了。

"一切顺利，这就是你要找的那个人。"福尔摩斯说。

警官发出了正式的警告："我以你谋害维克托·萨维奇的罪名逮捕你。"

"你可以加一条。他还试图谋害一个名叫歇洛克·福尔摩斯的人，"我的朋友笑着说道，"为了救一个病人，警长，柯弗顿·史密斯先生真够意思，他扭大了灯光，发出了我们计划好的信号。对了，犯人上衣右边口袋里有个小盒子。还是把他的外衣脱下来的好。谢谢你。如果我是你，我会小心翼翼地拿着它。放在这儿，在审讯中可能用得着它。"

突然一阵哄乱和扭打，接着是铁器相撞和一声痛叫。

"你的挣扎只能是自讨苦吃，"警长说，"站住别动，听见没有？"手铐咔的一声锁上了。

"圈套设得真妙啊！"一阵吼声，"上被告席的是福尔摩斯，不是我。他叫我来给他治病，我很担心他，于是就来了。他当然会推脱说，他编造的话是我说的，以此证明他神志不清的猜疑是真的。福尔摩斯，你爱怎么撒谎就怎么撒谎好了，我的话和你的话同样是可信的！"

"天哪！"福尔摩斯叫了起来，"我完全把他忘了。我亲爱的华生，真是抱歉万分。我竟然把你给忘啦！不用向你介绍柯弗顿·史密斯先生了，因为你们早些时候已经见过面了。外面有马车吗？我换好衣服就跟你一起走，因为我到警察局可能还有些用处。而这副打扮，我就不再需要了。"福尔摩斯说着梳洗起来，当中还喝了一杯葡萄酒，吃了一些饼干，精神好多了。

他接着说："华生，你要知道，我的生活习惯是不规律的，所以这套把戏对我来说没有什么，对其他人恐怕不成。最重要的是要使赫德森太太对我的情况信以为真，因为这得由她转告你，再由你转告他。你不见怪吧，亲爱的华生？你要知道，你是没有伪装才能的，如果让你知道了我的秘密，你不可能会心急如焚地去把他找来，而这是整个计划的关键部分。我知道他要存心报复，所以我确信他肯定要来看看自己的手艺。"

"可是你的外表，福尔摩斯——你这张惨白可怕的脸呢？"

"禁食三天总归是不会美容的。至于其余的，只要一块海绵就可以解决问题。额上抹凡士林，眼睛里滴点颠茄，颧骨上涂点口红，嘴唇上涂一层蜡，便可以产生绝妙的效果。装病这一课题也是我想写的文章之一，至于时而说说半个克朗啦、牡蛎啦，以及诸如此类的无关话题，那便可以产生神志昏迷的奇效。"

"既然你没有当真被传染，可为什么不准我挨近你呢？"

"这个嘛，我亲爱的华生，你当真以为我瞧不起你的医道吗？不管我这个奄奄一息的病人演得多么好，但我的脉搏不快、温度不高，这些可能逃得过你那机敏的判断？如果被你窥出些端倪的话，谁又去把史密斯带到我的掌握之中来呢？而我是不会碰那个盒子的，当你打开它，从侧面观看它的时候，你就会看见那个弹簧像一颗毒蛇牙似的伸出来。 萨维奇是妨碍这个魔鬼继承财产的人，我敢说，他就是用这种诡计把那个可怜人害死的。 而你知道，我总会收到些形形色色的邮件，凡是送到我手上的包裹，我都对它们严加提防。 我清楚地意识到，我只有假装他的诡计已经得逞，才能攻其不备，诱使他招认。 我是以艺术家的高水准完成这次患者戏的。 当然，我还得再次谢谢你，我的好朋友，请你帮我穿上衣服吧，等我在警察局办完了事，我们到辛普森饭店去吃点营养美味的东西吧。"

（童　辉　译）

| 名侦探之 |

奥古斯都·范杜森

Augustus S. F. X. Van Dusen

【杰克·福翠尔（1875—1912 年）】

1875 年出生于美国佐治亚州，自幼便在充满文艺气息的环境中长大。 他广泛阅读过爱伦·坡、柯南·道尔、弗朗索瓦·维多克的作品，并且喜欢逻辑。 他在科学和犯罪学方面很博学。 其作品中最脍炙人口的，便是拥有"思考机器"美名的天才教授范杜森系列。 范杜森拥有一长串各国学界颁赠的荣誉头衔，深信"头脑是一切事的主宰，没有不可能的事"，精细的逻辑推论与超强的行动力是他晋升神探之林的两大特征，素有"美国的福尔摩斯"之称。 杰克·福翠尔的作品广见英美重要的推理书单上，成为不可不读的经典名著之一。 1912 年 1 月，福翠尔偕同妻子前往英国商谈作品出版计划，搭乘泰坦尼克号返国途中遭遇船难，结束了他短暂的一生。

科学杀人法

在人称"思考机器"的范杜森教授所调查的所有案件中，尊贵的瓦奥莱特·丹布利小姐之死这个案子，大概是最需要他绞尽脑汁地去运用自己渊博的科学知识和灵敏的分析能力的案件了。 范杜森教授被人们尊称为"思考机器"，他是一个举世闻名的逻辑学家。他的名言是"逻辑万能"，在这个错综复杂的谋杀案的侦破过程中，这一名言再一次得到了验证。

在案件中死去的丹布利小姐是已故的英国爵士杜华·丹布利的独生女，也是他财产的唯一继承人，家住利明顿镇①。

丹布利小姐生前在毕克街的一栋大旅馆租了一间大的套房作为临时住所。五月四日星期四，上午约十一点时，人们发现她死在自己的套房里。她还穿着华丽的长礼服，正是她头一天晚上去歌剧院时穿的那一套，耀眼的珠宝依然在她如大理石般洁白无瑕的前胸和手腕上闪耀着。然而，她的脸上呈现出暗紫色，那是窒息而死才会有的脸色，一种不可名状的恐怖表情还残留在她的脸上。她嘴唇张开，上面有轻微的挫痕，似乎被人轻轻打过。此外，有一个细微的、没有出血的伤口在她的左脸颊上。房间地板上靠近她双脚的地方，跌落着一个被打破了的高脚酒杯。除此之外，现场并没有什么不正常的地方，室内的摆设井井有条，并没有什么挣扎的痕迹。她被人发现时，已经死了好几个小时了。负责调查此案的马洛力探员来到现场看过后，立刻判定丹布利小姐是服毒自杀。这个千金小姐把毒药倒进高脚杯，一饮而尽，倒地身亡，就是这么显而易见的过程！可是，为什么她的脸是暗紫色的？可能是毒药的副作用导致的。她有可能是被勒死的吗？呸！呸！怎么可能？脖子上一点指痕或者别的什么痕迹都没有。自杀，一定不会错。具体是哪种毒药，在解剖尸体时会搞清楚的。

当然了，马洛力探员不会忘了问问别的问题，这些问题都得到

① 英文地名 Leamington，位于英格兰中部沃里克郡内。

了很好的回答。

"丹布利小姐一个人住吗？"

"不，她有一个监护人叫西西里亚·蒙哥马利，平常和她住在一起。"

"这位太太在哪里？"

"昨天离城去康克德市拜访朋友了，旅馆经理已经发了电报请她回来。"

"其他仆人呢？"

"丹布利小姐预订了旅馆的全套服务，所以没有别的仆人。"

"最后一个见到活着的丹布利小姐的人是谁？"

"旅馆的电梯管理员，他在昨晚大约十一点半的时候见到她从歌剧院回来。"

"她是自己回来的吗？"

"不，查尔斯·梅乐迪斯教授送她到了电梯口才离开，两人应该是一路的。"

"他们怎么认识的？"马洛力探员问，"他们是朋友还是亲戚？"

"我不知道，"旅馆经理回答，"她在这里认识很多人。虽然这次她只待了两个月，可是三年前，她在这儿住了半年呢。"

"她为什么到这儿来，有什么特别的理由吗？谈生意？旅游？或者只是来拜访朋友？"

"我想是拜访朋友吧。"

这时，前门被推开了，走进来一个穿着时尚、行动迅速的中年男人，他径直走到前台，对那里的服务员说："请你打电话给丹布利小姐，问她是否愿意与赫伯特·威宁先生在乡村俱乐部共进午餐？告诉她，我就在楼下等着，车停在外面。"

马洛力探员和旅馆经理都听到了丹布利小姐的名字，两人不约而同转过身来。前台的服务员傻傻地望着探员，没有回答威宁先生的话，这让他有些不耐烦地敲了敲柜台。

"怎么了？"他问，"你睡着了吗？"

"早安，威宁先生。"马洛力探员向他致意。

"你好，马洛力探员，"威宁先生转过身来，"你来这儿干什么？"

"你还不知道丹布利小姐已经……"探员停顿了一下，"死了。""死了？！"威宁先生倒抽一口气。"死了！"他又重复了一遍。"你说什么？"他一边问一边用力地摇晃这探员的胳膊，"丹布利小姐已经……""死了，"马洛力探员郑重其事地说，"很可能是自杀。两小时前，她死在自己的房间里。"足足有半分钟，威宁先生都只是死死地盯着他，似乎无法明白探员的意思。然后，他无力地跌坐在椅子上，用双手抱着自己的头。再抬头时，他的脸上满是哀痛。

"都是我的错，"他直率地说，"我觉得自己像个杀人犯。昨天，我把一个坏消息告诉了她，但我真没想到她竟会……"他说不下去了。"坏消息？"马洛力探员催促对方继续讲下去。"我目前在帮她处理一些法律上的问题。"威宁先生解释道，"她想出售她在英国的一大片房产，但是没有卖出去。我……我昨天实在不该告诉她这个坏消息。不过今天早上，有另外一个买家开了价，那个人有些出乎我们的意料，我来这儿就是要把这个好消息说给她听的。"他看着马洛力探员的脸，沉默了许久。"我觉得是我杀了她。"他再度开口时说。

"可是，我不太明白的是，这仅仅是一笔房产交易"马洛力探员说，"她很富有，不是吗？ 一个交易没做成有什么大不了的？""她是富有，但没什么房产。"律师解释，"在她名下的财产结构十分复杂。 虽然她有许多珠宝和别的高档货，但她其实生活俭朴，因为最近需要很多钱，丹布利小姐对这笔房产交易寄予厚望。 总之，我大概得用一个小时才能把这些解释清楚。 她是怎么死的？"于是，马洛力探员便把自己知道的都告诉了律师，然后搭着他的车到大学去走访梅乐迪斯教授。 然而，这次拜访并没带来什么新的成果，听到消息时，梅乐迪斯教授显得万分震惊。 他说，在几周之前，自己和丹布利小姐初次见面，后来因为对音乐的共同爱好结为了好友。 在这之前，两人一起去过歌剧院五六次。

"自杀！"当他们离开时，马洛力探员宣称，"显然是服毒自杀。"可是到了第二天，他发现事实与他的推测大相径庭。 法医在解剖尸体时，并没有在尸体和破了的高脚杯里找到任何毒素，服毒自杀的证据并不存在。 另外，尸体的心脏大小正常，如果有人因为吃过毒药或者吸了什么有毒的物质死亡，尸体的心脏一定会扩大或者缩小，但是死者并没有出现这两种情况。 "那么，毒药可能不是通过口服或吸入进入体内。"马洛力探员坚持说，"而是从她脸上的那个小伤口进入了循环系统。""不可能，"其中一位法医说，"就算是从伤口注射进入，也会引起心脏肿大或紧缩。""噢，也有可能不会。"马洛力探员争辩着。

"此外，"那位法医说，"那个小伤口没有流血，是在死后才造成的。"

马洛力探员愁容满面，显然被死因弄得一头雾水，"实在解释不了为什么会有那个伤口。 那个伤口像个小孔似的，就像是有人拿着一个针头刺穿了她的脸颊。"马洛力探员瞪着对方。 如果那个伤口是死后才有的，当然不会是已经死了的丹布利小姐自己刺的，也不会是因为抢劫杀的人，因为珠宝钱财都没被动过。 "刺透面颊！"他茫然地重复了一遍，"老天！ 如果不是服毒，她是怎么死的？""我不知道你能不能理解，"一位法医说，"死因是肺部没有空气。""没有空气？ 哼，讲得很清楚嘛。"马洛力探员轻蔑地笑着说，"你的意思是说，她是被勒死或噎死的？"

"不，我之前已经说过，"对方回答，"她的脖子上没有勒痕，因此不是被勒死的；呼吸道畅通，也排除了噎死的可能。 准确地说，她的死就是肺部没有了空气造成的。"马洛力探员听完后愤怒地瞪着法医，气得说不出话来，这些庸医！

"让我们把话讲清楚，"末了他说，"丹布利小姐的死因不是自然因素？"

"不是！"对方肯定地说。

"她不是被毒死？ 勒死？ 射死？ 刺死？ 被卡车压死？ 炸药炸死？ 骡子踢死？ 当然也不是，"马洛力下结论似的说，"从飞机上摔死的？"

"不是。"

"换句话说，她只是不想活了？"

"似乎如此。"说话的法医承认。 为了将自己的意思表达得更准确些，他接着说："你听过黑猫能吃掉熟睡婴儿的气息这一类的老祖母传说吧。 丹布利小姐的死和这个有点像，就像是某种大型动物或是别的东西将……"他突然停下话头。

马洛力探员很能干，或许比警察局的犯罪侦查组里所有其他的探员都更有能力，然而，他缺乏想象力。 对他来说，河边的一朵报春花就是一朵报春花，没有其他意义。 大多数像他那样穿十一码皮鞋、带六号帽子的探员都有同样的问题。 所以，丹布利小姐死了，这对他来说是件最重要的事，并且，她死于一种神秘而又可怕的谋杀方法。 吸血鬼是这样杀人的吗？ 他哆嗦了一下。

"一般的吸血鬼，"三个法医中最年轻的一个说，好像知道探员在想什么，"一般都会在颈部留下一个小伤口，而且……"马洛力探员没听完剩下的话。 他猛地转身，离开了法医室。

时间又到了周一的早上，一个名叫亨利·舒默的码头工人，被人发现死在自己在大西洋街上的肮脏的家里。 死者的脸呈暗紫色，就像被勒死的人的脸色一样，脸上的表情显示出一种不可名状的恐惧。 张开的嘴唇有轻微挫伤的痕迹，好像被人轻轻打过似的。 左颊上有小小的、没有流血的伤口。 一个打破的玻璃杯在他脚边的地板上静静地躺着。

对这两宗神秘的命案，有人打算向"思考机器"进行求教，他就是那位个子高瘦、讨人喜欢的记者韩钦森·哈契先生。 科学家的女仆玛莎开门让他进去，他径直走进实验室。 在他推开门的那一刹那，科学家不耐烦地从工作桌边抬起头。

"啊，原来是你，哈契先生。 欢迎，请坐。 有什么事吗？"这种话出自"思考机器"之口，已经算客气之极了，但他说话的时候还不忘继续埋头做自己的实验。

"我能打扰你五分钟吗？"记者颇感抱歉地说。

"什么事？""思考机器"再次问道，但并没有抬头。

"我希望搞明白一件事。"记者同情地说道，"最近死了两个人，从社会阶层看来，两个人毫不相干，有着天壤之别，但是两个人的死法却一模一样，真是不可能的事……"

"没有不可能的事，""思考机器"用他那一贯不耐烦的口气插嘴道，"你知道我最讨厌这种说法。"

"是看上去可能性不大，"哈契改正了自己的说法，"这两件命案的关联微乎其微，可是……"

"先别浪费口舌了。"个子矮小、性格执拗的科学家再次打断对方的话，"从头说，谁被杀了？什么时候？怎么做的？为什么？是怎么死的？"

"我先回答您最后一个问题，"记者说，"这也是整件事最独特的地方。受害者是怎么死的，这个问题没人知道，法医也说不出个所以然来。"

"噢！"直到这时，"思考机器"才抬起了头，用他的小眼睛斜看着记者的脸。"噢！"他又说了一遍，"继续说。"

哈契叙述时，科学家看上去也被吸引进那离奇的案情。听了一会儿，他完全缩进他的大椅子里，形状古怪的大头向后倾着，斜眼向上望，十根纤细的手指指尖相触，整个过程一言不发。

"接下来的发展也令人难以理解，"记者说，"我们已经证实，丹布利小姐的监护人西西里亚·蒙哥马利太太，在这个关键的时刻失踪了，而不是像她说的那样去康克德市拜访朋友，警察已经发布了通缉令，这个时刻不见了，人们都猜测她和丹布利小姐的死脱不了关系……""不要猜测。"科学家唐突地打断对方的话，"事实，只要事实。"

"还有，"哈契脸上露出迷惑的神情，"在丹布利小姐和那个叫亨利·舒默的家伙死后，他们的房间里都有奇怪的事发生。因为丹布利小姐的死充满疑点，马洛力探员下令在搬走她的尸体后立刻封锁现场，以备后续调查之用。后来，亨利·舒默的尸体被发现后，探员发现他的死法和丹布利小姐的极其类似，因此也下了相同的命令，封锁了他的房子。"哈契暂停了一下，无助地看着科学家苍白干瘦的脸，后背不禁打了一个寒战。

"就在星期二晚上，"他继续说，"两个死者的房间都有人闯入。 星期三，也就是今天早上，警察在丹布利小姐的木制梳妆台上，发现了一个清晰的血手印，看上去像是个女人印上去的。 同样，舒默的房间里也出现了类似手印的血迹！"他再次停顿下来，发现科学家神色淡然。 "他们一个是贵族小姐，一个是码头工人，到底有什么地方是相同的呢？ 为什么会有……"

"梅乐迪斯教授，""思考机器"突然开口问，"在大学里教什么课程？"

"希腊文。"对方回答。

"威宁先生是谁？"

"本市一个有名的律师。"

"你见过丹布利小姐的尸体吗？"

"见过了。"

"她的嘴巴是大是小？"

尽管哈契早已习惯科学家奇怪的思维方式，但他还是被这一串互不相关又毫无逻辑的问题弄得晕头转向。

"我想应该是小嘴吧。"他说，"她的嘴唇上有些伤痕，好像……好像是被一个圆形的、约二十五分硬币大小的东西用力压下似的，还有一个奇怪的小伤口在她的脸上。"

"果然没错。""思考机器"神秘地说，"舒默的情形也是一样吗？"

"完全一样。 你说'果然没错'，难道说……"记者满怀希望地问。

但对方并没有回答，而是望向空中，沉默了约有半分钟。 末了，他说："我敢说舒默是个英国人。 他有个英国人的姓，对不对？"

"他是英国人。 身体健壮，酒量很好，工作也很努力。"又是一阵沉默。

"那你知不知道梅乐迪斯教授现在或以前，是否对物理学特别感兴趣？"

"我不知道。"

"请尽快弄清楚这件事。"科学家简洁地吩咐着，"目前最关键的事就是找出尊贵的丹布利小姐和亨利·舒默两个人有什么联系，威宁先生曾经帮小姐处理过法律事务，你去问问他，看他是不是知道点什么。 很有可能，他们两个虽然互不相识，但过去曾有过什么关联。 如果两人真的毫不相干，那么，就只有一个解释能说得通这两件案子。"

"是什么？"

"是个疯子干的。"对方刻薄地说，"当然，这两人的死法一点也没有什么神秘之处。"

"毫无神秘？"记者茫然地重复着，"难道说，你已经知道……"

"我当然知道，你和那些法医其实也都知道，只是你们没有意识到问题的答案早就在你们的心中。"突然，他的声调变了，"不懂如何去运用自己的知识，那么，知识就只是一潭死水。"他说："高级知识分子善于应用自己的知识，这就是他们和普通知识分子的差别。"他停了一下，又说："目前唯一的问题是，要找出非常擅长这种谋杀方法的人。"

"这种谋杀方法?"哈契困惑地问。

"在杀人犯的眼中,有些杀人方法干净利落,另一些则会拖泥带水。"科学家解释着,"这次我们碰到的这个杀人犯,选择了一种无声、快速又简洁的方法,并且他对这个方法很有把握,就像能把握时光会不停流逝这件事一样。整个杀人的过程没人呼救,也没人挣扎,他不需要开枪,事后也没有留下毒药,只有一点……"

"是不是左颊上的小洞?"哈契试探地问。

"说对了。除此之外,毫无形迹可循。事实上,我们唯一掌握的线索,就是这个杀人犯一定对物理学颇有研究,不管他是男是女。"

"因此,你认为梅乐迪斯教授……"记者正要开口说。

"我从不胡思乱想,""思考机器"毫不客气地打断对方的话,"我要弄清楚他在物理上的造诣,也要找出两个死者之间的关系,如果你能立……"

突然,实验室的门打开了,玛莎走进来,她的脸色苍白、神情恐惧、双手发抖。"先生,有件不寻常的事!"她激动得声音发颤。

"什么事?"个子矮小的科学家问。

"我觉得,"玛莎说,"我马上就要昏倒了。"似乎是为了要证实她的话似的,她立刻倒了下去,弄得另外两个人一脸惊讶。

"老天!老天!"科学家大叫起来,"真是没良心,为什么不多给我一些时间来准备?"在他满头大汗地折腾了大约十五分钟后,玛莎才幽幽地醒过来,这才开始虚弱地说起了事情的经过——有人打电话来,她拿起话筒,对方要和范杜森教授通话,她按惯例问对方是谁。

"不要管我是谁，"对方回答，"他在吗？ 我要见他。"

"你得先告诉我你是谁，有什么事，先生。"玛莎说，"范杜森教授需要先知道这些情况。"

"告诉他，我知道是谁杀了丹布利小姐和亨利·舒默，"对方说，"如果他能见我，我马上过来。"

"接下来，先生，"玛莎对"思考机器"说，"电话那边肯定出事了，我听到另一个人的声音，然后好像有人噎住了，接着有人大声骂我，然后对方挂断了电话，我之后就什么都听不到了。"她愤愤不平地说，"先生，这家伙，竟然用脏话骂我！"

实验室里的两个人对望一眼，脑中同时出现了一个想法。

"思考机器"首先开口："又一个！ 第三个牺牲者！"他立刻转身跑向门外，玛莎也抱怨着跟了上去，留下哈契先生站在原地紧张得全身战栗。 时钟的指针滑过七点三十分，再指向八点，待到八点二十分时，科学家走进实验室。

"很可能有个人在玛莎昏过去的十五分钟里丧了命，而且这十五分钟，让我们失去了立刻解开谜团的机会。"他急躁地说，"要是玛莎在先告诉我这件事再昏倒，那么，我一定能从接线员那里知道是谁打来的电话，现在倒好，在那十五分钟里至少有五十个电话打进去，接线员没做记录，已经记不清了。""思考机器"无助地摊开双手，"不过，接线员领班答应我明早告诉我是谁打的电话，他说他会尽量帮我找找。 现在，我们先去威宁先生那儿，找出两个死者间的联系，之后再去拜访梅乐迪斯教授。"记者打电话到威宁先生位于美洛士的住宅，他不在家；再试着打到威宁先生的办公室，他也不在那。 因此，直到第二天早上四点，人们才发现了第三个死者的尸体。

威宁先生是被他办公室所在大厦的女清洁工发现的，那时她正在做早晨的例行打扫。他口中塞着手帕，四肢都被绑在椅子上，还活着，但显然已失去知觉。他的秘书马克斯韦尔·毕特曼的尸体就在他的对面，坐在自己的椅子上。死者脸色呈暗紫色，好像是窒息而死，脸上露出不可名状的恐惧表情。张开的嘴唇上有轻微的挫痕，好像被人轻轻打过。左脸颊上有一个微小、没有出血的伤口。

没到一个小时，马洛力探员就赶到了现场，这时，威宁先生已经完全清醒，能够说话了。

"我完全被蒙在鼓里"他说道，"昨天下午大约六点的样子，办公室只剩下我和我的秘书。他走到隔壁房间去拿东西，我留在办公桌边，突然有人悄无声息地到了我背后，用一根沾了麻醉剂的手帕捂住了我的嘴。我挣扎了一番，想要大声地呼救，可是突然眼前一阵黑，就再也不知道其他的事了。醒过来的时候，可怜的马克斯韦尔·毕特曼就坐在那里，正如你所见的一样。"马洛力探员在办公室中四处查看，发现了一条绣有花边的手帕。他拿起手帕来，可以闻到手帕上有一股强烈的药味，手帕的一角有两个大写字母。

"C. M.①"他读着，眼睛亮了起来，"西西里亚·蒙哥马利！"

这边，哈契激动万分地闯进"思考机器"的办公室，大声喊道："又一个死者！"

---

① 西西里亚·蒙哥马利（Cecelia Montgomery）的姓名缩写。

"我早知道了，""思考机器"说，他对着自己的工作桌，没有抬头，"是谁？"

　　"马克斯韦尔·毕特曼。"哈契把发现尸体的经过详细地讲给了他听。

　　"可能还有两名死者呢。"科学家不紧不慢地说，"请帮我叫一辆出租车。"

　　"两名？"哈契吓得倒抽一口气，"死了？"

　　"有可能。第一个是西西里亚·蒙哥马利太太，另一个是昨天晚上打电话来的陌生人。"科学家正往外走，突然转身走回工作桌，他举起一只厚玻璃管，玻璃管一边是封闭的，另一端的开口附近有个活塞开关。"这是个非常有趣的实验。"他说，"看好了，这是一支玻璃管。我现在放一块厚的橡皮，让它把玻璃管的开口盖住，然后打开活塞开关。"他一边说一边做着示范，"现在，你试着把橡皮从玻璃管上拿开。"

　　哈契接过玻璃管，使劲地扯着橡皮，他甚至两手一起用力，弄得满脸通红，但就是没法将橡皮拉开。他停了手，一脸困惑地望着科学家。"是什么东西扯住了橡皮？"

　　"真空的吸力。""思考机器"回答，"人的力量可以将这块橡皮扯碎，但却一定不能把它和玻璃管分开。"说完，他拿起一根钢针，刺透橡皮直刺入玻璃管内。当他把钢针回抽出来时，响起了一阵悠长、尖锐的嗞嗞声。

　　过了半分钟，盖在玻璃管口的橡皮自己脱落了。"真空能产生巨大的吸力，约为大气压力的百万分之一。这个小针孔又把空气重新带回了玻璃管，因此，玻璃管对橡皮的吸力消失了，所以……"他用细长的双手做了个分开的手势。

哈契隐约想起了自己在大学时做的一些实验，似乎明白了什么。

　　"如果在你的嘴唇上放上一个玻璃管，"科学家继续说道，"打开活塞开关，你将动弹不得，没有办法挣扎呼救，全身麻痹，不到两分钟就会一命归西。你死了之后，为了拿走玻璃管，我得在你的脸上，比如说左脸颊上吧，打个小孔……"

　　哈契惊魂未定地喘着气。"验尸的法医说过，死者的肺里没有空气。"

　　"你明白了吧，这三个人的死因并不神秘。"科学家指出。"我示范给你看的科学实验，里面包含的原理你和那些法医早就明白，可是面对已经掌握的知识，你们却认不出它来。所谓天才就是指那些能活学活用的人，而不是那些学而不用的人。"他的语气一转，"帮我叫辆出租车。"

　　然后，他们一起乘车到大学去拜访梅乐迪斯教授。教授一开始见到他们觉得有些吃惊，在听完他们的第一个问题后，他的吃惊便演变成了愤怒。

　　"梅乐迪斯教授，从昨天中午一直到今天凌晨四点之间，你都在什么地方？""思考机器"不客气地开口问，"别误会，我想知道在马克斯韦尔·毕特曼可能被谋杀的这段时间里，你每一分钟的行踪。"

　　"为什么，真是可耻的……"梅乐迪斯教授斥责道。

　　"我不希望见到你被人逮捕。""思考机器"傲慢地说，"相信我，你最好听我的，如果你能交代清楚你每一分钟的行踪，并且能证实你说的话……"

　　"你这个家伙到底是谁？"梅乐迪斯教授挑衅地说，"你怎么敢对我这样说话？"

"我叫范杜森，""思考机器"说，"奥古斯都·范杜森。在你来之前，我是这个大学的哲学系系主任。辞职之后，我得到了大学颁发的荣誉法学博士学位。"梅乐迪斯教授被这段自我介绍吓坏了，站在科学大师面前，他好像变成了另一个人。"对不起。"他开口说。

"我想了解的是，你是否熟悉丹布利小姐的家族史。""思考机器"继续说，"现在，哈契先生，请你搭出租车去量一量马克斯韦尔·毕特曼嘴唇上伤痕的确切宽度。然后去找威宁先生，看看他是不是恢复得能接待访客了。如果他没问题，请他告诉你丹布利小姐的家族史，比如说家里有多少流动财产，她还有多少亲戚之类的。两个小时后到我家来。"

哈契依言离开。等他办妥事情回到"思考机器"的家时，看到科学家正准备出门。"我正要去见人称铜矿大王的乔治·帕森先生，"他主动提议说，"一起去吧。"从最开始一直到此刻，一连串稀奇古怪、难以理解的事接连着发生，并且那些事之间还没什么联系。这让哈契感觉到头昏脑涨的。就好比现在，哈契就不明白"思考机器"要去拜访帕森先生的用意何在。

"请告知帕森先生，范杜森先生来访。""思考机器"到了帕森先生的住处后，对接待员说。

"是什么事？"接待员问。

"性命攸关的大事。"科学家说。

"帕森先生想知道是关于谁的性命。"

"他的。"科学家对接待员说。

"思考机器"立刻被请进帕森先生的办公室。过了十分钟，他从屋里走了出来，和哈契一起离开了帕森先生的家，路上，他们在一家玩具店前停下来，科学家走进去买了一个小号硬橡皮球。接下来，他又去百货商店买了一根尖得吓人的帽针。

"哈契先生，你忘了告诉我，嘴唇上伤痕的大小。"

"正好是一又四分之一英寸。"

"谢谢！ 还有，威宁先生怎么说？""我还没见到他。 但我们约好再过一个小时会面。""很好。""思考机器"满意地点点头，"见到他时，请你务必跟他说，我知道是谁杀害了丹布利小姐、舒默和毕特曼三人。 你千万要强调知道的人是我，明白了吗？"

"你真的知道？"哈契不敢置信地问。

"不知道，"科学家坦白说，"但要想方设法使他认为我知道。 还有，告诉他，明天中午，我搜集到的一切相关资料就会被送到警察局。 明天中午，我就知道凶手是谁了。 你明白了吗？"他说完又思索了一下，"你可以再加上一句，说我告诉你凶手是个身居高位的人，那人的名字从没和犯罪行为扯上过关系。 可是，你不知道那人是谁，除了我之外，没有人知道。 明天中午，我会告知警方罪犯的消息。"

"还有别的事吗？"

"明天一早，带马洛力探员一起到我家来。"

第二天早上，案情如飓风般迅猛发展起来。 马洛力探员和哈契先生一到范杜森教授家，警局的电话就打过来了。 原来是西西里亚·蒙哥马利太太出面自首了，并且指明要同马洛力探员谈话。

"你现在还不能离开这儿。""思考机器"对探员要求道。和往常不同，他今天没有在工作桌前埋头工作，而是慢条斯理地在蒸馏管和试验台间踱着步。

"让他们把她留在警察局等你回去。 还有，问她丹布利小姐和亨利·舒默有什么关系。"马洛力探员按照他的吩咐去给警察局回电话，这时，科学家转身对哈契说道。 "这是一根帽针，"他说，"今天早上我们会有另一位访客。 当那位访客在这个房间时，如果我自愿地将某件东西，比如说，一个瓶子，放在我的嘴唇上，或者我被人强迫着用瓶口压住了嘴唇，只要三十秒内我没把它拿开，你就必须毫不迟疑地用这根帽针刺穿我的脸颊。"

　　"刺穿面颊？"记者又问了一遍，生怕自己听错了。 接着，他明白了科学家的用意，不禁起了一身诡异的鸡皮疙瘩，"你真的有必要冒这种险吗？"哈契先生问道。 "我说过，在我无法自己拿开的情况下该是你动手的时间了。""思考机器"不耐烦地回答，"我要把同样的科学实验示范给杀人犯看，到时候你和探员就藏在隔壁房间里看着我们。"他看到记者脸上露出担心的神情。 "我不会有危险的，"科学家断然地说，"帽针只是以防万一。"

　　过了一会儿，马洛力探员走进来，带着一脸的困惑。

　　"她否认杀人，"探员说，"但承认血手印是她的。 据她说，她在谋杀案发生之后，搜查了丹布利小姐和舒默的房间，为的是要寻找一些足以证明某些房地产所有权的文件，我实在搞不清是什么意思。 她在丹布利小姐房中不小心割破了手，流了不少血，所以才会出现血手印。 然后，她又直接去了舒默的住处，所以又在舒默的房间里留下了一些血迹。 她说，舒默是丹布利小姐的远房堂兄弟，是丹布利先生最小弟弟的独生子，好像因为做了什么不光彩的事，很早之前就从英国逃到美国来了。 铜矿大王乔治·帕森先生，是丹布利小姐在美国唯一还活着的亲戚。 蒙哥马利太太让我们警告他，好像说他会是下一个牺牲者。""我已经警告过他了，""思考机器"说，"他现在在西部一个没有人知道的地方办些事，等一切过去了再回来。"马洛力探员惊讶地睁大了眼睛。"对这件案子，你好像知道的比我还多。"他讥讽道。

"是的，"科学家不客气地说，"还有更多呢。"

"我想蒙哥马利太太一旦被控告为三级谋杀罪，她大概就会记起……"

"她说的是实话。""思考机器"打断道。

"那么她为什么要逃跑？ 为什么在马克斯韦尔·毕特曼的谋杀案中，她的手帕为什么会落在威宁先生的办公室里？"

"思考机器"没有回答，只是耸了耸肩。 过了一会儿，玛莎推开房门走了进来，显得气呼呼的。 "那个在电话里骂我脏话的家伙，就是他，"她果断地说，"他想见你，先生。"说完好一阵子，她的主人都只是安静地望着她，直到最后才做手势让她离开，说："让他进来吧。"接着，他对马洛力探员和哈契说："你们躲到隔壁房间里。 哈契先生，你务必要记得一旦有事发生时，你需要做的事。"

"思考机器"坐在自己的椅子上，访客走了进来。 他提着一个包，看上去身材瘦削，行动敏捷，穿着时尚，正是威宁先生。 最后，他停住了脚步，满脸好奇地打量着眼前身材矮小的科学家。

"请进，威宁先生，""思考机器"开口欢迎，"你来见我是因为……"他用询问的语气说道。

"我听说，"律师文质彬彬地说，"你对近来发生的几起谋杀案颇有兴趣，我手中也有些可能对你有用的相关资料，这些事我们以后可以好好交流一番。"他打开手上的皮包，继续说："有位新闻记者告诉我，你有某些资料知道是什么人……"

"我知道杀人犯的名字。""思考机器"说。

"真的吗？ 我能知道是谁吗？"

"可以。 杀人犯就是赫伯特·威宁。"

哈契在隔壁房间里紧张地看着眼前这一切。 他看到"思考机器"似乎想要掩盖住打哈欠似的慢慢地把手放在自己的嘴唇上。他看到威宁手中似乎拿着一个玻璃瓶，突然猛地向前一跃，把"思考机器"按在椅背上，想把玻璃瓶强按在他的嘴唇上。 接下来，他听到一个刺耳的咔嗒声。 紧接着，"思考机器"瘦干的脸马上起了变化，双眼因恐惧而大睁，两颊似乎全部瘪了下去，双手还死死拉着玻璃瓶。

威宁凶神恶煞地瞪着科学家，紧接着从自己的小皮包中取出一个玻璃杯，往地上狠狠一摔，杯子立刻跌落在地上。

就在这时，科学家冷静地从嘴唇上取下玻璃瓶。 "打破的酒杯，"他平静地说，"这样，所有的证据都齐全了。"

哈契的身材瘦长结实，马洛力探员也强壮有力，但是，他们合二人之力才制服年轻的律师。 "思考机器"在一旁好奇地研究着那个黑色的玻璃瓶，完全没有注意身边的这场三人打斗。 玻璃瓶的瓶口被一个小橡皮球塞住，在它的一边有个构造精巧的弹簧装置，这个装置能瞬间打开瓶口，从而把可怕的真空吸引力释放出来。 "思考机器"就是在弹簧将瓶口打开前的刹那间，用舌头将藏在口中的橡皮球用力顶出，堵住玻璃瓶口，这才救了自己一命。最后，他抬起头来，看见威宁先生带着愤怒与无力的眼神瞪着自己，手上已经带上了手铐。 四个人在十五分钟后到达了警察局，蒙哥马利太太还在那儿等着。

"蒙哥马利太太，""思考机器"淡蓝色的双眼直视对方的脸，有些没有礼貌，"你为什么没有去康克德市？"

"我去了那里，千真万确，"她回答，"可是，我被丹布利小姐死亡的可怕消息吓破了胆。于是，我让我的朋友隐瞒了我待在那儿的事，我的朋友答应了，如果你们去搜查，一定会发现我在那儿，只不过没有人过来。我躲了这么久，实在是担惊受怕，只好跑来警察局自首。如果你们有什么问题想问我，只要我知道答案，一定坦白回答，绝不隐瞒。""你为什么要去搜查丹布利小姐和舒默的房间？""我说过，"她说，"我清楚丹布利小姐和可怜的亨利·舒默两人的关系，也知道他们手上拥有的一些文件能够证明他们拥有英国某处的一大笔房产。我想这些文件对他们一个活着的亲戚大有用处……"

"铜矿大王乔治·帕森先生。"科学家插嘴说，"你找不到这些文件，因为赫伯特·威宁已经拿走了。他就是为了这个房产交易才杀人的，我敢说，再玩上几个法律上的花招后，他的计划很可能会成功。"他再次面对蒙哥马利太太，说："你平常陪着丹布利小姐，应该有她房间的钥匙。好，你半夜进入她的房间，应该不难做到不被人发现。威宁杀死丹布利小姐的晚上，进出时也没被人看到。告诉我，你是怎么进入舒默房间的。"

"那真是一个脏得可怕的地方。"她稍微颤抖了一下，"报纸上对他的房间有详细的描述，我看了之后从防火梯爬上了窗户。"

"我明白了。"他沉默了一阵后再度开口，"威宁，你是个聪明人，也有犯案需要的物理学知识。我相信，如果你发现我知道许多谋杀案的内幕，一定不会不来找我。你果然来了，这是个陷阱，我实话对你说，希望你会没那么难受。我知道你对你特殊的杀人方法用得得心应手，所以不会改变，因此我一点也不担心你会用刀或者枪来杀我。 我了解你的方法，因此早早做好了防御的准备，你当然杀不死我。 一切就是这样。"他站起身来。

"就这样？"哈契跟马洛力探员同时喊出来，"我们还不明白……"

"噢，""思考机器"又坐下来，"其他的只是逻辑推理而已。 丹布利小姐被杀了，不是枪击、刀刺、下毒、勒死，而是法医说的'肺中没有空气'，这样一来，真空管这种凶器就呼之欲出了。 舒默的案子也是同样的情形。 两个案子都想伪装成自杀案，因此还加上了一个破碎的玻璃杯。 从舒默的命案我断定，如果不是碰上随便杀人的疯子，两个死者必然有着某种关联。 在我和梅乐迪斯教授谈过之后，就确定他与本案无关。 不过，丹布利小姐对他十分信任，吐露了一些家族的秘事。 他告诉我说，乔治·帕森先生是丹布利小姐在本地的一个远亲，这是丹布利小姐有一天对他说的。"

他停顿了一下，接着说，"现在，我们再说说马克斯韦尔·毕特曼的命案。 他的死很有可能因为毕特曼发现了真凶，并且试图告诉我的事情被威宁发现了，于是，威宁就杀害了毕特曼，又假装被沾了麻醉剂的手帕弄晕了，还把自己的手脚绑在椅子上，然后等着人去发现。 这个计划很高明，他甚至不忘在现场留下一条蒙哥马利太太的手帕，撒上麻醉剂，好让大家都相信他是被麻药弄晕的。 如果还有其他的问题，你们可以问哈契先生。"他看了一下手表，"我要去参加一个午餐会，要去灵魂研究学会发表演说，对不起……"他站起身，在众人惊讶不已的目光中走了出去。

（姜 英 译）

鬼屋奇案

一

新闻主编的办公桌旁，韩钦森·哈契记者正耐心地站着，他叼着烟，等着面前精力旺盛的主编大人给自己分配今天的工作任务。在这样一座大都市里，编辑们总会有浩如烟海的选题等着他们的深入研究，以便从中选出新颖又适宜的新闻刊登在报纸上。最后，主编终于在堆积如山的新闻素材中翻出一张小纸条递给了哈契，纸条上是他写的一些字，旁边还画了图。

"你怕鬼吗？"主编问。

"不知道，"哈契微笑着说，"因为我从来就没见过鬼。"

"嗯，看上去这会是个好故事，"主编解释说，"是有关一间鬼屋的事。没人敢住进这间屋子，因为这里发生过一大堆稀奇古怪的事。有人曾听到里面传出过奇怪的笑声、可怕的呻吟之类的怪声音。这间房子属于一个叫欧尼斯特·韦斯顿的股票经纪人。你最好能去那里住上一晚体验体验，实地调查一番，写个故事登在周日版的报纸上。你不会害怕吧？"

"我从来没听说过鬼会伤害人，"哈契仍旧微笑着说，"如果一个鬼伤害了我，只会让故事愈加精彩。"

事情就这样定下来了。那间鬼屋坐落在一个南方的海滨小镇上，像这种小地方，历来就会传出一些怪力乱神的事。

两个小时后，哈契到达了那个小镇，不一会儿工夫，他就找到了那栋被当地人称为"韦斯顿老屋"的房子。这座房子有两层楼高，看上去结构坚固，它已经有六七十年的历史了，坐落在一个能够俯瞰大海的悬崖上。 远远望去，韦斯顿老屋显得气势磅礴，但只要你靠近一看，就会发现它其实已经旧痕累累。

哈契没有事先询问当地的居民，就自己沿着陡峭的山坡路往老屋的方向走去，但他还是希望让碰巧遇到的人带他进屋去看看。可是，屋子周围荒无人烟，屋子也门窗紧闭，被一种阴森诡异的气氛笼罩着。 他用力敲了好几下前门，没有人回答；又摇了摇窗上的遮板，也没有人回应。 他绕到屋后，看到一扇门，他敲了又敲，仍然没人响应。 他试着拉了一下，门开了。 哈契走了进去，里面是个阴冷潮湿的厨房。

哈契大致看了看这个厨房，就继续往里走，穿过一条走廊来到餐厅。 虽然现在已经被人废弃，但哈契猜想，这以前一定是个宽敞舒适、装潢精致的餐厅。 视线里，厚厚的尘土覆盖在硬木板上，屋里没有一件家具，只有一堆堆的废弃物，看上去凄凉极了。

哈契继续往里走着，沿路仔细研究房子的内部结构：他的左边有扇门，门后是食品储藏室，从那边走三级台阶，有条通道通往他刚刚进来的厨房。

一面长宽有七八英尺的大镜子安在他对面墙的两扇门之间。房间深处的墙壁上还有一面同样大小的镜子。 从餐厅穿过一扇拱门，哈契来到了另一个房间。 两个房间被高大宽阔的拱门连在了一起，他猜想第二个房间应该是卧室，可是除了堆积的垃圾、老式的壁炉和两面大镜子以外，这里仍旧空空如也。

镜子旁边有条狭窄的通道，在以前大概可以用滑动门开关。哈契穿过通道，进入到一间老式的接待厅。 由此向右去就是主厅，拱门把它和接待室隔开了，透过拱门，一条老式的环形楼梯映入眼帘。 接待室的左边有一扇紧闭着的门，他试着转动了一下把手，门开了。 他探头进去看，发现这里像个书房，书本味和潮湿木头的味道充斥其间。 但里面空空如也，连镜子也没有。 于是，哈契便随手关上了房门。

主厅后面还有两个房间，一间是客厅，是相对大的一个房间，原本镀金的墙饰和豪华的装潢早已满布灰尘，暗淡无光。 另一间是个小起居室，里面没有任何特别之处。 哈契转身沿着楼梯上了楼，穿过拱门看到了刚才经过的接待室和通向书房的门。

楼上有四五间套房，好像是更衣室，每间房都有面大镜子。哈契觉得这个房间的主人似乎特别喜欢镜子。 哈契一边穿过一间间的房间，一边用心记住它们的排列，甚至记在笔记本上，以防夜晚发生什么紧急情况的时候自己在这栋房子里迷了路。

检查完楼上，他又下楼大致看了看底楼，再从原先进来的后门出去，来到了马厩。 马厩离主屋有两百多英尺的距离，看上去像是后来补建的。 马厩旁边有个木梯通向二楼佣人的睡房，哈契看了一下，果然也是很久没有人住过了。 楼下可以安置六七匹马以及三四具捕猎器。

哈契看了看表，已经下午三点了，于是，便走出老房子，奔向镇上，心想："这里没什么可怕的东西。"于是，他准备先找人打听一下有关闹鬼的事，晚上再回来。

他在镇上的办事处找到了一个年纪六十多岁、头发发白的探员。 这位探员不仅是镇上唯一的警务人员，更是镇上的八卦中心。

看到哈契记者前来询问时，这个老家伙赶紧抓住这个难得的机会滔滔不绝地讲了两个小时。 哈契见状，故意引导他，让他说出自己想知道的消息。

据这位探员说，五年前，现任主人欧尼斯特·韦斯顿的父亲去世后，这座老房子就一直空置着。可是两周前，欧尼斯特·韦斯顿找来了一位建筑师来视察这栋老房子。

"镇上的人都在传言，韦斯顿先生最近准备要结婚了，所以打算将老屋整修一下，以便夏天来住。"探员说。

"你知道他要跟谁结婚吗？"哈契觉得这可是个新闻卖点。

"波士顿银行家柯迪士·艾弗瑞得的女儿，凯萨琳·艾弗瑞得小姐。据我所知，他们在老韦斯顿先生过世前就有来往了。现在，艾弗瑞得小姐搬到了新港①来住，他们就更是往来密切。"探员答道。

"噢，我明白了，"哈契说，"他们结婚后会搬到老屋子来住。"

"没错，"探员说，"可是，现在这闹鬼的事一出，这事就说不准了。"

"对了，闹鬼的事。"哈契问道，"那么，房子已经开始在整修了吗？"

"没有，房子里面还没开始弄。"探员说，"只是屋外有一小块地开始动了工，我估摸着还得花很长时间才能弄完。"

"这个闹鬼的传言到底是怎么回事？"

"呃，"探员若有所思地摸了摸下巴，"这件事挺有意思的。韦斯顿先生从波士顿请了一批建筑工人，大多是意大利人。这些工人打算在马厩修缮好之前暂时住在老屋里。他们来的第一天已

---

① 美国地名，位于美国东北部罗得岛州的海滨城市。

经是傍晚时分，所以，他们略微把老屋收拾了一下，就把行李给搬了进去，晚上就在二楼过夜。半夜一点多的时候，工人们被楼下的喧哗声吵醒了，那声音越来越大，到最后竟成了呻吟和吼叫。他们想下楼去看个究竟，结果，就看见了鬼魂。他们中有的人说鬼藏在接待室，另外的人说鬼在书房。但不管怎样，他们纷纷一口咬定老屋有鬼。之后，所有的工人都被吓得逃到屋子外面，当晚就睡在屋外的空地上。天一亮，他们立马抓了行李回了波士顿，再也没有在小镇上出现过。"

"那鬼长什么样？"

"据说是个全身都在冒火的男鬼，约九英尺高，"探员说，"他不停挥舞着手上的剑。那些工人吓得不敢出声，掉头就跑。他们边跑边听见后面传来尖声大笑。"

"我想，可能是这个男鬼在捉弄这些工人吧，"哈契带点讽刺的语气说，"镇上其他人看见过这个鬼吗？"

"没有。但我想，大家都打算相信那些建筑工人的话。"探员无奈地回答。

"其实，那栋房子从来没有闹过鬼。我每天下午都会经过那里，它看上去很正常。不过，那确实是个偏僻的地方，我晚上没去过那儿。"探员解释。

"一个挥舞着剑的男鬼，"哈契琢磨着，"全身冒火？听上去倒挺新鲜。一般闹鬼的地方都能和死人扯上点关系，那栋房子发生过什么命案吗？"

"我年轻的时候，好像听说过有人在那里被谋杀。但这事连我都记不太清楚了，大概也没有其他人会知道这件事吧？"探员说，"那件事发生在冬天，韦斯顿家的人当时不在镇上。那件事好像是跟珠宝钻石有关，但我忘了具体的细节。"

"真有此事？"哈契问。

"千真万确。 当时，好像是有人想偷一批价值不菲的珠宝。不过，现在已经没人去关心这些五十年前的陈年旧事了。"探员答道。

"原来是这么回事。"哈契说。

晚上九点，周围漆黑一片。 哈契在黑暗中爬上峭壁，进入到韦斯顿老屋。

半夜一点，他从山坡上疯狂冲了下来。 他惊慌失措，还不时回头向后看。 回到镇上旅馆的房间，原本从不相信有鬼的哈契被吓得面无血色，浑身发颤。 他打开灯，目光呆滞地坐在那里，直到第二天的太阳升起来。

他看到了那个冒火的鬼。

二

早上十点，哈契找到了被人尊称为"思考机器"的奥古斯都·范杜森教授。 "思考机器"从厚厚的眼镜片后斜眼瞪着他，问："发生什么事了，你看起来不大对劲？"

"真是惭愧，教授，"哈契停顿了一下，神色不安，"有件事情很玄。"

"先坐下再说吧。"教授让哈契坐在他的对面。

"那天晚上真是吓坏我了。 在这之前，我从来没体验过如此强烈的恐惧感。"哈契苦笑着说，"教授，我想请你帮忙找出那吓人的东西到底是何方神圣。"

"究竟是怎么回事？""思考机器"问。

于是，哈契将鬼屋事件的来龙去脉、他的所见所闻，以及关于珠宝和谋杀案的传闻和韦斯顿要结婚的事情一股脑儿全都告诉了教授。"思考机器"专心地听着。

"晚上九点，当我再次回到那间屋子时，我已经做好了可能会看见脏东西的心理准备。可是，我看到的却完全在我的意料之外。"

"嗯，你继续说。"教授显得有些不耐烦。

"当时，老屋漆黑一片。我故意在楼梯那里逗留了很久，因为听说鬼曾经在那里出现过。当时，我还真不相信屋里有鬼，心里想，那些所谓的鬼应该是阴影、月光之类的东西形成的特殊效果。于是，我一直在楼梯上等待着。你知道，我并不是一个胆怯的人。我没有带任何能照明的东西，一直呆坐在那儿，眼睛盯着接待室和书房。过了一会儿，忽然，我听到了一些声响。起初，我以为是一只老鼠跑过地板时发出的声响，所以并不是很害怕。"

哈契神情紧张地说："后来，我听到一声闻所未闻的可怕叫声。它不是呻吟，不是尖叫，而是叫喊。正当我努力想要镇定下来时，眼前突然出现一个发亮、燃烧着的白色影子，就在接待室里。"

哈契停顿了一下，接着说："明显看得出，那是个男人的影子，约有八尺高。真的，我没有夸张。当我注视它的时候，它变得越来越亮，越来越大。它没有脸，但有个头。然后，我看到它举起手来，手里握着一把跟身体发出同样白光的短剑。

"当时，我被吓得直哆嗦，不只是因为这个影子，而是被他诡异的样子吓坏了。接着，它举起一只手，在空气中用手指写着：'小心点！'"

"那个笔迹像男人写的还是女人写的？"教授问。

哈契被"思考机器"沉着的语气弄得镇定了一些，他不好意思地笑了笑，说："我不知道。"

"继续说。"

"我知道自己不是个胆小的人，当时，我强压着恐惧，试图接近那个影子。我猜想，如果是有人假扮影子，就算它拿着短剑，那也没什么可怕的；如果它不是人，那它就更伤害不到我了。后来，我跳下台阶，这个鬼影子仍旧原地不动，一手拿着短剑，另一只手指着我。我咬了咬牙，向它冲了过去。说真的，我已经不记得当时我有没有大喊大叫了。"

哈契又停顿了一下，努力想镇定一点。他感觉自己现在就像个小孩受了惊吓似的。"思考机器"冷不丁地瞥了他一眼。

"可是，就在我要抓住它的时候，它突然消失了。本来，我已经做好了与那把短剑搏斗的准备，但刹那间，那把短剑只剩下一半，随后鬼叫传入我的耳朵，接着，短剑就完全消失不见了……

"在之前鬼出现的地方，什么都没有留下。由于我发力过猛，结果冲到了一个黑暗的房间里，摸索了半天才知道那是书房。

"那个时候，我真的是被吓坏了。我看也不看，撞破一扇玻璃门就跑了出去。我一直跑一直跑，发誓无论如何也不会回到那间鬼屋去了。"

"思考机器"漫不经心地玩弄着自己的手指，哈契站在一旁，焦急地等待他的回答。

"你冲向它的时候，它不在原来的地方了，然后你发现自己在书房里？""思考机器"终于开口问道。

"没错！"

"那么，你是从接待室经过一扇门进到书房里的，这点你能肯定？"

"是的。"

"那扇门在你白天离开的时候是关上的？"

"关上了。"

沉默了一会，"思考机器"继续问道："当时你闻到什么气味了吗？"

"没有。"

"你推测这个鬼大概就站在门的位置吗？"

"没错。"

"可惜你没注意到笔迹，不知道是男人写的还是女人写的。"

"是的，但在那种时刻，没有人浪费精力去关注这件事！"哈契显得有些不高兴。

"你说你听到了像老鼠跑动的声音，到底是什么东西呢？"

"我不知道。"

"听没听到吱吱的声音？"

"我没注意。"

"思考机器"若有所思地说："这屋子已经空置了五年，那屋子离海边有多远？"

"屋子在面对海的悬崖上，要从海边走到屋子，有一道很长的陡坡需要爬。"哈契先生答道。

"思考机器"好像理出了一些头绪。"你白天检查房子的时候，有没有注意那些镜子，它们是不是都被灰尘覆盖了？"教授问道。

"我想，每面镜子多多少少都会有些灰尘在上面吧。"哈契回答。

"可是，你并没注意到某些镜子是没灰尘的吧？""思考机器"坚持地问。

他斜眼盯着天花板，一动不动地坐着。过了好长一段时间，他突然开口："你见过屋主韦斯顿先生吗？"

"没有。"

"去找他，让他告诉你屋子的事，还有那起谋杀案、珠宝以及所有相关的事情。如果恰巧有一大批珠宝真的藏在那座屋子里，岂不是非常奇怪又有趣？"

"不错，"哈契说，"这会是件非常奇怪但又有趣的事。"

"凯萨琳·艾弗瑞得小姐是什么人？"

"当地银行家柯迪士·艾弗瑞得的女儿，曾连续两年被评为新港地区的年度淑女。现在她人在欧洲，也许是在置办嫁妆。"

"一切有关她和韦斯顿先生的事，你也都要去了解清楚，然后再来找我，""思考机器"总结性地发出一条命令，"噢，另外，"他接着说，"查出韦斯顿家族的历史。比如，有几个继承人，他们的身份，每人可分到多少财产，诸如此类的事，就这些。"

哈契快步走出大门，他看起来比来的时候镇定多了。他立刻着手去办教授交代给他的任务，他相信这个谜团一定会被教授解开。

就在哈契找到教授的同一天，夜深时分，小镇上的探员伙同着六七个镇上的居民来到了鬼屋。他们刚走到老屋外的院子，鬼魂就拦住了他们的去路。他们看见那男鬼挥舞着短剑，耳中充斥着令人毛骨悚然的鬼叫声。

"投降！ 不然我开枪了。"探员紧张地喊着。

男鬼大笑一声，探员感觉到有一些带点温度的液体溅到了脸上，其他的人也感觉到了，他们纷纷用手帕擦了擦自己的脸。 微弱的灯光下，手帕若隐若现，那群可怜的人们在看清了手帕上是什么后全都惊叫一声，头也不回地跑掉了。 那温暖的液体是血，红色的血，新鲜的血。

下午一点钟，哈契找到欧尼斯特·韦斯顿先生时，他正与另一位先生共进午餐。 欧尼斯特向哈契介绍了他的堂兄弟佐治·韦斯顿先生。 哈契回忆起这位佐治·韦斯顿先生也是韦斯顿家族的财产继承人之一，大约在一年前，他在新港有过一些奇怪的举动。哈契还记得，当艾弗瑞得小姐在新港的社交界大出风头之际，这位佐治·韦斯顿也是她最热烈的追求者之一。 当时，甚至有传言说两个人即将订婚，却在最后因为女方父亲的反对而不了了之。 哈契好奇地看着这个人，此人虽沉溺于酒色，但谈吐优雅，是来自上流社会的花花公子的典型代表。

哈契跟欧尼斯特·韦斯顿已经是老相识了，在哈契任新闻记者的十年间，他们经常有来往。 正当哈契不知如何开口提问时，股票经纪人倒是主动开口了。

"嗯，这次你想知道什么？ "他亲切地问，"南方海滨的鬼怪，还是即将到来的婚礼？ "

"两者都想知道。"哈契回答。

于是，韦斯顿谈起了他跟艾弗瑞得小姐订婚的事，显得十分轻松。 下个星期，他就会正式公布这个喜讯。 届时，艾弗瑞得小姐也会从欧洲回到美国。 虽然具体日期尚未确定，但婚礼应该会在三四个月后举行。

"那么，在海滨的屋子就要装修当作夏季避暑的别墅了？"记者问。

"没错。我原本想把它装修一下，换些家具。可是听说那里在闹鬼，所以不得不停下装修的工作。你听说过这件事吗？"他微笑着问。

"我看过那个鬼。"哈契回答。

"真的？"股票经纪人追问。佐治·韦斯顿听哈契说见到鬼，也凑上来一块听他讲。于是，两人便听哈契一五一十地说起了自己在鬼屋的经历。

"好家伙！"哈契说完时，股票经纪人叫了起来。

"你觉得到底是怎么回事？"

"我不知道，"哈契坦白地说，"我自认不是个容易上当受骗的小孩，也不爱胡思乱想，但这次的事我实在解释不通。"

"我觉得是个骗局。"佐治·韦斯顿说。

"我也是这么认为的，"哈契说，"如果这真的是个骗局，那它就是我见过的所有骗局中最高明的一个。"

接下来，话题又转到五十年前失窃的珠宝以及在屋内发生的命案上。虽然哈契心中认为这并无用处，但他还是按照"思考机器"的吩咐把这些事问清楚了。

"嗯，这个案子要说清楚，就不得不再说说我的家族史，不过，也没有什么见不得人的地方，"欧尼斯特坦率地说，"这些事早已过去了。也许佐治会记得比我清楚，他的母亲曾经听我的祖母亲口讲述过。"

欧尼斯特和哈契同时看向佐治·韦斯顿。他把一支香烟点燃，靠在椅背上，看起来心绪复杂。他是个出色的叙述者。

"我听我母亲提过，不过，那是很久以前的事了。"他说，"据我所知，我的祖父非常有钱，为了建这座滨海的屋子，他花了至少上百万元。在他的财产中，包括一些价值十万元左右的珠宝。它们中有许多传到今天就可以算作是古董了，也就弥足珍贵。我的祖母只在一些正式场合才会把这些珠宝拿出来佩戴上，每年也就一两次而已。

"当时，并没有类似保险柜这种东西。因此，如何保护这批珠宝变成了一个相当令人头疼的问题。后来，我的祖父想出了一个万全之策，他打算不把珠宝放在波士顿的家中，而是把它们藏在那座滨海屋子里的某个地方。从波士顿到小镇，唯一的交通工具就是马车。当时已是寒冬，祖父决定一个人上路。他为了不引起别人的注意，计划在夜里到达。把珠宝放在房子里藏好后，他再连夜返回波士顿，只需在中途安排好替换的马就行了。但谁也不知道祖父下了马车，走进屋子之后的事情，事到如今，我们唯有靠猜测。"

佐治·韦斯顿停顿了一下，吸了口烟。

"第二天早上，有人发现祖父的尸体躺在屋子外的走廊上，他的头骨碎了。屋里死了另外一个陌生人，没有人认识他，镇上的人也都没有见过那个人。这次事件引发了各种各样的推测。其中有一种说法，我们家族认为是合理的。那就是祖父摸黑进入屋子后，碰到可能是进屋避寒的陌生人，又或者那陌生人躲在屋里企图伺机抢夺珠宝，而后两人便厮打起来。在搏斗中，祖父杀死了陌生人，而他自己也身负重伤。然后，他想要走出房子去求救，可是由于体力不支，就在走廊上昏了过去，直到死去。这就是我们对当时情况的一种猜测。"

"那批珠宝找到了吗？"哈契问。

"没有。 那批珠宝既不在陌生死者身上，也不在我祖父身上。"

"有可能会是还存在第三个人把珠宝带走的情况吗？"欧尼斯特·韦斯顿问。

"有这种可能性，直到今天，还是有人认为有其他的人拿走了珠宝。 不过，有一个情况可以推翻这种猜测，那就是当时在雪地上，只有两条向屋内走的足迹，并没有向外走的足迹。 那天地上有厚厚的积雪，没有往外走的足迹就意味着没人离开过屋子。"

屋里一阵沉默。 欧尼斯特慢慢品了一口咖啡，说："这样看来是，那批珠宝藏好之后发生了打斗，珠宝也就此下落不明。"

"听我母亲说，在过去的二十年里，陆陆续续有人来搜查过这间屋子，"佐治·韦斯顿微笑着说，"地窖中每一英寸地都被挖过，屋里每一个角落、每一个隐蔽的地方都被再三搜查。 最后，所有人都死心了，现在再也没人会提起这件事。"

"那现在有必要再搜一次那间屋子了吧？"欧尼斯特说。

佐治·韦斯顿大笑一声。 "嗯，是有必要，"他说，"可是我还是有些怀疑。 那些东西人们已经寻找了二十年而不得，那现在也不会那么容易被人发现。"其他两个人听到这句话，都沉默着没有回答。

"可是，老屋会闹鬼，"欧尼斯特·韦斯顿说，"我想弄清楚事情的真相。 要不，我们组织一个捉鬼团，今天晚上到那里去。据我的建筑商说，没有人愿意去老屋工作了。"

"我很想参加，"佐治·韦斯顿说，"可惜今晚在普罗维顿思市有个会议，我一定得赶去参加。"

"你呢，哈契？"欧尼斯特问。

"我没问题，"哈契说，"只要不是单独一个人去。"他微笑地补充了一句。

"很好，就是你和我，再加上探员，"欧尼斯特说，"今晚就行动？"

"没问题。"哈契爽快地答应了。

他们约好傍晚时分再会面。于是，哈契回到"思考机器"家中，把这次见面的情况一一向他汇报。"思考机器"听罢，便转身走进实验室，继续他被中断的实验工作。

"你今晚能跟我们一起去吗？"哈契热切地问。

"不行，"教授回答，"今天我必须参加一个科学研讨会，整晚都得在场。我要在会上发表一场宣讲，好证明芝加哥化学师的理论根本就不合逻辑。"

"那明晚呢？"哈契坚持问。

"不行。后天晚上可以。"

后天是星期五。哈契原本就打算在周日版报纸上刊登这篇鬼故事，现在时间刚好赶上。因此，他心满意足地离开了，相信"思考机器"的天才大脑一定能帮他揭开谜题。

傍晚，哈契和欧尼斯特乘夜车赶往海滨小镇。到达后，他们找到镇上的探员，向他说明了自己的来意。

"你愿意跟我们去吗？"哈契问。

"你们俩都去？"探员反问。

"是的。"

"那我也去，"探员爽快地说，"捉鬼！"他轻蔑地笑了笑，"明天一早他就会被我关进监狱。"

"不能开枪，"欧尼斯特警告探员，"我们知道一定是有什么人在背后捣鬼，可这顶多算是个非法入侵，并不是什么严重的犯罪行为。"

"我会抓住这家伙的，说不定真有什么犯罪行为。"探员说，自己满脸被洒了热血的情景还历历在目。

晚上十点，三人潜入闹鬼的黑屋，在哈契上次驻守的楼梯上蹲下等待。哈契和欧尼斯特两人专心致志地盯着楼下，探员却不时紧张地动来动去。

就在此刻，鬼影出现了。刚开始，屋里传来有东西跑过地板的声音，然后突然之间，一个发着白光的身影出现在接待室里，并且越变越大。这正是哈契向"思考机器"描述的那一幕。

三个人看得目瞪口呆，只见影像举起手臂指向他们，开始在空中写字，真的是在空中。手指在他们眼前挥动着，显现出在黑暗中闪闪发光的字迹。这一次，写的字是"死"。

恍惚中，哈契努力克制住恐惧的感觉，他想起"思考机器"吩咐他注意字迹是男人还是女人写的，现在就是最好的时机。他看见那字迹就像是有人在黑板上写的，可是奇怪的扭曲出现在笔画拐弯的地方。他尝试着去闻一闻，却什么味道也没有。

突然，他感觉到他身后的探员有所动作。一声轰鸣，一阵闪光掠过，他知道探员对鬼开枪了。鬼大喊了一声，接着大笑起来，正是他上次听到的嘲笑声。鬼影好像停了一下，接着就在他们眼前彻底地消失在了黑暗之中，原先鬼影站立的地方已经空无一物。

探员射出的子弹打空了。

三个人一头雾水，沿着山丘往镇上走。自从鬼影在接待室现身后，欧尼斯特就一言不发。 它现身的地方会不会是在书房？ 他思索着。 突然，他转身面对探员。

"我告诉过你不要开枪。"

"没关系的，"探员说，"我以警察的身份到那里去，必要时我可以开枪。"

"可是子弹什么都没射中。"哈契接口说。

"我发誓我的子弹直接穿过了那个东西，"探员夸耀说，"我可是会使枪的探员。"

欧尼斯特的思绪一片混乱。 他很少惊慌失措，可以说是个头脑冷静的人，可是，他现在却无法解释自己看到的东西。 回到旅馆的小房间后，他茫然地望着哈契。

"这东西是怎么回事，你能想象得出吗？"

哈契摇了摇头。

"当然，这不是幽灵，"欧尼斯特说，脸上出现紧绷的笑容，"它完全不是我预想的那样，真后悔跑了这一趟。"

两人辗转反侧，整晚都没睡好。 一大早，二人就乘车回了波士顿。 在车站分手时，股票经纪人欧尼斯特开口了。

"我一定要找出原因，"他坚定地说，"我知道有一个人，天不怕地不怕，更不怕鬼。 他会被我派去在那个屋子里守夜。 他叫欧西根，是个好斗的爱尔兰人。 如果那个鬼敢来碰他，哼。"

每次遇到难题，哈契都会直接向"思考机器"汇报最新进展，这次也不例外。 教授停下手边的事听他说。

"你注意观察笔迹了吗？"教授问。

"有，"哈契回答，"我注意看了那个飘浮在空中的字。"

"那笔迹是来自男人还是女人？"

哈契困惑地说："我说不准，好像是粗体字，我记得有个大写的字母'D'。"

"像那个股票经纪人的笔迹吗？ 他叫什么名字，欧尼斯特·韦斯顿？"

"我没看过他写的字。"

"去找找看，尤其要注意大写字母'D'。""思考机器"说。

过了一会儿，"思考机器"继续说："你刚才提到那个影像是白色的，会放光？"

"是的。"

"它会发出亮光吗？ 比方说，它能让室内更亮吗？"

"我不明白你的意思。"

"比如，你带着一盏灯走进一个房间，""思考机器"解释说，"灯会照亮房间。 这个鬼影的光也会这样吗？ 你是否能借着它的亮光看到地板、墙壁或其他任何东西？"

"不能。"哈契肯定地说。

"我明天晚上会跟你去。"教授说。

第二天早上，哈契去到欧尼斯特·韦斯顿的办公室。

"你派欧西根去了吗？"他问。

"去了。"股票经纪人微笑地说。

"结果如何？"

"我让他来跟你说吧，他就在外面。"

欧尼斯特走到门外，说了几句话，欧西根就走进来了。 他是个一头红发、蓝眼睛的爱尔兰人，身材魁梧，满脸雀斑。 一副彪悍的脸孔，给人的感觉是他信奉用拳头解决一切麻烦。 可是现在，他的脸上却有一丝闷闷不乐的神情。

"告诉哈契先生，昨晚发生了什么事。"欧尼斯特说。

于是，欧西根开始讲述昨天的经历。本来，他也打算捉住这个冒火的鬼。可是，等他一冲过去，鬼就不见了，他撞进了漆黑的书房。紧接着，同哈契一样，他穿过一扇被撞破的玻璃窗逃出了房子。

"一到屋外，"他继续说，"我就开始琢磨这件事，觉得它没什么吓人的。可是，当我身陷其中时又会有不一样的想法。于是，我又回屋开始搜查整个房子。这次，我一手提着油灯，一手举着枪，但连一个人影都没见着，原来鬼影出现的地方也没什么东西。接着，我把一张帆布床放在马厩里，之后便又爬上楼梯，去了原本打算住的房间。那时大约是凌晨两点，我在房间里睡着了，一个小时后突然被惊醒。我敢发誓，我看见屋里有一只鬼猫在到处乱跑。我看得清清楚楚，我当时立刻跳起来往房门口冲，可是那只猫像一道火光似的，先我一步挡在门口。但和那个主屋里的鬼影一样，那只猫也只是个影子，发着火焰一样的白光。我躲回床上，将被子盖过头，闭着眼睛不敢出声。"他抱歉地对欧尼斯特说："先生，那里没有什么是我能用手摸得到的。"

"就是这样？"哈契微笑着问。

"这才刚刚开始。早上醒来，我发现有人把我紧紧地绑在了帆布床上，手脚都动弹不得，我只能躺在那儿大声喊救命。过了几分钟，但我感觉都过了几小时，我听到外面好像有人的声音。于是我更大声地呼叫，结果是探员上来了，帮我松了绑。我对他说了事情的经过，然后回到了波士顿。韦斯顿先生，请您批准我辞职吧。我不怕跟任何人 PK，但真的没法跟看不见、摸不着的东西较量。"欧西根说。

当天下午，哈契跟"思考机器"一起乘火车去了海滨小镇。一路上的大部分时间，他都斜眼望着上方，一言不发地思考着，只是偶尔问了哈契几个问题。哈契知道他的脾气，因此，除了回答问题之外，不会去打扰他。

"你查过欧尼斯特·韦斯顿的笔迹吗？"这是第一个问题。

"有。"

"大写的字母'D'？"

"有些像鬼写的，但又不是完全一样。"哈契回答。

"你在普罗维顿思市认识一些能帮你查问题的人吗？"这是第二个问题。

"认识一些人。"

"到站时打长途电话给他，让我跟他通话。"

半个小时后，"思考机器"和哈契在普罗维顿思市的报界朋友通了长途电话。哈契不知道他们都说了点什么，只看到"思考机器"走出电话亭后转身回去，继续打了半个小时的电话才出来。"可以走了。"他说。

于是，他们一起向鬼屋出发。刚踏进院子，"思考机器"突然又想到一件事情。

"打电话给欧尼斯特·韦斯顿，要跑步去，"他吩咐道，"问他或他的堂兄弟是否有摩托艇，我们可能要用一艘船。另外，还要问清小艇是靠电力发动的还是靠汽油发动的。"

哈契跑回小镇，"思考机器"则独自一人在走廊上眺望大海。

哈契很快就回来了。

"怎么样？"他问。

"欧尼斯特·韦斯顿没有摩托艇，"记者说，"佐治·韦斯顿倒有一艘，可是目前不在，不能借给我们使用。如果你真的有需要，我也许可以从别处借到一艘。"

"不用了，""思考机器"的语气变得冷淡起来，好像已经失去了对这件事的兴趣。

他们绕过房子，来到厨房入口。

"接下来要干什么呢？"哈契问。

"我要去找珠宝。""思考机器"的回答令哈契大吃一惊。

"你能找到珠宝？"哈契吃惊地问。

"当然。"

他们从厨房一路进入主屋，"思考机器"斜着眼四处张望，穿过接待室、书房，来到走廊。接着，他们由此经过一道关着的小门进入地下室。地下室黑暗潮湿，垃圾成堆。"思考机器"站在屋子中央，在靠近烟囱底部的地方。他站在那个地方，若有所思。他用手指摸索由石砖砌成的烟囱壁，从站的地方开始绕着烟囱转圈。哈契站在一旁，看见教授绕完一圈后又重新开始绕第二圈，这次，他边绕边用手指摸索着比他头部稍高的地方。

"天啊！"他好像突然想到什么似的，恼怒地喊道，"哈契先生，你的个子比我高，请仔细用手指摸这些烟囱壁上的石砖，看看它们是否牢固。"

哈契照着教授的样子沿着烟囱壁绕了一圈，终于摸到了一块似乎有点松动的石砖。"松的。"他说。

"拉出来。"

那块石砖在哈契用力的推拉中被拽了下来。"用手掏掏里面有什么。""思考机器"说。哈契从烟囱里掏出一个约八英寸大的木盒子，递给"思考机器"。 "啊哈！""思考机器"低叫了一声。 他稍一用力，腐朽的木盒子就裂开了，失踪了五十年的珠宝掉到了地上。

哈契显得很惊奇，他弯腰捡起掉在地上的珠宝，把它们递给了"思考机器"。

随后，两人将那块松动的石砖重新塞回原位，然后一起回到小镇，口袋里放着失踪已久的珠宝。

"你怎么知道珠宝就在那里？"哈契问。

"二加二一定等于四，""思考机器"高深莫测地回答，"一个简单的加法。"他停了一下，又说："别告诉任何人我们找到了珠宝，连一点暗示都不行，我会告诉你何时才可以透露出去。"

事实上，哈契也丝毫无意提早透露这个消息。 在他心里，他所经历的这一切就是一个生动的故事，是一篇关于抓到冒火的鬼、找到失踪的珠宝的独家报告，他一想到这个就开始暗爽。 但现在他当然得一声不吭，可是等到他的文章见报……

在小镇上，"思考机器"找到探员。 "我听说前天晚上，你在韦斯顿老屋被人用血泼了？"

"不错，还是热的血。"

"你用手帕擦拭了？"

"擦了。"

"那块手帕还在吗？"

"我可以找找看，"探员的回答有点含糊，"不过，可能洗了。"

"你是个聪明的探员，""思考机器"微笑地说，"你一定知道，这其中很有可能隐含着一起重大的犯罪案件，你身为探员，会把唯一的犯罪证据洗掉吗？"探员立刻明白了对方的意思。

"别担心。"他说，"在这儿等我，我去拿给你。"

很快，探员就拿来了手帕，上面有六七块深棕色的血迹。"思考机器"来到镇上的药店，跟药剂师聊了一会儿，然后进入了药店后面的调剂室，一个多小时后，他走出了药店。 此时天色已暗，哈契和探员一直在外面等他。

哈契不敢发问，"思考机器"也不会把在药店做的事主动告诉任何人。 "这会儿从波士顿赶到镇上会不会太晚了？"他问探员。

"不会。 如果从波士顿乘八点钟开的火车，九点半就能到这儿。"

"哈契先生，请打电话给韦斯顿先生，我指的是欧尼斯特·韦斯顿，让他今晚就过来，跟他说有件很重要的事。"

于是，哈契打电话到欧尼斯特的俱乐部去找他。 对方回答说虽然已有约会，但是考虑到事关重大，他一定会去。 在这段时间里，"思考机器"一直在跟探员聊天，并时不时地指示对方。 似乎探员对"思考机器"非常信任，只听到他不断地说："好，没问题。"口气非常诚恳。

"绝对不能透露一丝口风，""思考机器"说，"连家人也不能告诉。"

"好，没问题。"探员说完后，便离开去吃晚餐了。 "思考机器"跟哈契在他们住的小旅馆里吃了晚餐。 两人沉默不语地吃完了饭后，哈契问了一个问题。

"你要我去查欧尼斯特·韦斯顿的笔迹，"他说，"可是你已经知道，当鬼出现时，欧尼斯特就跟我和探员在一起，在那种情况下，实在不可能……"

"没有不可能的事，""思考机器"打断他的话，"别轻易下结论。"

"我的意思是说，既然他跟我们在一起……"

"今晚你就会完全明白整个老屋闹鬼的事。"教授再次打断哈契的话。

晚上九点半，欧尼斯特·韦斯顿乘火车到达。"思考机器"同他说了很久的话，哈契只能站在一旁干等。两人说完之后走到哈契的身边，"你最好带把手枪。""思考机器"说。

"有这个必要吗？"韦斯顿问。

"完全有必要。""思考机器"强调。

谈话结束后，欧尼斯特走开了。哈契不知道他要去哪里，"思考机器"也没有告诉他。他可能知道"思考机器"要到闹鬼的屋子去，可是具体去的时间他并不知道，他也不知道他会不会被邀请一起去。

夜晚来临，他们总算动身了。"思考机器"把一把从旅馆借来的铁锤带在身边。这是个伸手不见五指的夜晚，几乎看不见脚下走的路。通往鬼屋的上坡路更是漆黑一片，一路上，两人绊倒了好几次。他们从厨房门进去，走到接待室，哈契告诉"思考机器"，前两次他就是在楼梯上站着，看到了发光的鬼影。

"你到会客室躲起来，""思考机器"吩咐道，"绝不能发出任何声响。"

几个小时过去了，哈契只能听到自己的心脏怦怦跳动的声音，屋里没什么动静，这让他更加焦虑起来。他努力控制自己的情绪，坐下等着。"思考机器"也安静地坐在台阶上，右手握住铁锤，斜眼望向黑暗深处。

终于，他隐隐约约听见一个声音，好像是一个东西拖过地板发出的，但也可能只是他的想象。 这时，他警觉起来。 接着，一阵吓人的薄雾升起，是在接待室还是在书房？ 不能确定。 "思考机器"认真观察着这一情形的变化。

慢慢地，光圈越来越亮。 如同之前的猜测，一个人影在薄雾中逐渐显现出来。 "思考机器"毫不惊慌，他看到某些地方雾气越来越浓，人影也逐渐清晰，一个人形出现在白光之中。

紧接着，人影在慢慢散去的雾气之中显得更加清晰。 人影个子高大，穿着长袍，头上戴着会发光的风衣帽。 在"思考机器"的注视下，人影举起一只手臂，手持一把短剑，摆出恐吓的样子。可"思考机器"毫无惧意，只是饶有兴趣地看着鬼影。

他看到人影举起另一只手，似乎是指着他。 鬼影的手指在空中比画着，写出了一个"死"字。 "思考机器"的眼前飘浮着发光的字，他揉了揉眼睛。 接着，他听到不知从什么地方传来的鬼笑声。 慢慢地，"思考机器"像幽灵一样，蹑手蹑脚地从他刚才坐的台阶上爬下来，右手仍然紧握铁锤。 他缓慢地爬着，逼近那个鬼影。 哈契不知道"思考机器"想干什么，只能静观其变。

突然，终于出现了他期待的情形。 随着一声玻璃窗被撞破的哗啦声，空中的人影和飘浮的字都消失不见了，老房子的某个角落传来奔跑的脚步声。 最后，记者听到有人叫他的名字，声音很平静。

"哈契先生，请过来。"是"思考机器"。

黑暗之中，哈契跌跌撞撞地走向声源。 有个东西在他头上猛敲了一下，他眼前迸出火花，倒在地上。 过了一会儿，他隐约听到远处传来一声枪响。

当哈契再次睁开眼睛时，看到了"思考机器"的打火机冒出的火光，还有教授对他关切的眼神。 他勉强坐了起来，"发生什么事了？"他问。

"你觉得你的头怎么样？"教授用另一个问话回答他。

"噢，"哈契突然回忆起自己被敲昏前的一些事，"我的头没事。 发生什么事了？"

"站起来，跟我走，""思考机器"冷淡地说，"去看看那边那个被枪打中的人。"

哈契起身，尾随着个子矮小的"思考机器"从前门走出屋子，向海边走去。 这时，一些乌云已经散去，月光穿过乌云洒在海面上，现出闪烁不定的光点。

"是谁打了我的头？"哈契再次提问。 他摸了摸自己的头，伤处还残留着疼痛。

"就是那个鬼，""思考机器"说，"我想，他也吃了一颗子弹。"

这时，镇上的探员出现了。

"谁？"

"范杜森教授和哈契先生，韦斯顿先生把他打中了，"探员得意地说，"他想从屋后溜出去，我早就照你的吩咐，把后门关死了，所以他改从前门出去，韦斯顿先生挡在那里，那人举起短剑向他刺去，韦斯顿先生就开了枪，我想那人的手臂被打中了，韦斯顿先生现在正在看守他。"

"思考机器"转头跟哈契说："你跟探员在这里等我，我是个医生，如果那人需要护理，我可以帮他。 你们不要过来，除非听到我叫你们。"

哈契跟探员等了很久。 哈契不耐烦地听着旁边的探员在喋喋不休地说着话，但他很想知道"思考机器"和韦斯顿先生在跟那个鬼搞什么名堂。

过了大约半个小时，月光再次隐去，湍急的水流声和一阵摩托艇的马达声传了过来，一个拉长的阴影消失在他的视线里。 "出了什么事吗？"哈契大叫。

"没事。"有人回答。

过了一会儿，迎面走来了欧尼斯特·韦斯顿和"思考机器"。

"那个家伙呢？"哈契问。

"那个鬼……在哪里？"探员也忍不住开口问。

"他乘摩托艇逃走了。"韦斯顿先生冷静地说。

"逃走了？"哈契和探员不约而同地叫道。

"对，逃走了，""思考机器"不耐烦地说，"哈契先生，咱们回旅馆。"

哈契默默地跟着两人回了旅馆，努力控制着自己失望的情绪，探员也跟在一旁。 回到旅馆时，他们向莫名其妙、困惑又气馁的探员道了晚安。

"祝你们好运。"探员消失在了夜色之中。

然后，三人来到"思考机器"住的房间，哈契已经迫不及待了，他想要了解发生的一切。 韦斯顿点燃一根香烟，靠在椅背上。 "思考机器"十指相对，斜眼盯着天花板坐着。

"韦斯顿先生，你知道，我之所以参加这件事情，是因为哈契先生邀请了我。"过了一会，"思考机器"开口了。

"我知道，"对方回答，"我也要在你说完之后请他帮个忙。"

"思考机器"在椅子上挪了一下，找到了一个更舒服的姿势，又调整了一下他的眼镜，然后才和往常一样开始分析案情：

"哈契先生来找我时，他的心情糟透了。他告诉了我这个怪异的事情。我想他经历过的事情你已经知道了，所以我就不再重复了。这个案子的关键所在，是他告诉我，在屋里的餐厅和起居室共有四面大镜子，以及他查到的有关老屋谋杀案和失踪珠宝的一些事情。

"他跟我说，他晚上在屋子里真的看到了鬼。我知道，哈契先生一向冷静、精明能干，因此，我觉得这个家伙极为擅长制造骗术，所以才能让像哈契先生这样的人也惊慌失措。

"和别的人一样，哈契先生看见这个鬼影出现在接待室或者是书房靠近门的地方。他在鬼影出现前听到一些声音，以为是老鼠跑过地板时发出的。可是，这个屋子已经五年没住人了。据我所知，没有人居住的房子里很少会有老鼠待这么久。那么，那是什么声音呢？应该是鬼弄出来的声音，但这个声音又是怎么回事呢？

"从科学角度来说，哈契先生提到的白光，有一种元素可以发出，那就是磷。纯磷暴露在空气中时，很快就会燃烧殆尽。所以，人们通常将磷加上硅酸铝、甘油等物一起使用。磷有一种特别的味道，站在二十英尺之内都可以闻得到，但哈契先生并没有闻到气味。

"那么，到目前，有几个细节值得我们关注：幽灵出现前会发出某种声音；磷混合物会产生白光；哈契先生没有闻到磷的味道，即使是鬼站的位置，也没有这种味道。 二加二一定会变成四。 如果哈契先生在鬼出现的地方没有闻到磷的味道，那就表示鬼在别的地方。 他所看到的只是鬼的影像而已，即磷光的影像，明白了吧？

"哈契先生看到它举起一根手指，在空中写字。 同样的，他看到的依旧只是一个影像，而不是真的有人在那里写字。 记得哈契说过，当他向鬼冲过去的时候，鬼的部分影子消失了，先是消失了一半，接着是另一半。 因此，他伸出去的手只能抓到空气。

"很显然，这些影像是通过别的东西传过来的，很可能是镜子，这是最常见的一种用来反射的媒介。 可是，哈契先生冲过鬼出现的地方时，并没撞上镜子之类的东西。 他发现自己冲入了书房，那是另一个房间。 他记得很清楚，当天下午他检查屋子时，从接待室通向书房的门是关着的。

"有人用装置来滑动镜子，我马上想到。 哈契先生先是看到一个鬼影出现在门前，消失了一半，然后是另一半。 接着，他穿过鬼影出现的地方，假如一面大镜子被装在滑轮上，放在打开的门前，当作一道滑动门，然后滑入墙壁里，那么，一切就都能解释通了。 明白了吗？"

"明白了。"韦斯顿先生说。

"没错，"哈契兴奋地说，"教授您请继续。"

"这道滑动门移动时，可能会发出一种声音，很像哈契先生认为的老鼠跑过地板的声音。 哈契先生说过，在餐厅和起居室里有四面大镜子，这些镜子再加上他描述的鬼出现的位置，这些影像要如何被反射是能被推断出来的。

"其实，我更关心鬼出现在那间屋子里的原因。 难道他只是为了好玩吗？ 我不这么认为。 要知道，在意大利工人来施工之前，从没出现过鬼。 那么，鬼出现的目的是要把这些工人赶走吗？

"我一直在想这个问题。 等到哈契先生告诉我这间屋子发生过谋杀案和珠宝失踪的事时，鬼出现的动机便被我找到了。 我要他继续往这个方向查下去，提醒他失踪的珠宝很有可能仍然藏在屋内某个地方。 假设有一个人，他很有信心找到他早就知道藏在老屋里的珠宝，所以不希望别人来打扰。 那么，要赶走其他人，不管是镇上的居民、无业游民还是工人，他会想出什么妙招呢？ 制造出一个鬼？ 这个可能性很大。

"再假设，有人想要给老屋安一个坏名声，让韦斯顿先生不愿派人来翻修，所以拿鬼制造恐怖气氛？ 很有可能。 这个心胸狭窄的家伙想到，艾弗瑞得小姐和韦斯顿先生的婚事要是被这件闹鬼的事破坏了，那就更遂了他的意。 为了证明这一点，韦斯顿先生，我要哈契先生去找出所有有关你和你的家族的消息。我想，对五十年前失踪的珠宝，你们家族的人应该比其他人更清楚。

"没错，哈契先生从你和你的堂兄弟佐治·韦斯顿那里得到的消息，让我找出了装鬼的动机。 就跟我假设的一样，这个人就是想赶走施工队，直到他找出失踪的珠宝为止，而以前老屋发生的谋杀案会让人更加相信屋子里有鬼。

"现在，我们来分析一下，对于珠宝失踪的事，谁最了解？你的堂兄弟佐治·韦斯顿。 最近是否有一些有关失踪珠宝的最新消息被他打听到？ 这个我无法确定。 不过，他自己说过，他的母亲是从他的祖母那里亲耳听到整个故事，而他的祖父想把珠宝藏在老屋子某个地方的事，他的祖母也很可能听说过。"

"思考机器"停顿了一下，调整一下坐姿，又继续说下去：

"佐治·韦斯顿以要去普罗维顿思市开会为理由，拒绝同你们一起去抓鬼。后来，我让哈契先生在那边的同行查过，根本没有这回事。因此，当晚佐治·韦斯顿很可能也去了鬼屋。

"当我将老屋附近的地形查看过之后，发现这个装鬼的家伙如果不想被镇上的居民看到，只有在夜间乘坐摩托艇前来。因为在那时，他可以趁着天黑，在峭壁下的海边靠岸，镇上的人绝对发现不了。佐治·韦斯顿有没有摩托艇呢？有，一艘电动小船，开动时几乎没有噪声。

"整件事到了现在已经很清楚了。运用逻辑推理，我知道这个鬼如何来去无踪；我知道他想要寻找失踪珠宝的动机；我也可以推断出这个人是谁。接下来，就是去证实我的想法。而首要的事，就是把失踪的珠宝找到。"

"找珠宝？"韦斯顿先生用略带嘲讽的口吻说。

"就在这里。""思考机器"冷不丁地回了一句。

果真如此，当着欧尼斯特的面，"思考机器"掏出已经失踪了五十年的珠宝。韦斯顿先生不只是吃惊而已，他目瞪口呆地瞪着这一堆闪闪发光的东西，一时语塞。

"你是怎么找到的？在哪里找到的？"他问。

"动动脑子就行了，"对方回答，"我走进老屋子，想想在那种情况下，屋主最有可能将珠宝藏在什么地方，这样就找到了。"

"可是……可是……"韦斯顿先生结结巴巴地说。

"当时，把珠宝藏起来只是暂时的，记住，它们随时会被藏珠宝的人拿出来佩戴，""思考机器"不耐烦地说，"因为怕把珠宝烧掉，他不会把它们藏在木头里；他也不会藏在地窖底下，因为那是最容易被搜查到的地方，而且挖坑埋土也太麻烦了。你们都记得在这间屋子里有个陌生人被杀害了，而且白雪覆盖的地面只有两条往屋子方向走的足迹，没有走出来的足迹，这证明了老屋的主人的确将珠宝藏在屋内。而他藏珠宝的地方应该就是在烟囱的石砖里。因为除了那里，屋子别的地方都是木制的。

"当然，他不会把珠宝藏在人的水平视线范围内，否则细查时，石砖被移动的痕迹很容易就会被人发现。因此，他最有可能将珠宝藏在比视线更高或更低的地方。后来，哈契发现了一块可以松动的石砖，里面就是一个木盒子和这些东西。"

现在，韦斯顿先生看"思考机器"的目光里充满了钦佩。

"找到珠宝之后，接下来的计划就是当场抓住这个装神弄鬼的家伙。韦斯顿先生，我叫你过来是因为我考虑到既然扮鬼不是什么重大犯罪行为，那就最好由你这个屋主去处置。我进屋时，手里握着一把铁锤，然后静待事情发展。

"这个鬼在最后照例诡异地现身了。我悄悄地从楼梯上爬了下去，爬到鬼影在的地方，挥动铁锤用力敲去，不出所料，一大块玻璃哗啦碎了一地。这一敲，把那个操纵滑动镜子的人吓了一跳，他拔腿就往屋后的厨房门跑去，可是，我早就吩咐探员在咱们进门之后将厨房门从外面闩死。因此，这个家伙不得不往前门跑去。接下来的事，比如你找到电动船，在那里等他，以及开枪等等，你已经知道了。"

"他想用短剑刺我，"韦斯顿补充道，"我不得不开枪打伤他。"

"枪伤只是个小伤口，""思考机器"说，"过不了几天，他的手臂就会痊愈。到时候，你出钱，让他去欧洲度个四五年的长假，只要他答应你不再过问珠宝的事，我想这大概是笔不错的交易。"

"我正有此打算，"欧尼斯特·韦斯顿冷静地说，"我当然不会去控告他。"

"那个鬼，到底是谁？"哈契问。

"佐治·韦斯顿，我的堂兄弟，"欧尼斯特说，"如果不违背你的良心，有些事希望你不要写进的报道中。"

哈契想了一下。"我会考虑的。"他说。然后扭头问"思考机器"。"那个扮鬼的人是躲在哪里操作一切的？"

"就在餐厅的食品储藏室旁边，""思考机器"说，"他将一件制好的涂了磷的长袍藏在储藏室里，需要时就把门打开。这件长袍对着前面的大镜子，就会反射到起居室对面的大镜子里，从那儿再反射到接待室通向书房的活动镜子上，我敲碎的就是那面能活动的镜子。"

"那他在空中怎么能写字呢？""噢，那个啊？他只要在鬼影前面举着一片玻璃，反着写上就行了。这样，影像就能在接待室反射出正面字体了。"

"那又怎么解释洒在探员身上的血？"哈契再问。

"那是狗血。我是在镇上药剂师的实验室中检验出来的。猫的鬼影，还有把欧西根绑在床上，也都是用类似的鬼把戏。"

教授说完后，大家都沉默了很久。

最后，韦斯顿先生站了起来，感谢教授帮他找到失踪的珠宝。

他跟两人道了晚安，然后离开了。哈契也下意识地跟着走出房门，走到门口的时候，他回头问了最后一个问题。

"探员开的枪为什么没有打破镜子？"

"那是因为他过于激动，子弹射进了镜子旁边的木门，" "思考机器"回答，"我已经用小刀挖出了子弹。晚安。"

（姜 英 译）

| 名侦探之 |

简·马普尔

Jane Marple

【阿加莎·克里斯蒂（1890—1976 年）】

英国著名女侦探小说家、剧作家，三大推理文学宗师之一。一生创作了 80 部侦探小说和短篇故事集，19 部剧本，以及 6 部以玛丽·维斯特麦考特的笔名出版的小说。著作数量之丰仅次于莎士比亚。她塑造的侦探形象深入人心——一个是身材矮胖，留着黑色胡子的比利时人赫尔克里·波洛；一个是身材矮小，却十分可爱的老太太马普尔。最具代表性的作品为长篇小说《东方快车谋杀案》《尼罗河谋杀案》《无人生还》《罗杰疑案》等。

马普尔小姐的故事

我亲爱的雷蒙德和琼，我想你们可能不知道，因为我也没有告诉过你们一件几年前发生得很奇特的案子。不管怎样，我不想让别人觉得我因为自己的聪明而自鸣得意，事实上，我老了，已经不再聪明了。与你们年轻人相比，我只能望其项背了。我知道我的侄儿雷蒙德很擅长写那些令人讨厌的现代都市的男男女女的书，而琼却在画画上相当有天赋，她善于画一些四四方方的人，而且这些人身上有一些地方会很奇怪地凸起来。 我亲爱的，就像雷蒙德说的那样（他心地善良，总是以一种非常亲切的口吻说的），我确实就应该回到维多利亚时代去。 我很羡慕艾玛先生——塔德玛还有福雷德里克·赖顿先生。 也许你们会觉得他们是一群老古董。 现在我来瞧瞧，哦，对了——我刚才说不想让人觉得我很自满，但是我又禁不住有这种自满的想法，因为我能够不费吹灰之力就能解决让那些比我聪明的人都感到棘手的问题，虽然我觉得这些答案是很明显的……好了，我想我该给你们讲一下我身边发生的小故事了，如果你们也觉得我有点自负的话，你们不要介意哦，因为我曾经确实是帮助一个可怜的家伙脱离了苦海。

我是在一天晚上九点才听说这件事的，格温——你们还记得格温吗？ 曾经在我身边做女佣，长着红色头发的——格温告诉我有人来拜访我，是波塞瑞克先生和另一位先生，她已经带他们进了客厅。 那个时候我是在饭厅取暖，因为已经是早春时节了，我只在饭厅生火。

我一边迅速赶往客厅，一边吩咐格温为我拿出樱桃白兰地以及几个玻璃酒杯。 我不知道你们是不是还记得波塞瑞克先生，他是我多年的好友，可是两年前他去世了。 他在世时，我所有的法律事务都是由他处理的。 他是个很精明的律师，人也很好。 现在我的法律事务由他的儿子办理——一个很不错的小伙子，也很新潮——可我对他总是有点担心。

我向波塞瑞克先生解释我为什么没有在客厅生火的原因，他们很好，立刻说到饭厅去坐坐。 然后他给我介绍了一下他的朋友——罗迪斯先生，一位四十岁左右的人——我立刻就注意到了一个极不正常的地方：他在待人接物方面做得很不到位，如果不知道他

106

正承受着巨大的压力，我甚至认为他没有教养。

我们在饭厅里坐下来，格温为我们拿来了樱桃白兰地酒，波塞瑞克先生简单说了一下来这里的原因。

"马普尔小姐，"他说，"请原谅我的冒昧，我这次是有事向您请教的。"

我当时还不是很清楚是什么情况，便一直听他讲下去："人们生病时喜欢听两种意见————一种是专家提出的，另一种是家庭医生的，而我与别人不同，我更喜欢听家庭医生的意见。专家只是在自己的领域内有一定的经验————家庭医生虽然不专业，但却经验丰富。"

我立刻明白他是在提不久前发生的事情：我的一个侄女因为自己的家庭医生太老了，所以执意将自己的小孩送往医院的专家处就诊。那个专家给她开了很贵的处方，后来才知道这只是小小的麻疹而已。

我提这个————虽然我极怕说话跑题————就是为了证明我很赞同波塞瑞克先生的观点，可是我还是不明白他为什么说刚才那些话。

"如果罗迪斯先生病了————"由于那位先生发出了一声怪异的笑声，我便停了下来。

他说："我可能几个月后就要离开这个人世了。"

后来他告诉了我事情发生的经过。不久以前在班彻斯特————一座离这儿大约二十英里远的小镇————发生了一起谋杀案。由于当时村里有很多开心的事情发生，比如说我们区的护士，所以我一直没有关注这场谋杀案。虽然与我们区的护士相比，发生在印度的一次地震、班彻斯特的一桩谋杀案等这些村外的事情还是更重要一些——可是他们就发生在我的身边，所以我知道得更清楚。 我想可能每个地方应该都差不多吧。 不过我仍记得曾经在报纸上看到过一篇报道——一个我不知道名字的女人被人谋杀了，事发现场就在旅馆里。 不过现在看来这个女人就是罗迪斯先生的妻子——可是这不是最惨的，最惨的是大家怀疑凶手就是他。

波塞瑞克先生一五一十将事情的经过告诉我。 虽然陪审团裁定这是一起谋杀案，凶手未知，可是罗迪斯先生始终认为他很快就要入狱了，所以他希望波塞瑞克先生帮帮他。 波塞瑞克先生接着往下说，那天下午他们去请教了大律师马可姆·欧德先生，并且希望马可姆先生能为他的下次开庭做辩护律师。

据波塞瑞克先生说，马可姆先生虽然年轻，但是在辩护手法上很有自己的一套，他为罗迪斯先生制定了一套辩护方案，但是罗迪斯先生却不认可。

"你看，我亲爱的小姐，"波塞瑞克先生说，"马可姆的方案就像是'专家的意见'。 马可姆在案件中看到的一般都是最可行的方法。 可在我看来，即使是最好的辩护方案也可能完全忽略了最重要的一点，那就是要考虑实际情况。"

然后他又向我说了一些关于我的溢美之词。 他又请求我听听这个案子，希望我能给他们些建议。

我能看得出来罗迪斯先生十分怀疑我的能力，他很不高兴波塞瑞克先生带他到我这里来。 然而对这一切波塞瑞克先生都视而不见，一直很用心地跟我述说三月八日晚上发生的凶杀案。

事实上，罗迪斯夫妇俩已经在位于班彻斯特的皇冠旅馆住了很久。 罗迪斯夫人是一个轻度的癔想症患者，（我是根据波塞瑞克的话中推断的。）吃过晚饭后罗迪斯夫人就上床了。 他们夫妇俩住两间房，而且是隔壁。罗迪斯先生就在隔壁的房间里写一本关于史前燧石的书。整理完稿件之后已经是晚上十一点了，他准备上床睡觉，但在临上床前他向妻子的房间望了一眼，想看看她是不是还需要什么，结果看到妻子被人刺穿了心脏死在了床上。她可能已经死了很久，至少有一个多小时。接下来就是一些细节。罗迪斯夫人的房间里还有一扇门通向走廊，可是那扇门被人从里面锁上了，而且房间的窗门也被锁上了。而据罗迪斯先生回忆，他只看见一个女侍者，是来送热水瓶的。凶器是罗迪斯夫人放在梳妆台上的一把匕首，这是她用来裁纸的，而且凶器上没有采集到指纹。

最后他们就将所有的怀疑定在了罗迪斯先生，以及送热水瓶的女侍者身上。

我问了一下那位女侍者的情况。

"那也正是我们调查的第一步，"波塞瑞克先生说，"她叫玛丽·希尔，是当地人，已经在皇冠旅馆工作十年了。她根本就不可能突然对一个房客进行攻击。因为她看起来有点迟钝，甚至有点痴呆。她的口供也没有一点儿出入：她给罗迪斯夫人送热水瓶的时候，感觉罗迪斯夫人即将睡着——正在那儿打盹儿呢。说实话，陪审团包括我都不相信她是凶手。"

波塞瑞克先生又提到另外一些细节。皇冠旅馆里，楼梯的正对面就是一间休息室，房客们有时在里面闲坐，喝喝咖啡。一条走廊通向右边，正好罗迪斯先生的房间就在拐角处；在这儿走廊又向右拐，第一间房就是罗迪斯夫人的房间。在案发时这两扇门人们都能看见。第一扇门——我们假定罗迪斯房间的门为 A 门，有四个人可以看见——两个商人，还有一对正在喝咖啡的老年夫妇。

而且他们也说只看见罗迪斯先生和一位女侍者进出过。而走廊里的另一扇门 B 门也有人能看见，有一个正在干活的电工看见只有女侍者进出过。

这真是一桩离奇而又有趣的案子。表面看来，所有的指控都朝向罗迪斯先生。可我看得出波塞瑞克先生是相信罗迪斯先生的：他不是杀人凶手。

在我们的谈话中，罗迪斯先生隐约提到了曾经有一个女人写信恐吓他的妻子，我猜他的故事一定不会使人信服。在波塞瑞克先生的恳求下，他才慢慢讲道。

"说实在的，"他说，"我也一直都很怀疑这些事是阿咪杜撰出来的。"我猜想罗迪斯夫人是属于那种生活在故事中的人，她总是自己编纂一些故事。如果照她自己的说法，她一年会经过非常多的冒险。她踩到一个香蕉皮滑了一下就说这是九死一生；她的头罩着了火就非坚持说自己是从火海中死里逃生；因此她丈夫已经学会了在听她的话时打些折扣。所以，当她告诉他开车撞伤了一个孩子，而孩子的母亲发誓要找她报仇时，他根本不相信妻子的话。这件事发生在他们结婚以前，即使她给他看了那些恐吓信，但罗迪斯先生还是认为这是妻子的想象。事实上，她以前曾干过一两次类似的事。她是那种很疯狂的女人，总是自己不断寻找刺激。

对我来说这一切都是那么的自然——因为在我的村上也有一个与罗迪斯夫人类似的女人。这种人面临的危险就是真有事情发生，也没有人相信。在我看来这桩案子就是这样。我猜想警方可能是认为罗迪斯先生为了洗脱罪名，才会说一些这样奇怪的故事吧。

我问他们是不是当时旅馆只有罗迪斯夫人一个女人住在单间的。看起来有两个——格兰比夫人，她的丈夫是印度人，有着盎格鲁血统；另一个是卡罗色丝小姐，一个四肢发达，说话时总是省掉 G 的音的老处女。波塞瑞克又说经过他们认真调查后，没有证据证明她们俩是犯罪嫌疑人。

我又让他描述了一下她们两人的长相。他说格兰比夫人是个长着一头浅红色头发的五十岁上下的妇人，她的头发很零乱，面色微黄，略显病态，她身上穿的一般都是丝织品；卡罗色丝小姐四十岁左右，戴着一副夹鼻眼镜，留着像男人一样的短发，上身穿一件大衣，像男人一样，下身是一条裙子。

"啊呀，"我说，"这个有点棘手。"

波塞瑞克先生一直盯着我，我那时一句话也不想多说，所以就问他马可姆·欧德先生都说了些什么。

马可姆先生非常自信，他说他能将这个案子判定为是自杀，包括凶器上即使没有留下指纹。我又问罗迪斯先生怎么想，他只说专家们想法很单纯，就连他们自己也不相信死者是自杀。"她不是那种人，"他只简简单单地说了一句——我很赞同他的观点，像罗迪斯夫人那样疯狂的人是不会自杀的。

我考虑了一分钟，然后又问罗迪斯夫人的房间是不是跟走廊相连的，罗迪斯先生回答说不是——还有一个小门厅，里面是浴室和厕所。就是那扇从卧室到门厅的门被上锁了。

"如果是这样，那这个案子很简单。"我说道，"也许你们也是觉得这个案子相当简单。只是还没有人从那个角度来考虑这个案子罢了。"

波塞瑞克先生和罗迪斯先生将目光齐聚在我的身上，我有些不太自然。

"可能是，"罗迪斯先生说，"是马普尔小姐还没有理清整个案件的思路吧。"

"不，"我说，"我想我理解了。我觉得整个案子就四种可能，要不自杀要不他杀，他杀分为三种：罗迪斯先生所杀、女侍者所杀，或者外人所杀。"

"这不可能，"罗迪斯先生抢过了话头，"我明明只看见一个人进过我妻子的房间，即使那位电工没有看到，而且他又怎么能够离开房间而又从里面锁上门呢？"

波塞瑞克先生看着我说："你能解释下吗，马普尔小姐？"他的语气中充满了鼓励。

"我想问你一个问题，罗迪斯先生，"我说，"你还记得那位女侍者的相貌吗？"

他说他只记得那位女侍者个子高高的，其他的都不知道。我又问波塞瑞克先生这个相同的问题。

他说她个子一般，中等身材，头发是淡黄色的，眼睛是蓝色的，面色微微红。

罗迪斯先生说："波塞瑞克，你比我观察得仔细多了。"

我很冒昧地说了一句表示不敢苟同，然后我叫罗迪斯先生描述一下格温的外表，他和波塞瑞克先生都答不上来。

"你们难道还不明白这意味着什么吗？"我说，"你们太专注于自己的事了，所以不太注意其他的事，包括刚才带你进来的那位女佣。这也同样适用于在旅馆房间里的罗迪斯先生，因为他当时太全神贯注了，所以只认为进去了一个女侍者。而波塞瑞克先生却是以一种不同的身份询问了同一个侍者，所以他才很注意这位女侍者的打扮。"

"而那个凶手可能正是利用了这一点。"

看到他们不解的表情，我又重新说了一遍。

"我认为事情的经过应该是这样的：女侍者拿着热水瓶从罗迪斯的房间经过，然后进了罗迪斯夫人的房间，最后从门厅出去，经 B 门到了走廊；X——我先假定的女凶手——从 B 门进去后，就一直藏在门厅里，直到女侍者出去，然后 X 进了罗迪斯夫人的房间，从梳妆台上拿起了匕首（实际上，她对罗迪斯夫人房间是相当熟悉的），走到床边，刺了这正在打盹的女人一刀，然后擦掉凶器上的指纹，锁上 B 门，最后从罗迪斯先生正在工作的房间里走了出来。"

罗迪斯先生禁不住叫了起来："那我和电工都应该看见她的。"

"不，"我说，"这就是你错的地方。你不会看见她，因为她假扮成了女侍者。"我等他们明白了这句话以后又接着说，"在你专心工作的时候，你只看见一位女侍者进来，然后一位女侍者从你房间出去，衣服是一样的——可却不是同一个人。当时喝咖啡的人和那位电工都是看到一位女侍者进去，一位女侍者出来。

"我觉得假如那位女侍者长相好的话，一定会给那些男人留下印象——人的本性就是这样——可如果她只是个中年妇女，而且长相一般的话，那人们就只看到她身穿的衣服了。"

罗迪斯先生大叫了起来："那位凶手是谁呢？"

"哦，这就有点儿难了，不过应该就在格兰比夫人和卡罗色思小姐中。听起来好像格兰比夫人平时是戴着假发的——所以她有这个条件换个假发假扮女侍者。 可另一方面，卡罗色丝小姐的头发又是短短的，她也可以戴上假发装成女侍者。 不过你肯定会很容易揪出凶手是谁的。"

亲爱的，故事就是这样的。 "卡罗色丝"是一个假名字，不过她就是凶手。 她的家族有精神病史。 罗迪斯夫人很粗心而且很喜欢将车开得飞快，不幸撞死了她的小女儿，她就精神失常了。不过她平常装得就跟正常人一样，我们是从她给罗迪斯夫人的恐吓信中得知她疯了。 她跟踪罗迪斯夫人很久了，可以说是蓄意谋杀的，谋杀后的第二天她做的第一件事就是把假发和女侍者的衣服寄了出去。 不过在警察的威逼下，她终于承认了自己的罪行。 这个可怜的家伙现在在伯劳地摩，已经完全精神失常了，不过这起谋杀案却策划得非常成功。

波塞瑞克先生不久后带着罗迪斯先生言辞恭敬的信给我——真的，它都使我脸红了。 我的老朋友对我说："你当时为什么认定凶手是卡罗色丝而不是格兰比呢？"

"嗯，"我说，"是她的那个发音，总是省去 G 的音让我发现了破绽，只有书里边的猎人才那么干，我在现实中没有见过——即使有，也没有六十岁以下的人。 你说她是四十岁左右，所以我觉得是那个女人在演戏，而且演过头了。"

我原本不想告诉你们波塞瑞克先生当时说的话——不过他非常地赞许——我那时真的很自信。

世界上的事情有时结局会这么好，真是令人惊叹。 罗迪斯先生后来跟一位漂亮的姑娘结婚了——他们已经有了一个小宝宝——你们猜怎么着？ ——他们的举动让我太自豪了，他们竟然叫我做小孩的教母。

我真希望你们不要认为我很啰唆……

奇特的玩笑

一

"这就是马普尔小姐！"简·赫利尔用这一句话结束了她对马普尔小姐的介绍。

作为一名演员，她总是有办法令自己的话达到预期的效果。很显然这是一个高潮，一个成功的收场，因此，她的语气中流露出一种敬畏与喜悦。

在简的尽力安排下，这两个年轻人很快和马普尔小姐进行了首次会面。令人感到奇怪的是，那个被简·赫利尔吹嘘了大半天的人物，却只是一位和蔼可亲，穿着讲究的老太太。两个年轻人的脸上透露出了不信任的表情，他们甚至还有些许沮丧。他们两个人都真可谓男才女貌，女孩儿名叫查米安·史侨德，身材极为苗条，皮肤稍显黝黑；小伙子叫爱德华德·罗西特，长着一头金黄色的头发，性情温顺，个子高高的。

首先开口的是查米安："噢，见到您我们真的很高兴。"但她的眼神中分明透着不信任。紧接着她又以一种询问的眼神迅速地瞥了简·赫利尔一眼。

"亲爱的，"简回答她说，"她绝对是一个奇迹。你把这件事儿交给她你就可以放心了。我曾许诺会把她请到这来，现在我已经做到了。"

115

然后她又对马普尔小姐说："我知道您肯定会替他们解决这些问题的，因为对您来讲这再真是容易不过了。"

　　马普尔小姐用她那显得异常宁静的蓝眼睛注视着罗西特："你能告诉我这是怎么一回事吗？"

　　"简是我们的朋友，"查米安显得有些不耐烦，忍不住插话说，"爱德华德和我现在实在没有别的办法了。简说倘若我们能来参加她的聚会，她就会给我们推荐一个人，他是——他将——他能——"

　　爱德华德接着说："简告诉我们说您是一个绝对不同一般的侦探，马普尔小姐。"

　　老太太眨了眨眼睛，面不改色地说："不，不，不是这样的！完全不是这样的。只要像我一样居住在村子里，谁都会对人的本性有一种清醒的认识。只是，你们现在倒真的引起了我的好奇心，所以，请务必把你们的问题告诉我吧。"

　　"我只是怕它太平常了——只是埋藏的珍宝。"爱德华德说。

　　"真的吗？这真是太好了！"

　　"我知道，其实并不完全像《金银岛》描述的那样。我们的问题与那个有所不同：既没有用骷髅头来标记藏宝地点的藏宝图，也没有'向左四步，西偏北'这样的提示。我们的问题是再简单、再明了不过的了，就是我们都知道应该去哪儿挖宝。"

　　"你们已经试过了吗？"

　　"我想我们可能已经挖了足足有两英亩那么大的地方了。整块地都快挖成菜园了。在来这之前我们还在讨论是种胡萝卜还是种土豆的问题呢。"

　　查米安突然问了一句："您真的想知道这件事吗？"

"当然了，我亲爱的。"

"那我们就找个安静的地方。来这边，爱德华德。"她领路走出了这间乌烟瘴气、人声鼎沸的屋子，接着上了二楼，进了一间小起居室。

他们刚刚坐下，查米安就说："好了，现在听我说：这个故事是由马休叔叔引起的。他是我们俩的叔叔，不，应该是叔叔的叔叔的叔叔，总之他已经很老了，爱德华德和我是他在这世界上唯一的亲人。他非常疼我们，总说他死后要把他的财产全留给我们。去年三月他死了，他所有的东西都分成相等的两份，给了爱德华德和我。刚才我说的听起来有点儿人情冷淡——我并不是说我们很想他死——事实上我们也很喜欢他。可他患病已经很久了。关键的问题在于他留下所有的东西实际上就一文不值。说实话，这对我们两人来说是个打击，不是吗，爱德华德？"

温顺的爱德华德也持同样的态度，"您知道，"他说，"我们都指望着它呢。我的意思是，当你知道你将会得到很多钱时，你不会——嗯——再拼了命地去赚钱的。我在军队服役，除了工资以外再没有什么收入了；查米安也是一文不名。她在一家定期换演节目的剧院里做舞台监督——工作挺有意思的，她也很喜欢这份工作——可就是没钱可赚。我们也曾想过要结婚，对于钱的问题我们并不着急，因为我们知道总有一天我们会变成有钱人。"

"但现在你看，我们什么也没得到！"查米安说，"而且，安斯蒂斯家里的那块土地，爱德华德和我都非常喜欢——却可能不得不卖给别人。这是我们最不能承受的！如果我们找不到马休叔叔留给我们的钱，我们也就没别的选择了。"

爱德华德紧接着说："你知道，查米安，我们还没说到最重要的问题。"

"那么你来说吧。"

爱德华德转头对马普尔小姐说："事情是这样的：您知道，马休叔叔渐渐地衰老了，对什么都疑神疑鬼的，他不再信任任何人。"

"这样做很明智，"马普尔小姐，"这邪恶的人性是不值得相信的。"

"嗯，您可能是对的。无论如何，马休叔叔就是这么想的。他有一个朋友因为银行倒闭而变得贫困潦倒，还有一个朋友被一个潜逃的律师弄得倾家荡产，他本人也曾经被一家骗子公司骗了好些钱财。从那以后，他就絮絮叨叨地讲个没完没了：最明智最保险的法子就是把钱都换成金条埋起来。"

"啊，"马普尔小姐说，"我现在开始明白了。"

"是的。朋友们都劝他说，那样做是得不到利息的，可他认为那并不要紧。他说你的钱就应该'藏在床底下的盒子里或是埋在花园里'。他就是这么说的。"

查米安接着说："他活着的时候很有钱，可死的时候却连一张证券也没留下。所以我们想他可能把钱都埋了起来。"

爱德华德解释道："我们发现他把证券都出售了，并经常从银行提取大数额的现款，没人知道他拿这些钱都干了些什么。可是看起来他是在按着自己的原则生活的，他确实买了金条并埋在了某个地方。"

"临死前他没说什么吗，有什么文件或者信吗？"

"这就是要把我们逼疯的地方，他什么也没留下。他一连昏迷了几天，但在最后时刻又醒了过来。他看着我们两个奇怪地笑了笑——是一种极其微弱的笑声。然后只是莫名其妙说了句：'你们会好的，我可爱的小鸽子。'然后他摸了一下自己的眼睛——他的右眼——并对我们眨了眨眼，接着——他就死了，可怜的马休叔叔。"

"他摸了一下眼睛？"马普尔小姐沉吟着说。

爱德华德急切地问："那对您来说究竟意味着什么？它使我想起了阿西·鲁滨的故事，他在一个人的玻璃眼球里藏了一件什么东西。但是马休叔叔并没有玻璃眼球的啊。"

马普尔小姐摇了摇头："不，现在我还没有什么头绪。"

查米安显得无比失望，说："可是简说你能马上告诉我们钱藏在什么地方。"

马普尔小姐笑了："你知道，我可不是真的神探，我又不认识你们的叔叔，也不知道他是怎样的一个人，我也没见过那房子或是那块地是什么样的。"

查米安说："如果你知道了又会怎样？"

"那就一定十分简单了。难道不是吗？"马普尔小姐面不改色地回答道。

"简单？"查米安说，"你来安斯蒂斯看看是不是简单！"

她可能并不是真的想要马普尔小姐去她家查找宝物，可想不到马普尔小姐却非常乐意："嗯，真的，我亲爱的，这真是太好了。我总盼着能有机会去寻宝。"带着她那种维多利亚式的微笑，她望着他们又加了一句，"还有对爱的好奇！"

二

"这些你都看过了！"查米安说，双手叉着腰，一副可笑的模样。

他们刚刚仔细察看了一下安斯蒂斯。菜园里坑坑洼洼；小树林里每一棵大点的树木周围都被挖了一遍；那曾经平整的草坪现在也已是坎坷不平了；阁楼里的箱子柜子老早就被翻了个遍；地下室里铺地的旗形石板也都被撬了起来；连墙壁都被敲过了一遍。他们让马普尔小姐一件件地察看了带有秘密抽屉或可能带有秘密抽屉的老式家具。

起居室的那张桌子上堆着一大堆文件——都是刚过世的马休·史侨德遗存下来的。文件完好无损，查米安和爱德华德无数次地翻阅这些账单、请帖，还有商业信件，希望能发现哪怕一丝一毫被忽视了的线索。

"你还能想出有什么地方我们疏漏了的吗？"查米安焦急地问道。

马普尔小姐却摇摇头，说："看起来你们已经搜寻得非常细致了，亲爱的。倘若你们不介意的话，我想说你们可能过于细致了。我总认为，你知道，不管做什么都应该先制定个计划。譬如我的朋友爱尔德里奇小姐，她有一个非常能干的女佣，能把铺在地上的油毡擦得照出人的影子来，她干活是那么的精细，细得连浴室地板也擦得晶亮。结果当爱尔德里奇小姐从浴盆里走出来时，脚下的小垫突然一滑，让她摔了个仰面朝天，腿也摔断了。更糟糕的是，因为浴室的门是反锁的，所以花匠只好弄来一架梯子从窗户爬进浴室——对爱尔德里奇小姐这样一个矜持自傲的人来说，真是太不幸了。"

爱德华德有些不安地四处乱转着。

马普尔小姐连忙说："实在对不起，我说话老是不着调，但一件事总会使人联想到另外一件事，有时这会很有用。我的意思就是如果我们好好想想有没有一个可能的地方——"

爱德华德被激怒了："你倒是想出一个来啊！马普尔小姐。查米安和我的脑子里现在只剩下了一片美丽的空白！"

"亲爱的，亲爱的，当然了——你们都很疲惫了，倘若你们允许的话，我希望看看这些东西。"她指了指桌上那堆文件，"不过那得是在没有任何个人隐私的情况下——我可不想让人觉得我是个多事的老太婆。"

"哦，那倒不重要，但是恐怕你什么也不会找到的。"

马普尔小姐坐下来，开始有条不紊地清理这堆文件。等她清理完了，文件也被分门别类地分成好几堆。她双眼凝视着前方，出了一会儿神。

爱德华德不耐烦地问道："好了吗，我的马普尔小姐？"

马普尔小姐忽然回过头来："能再说一遍吗？我将感激不尽。"

"你发现一些相关的东西了吗？"

"哦，没有，一丁点儿也没有，但我肯定已经知道你们的马休叔叔是怎样一个人了。就像我的叔叔亨利一样，爱开玩笑，终生打光棍，很显然——我不知为什么——可能是年轻时受过什么挫折？做什么事都是井井有条的，并不喜欢被人掣肘——几乎所有的单身汉都这样。"

查米安在马普尔小姐身后向爱德华德做了个手势，表示这老太太有点儿头脑不清楚。

马普尔小姐继续兴致勃勃地谈论着她的亨利叔叔："他喜欢说些模棱两可的话，但对某些人来说，双关语简直会让他们脑袋发昏。一个小小的文字游戏就会使人恼羞成怒。他也是一个多疑的人，总想着他的佣人在偷他的东西。有时他们确实在偷他的东西，可并不总这样，但这想法却在他脑子里扎下根了。可怜的亨利叔叔，等他快要离开人世的时候，他又怀疑有人在他吃的东西里下了毒，最后就只吃白开水煮鸡蛋了！他相信没有人能隔着蛋壳儿做手脚。可爱的亨利叔叔，他曾经是那么的开朗——非常喜欢饭后的咖啡，他总会在喝完一杯咖啡后说：'这咖啡太摩尔了！'就是说，你知道，他还要再来一杯。"

爱德华德觉到如果自己再听到一句有关这个亨利叔叔的话，他就要疯了。

"他也喜欢年轻人，"马普尔小姐却没有停下来，"但总喜欢和他们逗乐子，如果你们明白我的意思，你知道，他总是把糖果袋子放到孩子们够不着的地方。"

查米安不顾什么礼貌，有些失态地说："我想他听起来恐怖极了。"

"噢，不，亲爱的，只是一个老光棍，你知道，不习惯孩子们。可他很聪明，真的。他在房间里藏了很多钱，还为此买了一个保险柜。他老是吹嘘保险柜是怎样怎样的安全和保险。他吹嘘的直接后果就是某天晚上盗贼真的进了屋，用一种精密的工具在保险柜上切了个洞。"

"他真是活该。"爱德华德说。

"可保险柜里啥也没有，"马普尔小姐说，"你们看，他实际上把钱藏在了别的地方——夹在了书房里用来传教布道的几本书里，他说人们是绝对不会看那几本书的。"

爱德华德打断了她的话，兴奋地说："我看，这可是个好主意，我们看过书房了吗？"

可是查米安却毫不在意地摇了摇头："你以为我没想到这主意吗？ 上周二我就把所有的书都翻了一遍，那时你去了朴次茅斯。我把书从书架上取下来，逐本抖开来看，可是什么都没有发现。"

爱德华德叹着气，然后站了起来。 他想尽量客气地请这位让人大失所望的客人出去了："您来我们这儿尽力帮我们，我们真是无比感谢。 这是一项费时、费力的活儿，我们浪费了您不少时间。 不过——我会开车送您的，能让您赶上三点三十的车。"

"噢，"马普尔小姐说，"可我们一定要找到那些钱，不是吗，你最好不要放弃，罗西特先生。 如果第一次失败了，那么就再来，再作努力。"

"你是说你要——继续找？"

"严格地说，"马普尔小姐说，"我还没有真正着手去找呢。'首先要捉住你的兔子'——就像比顿夫人在她的烹饪书中说的一样——一本好书，可是贵得吓人；大多数食谱开头都是这样的：'取一夸脱奶油和一打鸡蛋。'让我想想，我说到哪儿了？ 噢，对。 现在我们可以说已经捉住了兔子——这兔子自然就是你的叔叔马休了。 现在我要做的就是找出他把钱藏在哪儿了。 这应当很简单。"

"简单？"查米安问。

"嗯，对，亲爱的。 我敢保证他把钱藏在一个其实很容易找到的地方了。 某个秘密的抽屉——这就是我的答案。"

爱德华德冷淡地说："他怎么会把金条放在秘密抽屉里呢？"

"对，自然不会。可我们有什么理由认定钱已换成金条了？"

"他过去总是说——"

"我的叔叔亨利也总说他的钱在保险柜里！因此我相当怀疑那只是个掩饰而已。钻石——它们就可以很容易地放在秘密抽屉里。"

"可是我们已经检查过了全部的秘密抽屉，我们还请了一个木匠把所有的家具都查了一遍。"

"真的吗，亲爱的？你们真够聪明的。我觉得你叔叔最可能把钱藏在他自己的桌子里了。那边靠墙的高高的桌子是写字台吗？"

"是的，我会让你看看。"查米安说完走过去，把桌盖掀开。里面是文件格和小的抽屉。她把中间的一扇门打开来，用手碰了一下左手边抽屉里的一个弹簧，中部壁凹的底板"啪"的一声向前滑去。查米安抽出了底板，下面露出一个十分浅的夹层，里面是空的。

"这难道不是巧合吗？"马普尔小姐叫了起来，"亨利叔叔也有这样一个书桌，只是他的是核桃木的，而这个是桃花心木的。"

"管他呢，"查米安焦急地说，"你都看到了，这儿空荡荡的。"

"我想，"马普尔小姐说，"你们找了一个过于年轻的木匠，他并不通晓一切。在过去人们造藏东西的地方是极为巧妙的。有一种叫连环套的抽屉。"

她从脑后灰白的发髻上取下一根发卡，将它捋直，将尖端插入了秘密壁凹上一个看着像是虫子蛀的洞的小孔里。 她费了些力气又拉出一个小的抽屉，里面是一大沓已经褪色的信和一张折叠起来的纸。

爱德华德和查米安一起抓住了这一新发现。 爱德华德颤抖地用手打开了那张纸，然后厌恶地叫了一声，把它扔到了地上。

"一张该死的菜谱，烤火腿？"

查米安把那一沓信打开，随手拿了一封看了看："情书？"

马普尔小姐却带着一种维多利亚式的热情说道："真有趣！这想必就是你们的叔叔一直单身的原因。"

查米安大声念了起来：

我亲爱的马休，我必须坦承，自打上次收到你的来信，时间过得真是太慢了。我努力用各种各样的工作充实自己的空闲时间，并且经常告诉自己，能够看到如此多的地方我是多么的幸运，虽然我在去美洲的时候从没想过会坐船到如此遥远的岛上来！

查米安顿了一下，"这封信是从哪儿来的？ 噢，夏威夷！"她继续念道：

我的主啊，这些土著居民仍然活在蒙昧之中，他们依旧处于一种赤身裸体、尚未开化的状态，大多时候都在跳舞、游泳、用花环来装饰自己。格雷先生虽已改变了他们当中一些人的宗教信仰，但这是一项很费力的工作。他和夫人已经快泄气了。我尽力地鼓励他，但我也为你能体会到的原因而感到忧伤，马休。上帝啊，对于恋爱中的人来说，分离真是一种残酷的考验。不过你的誓言和爱意令我感到极大的慰藉。现在，而且直到永远，我的心都是你的，亲爱的马休。

你永远的真爱

贝蒂·马丁谨上

附注——像以往一样，我把信寄给了我们共同的朋友马蒂尔达·格瑞乌兹，让她再转给你。我希望上帝会宽恕我这小小的阴谋。

爱德华德吹着口哨说："一个女传教士！ 这就是马休叔叔的爱情史了。 我实在不懂他们为什么没结婚。"

"她好像环游了整个世界，"查米安看了看信说，"毛里求斯——各种各样的地方，大概死于黄热病之类的疾病。"

一个细小的笑声把他们吓了一跳，马普尔小姐显然发现什么有意思的了，"行了，行了，"她说，"现在看看这个。"

她正在读那张烤火腿的菜谱，看到他们疑惑的眼神，便读了出来："烤火腿加菠菜。 取一块熏猪腿，里面填上丁香，再撒上一层棕糖，在炉子里用慢火烤熟。 上菜时再加上一圈儿菠菜泥。 好了，你们觉得这道菜怎么样？"

"我觉得有点儿恶心。"爱德华德说。

"不，不，事实上这是很好的一道菜——但你对这整件事作何感想？"

爱德华德激动得容光焕发："你是说这是一种密码——某种暗号？"他抢过了菜谱，"看这儿，查米安，这很可能是密码，你知道！ 要不然就没法解释为什么把这样一张菜谱藏在一个秘密抽屉里了。"

"正是如此，"马普尔小姐说，"这应该相当相当重要。"

查米安说："我知道它可能是什么——无色墨水！ 让我们把菜谱加热一下，打开电炉。"

爱德华德照着办了，可一番折腾后菜谱上并没有出现一点儿书写的迹象。

马普尔小姐咳嗽了一下，说："我真的认为，你们把事情弄得太复杂了。 事实上，这张菜谱充其量不过是一种暗示而已。 我想真正重要的应该是这些信件。"

"信？"

"尤其是，"马普尔小姐说，"这个签名。"

可是爱德华德似乎一点也没听见她在说什么，他激动地叫了起来："查米安，到这来！ 她是对的。 你看——这些信封都有些年头了，可这些信明显是后来才写的。"

"很对。"马普尔小姐说道。

"它们只是被伪造过才显得陈旧的。 我敢跟你打赌，这是马休叔叔自己伪造的。"

"说对了。"马普尔小姐说。

"它就是一个骗局，根本就没有什么女传教士，它肯定是一个暗号。"

"我亲爱的孩子们，——不必把事情搞得这么复杂。 你们的叔叔确实是一个简单的人，他只是想开开自己的小玩笑，别无他求。"

他们第一次如此聚精会神地听马普尔小姐的话。

"您到底想说什么，马普尔小姐？"查米安问道。

"我是说，事实上，财宝现在就在你们的手上。"

查米安低头四处看了看，然后说："我想我们当中肯定有人疯掉了，不是我就是你。”

“肯定是的，亲爱的，你一定听说过这样一句话，‘我的眼睛还有贝蒂·马丁’，它意味着一切都是胡说八道，难道现在这句话不对了吗？”

爱德华德张大了嘴巴，眼睛直盯着手里的信，“贝蒂·马丁——”

“对我来说可不是。”爱德华德说。

“噢，那是，”马普尔小姐说，“我敢说要是没有我的曾外甥利奥耐尔的话，我也不会知道的。 他是一个极其可爱的男孩子，而且是个集邮迷。 他通晓一切关于邮票的事。 是他经常告诉我一些宝贵稀缺的邮票，以及新发现的几枚已上市拍卖。 我清楚地记得他曾经提到过这样一枚——一张一八五一年的两分邮票，我记得它好像卖了两万五千美元。 想想看吧！ 我猜那一年的其他邮票也一定会卖到这样的高价。 可以肯定地说，你叔叔通过中间商买了这些邮票，并且用这些信件来‘掩盖一切蛛丝马迹’，就跟人们在侦探小说中描述的那样。”

爱德华德呻吟了一声，坐下来用双手抱住了头。

“你怎么了？”查米安问。

“没什么。 我只是想到如果没有马普尔小姐，我们可能已经像绅士一样把这些信扔进火炉里了！”

“啊，”马普尔小姐说，“这恰好是那些喜欢开玩笑的老绅士们没有想到的。 我记得有一年的圣诞节，亨利叔叔送给他最喜欢的外甥女一张五英镑的钞票当礼物。 他把钞票夹在了一张圣诞卡里，然后把卡粘在一起，并在上面写上：‘献上我的爱以及最美好的祝愿。 恐怕今年我只能送你这一张贺卡了。’”

"可怜的女孩儿收到这件礼物后十分生气，觉得他太小气了，于是就顺手把卡片扔进火里烧掉了。　然后，当然了，他只能又补给了她五英镑。"

　　爱德华德对亨利叔叔的态度忽然间来了个一百八十度大转弯。

　　"马普尔小姐，"他说，"我们来开一瓶香槟，祝愿亨利叔叔健康长寿。"

（敖冰落　译）

| 名侦探之 |

埃勒里·奎因

Ellery Queen

【埃勒里·奎恩】

埃勒里·奎恩是曼弗雷德·班宁顿·李（1905—1971 年）和弗雷德里克·丹奈（1905—1982 年）这对表兄弟合用的笔名，他们开创了美国侦探推理小说的黄金时代，堪称侦探推理小说史上承前启后的经典作家，并开创了合作撰写推理小说成功的先例，是美国推理小说的代名词。 他塑造的埃勒里·奎因这一形象成为美国侦探人物的标准模式——一个极其性感的现代美国的歇洛克·福尔摩斯。 从 1929 年到 1971 年，埃勒里·奎因发表了数十部推理小说。 其中的九部"国名系列"作品和四部"悲剧系列"作品被认为是古典解谜推理小说最高水平的代表，是后人难以逾越的杰作。

黑便士抢劫案

"天哪，那太恐怖了，真的，奎因先生，真的太恐怖了！"老乌尼克尖叫道，"就像我刚刚说的那样，纽约现在到底怎么了？那些人居然跑到我的店里来了——那个警察，头上还流着血。 这位是我的老顾客，奎因先生。 哈茨利先生，这是奎因先生，就是那位经常上报纸的名侦探，他是查理德·奎因警官的爱子。"

130

埃勒里·奎因大笑着，从老乌尼克的柜台直起身来，与那个人握手。"连环抢劫案的又一个受害者，哈茨利先生？乌尼克正请我享用一顿刺激血腥的故事大餐呢。"

　　"原来你就是埃勒里·奎因，"那个瘦小的人显得很惊讶。他戴着一副镜片很厚的眼镜，身上带着股郊野的味道。"这真是运气啊！是的，我被抢了。"

　　埃勒里怀疑地看着老乌尼克的书店。"不会是在这里吧。"乌尼克书店在曼哈顿中心区的一条小街上，两边是大英鞋店和卡洛琳女装店，窃贼不会选择这种地方实施抢劫的。

　　"不"，哈茨利说道，"假如在这里，也许还能省下一本书钱呢。不，那是昨晚十点左右发生的。我刚从四十七街我的办公室出来——我加班到很晚——然后我步行从市区穿过。忽然一个家伙当街拦下我要向我借火。街上很黑，没有多少人，而且我不喜欢那人的态度，但我想借他一下火柴也没什么关系。当我拿火柴时，我注意到他正瞄着我夹在腋下的书，像是想看清楚书名。"

　　"那是什么书？"埃勒里热切地问道。

　　哈茨利耸耸肩。"没什么特别的，非小说类的畅销书——《变动中的欧洲》。我是做出口生意的，我希望自己跟得上国际形势。不管怎样，这家伙点燃了香烟，把火柴还给我，道了声谢，我继续往前走。然后我觉得有什么东西重重地敲我的后脑，眼前一片黑暗。我似乎记得我倒了下去。当我醒来后，我发现自己正躺在排水沟里，帽子和眼镜都掉在地上，我的头就像个烤过的马铃薯一样，当时我意识到自己好像被抢了。我身上带了很多现金，我还戴了一副钻石袖扣。但是——"

　　"但是，当然，"埃勒里微笑着说道，"唯一被拿走的就是那本《变动中的欧洲》，哈茨利先生，这是个多么迷人的小问题啊！你能不能描述一下攻击你的人？"

"他的鼻子上挂着一副深色的眼镜，而且一脸的大胡子。"

"他……他什么也描述不出来，"老乌尼克酸溜溜地说，"他就像你们美国人一样——盲目，一颗笨脑袋。但是那本书，奎因先生——那本书！怎么会有人想抢那本书呢？"

"但是不单单那样，"哈茨利说，"昨晚我回到家的时候——我住在新泽西东橘区——我发现有人闯入我家！你猜又有什么被偷了，奎因先生。"

埃勒里瘦削的脸似乎发亮了："我不是看水晶球的，但如果是同样性质的犯罪的话，我想应该是另一本书被偷了。"

"没错！那是我的另外一本《变动中的欧洲》！"

"这会儿你激发了我的兴致，"埃勒里以一种完全不同的声调说着，"你怎么会有两本呢，哈茨利先生？"

"两天前我在乌尼克那里买了另外一本打算送给我朋友。我把它放在书架的最上面。它竟然不见了。窗户是被强行打开的，因为在窗台上还留有手印，像常见的普通入室盗窃。虽然我家里有不少值钱的东西，像银器之类的，却一样也没有被拿走。我立刻向东橘区警方报案，但他们只是四处看看，表情很奇怪，然后就走了。他们一定以为我疯了。"

"其他书有没有不见了？"

"没有，就少了那本。"

"我真不明白，"埃勒里摘下他的夹鼻眼镜，然后把镜片仔细地擦了擦。"那会不会是同一个人呢？你觉得他能在你到家之前闯入你家吗？"

"有可能的。 我从排水沟里爬起来之后，把我被攻击的事报告给一个警察，他把我带到邻近的警察分局，他们问了我许多问题。 他有的是时间——因为凌晨一点我才回到家。"

"我相信，乌尼克，"埃勒里说道，"你给我讲的故事到现在才变得有点儿意义。 如果你不见怪的话，哈茨利先生，我要走了。 再见！"

埃勒里离开老乌尼克的书店向市区的中央大道走去。 他爬上警察总局的楼梯，亲切地向一个值班警察点点头，然后走进他父亲的办公室。 奎因警官出去了。 埃勒里玩着他父亲桌上的一个乌木做的贝迪永人像，静静沉思，然后下楼找奎因警官的得力助手，维利警官。 他在新闻室里找到维利，当时他正大声地骂一个记者。

"维利，"埃勒里说道，"不要再做坏人了，帮我找一些资料。 两天前，在四十七街，介于第五大道和第六大道之间，有一次失败的追捕行动。 在我朋友乌尼克开的小书店追逐结束。 管区警官曾在场。 乌尼克已经告诉我故事了，但我要细节中不掺任何主观色彩。 做个朋友，把管区的报告给我，好吗？"

维利警官挥舞着他的大手，瞪着那个记者，然后走开。 十分钟后他把一张纸拿过来，埃勒里仔细地阅读着。

事情看起来很简单。 两天前的中午，一个没戴帽子、没穿外套的人脸上流着血，从距离老尼克书店有三个门远的办公楼冲出来，喊着："救命！ 警察先生！"巡逻警员麦可伦跑过去，那个人嚷着他有一张名贵的邮票被抢了——"我的黑便士！"他不停地叫着，"我的黑便士！"——而那个有着大黑胡子，戴着深蓝色眼镜的贼刚逃跑了。 麦可伦几分钟前才看到这样的人，鬼鬼祟祟地进入邻近的书店。 他拿着左轮枪冲进老乌尼克书店，尾随在后的邮票商尖叫着。

"几分钟前是不是有一个黑胡子戴蓝眼镜的人进来？" "啊——他？"老乌尼克说，"有啊，他还在这里。"

"哪里？"

"正在后面的房间找书。"

麦可伦和受伤的人冲到后面的房间去，却发现里面一个人也没有。由那个房间通往巷子的门是开着的，那个人逃走了，显然是被先前警察和受害者进来的吵闹声音吓跑了。麦可伦马上搜索邻近地区，但窃贼早就逃之夭夭了。

警察接着就为被害人做笔录。他说他叫佛德烈·威敏，做稀有邮票的交易。他的办公室就在三个门外那大楼的十楼——办公室是他和他的合伙人成立的，也就是他的哥哥亚伯特。他展示一些稀有邮票给应邀而来的三个集邮者看。其中两个人先离开了。就当威敏转过身时，第三个人——有大黑胡子，戴着蓝眼镜的人，自称是阿弗瑞·本尼森，忽然从他身后攻击他的头，威敏转过来时看到他用的是短铁棒。这一下打到了威敏的脸颊骨，威敏倒地了——有一半是因为惊呆了，然后那个贼出奇地冷静，用那根短铁棒（由报告的描述看起来应该是铁锹板）撬开放着精选邮票的玻璃柜的盖子。他从柜子中的一个皮盒子里拿走了一张名贵的邮票——"维多利亚女王的黑便士"——然后冲出去，还把门锁上了。被攻击的邮票商花了几分钟才把门打开并追出去。麦可伦跟着威敏回到自己的办公室，察看了被撬开的柜子，记下早上来访的三个集邮者的姓名和地址——并特别把"阿弗瑞·本尼森"注释出来——粗略地记录下他的报告后，就离开了。

另外两个集邮者名叫约翰·希区曼和杰森·彼得斯。管区警探早就拜访过他们了，随后也去了本尼森的住址。 本尼森应该是那个有黑胡子戴蓝眼镜的人，但他表示自己毫不知情，而且他的外表特征也不符合威敏的描述。 但他声称，他曾经雇用一个员工，为期两周，帮他处理私人的集邮册事务，那个人是看了广告前来应征的，他长着黑胡子，戴深色眼镜，表现不错，工作两周后他就消失了。 警探发现，他就是在威敏兄弟展售会的早上消失的那个人。

这个神秘的攻击者自称为威廉·普南柯，所有试图找到他的途径都一无所获。 那个人好像消失在纽约的几百万人口之中了。

这个故事还没完呢。 隔天老乌尼克把一个古怪的故事报告给管区警探。 乌尼克说，威敏抢案发生的当晚，他离开书店去吃夜宵了，当时店里有值班的店员。 一个人到店里表示要看《变动中的欧洲》，在晚班店员的惊讶中他买下了所有的存货，一共是七本。 这个客人长着黑胡子并戴着蓝眼镜！

"他是一个疯子，不是吗？"维利警官叫道。

"不完全是，"埃勒里微笑着，"事实上，我认为那很好解释。"

"我还没说完。 刚才有个同事告诉我这个案子的一个新进展。 昨天晚上管区报告了两件小抢案。 一件是在布朗郡，一个名叫洪奈尔的人说他的公寓晚上被人闯入，你猜他被偷了什么？ 洪奈尔从乌尼克书店买来的一本《变动中的欧洲》被偷了！ 其他的东西没有被盗。 书是两天前买的。 然后是一位住在格林威治村的小姐叫作珍娜·密金斯，她家也在昨晚被偷了。 窃贼拿走了她的《变动中的欧洲》——她前天下午在乌尼克书店买的。 看起来很诡异吧，嘿嘿？"

"一点儿都不诡异，维利，动动你的脑子。"埃勒里把帽子扣在头上，"来吧，大巨人，我要再去找老乌尼克。"

他们离开总局到市区去。

"乌尼克，"埃勒里说着，亲切地拍了下老头的光头，"那个窃贼从书店后门逃走时你一共还有几本《变动中的欧洲》？"

"总共还有十一本。"

"但是等那个窃贼晚上来买的时候就只剩下七本了，"埃勒里喃喃地说道，"就是说在中午到晚餐的这段时间里共卖出了四本。乌尼克，你有没有保留顾客的资料？"

"噢，有的！ 买书的那几个人，"老乌尼克哀伤地说道，"我把他们的名字列入了我的邮寄名单中。 你要看吗？"

"我现在非常想看到那名单。"

乌尼克带领他们到书店的后方，进到窃贼溜掉的那个房间。这个房间内隔了一个小卧室，里面塞满了纸张、档案和旧书。 老书商翻开一本厚厚的账目，润湿手指翻动账簿。 "你要知道那天下午是哪四个人买了《变动中的欧洲》？"

"对。"

乌尼克戴起一副银绿的眼镜，用像唱歌的声音大声读出来。"哈茨利先生——那个你们见过的先生，奎因先生。 他买了第二本，那本书从他家被盗了……然后是洪奈尔先生，一位老顾客。后来是珍娜·密金斯小姐——这些英国姓氏。 真可怕！ 然后第四个人是柯斯特·辛格曼先生，住在东六十五街三一二号。 就他们四个人了。"

"愿上苍保佑你那古老的日耳曼的灵魂，"埃勒里说道，"维利，看这边。"小卧室同样也有一道门可以通到巷子里。 埃勒里扳了扳锁头，它就从木头上断裂下来。 他打开门，外面的另一半也已经断裂了。 维利点点头。 "这是强行打开的，"他吼着，"这家伙是个惯犯。"

老乌尼克的眼睛都突出来了。 "坏掉了！"他叫着，"但这个门我是从来没用过的！ 我都没有注意到，而且警察——"

"令人惊讶啊，维利，管区的警探竟然这么粗心大意，"埃勒里说道，"乌尼克，有没有什么东西被偷了？"老乌尼克快步走到陈旧的书架旁边，上面摆满了书籍。 他用颤抖的手开了锁，像老狗一样仔细地四周搜寻。 然后他大声地喘口气。 "没有，"他说，"那些稀有的书……都没有被偷。"

"恭喜你。 还有一件事，"埃勒里很快地说道，"你的邮寄名单是否有顾客的地址？"乌尼克点点头。 "太好了，乌尼克。你可以给其他顾客讲一个完整的故事了。 来吧，维利，我们要去拜访柯斯特·辛格曼先生。"

他们离开书店，走到第五街转向北，再往上城的方向走。"案子普通得就像是你脸上的鼻子一样，"埃勒里说道，迈着大步跟上维利，"真的很普通，警官。"

"我还是觉得很疯狂，奎因先生。"

"完全相反，我们面对的是很有逻辑的一些事实。 我们的贼偷了一枚有价值的邮票。 他进入乌尼克的书店，想办法溜进后面的房间。 他听到警官和佛德烈·威敏进来了，他飞快地思索。 假如他被逮到时邮票在他身上的话……你看，维利，唯一可以解释后来发生偷窃同一本书的窃案，就是因为窃贼来到书店后面的房间里，把邮票塞进某一本《变动中的欧洲》的书页之间，然后就逃走了。 书并不值钱，但他还是有取回邮票的麻烦——威敏是怎么称呼那枚邮票的？ '黑便士'。 所以当晚他回来了，等到乌尼克离开书店，才进去向店员买下了所有《变动中的欧洲》。 他一共买到七本。 七本书中都没有那枚邮票，否则他为什么要再去偷下午卖出的那几本呢？ 到目前还能解释得过去。 由于没在那七本中找到邮票，所以他又回来了，当晚从巷子里偷偷闯进乌尼克的小办公室——你们看那被强行破坏的锁——查阅账册中当天下午买书的人的姓名和地址。 隔天晚上他抢了哈茨利买的书。 普南柯极有可能是从他的办公室出来的时候跟踪的。 普南柯立刻发现他犯了一个错误，那本旧书显然不是前一天下午买的。 由于哈茨利公司和家的住址他是知道的，所以他赶到东橘区，偷了哈茨利新买的那一本。 但是那本书里面也没有，所以他凶恶地造访洪奈尔和珍娜·密金斯，偷了他们买的书。 现在还有最后那个买书人的书没被抢，所以我们才要去拜访辛格曼。 因为如果普南柯在洪奈尔和密金斯小姐的书里也一无所获，他肯定会去抢辛格曼的，我们一定要尽可能抓住这个狡猾的贼。"

他们发现，柯斯特·辛格曼是个很年轻的学生，他和他的父母在一间有些破旧的公寓住着。 是的，他那本《变动中的欧洲》还在，为了政治学的课外读物他买了那本书，他把书拿了出来。 埃勒里一页一页地仔细翻阅，却根本没有那枚邮票。

"辛格曼先生，你在书页里有没有找到一枚旧的邮票？"埃勒里问道。

那个学生摇摇头。 "我根本还没翻开过呢，先生。 邮票？ 什么版本的？ 我自己没有收集邮票的爱好，你知道。"

"没关系，没关系。"埃勒里急忙说道，他清楚集邮者的狂热，他和维利可要赶快离开了。

"很明显，"埃勒里解释给警官听，"我们那狡猾的普南柯在洪奈尔或密金斯小姐的书里找到了那枚邮票。 两件窃案哪一件先发生，维利？"

"好像密金斯小姐是第二个被抢的。"

"那么那枚邮票应该在她的那本书中……这就是那幢办公大楼。 我们去拜访一下佛德烈·威敏先生。"

大楼十楼一〇二六室的雾玻璃门上用黑字写着：

威敏

经销珍稀老邮票

埃勒里和维利警官进去后发现那是一个很大的办公室。 玻璃架子把墙壁都覆盖了，里面有好几百枚邮票，都分别裱贴起来。 一些特别的柜子摆在桌子上，显然是放置一些更有价值的票种。 整个地方是杂乱的，有一股霉味，同老乌尼克的书店一样杂乱。

三个人抬起头来。 其中一个人，从他脸颊上缠的绷带，可知他必然是佛德烈·威敏。 他是个瘦高的老德国人，有稀疏胡子，表现出收藏家的狂热。 第二个人像他一样又高又瘦又老，他戴着绿色的眼镜，和威敏出奇地相像，从他那略带神经质的举动和抖动的双手来看，他一定更老。 第三个人是一个小个子，很胖，面无表情。

埃勒里介绍了他自己和维利警官，第三个人竖起耳朵听。 "你该不是那个名侦探吧？"他说，颤颤巍巍地走向前，"我是汉弗利，保险公司的调查员。 很高兴认识你。"他用力地握着埃勒里的手，"这两位就是威敏兄弟，他们是这里的主人。 佛德烈和亚伯特。 亚伯特·威敏先生在展售会和抢劫的时候正好外出。 太可惜了，也许那时候就能抓到那盗贼了。"

佛德烈·威敏突然变成德国式的亢奋和喋喋不休。 埃勒里微笑地听着，每听四个字就点下头。 "我明白，威敏先生。 这个情况是这样的：你邮寄了三封邀请函给知名的收藏家，请他们参加一场特别的稀有邮票展示——目的是想卖出去。 那三人两天前打电话给你，自称是希区曼先生、彼得斯先生和本尼森先生。 你见过希区曼和彼得斯，但没见过本尼森。 前两个收藏家买了一些票种。 你以为是那个叫本尼森的人在后面，攻击你——是的，是的，我都知道。 让我看看那只被撬开的柜子，麻烦你。"

　　两兄弟带他到办公室中央的桌子前。 桌上有一个扁平的柜子，柜子的盖子是用普通的薄玻璃和细窄的长方形木框做成的。 在玻璃柜内放置了几枚裱贴好的邮票，衬底则是黑缎子。 缎子中央有一个皮盒子，已经打开了，它白衬里上的邮票已经被拿走了。 柜子的盖子显然是被人用力撬开的，总共有四道铁锹板造成的明显痕迹。 栓扣被扯掉并且断裂了。

　　"业余的窃贼，"维利警官哼了一声说道，"其实用手指轻轻打开上锁的盖子就可以了。"

　　埃勒里锐利的眼光看了他眼前的一切。 "威敏先生，"他转向受伤的邮票商人，"你称为'黑便士'的那枚邮票就是放在那个打开的皮盒子中的？"

　　"是的，奎因先生。 但窃贼打开柜子时，皮盒子是盖着的。"

　　"那么他怎么知道他偷对东西了呢？"

　　佛德烈·威敏轻轻地摸着自己的脸颊说："放在柜子中的邮票是非卖品，都是我收藏中的极品，这个盒子里的每一枚邮票都值好几百元。 不过当那三个人在这儿时，我们很自然地谈到稀有的票

140

种，所以我打开柜子，把我们收藏的最名贵的邮票给他们看。 就是这样，那个窃贼看到了黑便士。 他是个收藏家，奎因先生，否则他怎么知道那张邮票不简单。 那枚邮票的历史很有趣。"

"老天爷！"埃勒里说道，"这些邮票都年代久远吗？"

汉弗利，保险公司的人，大笑道："是什么呢！ 佛德烈和亚伯特·威敏先生在这行业非常有名，他们收藏两枚最特殊的邮票，一模一样的。 黑便士，是收藏家对它的称呼，它是英国邮票，第一次发行是在一八四〇年；流通在外的这种邮票有很多，即使是未盖邮戳的也不过价值 17.5 美元而已。 但这两位先生所拥有的这两枚，每枚价值三万元，奎因先生——就是因为这样这个窃案才显得那么重要。 事实上，我们公司也深深牵涉在内，因为两枚邮票都以全额投保。"

"三万元！"埃勒里咕哝着，"对一张小小的邮票来说那真是一大笔钱啊。 为什么它们会这么值钱呢？"

亚伯特·威敏神经质地把他的绿眼镜拉下来一点遮住他的眼睛。 "因为我们的这两张是维多利亚女皇亲笔签名发行的，所以值钱。 罗兰·希尔爵士于一八三九年在英国创立了标准化的便士邮资系统，黑便士的发行工作由他负责。 女皇非常高兴，因为英国也像其他国家一样，在推动一套成功的邮资系统上一直有很多问题，所以当邮票印好之后，她在开头的两张上有签名的，并把它们送给邮票的设计师——我不记得他的名字了。 她的亲笔签名使得这邮票价值连城。 我们两兄弟很幸运地得到这两张宝贵的邮票。"

"另外一枚在哪里呢？ 我想看看什么样的邮票值得女王签名。"

两兄弟急忙走到办公室墙角的一个大保险箱那儿。 他们回来时，亚伯特带着金块一样的皮盒子出来，佛德烈扶着他的手臂，好像是武装警卫要保护那金块一样。 埃勒里用手指把它转过来，感觉很厚而且硬。 它同一般邮票一样方形大小，无齿孔，周围有黑色的设计，里面是雕刻的维多利亚女皇头像的轮廓——全部都采用黑色调。 在脸部较明亮的部分以褪色的黑色墨水写着两个小小的姓名缩写——V. R. 。

　　"它们两枚完全一样，"佛德烈·威敏说道，"姓名的缩写也一样。"

　　"非常有趣，"埃勒里说道，归还了那个盒子。 两兄弟快速地把邮票放回大保险箱的抽屉中，并异常小心地把保险箱锁上。"当三位访客看过了里面的邮票之后，你当然把柜子锁上了吧？"

　　"喔，那当然，"佛德烈·威敏说道，"我关上黑便士的盒子，还把柜子锁上了。"

　　"邀请函是你本人寄发的吗？ 我看到你这里并没有打字机。"

　　"我们所有的书信都是由一一〇二室的一位公共速记员写的，奎因先生。"

　　埃勒里很郑重地向邮票商道谢，对保险公司的人挥挥手，用手推了推肥胖的维利警官，然后两人就离开办公室了。 他们在一一〇二室见到了一位面容尖刻的年轻女子。 维利警官出示了他的警章，埃勒里很快就看到了威敏寄出的三封邀请函的副本。 他把名字和住址记下，两人就离开了。

　　他们先去拜访名叫约翰·希区曼的收藏家。 希区曼是个个子不高但身体强壮的老头，他满头白发，长着螺丝状的眼睛。 他非常不礼貌，很难跟他沟通。没错，两天前他是到过威敏的办公室。关于黑便士？当然。每个收藏家都知道那对值钱的邮票是威敏兄弟的，邮票上有女皇的亲笔签名在邮票收藏界可是很出名的。盗窃案？希区曼对本尼森一无所知，对假扮是他的人也一样。希区曼比窃贼早一步离开。再者，希区曼根本不在乎是谁偷了邮票，他只想一个人不被他人打扰。

维利警官表现出很大的怒火，但埃勒里只是微笑，推着他离开希区曼的房子。他们赶忙搭地铁去市区。

杰森·彼得斯，他们发现他是个中年人，显得又高又瘦又黄，长得就像中国人用的封口蜡一样。他似乎很希望有所帮助。是的，他是和希区曼一起离开的，比第三个人早。他以前从来没有见过第三个人，不过他曾由别的收藏家处得知本尼森的名字。是的，他知道黑便士的来历，他两年前还试图要向威敏兄弟买一枚呢，不过威敏兄弟拒绝出售。

"集邮，"出来后埃勒里对维利说，"是个很奇怪的爱好。它可以因为一些特殊票种的狂热而折磨人。那些集邮爱好者为了有价值的邮票而自相残杀我一点都不怀疑。"

警官揉着他的鼻子。"它现在看起来怎么样？"他急切地问道。

"维利，"埃勒里回答，"它只是有点肿而已——而且不一样。"

他们在接近河边的一幢古老的棕色石屋内见到了阿弗瑞·本尼森，他是个有礼貌的绅士。

"不，那份邀请函我没有看到，"本尼森说道，"你知道，我在两周前雇用了这个自称为威廉·普南柯的人，他帮我整理我的收藏以及任何一个收藏家都会有的大量信件。 他也懂邮票知识，没错。 两个星期以来他在很大程度上帮助了我。 一定是他截下了威敏兄弟的邀请函。 他看到有这个机会进入他们的办公室，他就去了，并自称是阿弗瑞·本尼森……"那个收藏家耸耸肩，"就是这么简单，我相信，对这个可恶的人来说。"

"当然了，自从抢案发生后那天早上他就没消息了？"

"当然没有。 他抢到邮票后就溜了。"

"那他平时做什么工作，本尼森先生？"

"集邮助理的一些例行工作——分类、编型录、裱贴、回信等。 在他受雇于我的两个星期内，他跟我住在这里。"本尼森不表示赞成地微笑，"你看，我是个单身汉——独自住在这个大房子里。 我很喜欢有他做伴，虽然他是个古怪的家伙。"

"古怪的家伙？"

"嗯，"本尼森说道，"他是个很奇怪的人。 他私人的东西很少，并且我发现那些东西两天前统统消失了。 他好像不喜欢人。 每次有我的朋友或是收藏家来访时，他就到他自己的房间里去，似乎不喜欢与人相处。"

"所以你也不能详细描述他的样子？"

"很不幸，我不能。 他是个相当高的人，我想应该年龄很大。 不过他那深色眼镜和浓密的黑胡子使他不管到哪里都很突出。"

埃勒里在椅子上伸了个大懒腰。 "我对这个人的习惯很感兴趣，本尼森先生。 个人特质经常是用来辨识罪犯的一个重要工具，这位维利警官可以解释给你听。 请你认真想想看，这个人是不是有些特殊的习惯？"

本尼森抿着嘴陷入沉思，他的脸庞发亮了。 "老天爷，有了！ 他吸鼻烟。"

埃勒里和维利警官对望一眼。 "非常有价值的线索，"埃勒里微笑着说道，"我父亲也是——奎因警官，你知道的——我从孩童时代起就很喜欢看吸鼻烟者的动作。 普南柯是不是也经常吸鼻烟？"

"我不能确切地说，奎因先生，"本尼森皱着眉头回答，"事实上，我只看到过一次他吸鼻烟，而我几乎整天都和他在这个房间里工作。 那是上星期的时候，我恰好出去一会儿，回来时我看到他拿着一个雕花的小盒子，用手指抠出一点来吸。 他很快地把盒子收起来，好像他不想让我知道他有吸鼻烟的习惯——天知道，其实我并不在乎，只要他不在这里抽烟就可以了。 我这里曾经因为一个助手抽烟而引起火灾，我可不想这种事再次发生。"

埃勒里的脸有了光泽。 他坐起来并不停地用手指去弄他的夹鼻眼镜。 "你不清楚他家在哪里吗？"他慢慢地问道。

"不，我不知道。 恐怕我雇用他的时候缺乏适当的防范。"收藏家叹息道，"我很庆幸他没有偷我的东西，我的收藏品值不少钱呢。"

"毋庸置疑，"埃勒里以愉快的声音说道，他站起身，"我能用一下你的电话吗，本尼森先生？"

"当然可以。"

埃勒里翻电话簿后打了几个电话，他的声调是如此的低以至于本尼森和维利警官都听不到他在说什么。 等他放下电话后，他说："如果你能腾出点时间，本尼森先生，我想请你跟我们到市区走一趟。"

本尼森似乎很惊讶，但他微笑着说道："我很乐意。"说着跑去拿他的外套。

埃勒里招了一辆计程车，三个人赶到四十九街。到小书店门口时，他说声道歉就匆匆入内，一会儿老乌尼克也跟着出来了，老乌尼克用颤抖的手把书店的门锁上。

当他们赶到威敏的办公室时，他们发现汉弗利以及乌尼克的顾客哈茨利已经在等着他们了。"很高兴你们能来，"埃勒里欣喜地对他们说，"午安，威敏先生。一个小小的会议，我想我能把整件事情梳理一遍了。哈哈！"

佛德烈·威敏抓挠着他的头；亚伯特·威敏坐在墙角，戴着绿色的眼镜，点了点头。

"我们还得等一下，"埃勒里说，"我还请了彼得斯和希区曼过来，我们先坐下吧。"

他们在大多数的时间内都是沉默的。埃勒里在办公室内漫步，好奇地观赏着墙上的稀有邮票，轻声地吹着口哨。所有人都沉默不语。维利警官以怀疑的眼光看着他。然后门开了，希区曼和彼得斯同时现身。他们在门口稍微停留了一下，看看彼此，耸耸肩，然后走进来。希区曼很不高兴的样子。

"什么事情啊，奎因先生？"他说道，"你知道我很忙。"

"这不是一个很独特的情况，"埃勒里微笑道，"啊，彼得斯先生，你好。我想大家都认识……请坐，各位先生！"他以比较尖锐的声音说道，他们坐下来了。

门又打开了，一个矮小、长着白发、像小鸟一样的人扫视着他们。

维利警官似乎很惊异，但埃勒里愉快地点着头。"进来，爸

146

爸，进来！ 你正好赶上一场精彩的表演。"

理查德·奎因警官竖起他的小手，精明地看着聚集在一起的人，然后起身关上他背后的大门。 "这么急叫我来有什么急事吗，儿子？"

"没什么有意思的事。 不是谋杀，也不是你的专长。 但这可能会使你感兴趣。 各位先生，奎因警官。"

奎因警官咕哝着坐了下来，拿出他的陈旧鼻烟盒，大口地吸了起来。

埃勒里很镇定地站在他们中间，望着每一张好奇的脸孔。"黑便士的抢劫案，提供了一个精彩的故事。 我很自信地说，因为这个案子已经破了。"

"是不是我在总局听过的那个邮票被盗案？"奎因警官问道。

"是的。"

"破案了？"本尼森问道，"我没听懂，奎因先生。 你找到普南柯了吗？"

埃勒里随意地挥挥手臂。 "我从来就没想过能很快抓住威廉·普南柯。 你知道，他戴深色眼镜，有着黑胡子。 现在，你可以从任何一个稍稍懂得犯罪侦探学的人那里了解到，一般人都是以表面的细节来指认脸孔。 黑胡子和深色的眼镜就是用来引开人的注意力的。 事实上，这位哈茨利先生，乌尼克就说他的观察能力很差，尽管那时只有昏暗的街灯，可是他仍然可以观察到那个攻击者有黑胡子和深色眼镜。 但这些都只是基本的伪装术，并不是特别聪明。 我们可以合理地假设我们会牢牢地记住那副独特的面孔，而这些正是普南柯所希望的。 我相信他有伪装，那副胡须和深色眼镜都只是道具而已。"

大家都点点头。

　　"在罪犯的三个犯罪心理特征里，这是第一位的并且是最简单的特征。"埃勒里微笑并突然转向奎因警官，"爸爸，你吸鼻烟已经很多年了吧？ 你每天要吸几次？"

　　奎因警官眨着眼睛。 "喔，大概每半个小时一次，偶尔多的时候就和你吸烟的次数差不多。"

　　"正是。 现在，我从本尼森先生那里得知，在普南柯先生与他共居一室的两周的日子里，他们两人每天并肩工作，但是普南柯只有一次吸鼻烟的时候被他发现过。 由此，我们得到一个最具启发性的事实。"

　　由众人脸上的空洞表情可以看出来，在这一点上，他们非但没能明白什么，反而更加迷惑了。 只有奎因警官例外，他点了点头，在他的椅子上转动身体，并开始冷静地研究面前的每副面孔。

　　埃勒里点了一根香烟。 "很好，"他边说话边挥手让一些烟散去，"这样我们就有了第二个心理上的因素。 第三点则是普南柯袭击佛德烈的问题。 普南柯先生竟然是在一个公共场合，意图明显地要偷窃一枚值钱的邮票。 在这样的状况下，速度是每一个罪犯最需要的东西。 威敏先生只不过被吓呆了——或许他很快就会反应过来出声呼救，或许会有客户走进来，或亚伯特·威敏先生可能突然回来——"

　　"等一下，儿子，"奎因警官说道，"我知道叫那个名字的邮票总共有两枚。 我想看看没被抢走的那枚。"

　　埃勒里点点头。 "哪位先生能去拿过来吗？"

　　佛德烈·威敏站起来走到保险箱去，按了号码锁打开门，鼓捣了半天，才带着装着第二枚黑便士的皮盒子回来。 奎因警官拿着那枚挺厚的邮票，好奇地仔细查看起来，一张价值三万元的旧纸片，他心里油然升起了一股敬意，就像埃勒里一般的模样。

当他听到埃勒里对维利警官说："警官，我可以借你的左轮枪用一用吗？"他差点失手掉了邮票。

维利的大手在臀部的口袋中摸索，取出了一把左轮枪，那是警用的长管的枪。埃勒里拿着它仔细地掂着重量。然后他用手指握住枪托的部位，朝房子中间的那个坏了的柜子走了过去。

"请看，各位先生——我详细说明第三个论点——普南柯打开柜子使用的是一个铁棒，而为了要撬开盖子，他发现必须把铁棒插进盖子和前面的盒面四次，自然在盒子的下部就留下了四个显眼的痕迹。

"现在，你们可以看到，这是个用薄玻璃制成的柜子，而且它上了锁，黑便士放在里面盖好的皮盒子中。据我推测，手中有根铁棒的普南柯应该就是站在这儿。你们各位想想看，一个要争取时间的贼，这时候他该怎么办才是最不容易引起注意的？"

众人目瞪口呆。奎因警官的嘴闭得紧紧的，维利警官的宽脸上浮出了一丝笑意。

"这很清楚，"埃勒里说道，"看着我。假设我是普南柯，那根铁棒相当于这把手枪。我站在柜子前面……"他的双眼在夹鼻眼镜后面发亮了，然后他高高地举起了那把左轮枪。接着，他正对着柜子的薄玻璃，狠狠地将枪管敲了下去。亚伯特·威敏发出一声尖叫，佛德烈·威敏半站起来，满脸怒气。

在玻璃上方不到半英寸的地方，埃勒里的手忽然停了下来。

"笨蛋，你竟然敢砸我的玻璃！"戴绿眼镜的邮票商大叫，"你这样只会——"

他往前跳，似乎想护住柜子和里头的东西似的，微微抖着地将双手张开，挡在柜子前头。埃勒里微笑着并用枪口轻轻戳一下那个人发抖的腹部。"你挡住了我，威敏先生。把你的手举起来，快点！"

"怎么——怎么，你是什么意思？"亚伯特·威敏剧烈地喘着气，马上举起了手。

"我是说，"埃勒里温和地说道，"你就是威廉·普南柯，你的同伙就是你兄弟佛德烈！"

威敏兄弟待在座位上，身体不可抑止地抖动起来，维利警官站在他们前面，带着令人讨厌的笑容。亚伯特·威敏吓得魂飞魄散，就像狂风中瑟瑟发抖的白杨叶一般颤抖着。

"那只是一套最简单的障眼法而已，"埃勒里说明，"先说第三点，为什么那个贼不选择直接用铁棒砸碎玻璃这个最快速的方法，而要浪费宝贵的时间，用铁锹扳弄了四次才打开盖子呢？明显是不想让柜中其他的邮票受到任何伤害，就像亚伯特·威敏先生刚才以肢体语言所说明的那样。这样的话谁才会费尽心思要保护其他邮票呢——希区曼、彼得斯、本尼森或甚至是神秘的普南柯本人？当然不是。只有邮票的主人——威敏兄弟才会那么做。"

老乌尼克开始发笑，他用手推了一下奎因警官。"看到没有，我说过你儿子的脑袋转得快吧？要是我——我，我可始终没想过那方面。"

"而且为什么普南柯不偷柜子里的其他邮票呢？那本是一个贼应该做的，普南柯却没有。如果威敏先生本身就是贼的话，就不需要偷走别的邮票了。"

"那吸鼻烟又能说明什么呢，奎因先生？"彼得斯问道。

"是的。从普南柯受雇于本尼森先生的两周内只吸食过一次，结论就自然而然可以出来了。因为鼻烟的嗜好者吸食起来次数是很多的，普南柯并不是一个嗜鼻烟者，所以那一天他吸的不是鼻烟。用差不多的方法吸食的还有别的东西，呃——粉末形式的药物——海洛因！嗜海洛因者有什么特征？神经质的外表，瘦削，几乎是骨瘦如柴，最重要的是，眼神空洞无神，因为海洛因的作用，瞳孔会越缩越小。这是为什么普南柯要戴深色眼镜的另一个解释。它具有双重功用——可轻易辨认的伪装，并可隐藏他的双眼，隐藏他吸食海洛因的嗜好！但当我看到亚伯特·威敏先生，"埃勒里走向那畏缩的人并取下他的绿色眼镜，于是两个只有针尖般大小的瞳孔暴露在人们的眼底——"他的普南柯的身份，从他带着这样的眼镜时便由心理学方面的证据再次证明了。"

　　"没错，可是那些被盗窃的书又是怎么一回事呢？"哈茨利说道。

　　"那当然只是整个阴谋的一部分，那个阴谋多么地漂亮、完美，"埃勒里说道，"既然亚伯特·威敏是乔装的贼，佛德烈·威敏脸上又带着伤，就可以断定他们俩其实是同伙。所以既然威敏兄弟是贼，那么偷窃书只是为了扰乱人们的视线。攻击佛德烈，策略性地由书店逃跑，几件偷取《变动中的欧洲》的小抢案——用一系列精心策划的事件只是来证明不可能是内贼抢走了邮票，以取信于警方和保险公司。这些收藏家狂热了。"

　　汉弗利有些不安，他那胖墩墩的身子扭动着。"一切都非常好，奎因先生，但到底他们自己偷的邮票在哪里？他们藏到哪里去了？"

　　"就这一点我想了很久，汉弗利。因为虽然从心理学方面我可以借助三项演绎法判定他们有罪，但邮票只有直接从威敏兄弟那儿找到了才能算是直接的证据。"奎因警官正在机械式地把第二枚邮票翻来翻去。"我问我自己，"埃勒里继续说道，"又一次想了这个症结之处：邮票到底藏在哪里？ 然后我想起来这是完全相同的两枚邮票，甚至女皇签的缩写都在同一个地方。 所以我对自己说：如果我是威敏先生，最显眼的地方才是我应该藏邮票的地方。 那么哪里是最显眼的地方？"

埃勒里一边把左轮枪递回给维利警官，一边叹了一口气。 他喊了奎因警官一声"爸爸"，奎因警官被吓了一跳。 "如果这儿随便哪位集邮者仔细看了你手上的邮票的话，你就知道那枚消失的邮票是用无害的树脂粘在第二枚邮票的后面了！"

（宋晶晶　译）

泣血的画像

纳其塔克是这样一个地方，即使当谷仓发霉了，攀墙蔷薇蜿蜒地爬满了路旁的围篱时，你也可以在这里找到这个世界上姓卓马顿的、姓伊玛斯的、姓安格斯的人。 夏日，一些大孩子们在荒芜的小山丘上的树下画街景、练习打字机，并在这什么都没有的舞台上呢喃一些写得并不完美的台词。 这儿的人比较喜欢兰姆酒而不是麦酒，可是苹果白兰地又比兰姆酒受欢迎，另外他们大部分都很有名、很迷人而且十分健谈。

埃勒里·奎因先生受珍珠·安格斯的邀请来到了纳其塔克，来品尝她的圆饼并欣赏她的戏——《坎荻妲》。 他没脱外套就喝着苹果白兰地，坐在阳台上，听着这位伟大的女性讲述马克·卓马顿遇到他的咪咪的事情。

仿佛是在曼哈顿上方的伊斯特河某处卓马顿画水彩画，在下面的一个屋顶上出现一个年轻的黑女郎，铺了一条毯子之后，她脱去衣服，躺下来享受日光浴。

不一会卓马顿朝下大喊："你，那边那个女人！"

咪咪吓得坐了起来。卓马顿靠着栏杆挥手，他浓密的金发成簇，丑陋的面孔像一只破烂的柿子。

"转过来！"卓马顿用恐怖的声音吼着，"这一面我完成了。"

埃勒里大笑："他说得真有意思。"

"可是这不是这个故事的关键，"安格斯说，"当咪咪看到他手中的画笔时，她柔顺地转过了身；而当卓马顿看到在阳光下她黝黑的背部时——呃，他抛弃了他的太太，一个很通情达理的太太，娶了这个女孩。"

"啊，那么冲动。"

"你对马克不了解！他是一个怀才不遇的人。对他来说，咪咪就是美的化身。"当然，这不会是什么贞妇烈女一类的故事。最起码在纳其塔克的上流人士中，至少有四个人，即使不是公开的，也愿意私下证明咪咪的贞节。"另外，他们几乎都是正人君子，"女演员说道，"并且卓马顿是这么高大又有男子气概的人。"

"卓马顿，"埃勒里说着，"很特别的姓。"

"英国人。他的父亲是一个游艇驾驶员，仿佛还是什么贵族之类的后裔，他的母亲是一个十分传统的人，她觉得安妮女皇的死亡是这个国家的大灾难，也正因为这样，斯图亚特王朝才结束了。

最起码，马克是这样说的！"安格斯感慨着。

"他这样做不是对他第一任太太太残酷了一点吗？"埃勒里问，他有点刻板。

"喔，也不是这样！她知道她拴不住他，而且她还有自己的事业需要费心。他们仍是朋友。"

次日晚上，埃勒里坐在纳其塔克的剧院里，发现自己正盯着一个他有史以来所看过的最优美的女性背部。没有任何人敢奢望触摸那完美无瑕的肌肤。那黝黑的赤裸的皮肤闪闪发光，差不多盖过了舞台，盖过了安格斯小姐，也盖过了萧伯纳先生那老掉牙的台词。

灯亮了以后，埃勒里从遐想中清醒过来，他发现前面的座位都空了，他满怀心事地起身。这样的背部闯进一个人的生命仅会有一次。

在过道里他碰见了埃米莉·伊玛斯——小说家。

"听着，"埃勒里说道，"近来好吗，伊玛斯小姐，你认识全美国的人，是吗？"

"叫瑞得维奇的那个家族除外。"伊玛斯小姐回答。

"我没有看到她的脸，可恶。可她有淡褐色的肩膀，漂亮的茶色背部……你肯定知道她！"

"那个，"伊玛斯小姐想了想，"应该是咪咪。"

"咪咪！"埃勒里突然变得很忧郁。

"好啦，来吧，人群聚集最多的地方就能找到她。"

就在休息室里，咪咪被七个无语的年轻人包围着。她倚着红丝绒的椅子，那黑缎般的秀发，孩童般的眼睛，柔软露背的晚礼服，让她看起来像个波利尼西亚的女皇。她是如此美。

"让开，你们这些臭男人。"伊玛斯小姐驱赶了那些奉承者。
"亲爱的咪咪，这儿有个叫奎因的人，这是卓马顿太太。"

"卓马顿，"埃勒里说道，"我憎恨的金发人。"

"至于这个，"伊玛斯小姐从牙缝中挤出来，"是一个阴魂不散的人，名叫波克。"

这好像是一个很特别的介绍方式。埃勒里跟波克先生一边握着手，一边寻思是否需要加上一个微笑或是干咳。波克先生脸色苍白，有着一张古威尼斯人的面孔，看起来仿佛他是硬要插进一脚。

波克先生狡诈地笑了笑，露出一排尖尖的牙齿。"伊玛斯小姐一直是我忠实的仰慕者。"

伊玛斯小姐不理他。"亲爱的，奎因爱上你了。"

"真好。"咪咪慢慢地向下看，"你认识我丈夫吗，奎因先生？"

"噢。"埃勒里回应道。

"我亲爱的先生，这没有一点儿作用，"波克先生说，又露出他的牙齿，"卓马顿太太是一个非常少有的人，没人能让她不爱她的丈夫。"

美丽女郎的优美背脊抬起来了。

"走开，"伊玛斯小姐冷淡地说，"你十分讨厌。"波克先生好像一点儿也不介意，他鞠个躬似乎还带着敬意走了，而卓马顿太太笔直地坐着。

《坎荻姐》的演出十分成功，安格斯活力非凡。埃勒里沐浴在阳光下，享受地品尝着堆积如山的小溪鳟鱼和圆饼，还很多次看到咪咪·卓马顿，因此那个星期过得十分快乐。

第二次看到她时，他正在安格斯的码头上躺着，在湖里美美地垂钓。有一条大鱼来了，但幸运地逃脱了他的钩子——她从鱼线下面冒出来，湿漉漉地，穿着紧身泳衣，微微发亮。

咪咪朝他大笑，转过身，弓起身顶着码头，接着朝湖中央的大岛游去。一艘划艇上一个肥胖又有胸毛的男人在钓鱼，她对他快乐地招手，他也对她微笑，然后她又加速前进，她的裸背在阳光下闪闪发光。

接着，好像她游进了一张网里，她停了下来。埃勒里看到她忽然一扭，踢水，在海岛边的波浪里时隐时现。

波克先生在海岛的沙滩上站着，倚靠着一根形状奇怪的手杖。

咪咪潜下去。当她再次出现时她忽然改变方向，朝着海岛东端的小海湾游去。波克先生也开始向海岛东端走去。咪咪又停下来……过了一会儿，看得出来她是放弃了，又缓缓地游回岸边。当她湿漉漉地从湖里出来时，波克先生就在她面前。他直直地站着，她从他身边走过就好像他不存在似的。他紧张地跟着她走进树林里。

"究竟，"一天晚上埃勒里问道，"这个波克是谁？"

"喔，你见过他了？"安格斯停顿了一下，"马克·卓马顿的宠物之一。一个政治难民——有关这部分他不肯公开。卓马顿收藏这种人就仿佛老女人收藏猫一样……波克——十分令人恐惧。我们不要谈他。"

次日，在埃米莉·伊玛斯的住所，埃勒里再次见到了咪咪。她穿着亚麻短裤和一件华丽的背心，刚刚和当地的强健灰发的法罗医生打完三局网球。她慢慢地走出球场，微笑着，向躺在草地上的埃勒里和伊玛斯小姐挥手，然后一边甩着网球拍一边走向湖边。

忽然间她撒腿奔跑。 埃勒里坐了起来。

她拼命地跑，穿过一片苜蓿田，网球拍掉了都没有停下来捡。

波克先生沿着树林的边缘，快步地跟着她，那根形状奇怪的手杖在他手臂下方。

"我认为，"埃勒里慢慢地说，"应当要有人去收拾一下那个家伙——"

"请躺下来。"伊玛斯小姐这样回答。

法罗医生擦着汗走出球场，马上就停了下来。 他看见咪咪跑着，也看到了波克先生快步跟在她后面。 法罗医生使劲一闭嘴巴也决定追上去。 埃勒里站了起来。

伊玛斯小姐采了一朵雏菊。 "卓马顿，"她温柔地说，"并不清楚，而且咪咪是一个勇敢的孩子，她十分爱她的丈夫。"

"狗屎，"埃勒里说着，看着那三个人影，"倘若这个人十分危险，那卓马顿早就应该知道了。 他怎么可能会这么盲目？ 可见每个在纳其塔克的人——"

"马克这人非常特别，他的缺点和优点一样多。 倘若这事挑明了，他会爆发出全世界最嫉妒的脾气来。"

"请准许我失陪一会。"埃勒里说道。

他走向树林。 他在树下停下来，聆听着。 不清楚哪儿传出一个男人的喊叫声，混浊的、无助的，可又反抗的。 埃勒里点点头，指关节被捏响。

在回来的路上，他看见波克先生跌跌撞撞地走出了树林。 他的面孔搐动着，钻进一艘小艇，胡乱划桨向卓马顿的小岛靠近。接着，法罗医生和咪咪·卓马顿在眼前出现，好像什么事都没有发生过一样。

"我相信每一个纳其塔克强壮的男人，"当埃勒里再次回到伊玛斯小姐的身旁时，她冷静地说道，"在这个夏日里都会揍波克一顿。"

"为什么没有人干脆把他赶出城去？"

"这个人是一个怪人，就肉体上来讲，他从头到尾是个懦夫，从不敢为自己挺身一战。可要说他胆小如鼠却也不是这样，他仿佛有着某种史诗式的英雄热情。"伊玛斯小姐耸了耸肩，"倘若你注意一点儿，你就会发现约翰尼·法罗不会在他身上留下任何标记。倘若他的宠物挨揍，马克也许非追究到底不可。"

"我不明白。"埃勒里嚷嚷道。

"哎，倘若他因此而发觉了事有蹊跷，你知道，"伊玛斯小姐用轻快的口吻说道，"马克肯定会杀了那个畜生。"

埃勒里是在这些人定期聚会的一个余兴节目上碰见卓马顿，并是第一次接触到卓马顿老爷流血的胸膛。这个聚会是星期天晚上在法罗医生的住所举行的。

法罗医生表情严肃地展现出一个巧妙的装置。这是一个管状的铁框，内部用透明的绳子吊着一个闪闪发亮的玻璃纸心脏，心脏内灌满了液体，看起来像是血，但明显是番茄汁。法罗用让人毛骨悚然的声音说道："她不忠实。"接着挤压一个橡胶球。这时心脏向内压缩，接着喷出红色的水柱，巧妙地被地面上的铜制痰盂正好接着。每个人都笑弯了腰。

"超现实主义？"埃勒里礼貌地问道，猜测自己是不是疯了。

安格斯乐翻了。"那是卓马顿的心脏，"她喘着气说，"约翰尼的神经！必然啰，他是卓马顿最好的朋友。"

"那和这个有什么联系？"埃勒里又疑问地问道。

"你这可怜的家伙！ 难道你没听过泣血心的故事？"

她将他拉到一个高大丑陋的金发男人面前，他正无助地靠在咪咪·卓马顿裸露的肩头上，面孔藏在她的头发里，笑不可遏。

"马克，"安格斯说道，"这是埃勒里·奎因。 他没有听过泣血心的故事！"她接着说。

卓马顿放开他的妻子，一只手擦着眼睛，另一只手伸向埃勒里。

"你好。 这个约翰尼·法罗，他是我所见过的仅有一个能够把无味的节目表演得这么迷人、变成好东西的人……奎因？ 我觉得我曾经在纳其塔克见过你。"

"当然没有，"咪咪弄着头发说道，"奎因先生只是在珍珠那儿住了几天，可你一直在忙着壁画。"

"这么说你们见过面了。"卓马顿笑着说，将他的粗壮胳臂放在他太太肩膀上。

"马克，"安格斯乞求，"给他讲那个故事。"

"喔，他一定先看过画像。 艺术家吗？"

"埃勒里撰写谋杀故事，"珍珠说道，"大部分的人会说'太奇怪了'，这样他就生气了，因此你千万别这么说。"

"那你就一定要来看一看卓马顿老爷四世了。 谋杀故事？ 老天，这能给你提供故事素材。"卓马顿笑着说，"你能不能不离开珍珠那里？"

"当然不是，"安格斯接着说，"他就要把我吃穷了。 去呀，埃勒里，"她说，"他邀请你了，他一直都这样。"

"除了这以外，"卓马顿说道，"我喜欢你的脸。"

"他的意思是，"咪咪小声说，"他想要把你的脸画在他的壁画里。"

"但是——"埃勒里开口，十分无助。

"当然你会来啰。"咪咪·卓马顿说道。

"是，是，当然，当然。"埃勒里刹那间两眼发光。

奎因先生发现，在星光下自己乘着船驶向卓马顿的小岛，皮箱在自己脚下。 他一边看着卓马顿划船，一边努力回忆他怎么会到这里来。 咪咪在船尾坐着，令人销魂的脸朝向他，卓马顿的宽肩在两人之间，上下起伏仿佛飞逝的时间一样。 埃勒里轻轻地战栗起来。

这十分特别，因为卓马顿仿佛是全世界最友善的人。 他亲自到珍珠的住处取埃勒里的行李，他絮聒地说着，肯定会让埃勒里平静，捕兔子，十六厘米的影片播放坦桑尼亚、澳洲的叶林，以及种种有趣的活动。

"简单的生活，"卓马顿笑道，"我们那儿十分原始，你了解——没有桥梁可以通向小岛，没有汽艇……一座桥就足够破坏我们的自然屏障，而我对一切会发出噪音的东西都害怕。 对画感兴趣吗？"

"我知道得不多。"埃勒里坦白地说。

"欣赏不一定需要知识，不用理会老学究怎么说。"他们靠了岸，一个人影站了起来，是一个又黑又胖的人，他站在沙滩上，将船接了过去。 "杰夫，"进入树林时卓马顿解释道，"专业的流浪汉，我很喜欢有他在周围游荡……鉴赏力？ 你不必拥有任何审美的理论基础就能欣赏咪咪的背。"

"他要我露背，"咪咪埋怨，不是很认真地埋怨，"变态似的整天露个背，你知不知道，我的衣服全都是他帮我选的，害得我一半时候觉得自己是赤裸裸的。"

到了屋前他们停下来好让埃勒里赞叹。 全身毛茸茸的肥胖的杰夫从后面赶上来，将埃勒里的行李接过去静静地提走了。 这房子十分奇怪，由一堆锐角和与主建筑垂直的厢房以及层出不穷的边厢所组成，它的建材都是圆木，建在一块巨型的粗岩上。

"不过是一间房子罢了，"卓马顿说道，"到我的画室来吧，我给你介绍卓马顿老爷。"

画室在后侧翼的二楼。 北面的墙都是玻璃，小片的嵌窗玻璃，剩下的墙面都覆满了油彩、水彩、粉蜡笔画、蚀刻画、石膏以及木雕。

"晚安。"波克先生说道并鞠了个躬。 他站在一个很大并且加了封套的框架前面，才转过身来。

"喔，波克在这儿，"卓马顿笑道，"吸取艺术吗，你这个另类教徒？ 奎因，见过——"

"我真的十分荣幸，"埃勒里有礼貌地说。 他十分想知道框架里面隐藏了什么秘密，封套歪歪的，他觉得波克先生正贪婪地看着下面的某个东西，才没心理准备地被他们吓了一大跳。

"我想，"咪咪轻轻地说，"我该先去看看奎因先生的房间。"

"瞎说，那是杰夫的事。 这是我的壁画，"卓马顿说着，拿下框架的封套，"仅仅是先画了一个角落——这将会布满整个新艺术大楼的大厅入口。 肯定的了，你能认出咪咪来。"

埃勒里真的可以。 在一大群奇怪的男性脸孔中间，忽然出现一个巨大的女性背脊，黝黑起伏并且十分女性化。 他瞟了一眼波克先生，可是波克先生正看着卓马顿太太。

"这便是大人物阁下。"

这幅古老的画像十分巧妙地放在北边的阳光照不到的地方——一个实物大小的画布，颜色就像阴暗的蜜糖，直挺挺地放在地上。卓马顿老爷四世穿着十七世纪的服饰，值得注意的是他的大肚子和大鼻子。埃勒里觉得他从没有见过比这幅画更低劣的绘画了。

"如何？很美是吧！"卓马顿笑道，"从一大堆画中挑出来的……完全是依靠某种热情画出来的，而你也一定看得出来，这是霍加兹那种古拙画风的第一人。"

"但是卓马顿老爷和法罗医生的小玩笑之间有什么联系？"埃勒里问道。

"亲爱的，过来，"咪咪走向她的丈夫并坐在他的腿上，她把她那黑色的脑袋靠在他的肩膀上。波克先生转身离开，将地上的一把尖锐调色刀绊到了。"波克，帮奎因先生倒杯酒。"

"呃，我高贵的祖先娶了一位万里挑一的少女，她从来没有到过离开她父亲的干草堆两里外的地方。这位老海盗对他的太太十分满意，因为她很美丽。他把她带到宫廷里展现的次数不少于他在奴隶市场上拍卖黑人的次数。卓马顿夫人没多久就成为整个伦敦城里纨绔社交圈的仰慕对象。"

"喝威士忌吗，奎因先生？"波克先生问道。

"不，谢谢。"

卓马顿温柔地亲吻着他太太的脖子，波克先生已经很快地喝下了两杯酒。"好像，"卓马顿接着说道，"介于他对子孙后代的责任，卓马顿老爷结婚后很快就找人画了这幅画像，就是现在你看到的。

"老家伙对这幅画极为得意，把它挂在他的城堡中壁炉上面那面大墙上最显眼的位置。 好啦，这故事是说某天晚上——他患上了痛风——无法入眠，他蹒跚地下楼来找东西，惊讶地发现有鲜血从他画像中的背心上滴下来。"

"不可能吧，"埃勒里提出异议，"肯定是某种复辟时代的恶作剧吧？"

"不，那是真的血，"画家笑着说，"——割喉咙老手很明白什么是血，绝不会看错！ 好啦，他上楼去他太太卧室想告诉她这个奇迹，却逮着他太太和一个年轻人正在快活。 肯定，他用他的剑将他们两个杀了。 在我的记忆里，他后来活到了九十岁，再婚并且和第二任妻子生了五个子女。"

"可是——鲜血，"埃勒里开口，盯着卓马顿老爷干净的背心，"那与他妻子不忠有什么联系？"

"没有人明白，"咪咪小声说道，"因此说它是个故事。"

"并且等他再回到楼下，"卓马顿说着，抚摸着他妻子的耳朵，"擦拭他的剑时，画像上的鲜血消失了。 这是典型的英国式故事，你明白——神秘而呆板。 从那之后就流传下来了，只要卓马顿的妻子不贞，卓马顿老爷画像的心脏就会滴血。"

"像是家族里的告状者。"埃勒里冷漠地说。

这时咪咪从她丈夫的膝上跳起来。 "马克，我真有些累了。"

"不好意思，"卓马顿伸了伸他的长胳膊，"来杯莱姆酒之类的吗？ 倘若喜欢的话，千万不要客气……要不然，我带你回你的房间去好吗？ 波克，伸手帮忙把灯关掉。"

咪咪快速地走出去，仿佛是被追赶的女人。 她的确是的——被波克先生的目光所追逐，他们离开时他还拿着威士忌酒瓶站在餐具架旁边。

"真麻烦，"早餐时卓马顿说道，"有件事情请你原谅。 我刚刚收到建筑师发来的电报，今天下午必须到城里去。"

"我跟你一块进城好了，"埃勒里提议，"你们真的是太客气——"

"不不，不能这样，我明早就回来了，那时我们可以一起做些运动。"

埃勒里漫步走进树林里去探索卓马顿这个小岛。 他发现，它的形态像个花生，除了中间部分之外，其余的全是茂密的树林，占地最起码有三十公亩。 天空阴暗，虽然他穿着皮夹克，但他却感觉有点冷。 可这究竟是不是大自然的因素他不清楚，这个地方让他有压迫感。

当他发现自己正走在一条古老、差不多要湮灭的小道时，埃勒里好奇地顺着路走下去。 这条小径穿过了一道峡谷，峡谷满地都是石子，在小岛的东端附近一片野草茂密的空地里，小径消失了，空地上有一所木造小屋，屋顶都半塌了，墙上的木头就像断裂的骨头似的伸出来。

"一个荒废的小屋。"他想着，忽然起了进去探险的念头，一般人在古老的地方都会有一些发现。

可是埃勒里发现的却是进退两难的情形。 他一踩上残破的石阶梯时，就听见有声音从阴暗的屋内传出。 就在这一刹那间，从后面的树林中隐隐约约传来波克的声音喊着："咪咪！"

埃勒里一动也不动地站着。

咪咪愤怒的声音从小屋里传出。 "你敢，不准碰我，我不是叫你到这里碰我的。"

波克先生可怜的声音一直说道："咪咪，咪咪，咪咪。"简直像跳了针的唱片。

"钱在这里，拿了钱离开这儿。 拿去！"她有点歇斯底里。

可是波克先生只是反复着："咪咪。"接着，是他的脚拖拽着，走过粗糙地面的声响。

"波克，你这个疯子！ 波克，我要喊了！ 我丈夫——"

"我会杀了你，"波克先生用疲倦的声音说道，"我再也受不了这——"

"卓马顿！"埃勒里一见卓马顿出现就出声招呼。 小屋里的声音立刻安静下来。 "别这么紧张，是我绑架了卓马顿太太要她带我欣赏你的森林。"

"喔，"卓马顿说着，擦了擦他的额头，"咪咪！"

咪咪出现了，面带微笑，可她挨着埃勒里外套的手颤抖着。"我正带着奎因先生来参观小屋。 你为我担心了吧，亲爱的？"她越过埃勒里向她丈夫奔去，两只手搂在他的脖子上。

"但是咪咪，你已经知道今早我需要你帮我摆姿势。"卓马顿好像有点不安，他的大金发脑袋在左右不停地摆动，好一会儿才停了下来。

"我忘了，马克。 别那么生气！"她挽着他的手臂，带他转过身，笑着跟他一块儿走了。

"非常不错的地方。"埃勒里空洞地喊着，人依然留在原地。

卓马顿对他回头一笑，可那双灰色眼睛明显有事。 咪咪把他拉进树林里。

埃勒里低头望去，波克先生那根形状奇怪的手杖丢在小道上，卓马顿也看见了。

他拾起手杖走进小屋，可里面是空的。

他走出来，膝盖一顶把手杖折断了，接着把它丢到湖里，然后跟着卓马顿家人，缓慢地沿着小径走回去。

咪咪送走卓马顿后从村里回来时，埃米莉·伊玛斯和法罗医生也跟她在一起。

"我花在画笔上的时间比听诊器还长，"医生对埃勒里解释道，"我发现美术十分吸引人，而这个地方的人又都十分健康。"

"我们要去游泳，"咪咪宣告，"我们晚上在户外烤香肠和葵叶。我们对你招待不佳，奎因先生，要好好补偿你。"但是说这些话时她并没有看着他。根据埃勒里看她这活泼的样子很不自然，还有，她的面颊呈现暗红的颜色。

当他们在湖里玩的时候，波克先生在湖边出现，而且静悄悄地坐了下来，咪咪的笑脸骇然一收。过了不久，他们从湖里起来，这时波克先生也站起来走开了。

晚餐后杰夫生了火。咪咪十分靠近伊玛斯小姐坐着，紧挨着，好像她会冷。法罗医生忽然拿出一把吉他唱一些水手歌。没想到咪咪竟是一个嗓音清亮、甜美的女高音，她也唱着，一直到她发现树叶下有一双发亮的眼睛注视着她。她突然停止，埃勒里这才发现，波克先生到了晚上可以很容易地把自己变成一只狼。那双眼睛里如此凶猛的眼神让他的肌肉变得紧绷。

天空下起了小雨，大家如释重负地逃回屋里，杰夫将火踏灭。

"请留下，"咪咪要求，"马克不在——"

"你不能赶我回家，"法罗医生高兴地说，"我喜欢你们的床。"

"要我跟你一起睡吗，咪咪？"伊玛斯小姐问道。

"不，"咪咪慢慢地说，"那没有——必要。"

埃勒里正在脱外套时，听到有人敲他的门。"奎因先生。"声音很低。

埃勒里将门打开。咪咪站在半黑的夜色中，穿着一件薄纱露背睡衣。她没有说话，可是她的眼神在央求。

"也许，"埃勒里提议，"我们到你丈夫的画室里去说会儿话比较好一些。"

他穿上外套，她静静地带路来到画室，扭亮一个灯泡。所有的都映入眼帘——怒目而视的卓马顿老爷，从北边完整的墙玻璃上闪闪发光，还有地上的调色刀。

"我欠你一个解释，"咪咪小声说，蜷在一张椅子里，"这样重要的感谢我不能——"

"你什么都不欠我，"埃勒里温柔地说，"可你欠你自己非常多。你觉得这件事你能隐瞒多久？"

"所以你已经知道了！"她开始无声地抽泣，"那个禽兽从五月就在这里了，可……我该怎么办？"

"告诉你丈夫。"

"喔，喔，不！你不了解马克。不是我自己，是马克……他会一点点地把波克勒死。他会——他会将他的手脚打断而且……他会杀了那个家伙！难道你看不出来我一定得防止马克这么做吗？"

埃勒里没有说话，这么好的解释他想不出有什么话可说。要不然他自己去杀了波克，可他也无能为力。咪咪瘫坐在椅子上，又哭起来。

"走吧，"她哭着说，"我真的感谢你。"

167

"你觉得独自待在这里是明智的吗？"

她没有回答，感觉像一个十足的傻瓜，埃勒里走了。 在屋外，杰夫圆圆胖胖的身影从一棵树边出现。

"放心吧，奎因先生。"杰夫说道。

埃勒里上床去了，放心了。

第二天早上卓马顿红着眼睛、脸色苍白地出现了，好像在城里整夜没睡。 不过，他看起来很高兴。

"我向你保证我不会再跑走了，"他吃着鸡蛋说道，"怎么了，咪咪——你冷吗？"

这是一个十分愚蠢的问题，因为这天早上非常热，并且各种现象表明会愈来愈热。 可是咪咪却穿了一件厚重的长袍和一件长长的骆驼毛外套。 她的脸色异常阴沉。

"我很不舒服，"她勉强挤出一个苍白的笑容说道，"这趟行程还好吧，马克？"

他做了一个鬼脸。 "计划有变动，整个设计必须加以修改。我需要你重新替我摆姿势。"

"喔……亲爱的。"咪咪放下吐司，"你会很生气吗，倘若……倘若我不替你摆姿势？"

"瞎说！ 好吧，没事，亲爱的。 我们明天再画。"

"我是说，"咪咪喃喃地说，拿起她的叉子，"我——我不想再摆姿势了……再也不想了。"

卓马顿十分缓慢地，把他的杯子放下来，仿佛他的手忽然产生了剧痛。 没有人说话。

"当然可以，咪咪。"

埃勒里觉得有些呼吸不畅。

埃米莉·伊玛斯小声地说："你将这个男人改变了，咪咪。当他还是我的丈夫时，就已经开始扔东西了。"

这一切都让埃勒里感到很困惑。 卓马顿微笑，咪咪轻轻咬着她的蛋卷，法罗医生则用心地折着餐巾。 当杰夫挠着他的头发进来时，埃勒里几乎撞上他。

"到处都找不到那傻瓜，"杰夫大声吼着，"昨晚他没有睡在自己的床上，卓马顿先生。"

"谁？"卓马顿心不在焉地说，"怎么了？"

"波克。 你不是要找他来画图吗？ 他消失了。"

卓马顿将他的金发拢在一起，认真地想。 伊玛斯小姐满怀期望地惊叹道："你想他会不会掉到湖里淹死了？"

"这好像是一个充满失望的早晨，"卓马顿说着，站起来，"你能不能到我的工作室来，奎因？ 倘若你同意让我把你的头画进去我会十分感激。"他头也没回地走出去。

"我觉得，"咪咪虚弱地说，"我有些头痛。"

当埃勒里来到画室时，他看到卓马顿双腿张开站立，双手在背后紧紧地握着。 房间里十分凌乱。 两把椅子倒了，画布散了一地。 卓马顿正在盯着他祖先的画像。 一阵暖和的微风吹乱了他的头发，玻璃墙上有一个窗户是打开的。

"这个，"卓马顿愤怒地说，"真的让人无法忍受。"然后他的声音转为怒吼，听起来像是受伤的狮子。 "法罗，埃米莉，杰夫！"

埃勒里走向画像，从阴影中看过去。 他瞪大眼睛，不敢相信。

在夜晚的某个时候，卓马顿老爷四世的心脏滴血了。

在画像中的左胸位置有一摊棕色的污渍。有一些，当它还是液体的状态时，缓缓地向下流了一两英寸。绝大多数都泼洒在卓马顿老爷的背心和他的腹部。不管它是什么东西，数量真的很多。

卓马顿发出低鸣声，他将画像从墙上扯下来，扔到光亮的地板上。

"谁干的？"他粗鲁地问。

咪咪捂住她的嘴。法罗医生微笑地说："小男孩喜欢随地涂鸦，马克。"

卓马顿看着他，呼吸沉重。"不要表现得那么悲惨，马克，"伊玛斯小姐说道，"这只是某个傻瓜的主意开出这个玩笑。天知道这附近有那么多的颜料。"

埃勒里蹲在摆平的、受伤的贵族附近嗅了一下，接着站起来说道："这不是颜料。"

"不是颜料？"伊玛斯小姐虚弱地重复了一遍。卓马顿脸色苍白，咪咪则闭上眼睛摸索着找寻一张椅子。

"我对与暴力相伴的东西十分熟悉，我感觉这看起来是干了的血。"

"血！"

卓马顿放声大笑。他故意把鞋跟踩在卓马顿老爷的脸上。他在框架上蹿上蹿下，让它碎裂成几十块。他揉皱画布之后把它踢进壁炉里去。他划了一整包的火柴，认真地放进碎片的下方，接着他蹒跚地走了出去。

埃勒里抱歉地笑笑。他弯下腰，想办法在卓马顿老爷完全烧完之前撕下一小块有褐色污点的画布。等他起身时，就剩下法罗医生还在房里。

"波克，"法罗医生含混地说，"波克。"

"这些英国人，"埃勒里嘀咕说道，"老谚语就是谚语，一点幽默感都没有。 你可不可以马上帮我检验这个，法罗医生？"

等医生走了之后，埃勒里发现仅剩下他一个人，并且屋子里非常安静，他就在卓马顿的画室里坐下来思考。 当他思考的时候，他望着四周。 他感觉昨天在画室地板上的物品现在消失了。 接着他想起来了，是卓马顿那把尖锐的调色刀。

他走到北面的墙边，将头从敞开的窗户伸出去。

"四处都找不到他，"杰夫从他身后说道。

"还在找波克吗？ 很聪明，杰夫。"

"噢，他滚蛋了。 摆脱他真好，那只狗。"

"虽然是这样，你能否带我到他的房间？"

那胖子眨了眨他机灵的眼睛，挠了挠毛茸茸的胸膛。

接着他带路到同一侧的一楼房间。 持续沉默着。

"不对，"过了不久埃勒里断言，"波克先生不是走了，杰夫。 直到他不见了的那一刹之前，他还有十足的计划要住下来，从他私人物品都没有被弄乱就能知道了。 但是，非常紧张——瞅瞅那些香烟屁股。"

轻轻地关上波克先生的房门之后，他离开屋子慢慢地逛，一直到他来到卓马顿画室北边的窗户下方。 那儿有花床，松软的泥土上开满了紫罗兰。

可不知是谁或者什么东西对这些紫罗兰非常粗暴。 在卓马顿画室窗户下面，它们都是歪斜破碎的，并且陷入泥土里，仿佛曾有十分沉重的东西落在它们上面。 这一片被蹂躏处从靠墙的地方开始，最末端的泥洼中有两条深深的沟，互相平行并有很小的洞，看上去像是男人的鞋。

鞋尖指着离开墙边的方向并且诡异地转向内侧。

"波克穿的鞋子就像那样。"埃勒里寻思着。 他舔了舔唇，默默地站着。 在紫罗兰花床的后面是一条碎石小道，从那两道深沟出发，顺着小径，留下一道模糊的踪迹，不规则，大约是一个人体的宽度。

杰夫忽然挥舞着他的手臂，好像他想飞走，可他却只是用力地顿了顿脚，肩膀下垂。

珍珠·安格斯和埃米莉·伊玛斯迅速聚到了屋子边，女演员脸色十分苍白。

"我来是想聊天的，而埃米莉告诉我这个可怕的——"

"卓马顿太太，"埃勒里心不在焉地问道，"如今怎么样了？"

"你想会如何！"伊玛斯小姐叫道，"喔，马克还是我所认识的那个大笨蛋！ 像只熊似的在他的房间里大发脾气。 你想想看，由于那是他最喜欢的故事，无论如何，他会欣赏那个笑话的。"

"血，"安格斯灰心地说，"血，埃米莉。"

"咪咪百分之百吓呆了，"伊玛斯小姐愤怒地说，"喔，马克是个傻瓜！ 那个荒唐无稽的故事！ 笑话！"

"我害怕，"埃勒里说道，"这不是你们所想象的那样的笑话。"他指着紫罗兰花床。

"那，"安格斯迟疑着，回到她的朋友身边，指着那道隐约的痕迹问道，"是——什么？"

埃勒里没有回答。 他转身慢慢顺着痕迹走，偶尔弯腰细看。

伊玛斯小姐舔了舔嘴唇，她的眼光从二楼卓马顿画室打开的窗户挪到正下方紫罗兰花床上的毁坏区域。

那女演员大声地笑着，有点歇斯底里，并盯着埃勒里跟踪的痕迹。"怎么，这看起来，"她以恐慌的声音说道，"仿佛——有人——拖着一具……尸体……"

两个女人像孩子一样地手拉手，冒冒失失地跟在后面。

凌乱的痕迹或锯齿状或弧状地穿过整个花园，在行进的路线中，有一双隐隐约约平行的痕迹，好像鞋子被拖着走。进了树林后变得越来越难跟踪，由于地面上充斥着落叶、树根以及树枝。

两个女人仿佛梦游般地跟着埃勒里，一点声音都没有。行进间，马克·卓马顿赶上他们，他拖着沉重的步子在后面走着。

树林里十分炎热，汗水从他们鼻尖上滴下来。过了不久，咪咪仿佛很冷，将自己裹得严严实实的，来到她丈夫身边，他没有理她。她远远落在后面，抽抽搭搭地。

树叶越来越纠缠，也越来越难跟踪。埃勒里带着这一列无声的队伍，不得不偶尔绕过很多地方并跳过腐烂的原木。有一个地方那痕迹从一大丛荆棘下方通过，那一片荆棘又宽又深，即便手脚并用也无法顺着痕迹前进。在那时埃勒里纯粹失去了线索，他的眼睛非同寻常的明亮，之后，在绕到一大丛树丛之后，他又一次接上了痕迹。

没过多久，他停了下来，众人也都停下来。在痕迹中间有一个金色的袖扣。埃勒里仔细观察它——它上方有一个精美的缩写 B ——接着把它丢进自己的口袋里。

卓马顿的小岛在靠近中央的位置有个隆起，隆起的地方非常宽阔，全部都是岩石——布满圆石，是一个危险的脚踝陷阱，两边则是湖泊。

到此，埃勒里再次失去了痕迹。他在圆石间找了片刻，但只有猎狗才能在那儿找到希望，因此他若有所思地踱步，非常奇怪地丧失兴趣的样子。

"喔，你看。"珍珠·安格斯突然地说道。

伊玛斯小姐用手臂搂着咪咪，撑着她。卓马顿一个人站着，面无血色地看着。埃勒里走到安格斯身旁，她冒险地站在一块突出的岩石上，害怕地指着湖水。

那湖水非常浅。在仅有一臂之遥的地方，卓马顿的调色刀在沙底闪闪发光的，显然是被丢弃在那里的。

埃勒里坐在一个圆石上点燃了一根香烟。他没有想去拿那把刀的意思，湖水早就把任何可能留下的线索都冲走了。

安格斯还在盯着湖水，即使恐惧但却热切地搜索着比刀子更大的东西。

"奎因！"一个遥远的声音叫着，"奎因！"

埃勒里叫道："在这儿！"他叫了好几次，声音虽大可非常疲倦，接着再继续抽他的烟。

不久他们就听到有人穿过树丛奔向他们，几分钟后法罗医生气喘吁吁地出现了。

"奎因，"他喘着气说，"那——是——血，人血！"看见卓马顿后他停下来，似乎有点不好意思。

埃勒里点了点头。

"血，"安格斯用厌恶的口气复述，"波克不见了。可你在那一段可怕的追踪过程中找到了他的袖扣。"她浑身发抖。

"昨晚有人在画室里将他刺死，"伊玛斯小姐轻声说，"在打斗过程中他的血溅到了画像上。”

“之后要不是他的尸体被丢出窗外，”女演员用勉强听得见的声音说道，“就是他自己在打斗中摔出去了。然后，无论那是谁——下来把尸体拖过树林，一路拖到——到这个可怕的地方，接着……”

“我们也许可以，”法罗医生急切地说，“自己找到尸体，就在这湖里面。”

卓马顿十分缓慢地说：“我们应该去找警察。”

众人全看着埃勒里，由于这句话而触动心弦。可埃勒里接着抽烟，什么话也不讲。

“我不觉得，”伊玛斯小姐最终支支吾吾地说，“你会希望能够隐瞒一个——谋杀案，你能吗？”

卓马顿开始迈步朝他家的方向走去。

“喔，等等，”埃勒里说着将他的香烟甩到湖里。卓马顿停下来，可并没有转过身。“卓马顿，你是个笨蛋。”

“你是什么意思？”艺术家怒道，但他仍然没有转过身来。

“表面上看起来你是那么好的一个人，”埃勒里问道，“还是你的妻子、前妻和朋友们所觉得的那种人——杀人狂？”

卓马顿此时转过身来了，他丑陋的脸庞呈暗红色。“好吧！”他叫喊，“我杀了他！”

“不，”咪咪尖叫，从石头上半站起来，“马克，不！”

“嘘，”埃勒里说道，“没有必要如此激动，卓马顿。小孩都看得出来你是在保护你太太——或者你觉得你是如此。”卓马顿跌坐在一个石头上。“那，”埃勒里冷静地接着说，“赋予了你一个性格。你不清楚该相信你太太什么，可是你却愿意去为你觉得她所犯下的谋杀案而认罪——这也是一样。"

"我说，我杀了他。"卓马顿不高兴地说。

"杀了谁，卓马顿？"

大家都盯着他。"奎因先生，"咪咪叫道，"别！"

"没有用的，卓马顿太太，"埃勒里说道，"倘若从一开始你就聪明地相信你丈夫的话，这一切就都可以避免发生了。"

"可是波克——"法罗医生开口。

"啊，没错，波克。是的，对了，我们不得不讨论波克先生。但我们首先必须讨论我们女主人的美丽背部。"

"我的背？"咪咪虚弱地说。

"跟我太太的背有什么联系？"卓马顿吼道。

"有很大关系，"埃勒里笑着说，又点了一根烟，"抽烟吗？你非常需要一支……你知道，你太太的背不仅美丽，卓马顿，它还会说话。"

"我已经在纳其塔克一个多星期了，在很多场合里我都幸运地欣赏到它，它一直裸露着，美丽的东西就该这样，并且事实上卓马顿太太自己告诉过我，你以它为荣，你帮她挑选的衣服，让它总是被展现出来。"

伊玛斯小姐发出一声沉闷的声音，咪咪看上去非常难受。

"今早，"埃勒里慢慢地说，"卓马顿太太忽然穿着厚重、全部覆盖的长袍出现，她穿着又长又完全覆盖的外套，她宣告她不再为你的壁画摆姿势，可那个壁画是以她的裸背为主题的。这些都归于以下的事实：首先，今天的天气十分炎热；其次，一直到昨天深夜我还见到她的裸背，美丽如昔；最后，如此她清楚明白地突然拒绝裸露，毫无理由，她对你的意义重大，因为她的魅力能激发你

176

从事新艺术壁画的灵感。 可是，"埃勒里说道，"她忽然覆盖了她的背部并拒绝再摆姿势。 为何？"

卓马顿看着他的妻子，扭曲了他的眉毛。

"是否要我告诉你为什么，卓马顿太太？"埃勒里温柔地说，"因为显然你是在隐藏你的背部；因为显然是昨天晚上我离开你后直到今天早餐前的这段时间里，发生了什么事逼你把你的背部隐藏起来了；因为虽然是你的背部昨晚出事了，你不愿意你的丈夫看到，而如果你今早一如往常地为他摆姿势他就肯定会看到。 我说得对吗？"

咪咪·卓马顿的嘴唇动了一下，可是她没有说话。 卓马顿和其他人看着埃勒里，一脸疑惑。

"肯定我是对的，"埃勒里笑道，"嗯，我对我自己说，昨天晚上你的背会出了什么事呢？ 有没有线索呢？ 肯定有——卓马顿老爷四世的画像！"

"画像？"伊玛斯小姐复述着，皱起了她的鼻子。

"因为，你们注意到了，卓马顿老爷的胸部昨天晚上又流血了。 啊，好一个故事！ 我将你留在画室里，尊贵的老爷流血了，可今天早上你却隐藏了你的背部……当然这有意义。 流血的画像也许是一个很糟的笑话，它可能是——原谅我——一个非常自然的现象，但起码它是血——人血，法罗医生确定了。 嗯，人血会流出来，那就代表有伤口。 谁的伤口？ 卓马顿老爷的？ 瞎说！ 血就是血，而画布是不可能轻易受伤的。 你的血，卓马顿太太，并且是你的伤口，毋庸置疑，要不然你为什么会担心展示你的背部呢？"

"喔，老天，"卓马顿说道，"咪咪——亲爱的——"咪咪开始哭泣，可卓马顿则把他的丑脸埋在双手中。

"我们可以非常轻易地推断出所发生的事。 出事的地点是在画室里，因为那儿有扭打的迹象。 你受到攻击——毋庸置疑，是用那把调色刀，我们察觉它被丢弃了。 你的背顶着画像，你背上的伤口血流如注，卓马顿老爷笔直地躺在地上，跟真人大小，因此你的背伤非常合适地沾到了卓马顿老爷的胸前位置——与传奇故事相吻合。 我猜想你昏倒了，杰夫——我走的时候他在外面，因此他一定被扭打的声音引来——他发现了你，将你抱到你的房间去，为你裹伤。 他非常忠实，他闭口不言，由于你是这么恳求他的。"咪咪点点头，哭着。

"咪咪！"卓马顿扑向她。

"可是——波克，"法罗医生嘟囔，"我不明白——"

埃勒里弹掉烟灰。 "有这样的想象力非常不错，"他笑着说，"血——波克失踪——有很多谋杀的动机——人体被拖过树林的痕迹……谋杀！ 多么没有逻辑，却是多么有人性。"

他吐了吐烟雾。 "我清楚，肯定，波克一定就是行凶的人，昨天我亲耳听见他威胁要杀卓马顿太太，他完全是因为嫉妒和深刻的渴望而疯狂了。 波克怎么了？ 啊，那扇敞开的窗户。 昨晚我看到的时候是关着的，如今是打开的。 在它下方，紫罗兰花床上，有一个坠落人体的痕迹，泥土里有两道深沟代表他的双脚落地之处……换句话说，一个惊慌失措的懦夫，也许认为他犯下了谋杀案，听见杰夫上楼的声音，波克从卓马顿的窗口跳下去，在逃跑第一的盲目冲动之下——跌下了二层楼。"

"可是你如何知道他是跳出去的？"安格斯皱着眉头问，"你如何知道，例如说，而不是杰夫抓住他，杀了他，把他的尸体丢出去之后再去拖……"

"不，"埃勒里笑着说，"拖拉的痕迹通过树林延伸了十分远的距离。有一个地方，你们全看见了，它穿过了一大片的荆棘，那片荆棘是这么浓密，如果不是匍匐在地是不可能通过的，但是那道拖拉的痕迹还是穿过去了，不是吗？倘若波克死了，而他的尸体是被拖着，凶手怎么能把尸体拖过那片荆棘呢？再说，他为何想要这么做？肯定他不可能在那个地方自己趴下来爬行，再把尸体拖在身后，从旁边无障碍的小道走会简单多了，就像我们所走的路。"

"因此，"埃勒里说，站起来准备找路跨越那道岩沟，"显然，波克并没有被拖着走，而是波克拖着他自己，他用腹部爬行。所以他还活着，压根儿没有任何谋杀案。"

他们慢慢地开始跟在后面。卓马顿的手臂搂着咪咪，他的下巴低在胸前。"可是他为何要爬那么远？"法罗医生问道，"他也许为了脱逃时不被发现而爬到树林里，可一旦到了树林里，在晚间，当然他没必要……"

"十分正确，他没有必要，"埃勒里说道，"但是他还是爬了，这么说他肯定是必须要……他跳下两层楼，他的脚先着地，从紫罗兰花床上足趾向内的痕迹来判断，他落地时肯定向内侧扭伤双腿了。因此我对我自己说，他肯定是跌断脚踝了。你们说呢？"

他停下来，众人也全停下来。埃勒里带着大家来到小岛东边的小径尽头，他们能由林木间看到那间荒废的小屋。

"一个两只脚踝断了的人——两只都断了，因为痕迹表示出两条平行的鞋印被拖拉着，而这个岛上不但没有汽艇而且没有桥梁。我有信心，"他用低沉的声音说道，"因此他还在这个岛上。"

卓马顿的嗓子中发出深沉的怒吼，像一只狮子。

"鉴于今天早上杰夫找不到波克先生的事实，非常有可能他就躲在那间小屋里。"埃勒里盯着卓马顿的灰色眼睛，"这家伙已经在那里畏缩地躲着超过十二个小时了，在剧烈的痛苦中，不停地想着他是一个凶手，等待着被揪出来接受他自认为罪有应得的斩首处分。 我相信他所受的处罚已经足够了，卓马顿，你不认为吗？"

卓马顿眨了眨眼睛，一语不发。 之后，他轻声说道："咪咪？"她抬起头望着他，钩着他的手臂，他小心地带她转过身，准备往小岛的西边走去。

海面上，把桨停下来仿佛一尊警戒的雕像似的坐着的是杰夫。

"你们也可以回去了，"埃勒里温柔地对两位女士说，他又对杰夫挥挥手，"法罗医生和我还有一个恶心的工作——等待完成。"

（宋晶晶　译）

布朗神父

Father Brown

【吉尔伯特·基思·切斯特顿（1874—1936 年）】

英国作家，一个令人惊叹的全才。 小说家、评论家、诗人、新闻记者、随笔作家、传记作家、剧作家和插图画家等多个头衔是对他的才干的证明。 他所著的《布朗神父》系列侦探小说，塑造了一位侦探兼牧师的布朗神父的形象。 长相平凡，但目光锐利，可以观察人的心理；平时沉默寡言，说起话来妙语连珠。 在《布朗神父的秘密》《失败的布朗神父》中以灵感破案，凭直觉抓到凶手，令众人大吃一惊。

蓝宝石十字架

船在晨曦的一抹银色光芒和粼粼海水的绿色光波之间，泊靠在了埃塞克斯海岸的哈维奇港，乱糟糟的一大群人走出来，像苍蝇一样四散乱飞。 这些人当中，我们必须跟踪的那个人，无论如何也说不上引人注目，也不因他的着意装扮而使人一见眼明。 他那身花哨的假日服装，和他那满脸公事公办的神气有点不相称。 但除此之外，他身上没有一点引人注目的地方。 他的服装包括一件瘦小的浅灰色夹克衫，一件白背心，一顶系有灰蓝色袢带的银白色草帽。 在衣着及草帽的映衬之下，他的瘦削的脸显得黑黝黝的。 他脸的下端有一撮西班牙式的黑色短须，这使人联想起伊丽莎白时代的皱须。 他以游手好闲人士的认真神气抽着一支香烟，浑身上下一点也显示不出在他的夹克衫的掩盖下，藏着一把装满子弹的左轮手枪，他的白背心掩盖着他的警察证章。 而在他的草帽下面，也看不出他就是欧洲最有能力最有才智的非凡的人物之一。 他就是瓦伦丁，巴黎警察局局长本人，世间最有名的侦探。 他从布鲁塞尔到伦敦来执行本世纪最了不起的一次逮捕行动。

大盗弗兰博到了英国。 三个国家的警察费尽周折追踪这个犯罪老手，终于从比利时的根特追到了布鲁塞尔，又从布鲁塞尔追到了荷兰的胡克港。 推测他可能会利用当时正在伦敦召开的"圣体会议"，在与会人彼此不熟悉的混乱情况下，乔装打扮成低级神职人员，或是同会议有关的秘书什么的，从而来到伦敦。 不过，瓦伦丁并没有把握。 没有人能对弗兰博有把握。

自从这位犯罪大王突然停止在这个世间捣乱以来，到现在已有许多年了。 他停止活动之后，正如有人说的罗兰①死了之后一样，地球上异常平静。 但是弗兰博在他的鼎盛时期（当然，我的意思是说他的猖狂时期），却是一个与凯撒大帝一样，形象生动，全球皆知的人物。 几乎每天早上，日报上都刊登着他刚刚逃脱一件非凡罪行的应有惩罚，又在进行另一件非凡罪行的消息。

弗兰博是个身材高大的加斯科涅（法国西南部）人，胆子和他的躯体一样大。 有些最激动人心的故事讲到：他如何在自己兴致上来之际，把一名官方刑事侦探倒提起来，让他头顶着地倒立着，

_____

① 罗兰：法国中古时代著名骑士，骁勇善战。

去清醒头脑；他又怎样一只胳膊挟着一名警察，在利沃里的路上大步飞跑。

说到他的令人难以置信的体力，则一般都用在一些尽管有失公家体面，但却没酿成流血惨案的场面——这样的评说乃是公允的、不过分的。 他的真正罪行主要是一些富有创造性的大规模抢劫。他的每一次盗窃都堪称一件新奇的罪行，每一次作案都足以构成一个新鲜故事。 例如他在伦敦经营过一家赫赫有名的泰洛林牛奶公司，他这公司没有奶牛场，没有奶牛，也没有送奶车，更没有牛奶，但他差不多有一千个订户。 他只是靠把别人门前的小奶罐换上标签，放在自己的主顾门前，以这种简单操作来为他的订户送奶。

也正是他弗兰博，在截取偷看了一位年轻女士的全部信贷函件后，把他自己写的信用照相机拍成胶片，印在显微镜的载物片上，印得非常非常之小，以和她保持通信关系，使她既莫名其妙又甩不掉。 以此对她搞了一个非同寻常的恶作剧。

不过，弗兰博的每一次新作品都普遍地以简单明了为特色。据说，他有一次在深夜把一条街的门牌号码全都重新漆过，仅仅是为了把一个旅客引入他设置的圈套。 十分肯定的是，他发明了一种轻便邮筒，放在僻静的郊区角落，等待着有人往里边投入汇款单。

最后一点，据人所知，他还是一个令人惊奇的杂技演员。 尽管他块头那么大，跳跃起来却轻便得像只蚱蜢。 又能像猴子一样隐入树顶。 因此大侦探瓦伦丁出发来找弗兰博的时候，心里完全清楚，即使找到了对手，自己的冒险也远没有完事大吉。

但是怎么找到他呢？ 大侦探瓦伦丁仍然在揣摩，心中无底。

只有一点可以肯定，那就是任随他伪装得多么巧妙，也无法掩饰他那独特的身高。要是瓦伦丁的敏锐眼光一下子看到一个高个子的卖苹果的女摊贩，一个高个子近卫兵，甚或于一位雍容富贵的高个子公爵夫人，他都可以当场逮捕他们。但是，他在火车上一路风尘，还就没有看到一个可能是弗兰博伪装的人，正如一只猫伪装不了一头长颈鹿一样。对火车上的人他已经弄清楚了。在哈维奇上火车或是在中途上车的人当中，身高肯定都不到六英尺。有一个矮小的铁路官员旅行到终点，三个矮小的蔬菜农场主乘了两站路下车，一个矮小的寡妇从埃塞克斯的一个小城上车，一个矮个的罗马天主教神父从埃塞克斯的一个小村子上火车……说到最后这个人，瓦伦丁放弃了观察，几乎笑了。这个小个子神父具有那么多东方平原人的气质，他的脸又圆又呆板，像诺福克汤圆。他的眼神像北海一样深邃。他带着几个棕色纸包，几乎没有办法把它们收拢来。

　　毫无疑问，"圣体会议"从各地的淡泊无为的人士当中吸引了不少这类人物，他们令人不可思议，无依无靠，仿佛是从地里挖出来的鼹鼠。瓦伦丁是法国的极端型怀疑论者，他不喜欢神父，但是他会同情他们。而这一位神父可以引起任何人同情。他有一把破旧大伞，经常落到地上。他似乎不知道自己的往返车票上，标注的正确的终点站究竟在什么地方。他以呆子般的单纯向车厢里的每一个人解释他的小心，因为他的一只棕色纸包里有一些用纯银和蓝石头做的东西。他那埃塞克斯人的坦率和他的圣人般的单纯，不断地把瓦伦丁这个法国人逗乐，直到神父总算在斯特拉福德带着他所有的纸包下车，又回来取他的伞。他取伞的时候，瓦伦丁发善心地警告他，别因为要小心而此地无银三百两，把自己身上的银器告诉给大家。 但是他一边和神父讲话，一边睁大眼睛望着另一个人。 这个人沉着地注视着任何人，不管是穷人阔人，还是男人女人。 这人足有六英尺，至于弗兰博呢，他还要高出四英寸。

瓦伦丁在利物浦站①下了火车，踌躇满志地感到迄今尚未漏放过弗兰博。 他到苏格兰场②办理了身份合法手续，约定必要时请求帮助。 然后他点燃另一根香烟，在伦敦街上信步漫游。 在维多利亚车站背后的街道和广场散步时，他突然停步驻足。 面前是一个古老、别致、宁静的广场，非常典型的伦敦模式，整个广场出人意料地寂静。 周围是高大单调的房屋，既显得豪华而又无人居住，广场中央是长满灌木的场地，看起来像太平洋上的绿色小岛那么荒凉。 四边建筑中有一边比其余三边高出许多，像座高台。 这一边的自然线条，被伦敦的可赞赏的意外因素破坏无遗——这是一座饭店。 他感到自己仿佛是从索霍区③走错了方向而来到此间的。 这里有长得过分引人注意的东西——栽在钵里的矮小植物，有长长条纹的、柠檬黄和白色的百叶窗。 这种窗户临街而设，在伦敦通常七拼八凑的布局中，显得分外高大。 一段阶梯从街上直上前门，仿佛太平门的楼梯直通到了二楼窗前。 瓦伦丁在黄白色百叶窗前站着抽烟，琢磨良久。

奇迹最令人难以置信的地方，就是它的发生。 天上几片云聚拢成为人类眼中的星形。 远处旷野中陡然耸立起一棵大树，十分像个巨大的问号。 这都是在几天前亲眼看到过的。 纳尔逊海军元

---

① 利物浦站：伦敦中东部铁路始发及终点站。

② 苏格兰场：伦敦警察厅。

③ 索霍区：伦敦中部一地区，以多外国饭店及作家艺术家居住而闻名。

帅死在胜利的那一刻。 一个叫威廉斯的人十分偶然地谋杀了一个叫威廉森的人，这听起来好像谋杀了自己的孩子。 简而言之，在生活中有巧合的成分，人们如果认为它乏味，就会永远失去它。正如美国侦探小说家兼诗人爱伦坡那看似矛盾实则正确的说法所表白的："智慧必须指望不可预见的事。"

阿里斯蒂德·瓦伦丁是个高深莫测的法国人，法国人的才智是特殊的和独一无二的。 他不是"思想机器"①，因为那是现代宿命论和唯物论的没脑筋的用语。 机器只是机器，因为它不能思维。 但他瓦伦丁是个有思维的人，同时又是个平平常常的人。 所有他的奇妙成功，看起来就像是有魔法，实际上都是来自坚持不懈的推理，和清晰而寻常的法国人式的思维。 法国人不是靠任何看似矛盾实则正确的说法来震动世界，而是用实际上不言而喻的道理来震动世界。 他们至今都在实践某种不言而喻的道理——就像他们在法国大革命的时候那样。 但是确切地说，瓦伦丁明白理性，明白理性的极限。 只有对开汽车一无所知的人，才会大谈特谈开汽车不用汽油的神话。 只有对理性一无所知的人，才会在没有坚实基础的情况下，大谈特谈无可争辩的第一原则的推理。 而瓦伦丁现在就没有坚实的基础，只能死死地抱住第一原则不放。 弗兰博在哈维奇不见了。 如果他竟然在伦敦出现，他可能是温布尔顿公共网球场上一个高个子流浪汉，也可能是大都会饭店里一个高个子的宴会主持人。 在这样明显的一无所知的情况下，瓦伦丁有他自己的看法和办法。

---

① 《思想机器》：1907 年出版，和《探案中的思想机器》（1908）同为美国作家杰克·福翠尔的畅销神秘小说，主角奥古斯都·范杜森教授为推理侦探。作者于 1912 年死在泰坦尼克号客轮上。

在这种情况下，他期待着不可预见的事。 如果他不能追随有理性的思路，他就冷静而小心地追随没有理性的思路。 他不用去可预料的地点——银行、派出所、可能约会之处，而是要系统地到不可预料的地点去：敲敲每所空房子的门，弯进每一条死胡同，走进被垃圾封死的每一条小巷，绕着每条弯路走，徒步走出大路，等等。 他富有逻辑地为他的这种几近疯狂的做法辩护。 他说如果一个人有线索可寻，那是最糟糕的路子。 如果根本没有什么线索，那才是最好的路子。 因为一些引起追捕者注意的稀奇古怪的地方，也许正是引起被追捕者注意的地方。 一个人开始的某个地方，可能刚好是另一个人停下来的地方。 关于上到店铺的那段阶梯，关于那个寂静、古老、别致的饭店，都有些什么在引发他这个侦探的罕有的浪漫幻想，使他决定随意去试试。 于是他走上阶梯，在靠窗子边的一张桌子前坐下，要了一杯不加奶的咖啡。

上午已经过去一半，他还没吃早饭。 桌上摆着另一个人吃剩的早餐，这才使他想到自己还饿着肚子。 于是他又叫了一只水煮荷包蛋。 他默默地往咖啡里加了白糖，一直想着弗兰博。 他回想弗兰博每次是如何逃脱的，一次是用指甲刀，一次趁一所房子失火，一次是必须去交一封欠邮资的信，一次是让人们通过望远镜看一颗要毁灭地球的彗星。 瓦伦丁认为自己的侦察脑筋一点不比罪犯的差，但他也清醒地认识到了自己的不利之处。 "罪犯是富有创造性的艺术家，侦探只是评论家。"他带着辛酸的微笑对自己说，慢慢地把咖啡杯举到唇边，很快又放下——他加的"白糖"是盐。

他望了望装着白色细粒的家什，当然是糖罐，正如香槟酒瓶子装的是香槟酒一样不会弄错，这罐里装的是白糖。 他奇怪他们为什么会在里面放盐。 他四下看看是否另有正统的家什。 对，有两个盐瓶，装得满满的。 也许盐瓶里的辛辣调味品有些什么特色。他尝了尝，是白糖。 他疑惑地向饭店里四下张望，看看把糖放进盐瓶把盐放进糖罐这种独特的艺术风格是否还有其他表征？ 除了白纸裱糊的墙上给溅了点黑色液体之外，整个地方显得整洁、轻快、平平常常。 他按铃叫侍者。

侍者匆忙赶来，在清晨时刻头发还是乱蓬蓬的，睡眼惺忪。瓦伦丁侦探并非丝毫没有幽默感，他让侍者尝尝白糖，看是否符合这家饭店的崇高声誉。 结果侍者突然打了个呵欠，陡然清醒过来。

"你们每天早上都和顾客开这么巧妙的玩笑吗？"瓦伦丁问，"拿盐换糖当笑料，从来不会使你们感到乏味吧？"

侍者弄懂这种讥讽后，结结巴巴地保证说饭店绝对没有这个意思，这一定是个最奇怪的错误。 他拿起糖罐来看看，又拿起盐瓶看看，显得越来越莫名其妙。 他突然说声"请原谅"，就匆匆走开。 几秒钟后，饭店老板和他一起赶来。 老板也检查了糖罐，然后检查了盐瓶。 他同样一脸莫名其妙的神色。

突然侍者似乎发音清晰起来，几句话冲口而出：

"我想……"他结结巴巴地说，"……我想，就是那两个教士。"

"什么两个教士？"

"那两个把汤泼在墙上的教士。"

"把汤泼在墙上？"瓦伦丁重复道，他确信这一定是个意大利隐喻。

"是的，是的。"侍者激动地说，一边指着白色壁纸上那块黑色污点，"泼在墙上那里。"

瓦伦丁带着疑问望着老板，老板用比较详尽的报告来解围。

"是的，先生，"他说，"这是真的，不过我认为这和糖盐没有关系。今天一大早，门板刚取下，两位教士就来这里喝汤。他们俩都很安静，受尊重。一个付了账出去，另一个完全称得上慢动作教练，过了好一阵才把汤喝完。最后他也出去了。只不过在走开的那一瞬间，他很巧妙地拿起他只喝了一半的杯子，把汤泼在墙上。我当时在后面的房间里，侍者也在后面房间里，我出去时，看到墙上泼有汤，而店里空无一人。这没造成什么特殊的损害，但这是让人讨厌的无礼行为。我想在街上抓到那个人，不过他们已经走远，我只注意到他们转过街角走进卡斯泰尔斯街。"

侦探站了起来，把帽子戴到头上，手杖拿在手里。他已经打定主意，在他脑海里一片漆黑之际，他只有顺着一个隐蔽的手指所指的方向走去，而那个手指隐蔽得很深。他付了账，冲出玻璃门，很快就转到另一条街了。

还好，在这么高度兴奋的时刻里，他的眼光仍然保持冷静和敏捷。走过一家店面时，什么闪光从他身旁掠过。他走回去看，那是一家蔬菜水果店，一大堆鲜货整整齐齐地摆在露天地里，均标明了品名和价格。两个最显眼的货格里，各放着一堆橘子，一堆坚果。干干的坚果上，有一块纸板，上面用蓝粉笔非常醒目地写着："上等柑橘，一便士两只。"在橘子堆上同样清楚而准确地写明："最佳坚果，每磅四便士。"瓦伦丁先生望着这两块标价牌，想到他以前遇到过的这种高度狡诈的玩笑，而且就是最近。他转而注意那红脸膛的水果商，见他正为了这颠三倒四的商品广告而气哼哼地往街两头张望。水果商什么也没说，只是很快把每块纸牌放回原处。 侦探悠闲地倚着手杖，继续仔细观察这家店铺。 最后他说道："我想问你一个与实验心理学和思想结合有关的问题。"

红脸店主用威胁的眼光望着他，但他还是高高兴兴地摇动着自己的手杖道："为什么在一家蔬菜水果店里，会有两块标价牌放错了地方，好像因为有个戴铲形宽边帽的人刚来伦敦度假？ 或者如果我没说明白的话，那么是这样：把坚果标成橘子是一回事，一高一矮的两个传教士的出现又是一件事，这两件事有什么神秘的关联吗？"

商人的眼睛瞪得滚圆，差不多要突出来了，他有那么一刻似乎就要扑到这个陌生人身上去。 最后，他怒气冲天、结结巴巴地说："我不知道这和你有什么关系。 不过要是你是他们的一个朋友的话，你可以告诉他们就说我说的，如果他们再来和我的苹果捣蛋，那么不管他们是不是神父，我都要敲掉他们的脑袋。"

"真的？"侦探非常同情地问，"他们弄乱了你的苹果吗？"

"他们之中有一个这么干了，"愤怒的店主人说，"把苹果滚得满街都是。 我要不是得捡苹果的话，本来是可以抓住那混蛋的。"

"这两个神父朝哪个方向走的？"瓦伦丁问。

对方迅速回答："左手第二条马路，然后穿过了广场。"

"谢谢。"瓦伦丁说着像个魔法仙人一样不见了。 在第二个广场的对面，他发现有个警察，就问："急事，警官，你看见了两个戴铲形宽边帽的教士吗？"

警察哈哈大笑起来："哇，我看见的，先生。 如果你问我的话，他们有一个喝醉了，他站在马路当中，昏头昏脑……"

"他们向哪条路走的？"瓦伦丁急忙打断他的话。

"他们在那里上了一辆黄色公共汽车，"警察回答，"是到汉普斯泰去的。"

　　瓦伦丁向他出示了自己的公务证，匆匆地说："叫两个你们的人跟我去追。"说完精神抖擞地穿过马路，他的精神感染了那个笨拙的警察，使他也立即行动起来。一分半钟之后，这个法国侦探就与一位警察和一名便衣在对面的人行道上会合了。

　　"嗯，先生，"警察笑容满面但傲气十足地说，"什么事——"

　　瓦伦丁突然用手杖一指，"上了这辆公共汽车后我会告诉你们的。"他边说边在车流中东躲西闪地飞奔上前。三人终于气喘吁吁地挤上了黄色公共汽车的上层座位，警察说："坐出租车要快十倍。"

　　"太对了，"他们的领队平静地说，"如果我们能知道我们往哪里去的话。"

　　"那么，你要往哪里去？"另一个人瞪着眼问。

　　瓦伦丁皱着眉抽了几口烟，然后拿开香烟说："如果你知道一个人在干什么，就会赶在他前面。但是如果你只是猜想他在干什么，你就会落在他后面。他闲逛你也得闲逛，他停下你也得停下，走得和他一样慢。这样你就可以看到他在看什么和做什么。我们现在所能做的就是注意观察异常的事。"

　　"你的意思是哪种异常的事？"警察问。

　　"任何。"瓦伦丁回答，重又陷入完全的沉默。黄色公共汽车好像连续几小时都只在北边的马路上爬行。大侦探也不再解释什么，也许他的助手对他的差事觉得越来越怀疑，但又不好开口问，如同他们越来越想吃午饭而又不好开口要求一样。时间慢慢消逝，早已过了午饭时间。 伦敦北部郊区的马路好像该死的望远镜一般越抽越长。 这就像某种旅行，一个人总觉得自己终于快到了地球的尽头，然后又发现只不过到了伦敦北部的别墅区——塔夫特奈尔公园。 伦敦在一长串小酒店和整个的灌木林中隐没。 接着他又出现在灯火辉煌的繁华街道和炫目的旅馆中。 这就像穿过十三座各不相连而又紧挨一道的平凡城市一样。 但是尽管冬季的暮色已经笼罩着他们前面的马路，巴黎来的大侦探却仍然沉默、警惕地坐在那里，注视着街道两边从车前面向车后滑动。 等他们从摄政王公园东南的卡姆丹城后边离开的时候，警察差不多已经睡着了。 在瓦伦丁跳起身来拍拍两人的肩膀，喊驾驶员停车的时候，他们做了个近乎于跳起来的动作。

跟着瓦伦丁摇摇晃晃地下车走上马路时，他俩还没明白为什么下车。 当他们朝四周张望，想弄明白是怎么回事的时候，发现瓦伦丁正得意扬扬地指向马路左边的一扇窗户。 那是一扇大窗户，构成一家金碧辉煌的酒店的当街门面。 窗口是为盛宴订座的地方，标明"饭店"二字。 这扇窗子和旅馆前面的一排窗户一样，装有磨砂刻花玻璃。 玻璃中央刻着一颗巨大的星，像嵌在冰上的星。

"终于找到线索了，"瓦伦丁摇着手杖喊道，"有破玻璃窗的地方。"

"什么窗？ 什么线索？"主要助手问，"嗳，有什么凭据说这和他们有关系？"

瓦伦丁勃然大怒，几乎折断了他的竹手杖。

"凭据？"他叫道，"妈的，对付这个人要凭据！ 唔呀，当然，这里同他们没关系与有关系的机会比是二十比一。 但是我们还能做别的什么呢？ 你们难道看不出，我们要么必须追随一个荒诞的可能性，要么回家去睡大觉！"他重手重脚地走进饭店，后面跟着他的伙伴。 三人很快就被安顿在一张小餐桌前，吃他们这顿晚午餐。 这时从里面往外看那打破了的玻璃上的星形，可他们还是怎么也看不出什么名堂来。

"我看到你们的窗子被打破了。"瓦伦丁付账的时候对侍者说。

"是的，先生。"侍者回答，弯腰忙着数钱，瓦伦丁给了他一笔丰厚的小费。

侍者直起腰来，一脸温和而不容误解的激动神色。

"啊，是的，先生，"他说，"很奇怪的事，您说呢，先生。"

"真是的。 给我们讲一讲。"侦探带着漫不经心的好奇心说。

"好呢，两位穿黑衣服的绅士进来，"侍者说，"是两个外国的堂区神父，像是来旅游的。 他们安安静静地吃了一餐廉价午饭。 其中一个付了账出去了，另一个正要走出去时，我发现他们多付了三倍的钱。 于是我对那个将要走出门的神父说：'喂，你们付得太多了。'可他只是说：'哦，是吗？'说得很冷静。 我说：'是的。'拿起账单给他看。 哎呀，这可是个怪人。"

"你这是什么意思？"侦探问。

"嗳，我可以凭七本圣经发誓，我本来只该收四便士，但现在我看到我收了十四便士，看得一清二楚。"

"嗯，"瓦伦丁叫道，脚下慢慢移动，可是眼光却在冒火，"以后呢？"

"门口那个堂区神父走回来,非常安静地说:'对不起,弄乱了你的账。不过这多余的是用来付那窗户的。'我说,'什么窗户?'他说,'就是我要打破的这扇窗户。'他用他的伞把这倒霉的窗玻璃给打破了。"

三个客人一齐叫了起来,警察气都喘不出来地说:"是我们在追的逃跑了的疯子吗?"侍者饶有兴趣地接着讲他的故事。

"有那么一瞬间,我简直给弄昏了头,什么也做不了。那个人走出去会合他的朋友转过街角。然后他们两人飞快地走上布洛克街,尽管我绕过那些挡路的东西去追他们,但也没能追上。"

"布洛克街!"侦探一说服他的两个外国同事,就开步往那条大街飞奔而去。

随后的旅程把他们带过一条像隧道一样的光秃秃的砖路,街道上灯光稀疏,窗户罕见,仿佛是一条修在所有建筑物背后的街道。暮霭渐深,就连那个伦敦警察也难于分辨出他们是在往哪个方向走。不过侦探却相当有把握,他们终归会到达汉普斯泰德的荒原某地。突然,一扇里边点着煤气灯的凸出的窗子,在暮色中像牛眼灯一样地突现出来。瓦伦丁在一家装修得花里胡哨的小糖果店前面停了一会儿,稍稍犹豫后便走了进去。在五彩缤纷的糖果中,他十分庄严地站住,小心仔细地买了十三支巧克力雪茄——显然他是在准备一个开场白,但已经不必了。

店里有一个态度生硬,年龄稍大的女人,满脸疑问地望着他的优雅外表,当看到他身后的门口堵着个穿蓝制服的警察时,女人的眼睛顿时警觉起来。

"唷,"她说,"你们要是为了那个包裹而来的,那么我已经把它寄走了。"

"包裹！"瓦伦丁重复道，这回轮到他用疑问神色望着对方了。

"我是说那个绅士留下的包裹，那个教士绅士。"

"看在老天爷的分上，"瓦伦丁第一次真正地露出热切坦率的神色，俯身向前道，"看在老天爷的分上，告诉我们到底出了什么事。"

"嗯，"那女人有点怀疑地说，"两个教士大约半小时前进来买了些薄荷糖，谈了一会儿话，然后出去向荒地走去。 但是过了一小会儿，其中一个跑回店里说，'我掉了一个包裹没有？'嗳，我到处看，看不到。 所以他就说，'不要紧，不过如果找到，请把它寄到这个地址。'他留下地址，给了我一先令作误工钱。 奇怪的是，后来竟然在刚才找过的地方找到他掉的一个棕色纸包，我按他说的地址寄走了。 现在我想不起详细地址了，好像是在威士敏斯特什么地方。 那个东西那么重要，我想警察也许是为这个来的。"

"他们是为这个来的，"瓦伦丁简短地说，"汉普斯泰德荒地离这儿近吗？"

"一直走十五分钟，"那女人说，"你就会看到荒地。"

瓦伦丁跳出商店就跑，其他两位勉强小跑跟上。

他们走过的街道狭窄，布满阴影。 当他们出其不意地走出街道，便是一大片一无所有的空旷地和广阔的天空，他们惊奇地发现黄昏仍然那么明亮。 孔雀绿的苍穹没入暗紫色的远方和正在变暗的树木之中，变成一片金黄。 犹有余辉的绿色还深得足可以看出一两颗亮晶晶的星儿。 所有这些都是日光的金色余晖在汉普斯泰德边沿和那有名的被称为"健康谷地"的洼地上反射出的。 在这

195

一地区漫游的度假人并不是完全分散的。 少数一两对奇形怪状地坐在长凳子上，远处零星分散着一两个姑娘，在失声唱出强劲的曲调。 上天的光荣在人类惊人的庸俗中沉沦暗淡下去。

瓦伦丁站在斜坡上，望着谷地对面，一眼看到了他要找的东西。

在远方分散的黑黝黝的人群中，有两个特别黑的穿教士服的人影。 尽管由于远，他们看起来很小，瓦伦丁仍然可以看出其中的一个比另一个矮得多。 虽然另一个像学生似的弓着身子，举动尽量不惹人注目，但仍然可以看出其个子足有六英尺多高。 瓦伦丁咬紧牙关向前走去，不耐烦地挥舞着手杖。 到他大大地把距离缩短，把两个黑色人影像在高倍数显微镜中放大的时候那样，他又看到了一些别的事情。 这是使他震惊，不过多少也在他意料之中的事情。 不管那位高个子神父是谁，矮的那位却是身份确凿的，他就是在哈维奇火车上认得的朋友，那个矮胖的埃塞克斯小本堂神父，他曾对他的棕色纸包提出过警告。

此刻，事情既已到了这个地步，一切便终于合理地吻合起来。瓦伦丁今天早上打听到，有一位从埃塞克斯来的布朗神父，带着一个镶蓝宝石的银十字架，是一件价值连城的古文物，目的是让参加"圣体会议"的诸位外国神父观赏。 无疑，这就是那块"带蓝石头的银器"，布朗神父断然就是火车上那个容易受骗的小个子。此刻瓦伦丁发现的事情，弗兰博也发现了。 毫不奇怪，当弗兰博听说有个蓝宝石十字架时，便起心要偷。 这种事在人类史上实在是屡见不鲜的。 弗兰博当然会以他自己的手法来对付这个带雨伞和纸包的小个子——这也是理所当然的。 他是那种一旦牵着了别人的鼻子，就能够一直把别人牵到北极去的人。 像弗兰博这样的演员，把自己装扮成神父，再把真正的神父骗到汉普斯泰德荒原那样的地方，实在也只是小菜一碟。 现在，案情在怎样发展已是昭然若揭的了。 对小个子神父的无依无靠，瓦伦丁心中油然而生同情之感，想到弗兰博竟会对这么天真的牺牲品打主意，不由得义愤填膺。 但是，瓦伦丁想到了自己和弗兰博之间发生的一切，想到了使弗兰博走向胜利的一切，于是他的脑筋里翻腾起其中最细微的道理来。 从埃塞克斯的一位神父手里盗窃蓝宝石银十字架，同往墙纸上泼汤有什么联系呢？ 又同把橘子叫作坚果、同先付窗户钱然后打破窗户等有什么关系呢？ 他总算可以追踪到结果了，但是不知怎么的，他却错过了一段中间环节。 他失败的时候（这是极其少见的），通常是掌握线索而没有抓住罪犯。 这次却是抓住了罪犯，但还没有掌握到线索。

他们尾随的两个人正像黑头苍蝇一样，爬上一座顶部葱茏的庞大山体，他们显然在交谈，也许并没注意到他们在往哪里走。 但可以肯定，他们是在往荒原的更荒凉更寂寞的高地走。 当追逐者接近的时候，他们就不得不像偷猎那样，不体面地在树丛后面矮下半截身子，甚至在深草中匍匐前进。 由于这些不利落的行动，猎人就更加接近他们的猎物，近到足可以听到他们谈论时的小声话语了。 但是分辨不清字句，只有"理智"这个字眼几乎是大着嗓门不断说出的。 由于地面的突然低洼和灌木丛的障碍，侦探实际上已经见不到他们尾随的目标了。 十分钟的焦急不安之后，才又看到了这两个人。 他们在一座圆顶的山脊之巅，俯视着绚丽多彩而又难免苍凉的落日景色。 在这个居高临下却又被人忽视的地方，有一张快散架的陈旧坐凳，两位神父坐在凳上，仍然在一起进行严肃的谈话。 渐渐暗下来的地平线上仍然呈现出一片奇怪的绿色和金黄色的光，上方的苍穹正慢慢地由孔雀绿变成孔雀蓝，悬在天顶的星越来越像真正的珠宝。 瓦伦丁示意伙伴，同时悄无声息地溜到那棵枝叶茂密的大树后，在死一般的寂静中站在树后，第一次清楚地听到了两个奇怪神父的谈话。

听了一分半钟之后，一种糟糕透顶的怀疑慑住了他。 也许他在静静的夜色之下，把两个英国警察拖到这种荒地来干这种差事，真是糊涂之至，比在杨柳树上找无花果的人脑筋清醒不到哪里去。因为两个神父的谈话完全像神父，学识渊博，从容不迫，极其虔诚地谈论着神学上玄妙难解的问题。 小个子的埃塞克斯神父，圆脸转向越来越强的星光，另一个讲话时低着头，仿佛他不配看星光。但是你在任何白色的意大利修道院，或是任何黑色的西班牙主教大堂，也不会听到比他们的谈话更纯真的言语了。

他听到的第一句话是布朗神父讲话的尾巴："……他们在中古时代说的是天堂不受腐蚀。"

高个子神父点点低垂的头，说：

"啊，对的。 这些现代的不信宗教的人求助于他们的理智。但是，谁能做到身居于大千世界而又感觉不到其上空肯定有一个奇妙的宇宙呢？ 在那里，理智是绝对超越情理的。"

"不，"另一神父说，"理智永远是合乎情理的，即使在最后的地狱的边境，在茫茫人世即将灰飞烟灭之际，也是如此。 我知道人们指责教会贬低理智，但是恰恰相反，教会在这个世界上，独独尊重理智，独独确认天主是理智所承认的。"

高个子神父抬起他严峻的脸，对着星光闪烁的天空说，"但是谁知道，在这个无限的宇宙中——"

"只是物质上的无限，"小个子神父在他的座凳上一个急转身说，"不是在逃避真理法则的意义上的无限。"

瓦伦丁在树后由于默默地憋着一肚子狂怒，把手指甲都弄裂了。 他似乎听到英国警察的窃笑。 自己仅仅是凭空猜想，就把他们从那么远的地方带来，来听两位温和的老神父暗喻式的闲聊。 烦恼中，他没听到高个子教士的同样巧妙的回答，他再听时则又是布朗神父在讲话："理智和正义控制着最遥远最孤寂的星球，看这些星啊，它们看起来难道不像钻石和蓝宝石吗？ 你可以随心所欲地想象，异想天开地涉猎植物学和地质学，想到长满多棱形宝石叶子的磐石森林，月亮是个蓝色的月亮，是颗巨大的蓝宝石。 但是不要幻想所有这些乱七八糟胡思乱想的天文学会在人的行为上使理智和正义产生哪怕最细微的差别。 在蛋白石的平原上，在挖出过珍珠的悬崖下，你仍然会找到一块告示牌，写道：严禁偷盗。"

瓦伦丁觉得这是他一辈子干下的最蠢的事情，简直就像栽了个大跟头。 他正要从蹲得发僵的姿势中直起身来，然后尽可悄无声息地溜掉，但高个子神父的绝对沉默使他停了下来。 终于，高个子神父又讲话了。 说得很简单，头还是低着，手放在膝盖上。

"嗯，我仍然认为其他世界在理智方面比我们高。 上天的奥秘深不可测。 就从我个人而言，我只能低下我的头。"

然后，他的头仍然低着，姿势声音丝毫没变地说："就把你的蓝宝石十字架拿过来，好吗？ 我们在这里都是单身一个人，我可以把你像撕稻草娃娃一样撕得粉碎。"

丝毫没有改变的姿势和声音，对这个改变了话题的令人振聋发聩的内容，无异于增加了奇特的强暴色彩。 但是，古文物的守卫者似乎只把头转了个罗盘上最轻微的度数。 他不知怎么的仍然带着一副傻相，面朝着星光。 也许他没听懂，或者，也许他听懂了，但由于恐怖而僵在了那里。

"对，"高个子神父以同样不变的低声、同样不变的静止姿势说，"对，我就是弗兰博，大盗弗兰博。"

停了一会儿之后，他又说："喂，你给不给那个十字架？"

"不给！"另一个说，这两个字的声音非常特别。

弗兰博突然抛掉他的所有的教士伪装，露出强盗身份，在座位上向后一靠，低声长笑了一下。

"不给，"他叫道，"你不愿把它给我，你这个骄傲的教士。你不愿把它给我，你这个没老婆的寡佬。 要我来告诉你为什么你不愿给我吗？ 因为它已经到了我的手里，就在我胸前的口袋里。"

埃塞克斯来的小个子在夜色中转过他那似乎茫然的脸，带着"私人秘书"①样的表情，怯生生而又迫切地说：

"你——你肯定吗？"

弗兰博愉快地叫了一声。

"说实在的，你像那出喜剧一样让人发笑。"他叫道，"对，我十分肯定你是傻瓜，于是做了一个和你那原纸包一样的复制品。现在，我的朋友，你怀揣的是复制品，我身上的才是真珠宝。 一套老把戏，布朗神父——一套很老的把戏。"

"是的。"布朗神父以原有的奇特，迷迷糊糊的神气搔着头发，说道，"是的，我以前听说过。"

犯罪巨人以一种突然发生的兴趣俯视着这个乡下佬小神父。

---

① 本是 1884 年上演的三幕喜剧，英国名喜剧演员查尔斯·亨斯·霍特里爵士所作。 剧中创造了一个喜剧式的天真教士，即私人秘书，此处借喻。

"你听说过？"他问，"你在什么地方听谁说过？"

"嗳，我可不能告诉你他的名字，因为他找我是来向天主悔罪的。"小个子简简单单地说，"他过了二十年富裕日子，完全靠复制棕色纸包。所以，你明白了吧，我开始怀疑你的时候，立刻就想到了那可怜的家伙。"

"开始怀疑我？"歹徒越来越紧张地重复道，"你真的就因为我把你带到这个荒凉的不毛之地，就精明地怀疑上我了吗？"

"不是的，不是的，"布朗神父带着道歉的神气说，"你瞧，是我们初会面时，我就怀疑你了。你袖子里藏着的有穗状花絮，带刺的手镯，向我透露了你是谁。"

"见你的鬼，"弗兰博喊道，"你怎么会听说过我有穗状花絮带刺的手镯的？"

"哦，你知道，每个教士都有自己所辖的一小群信徒，"布朗神父有点无表情地扬起眉毛，说道，"我在哈特尔普尔当本堂神父的时候，就有三个戴这种手镯的人。所以当我最初怀疑你的时候，你难道没有看出来？当时我打定主意，要确保十字架的安全。我想我对你的注意是密切的，是吧？所以在最后看到你掉包的时候，我又把它掉回来了，然后我把真的留在后面，难道你没有看出来吗？"

"留在后面？"弗兰博重复道，声调第一次在得意之外，掺入了别的音符。

"嗯，好像是这样的。"小个子神父依然不动声色地说，"我回到糖果店，问他们我是否掉了一个小包，还给了他们一个特定地址，叫他们如果找到包就寄到那里。还给了他们足够的钱。嗯，我知道我没有掉小包，不过在我走的时候故意把它留下了。所

201

以，与其说这小包还跟着我在走，还不如说已经让他们寄给了我在威士敏斯特的一个朋友。"然后他有点悲伤地说："我是从哈特尔普尔那里的一个穷人那里学来的，他经常用他在火车站偷来的手提袋这么干。不过他现在进了隐修院了。哦，你知道了，这种事应该明白。"他以同样至诚道歉的神气，搔着头发说，"当了神父，就没有办法了，人们总要来对我们讲这类事。"

弗兰博从里边的衣袋里掏出一个棕色纸包，撕开，把它扯得粉碎。里面除了纸和铅条之外什么也没有。他一跃而起，以一个巨人的姿态喝道：

"我不相信你，我不相信像你这样的矮脚鸡会做出所有这些名堂来。我相信那玩意儿还在你身上。如果你不把它交出来，哼，我们都是光棍一条，我可要动武啦。"

"不，"布朗神父也站起来，简单地说，"你动武也得不到，因为首先它不在我身上，其次还因为我们不是孤零零的。"

弗兰博止步不前。

"在那棵树后边，"布朗神父指着说："有两个身强体壮的警察和一位世上最有名的侦探。你问他们怎么会到这儿来的吗？哎呀，当然是我把他们引来的。我怎么引来的？嗳，你喜欢听我就告诉你。天主降福你，当我们在罪犯阶级当中工作的时候，我们不得不弄懂二十件这类的事。嗯，我不能肯定你是强盗，拿我们自己的一位教士当恶棍是永远不行的。所以我只是测验你一下，看你是否会现原形。一个人发现咖啡里是盐的时候，一般都会大惊小怪的。如果他不大惊小怪，他必定有某种原因保持沉默。我把盐和糖调换了，而你保持沉默。一个人如果发现他的账单大了三倍，他势必提出反对。如果他付了账，他就有某种不愿惹人注意的动机。 我改了你的账单，而你付了账。"

全世界似乎都在等着弗兰博跳起来，但他好像被咒语定在了当地，被这极端的怪事弄得目瞪口呆。

"嗳，"布朗神父动作迟缓而头脑清醒地说，"你不会给警察留下任何痕迹，当然别人就不得不留下。 在我们到的每一个地方，我都仔细地做了点什么，使我们在这一天的其余时间里可以谈论。 我没有造成很大损害——泼脏的墙，打翻的苹果堆，打破的窗子……但是我保住了十字架，十字架总得保住。 到现在它已经在威士敏斯特了。 我有点奇怪，你为什么没有吹驴子口哨①来拦住我。"

"用什么？"弗兰博问。

"我很高兴你从来没听说过这个词。"神父做个怪相说，"这是肮脏事。 我敢肯定，你为人太好，当不了吹驴子口哨的人。 我本来不该离开现场的，我的腿不够棒。"

"你究竟在讲些什么呀？"

"我以为你懂得什么是现场的，"布朗神父惬意地表示惊奇，说，"哦，你本来不会出那么大错的。"

"你到底怎么懂得这些讨厌东西的？"弗兰博喊道。

教士单纯的圆脸上浮现出笑容。

"哦，我想是由于当了没老婆的寡佬的缘故，"他说，"你从来没有忽然想到过吗？ 一个除了听人们道出真正的罪恶之外几乎无所事事的人，不可能不知道人类的全部邪恶。 但是，实际上我这行业的另一方面也使我知道你不是神父。"

---

① 吹驴子口哨：盗贼黑话，意为"当场"。

"什么？"强盗大张着嘴问。

"你攻击理智，"布朗神父说，"那是违反神学原理的。"

神父转身去收集东西的时候，三个警察从树影中走出来。弗兰博是个艺术家兼运动员，他退后一步，潇洒地向瓦伦丁鞠了个躬。

"别对我鞠躬，"瓦伦丁声音清楚，态度安详地说道，"让我们两个都向我们的师傅鞠躬吧。"

两人脱帽鞠躬，伫立了一会儿，而那个小个子的埃塞克斯神父则眨巴着眼，四处转动着找他的雨伞去了。

（杨佑方　译）

狗的启示

"是的，"布朗神父说道，"狗一直是我喜欢的，除非这个字是倒着拼写的①。"

在听话时总能反应过来的人不一定是谈话中反应敏捷的。布朗神父的朋友、伙伴名叫法因斯，是一个为人热心，想法多，故事也多的年轻人。一双炯炯有神的蓝眼睛，紧贴着后脑勺的金发梳理得光溜溜的，仿佛是在他漫游世界的时候被风吹成了这个样子。神父讲的话意思很简单，但他还是困惑不解。因为一时没明白，他滔滔不绝的话头竟被制止了。

"你的意思是狗被人们过分重视？"他问道，"唉，我真不明白你在说什么。我认为狗是神奇的动物，有时我想，我们人类知

---

① 狗倒着拼写为神（god），布朗神父的意思是他不喜欢异端邪神。

道的事情还没有狗知道得多。"

布朗神父什么也没说。只是走了一半神儿似的抚摸着客人带来的拾獚①的脑袋。

"嗯，"法因斯自顾自热衷地说下去，"我叫你来是由于一个被人们称为'隐形杀手'的疑案。你知道，这件案子牵涉到一条狗，是一个奇特的案件。但是据我看来，那条狗才是这个案件中最特别的疑点。当然，罪行本身也是神秘至极的——老德鲁斯怎么会独自一个人待在花园凉亭里，在光天化日之下被人给神秘地杀害了呢？"

布朗神父停止了对狗的抚弄，平静地问道："哦，在花园凉亭里，是吗？"

"我还以为有关案件你已经全部从报纸上了解了呢？"法因斯回答说，"等等，我想我带来了一份剪报，你在剪报上也许能找到案件的详情。"他从口袋里掏出一份报纸上剪下来的新闻报道，递给神父。

神父一只手接过剪报，透出闪烁不定的神情，读着剪报；另一只手继续下意识地抚摩着狗。正像《圣经》上所说的那个人，左手和右手做着不同的事。

报纸对案件的报道如下：

"有许多神秘故事讲那些被人谋杀的地点都是在门窗紧闭、别人无法进出的房间里，凶手是在门窗依然紧闭的情况下杀人后逃走的。但是经过认真搜索，却没有发现可以进出房间的其他道路。如今这种故事在约克郡海岸上的克兰斯顿发生的奇特案件中变成了

_____

① 拾獚：经过训练能叼回猎物之猎犬。——译者

现实。 德鲁斯上校被人发现用匕首从背后刺死。 匕首从现场消失，周围也没有出现。

"他在自己宅邻的花园凉亭里，而凉亭那儿只有一个普通的门，从进出口可以向下到通往住房的花园小路。 由此可见，凉亭位置稍高，从花园的各个角落都可以望见凉亭。 凉亭在花园的尽头，在其他进出口，除了上述那个花园里人可以望见的进出口之外。 花园小路两旁的翠雀树，笔直地通向凉亭进出口。 任何人从这条小路走只能到达凉亭；而只要有人从这条小路走上凉亭，就一定会被看到。 巧的是，案发时间前后，花园里，住房里都有人在活动，整个凉亭的进出口和小路都会被人们发现。这些人对自己在案发时的行为，可以互相做证。 没有一个人从小路走上凉亭。

"帕特旦克·弗洛伊德——被谋杀者秘书出来解释说，从德鲁斯上校最后活着出现在凉亭进出口到人们发现上校死了的时候，他处于可以俯视整个花园的位置，因为他当时正站在一架高高的双脚梯顶上，给花园做修理。

"死者的女儿珍妮特·德鲁斯也这么说。 她说，整段时间，她坐在房间的露天平台上，一直在欣赏弗洛伊德的工作。 有关这段时间的另一部分，又被她的弟弟唐纳德·德鲁斯所证实。 他起床晚，穿着晨衣，站在他卧室的窗口望向花园。

"最后，所有陈述都符合瓦伦丁医生和奥布里·特里尔先生的陈述。 瓦伦丁医生是上校的邻居，从医院里直接来拜访德鲁斯小姐，和德鲁斯小姐交谈了一段时间。 他在追求德鲁斯小姐。 特里尔先生是上校的律师，他和上校在凉亭里商讨上校的遗嘱问题，上校还亲自送他到凉亭进出口。 显然，他也许是除了凶手以外最后知道被谋杀人活着的人。

"大家一致认为事件应该是这样发展的：大约下午三点半，德鲁斯小姐问他父亲什么时候喝茶。 父亲说他不喝，要等特里尔先生在凉亭会面。 于是她走了，恰巧在花园小路上遇到了特里尔先生。 大约半小时之后，凉亭进出口处出现了上校和他的身影。 从外表看，上校健康如常，精神愉快。 早上他还因为儿子的作息时间总是不正常而稍微有些烦恼。 但这时他的心情似乎已经回到了往常的状态。

"在这之前，上校还接见了其他客人，包括他的两个亲侄儿——这天特意请来并受到热情接待的两个人。 但在整个悲剧发生的时候，这两个人都在外面海滩上散步。 他们对案件不会有帮助的。

"不过，据说上校和瓦伦丁医生关系不怎么好，但是医生来的目的在于他的女儿。 据说他这次来是认真地征求上校的意见的。

"特里尔律师说，上校是独自一人在凉亭里的，自从他从凉亭出来之后。 这也由俯视整个花园的弗洛伊德所证实，任何人都没有经过小路到凉亭去。

"十分钟过后，德鲁斯小姐又下楼到凉亭去。 在她离小路尽头还有一段距离的时候，就看到躺在地板上缩作一团的父亲。 她父亲穿着白色亚麻布上衣，特别显眼。 她尖叫了一声，花园里的其他人全被惊动了，都跑到她这里来。 大家走进凉亭，发现上校已经死亡了，尸体就在他坐的柳条椅旁边躺着，椅子也翻倒了。瓦伦丁医生还没有走，他证实伤口是由某种匕首造成的，从左肩胛骨旁刺进，一直刺穿心房。 周围已经被警方仔细搜查过了，但是找不到类似匕首的凶器。"

"那么，德鲁斯上身的衣着是白色的喽，对吗？"布朗神父放下剪报问。

"是的，这是他在热带生活养成的习惯。"法因斯说，对于神父关心上校的衣着感到奇怪，"从他口中得知，他在那里遭遇过很多稀奇古怪的事。我想，他不喜欢瓦伦丁医生，也许与医生也来自热带有一些关系。不过，这些都是个人琐事。报纸上的报导都是事实。要说发现，我并没有发现这个悲剧。当时我在外边，和德鲁斯的两个年轻侄儿牵着狗散步——就是我说的与案件有关的那条狗。

"我不在场，对于怎样发现的我不能确定，但我对报上描述的这个悲剧场面及背景却犹如亲眼目睹。蓝色花丛相夹的花园小路向阴暗的凉亭进出口延伸，律师身穿黑衣服，戴着丝质礼帽，从凉亭走下小路。秘书用剪刀在篱树上剪着，发出咔嚓咔嚓的声音。他的一头火红色的头发，暴露在绿色树篱的上方。无论人们离他是远是近，都不会弄错他这一头红发。要是人们说这个红头发小伙子整个期间都在那里，对于他们在说谎这件事你完全可以否定。秘书是一个人物，整天蹦蹦跳跳，几乎是在无休无止地工作着。他无论给谁工作，都像干园丁工作一样卖力。我想他是美国人，他有美国人的生活观，也许这就是所谓的人生观吧。愿他们能得到天主的保佑。"

"你是怎么看待律师这个人的？"布朗神父问。

法因斯沉默一会儿，接着往下讲。不过，讲得连他自己都觉得太慢了。

"他是单身汉——这是我对特里尔最深刻的印象。总是穿一套黑色的衣服，几乎像个花花公子。但是说他时髦有些牵强，因为他蓄着两撇又长又密的人字胡，那是维多利亚时代以后就很难见到的。 要说优雅严肃，他的面容和举止还算得上，但是他偶尔还记得对人微笑。 当他露出雪白的牙齿微笑的时候，似乎失去了一点尊严，显得有点儿谄媚。

"可能他只是有点惴惴不安，因为这时候他往往会心神不定地摆弄他的领带和领带别针。 他总是保持着特立独行。 要是我能想到任何人——然而整件事情都是那么令人相信，又怎么能想得到呢？ 无人知道这是谁做的，无人知道这是怎样做到的。 但是我要把那条狗除开，只有它知道整件事情的始末。"

布朗神父叹了口气，然后心不在焉地说："你是作为年轻的唐纳德的朋友到那里去的，是不是？ 你们没有和他出去走走？"

"没有。"法因斯微笑着回答，"那天清晨这个年纪轻轻的无赖刚刚睡下，下午才起床。 我和他的两个叔伯弟兄在一起，他们俩都是从印度回来的年轻军官。 我们说话很随意和琐碎。 我记得大的那个是个养马的权威，名叫赫伯特·德鲁斯什么的。"

"他谈卖主的特点和最近他买下的一匹骒马，除此之外，他什么都没说。 他的弟弟哈里似乎还在为他在蒙特卡罗的赌运不济而垂头丧气。 我们在散步的时候，发生了一件事。 我只是说明一件事情，对我们来说，没有什么奇异的事情发生，只有当时和我们一起散步的那条狗，才是个谜。"

"那狗是什么品种的？"神父问。

"和这条狗一样。"法因斯回答说，"是一条黑色的大拾猎，名叫'诺克斯'，拉丁语意为'黑夜'，一个令人遐想的名称。它做了一件比这次的凶杀案更诡秘的事情。

"你知道，德鲁斯的住房和花园都靠着海，花园旁的树篱像墙似的把花园和海隔开。 我们沿着沙滩走了大约一英里，然后从另一条路往回走。 途经的路上有一块名叫'命运之石'的古怪岩石，这块岩石从花园里可以望到。 在当地，它盛名远播，因为它是两块岩石，一块在另一块顶上刚好摆稳，谁碰它一下，就会滑下去落到沙滩上。 两块叠起来不高，只是上面的那块悬空出来，显得有点凶险怕人。

"两个青年人没有为这令人敬畏的景象不高兴，但我却开始感到一种不祥的气氛。 我们该不该回去喝点茶，在这个时间成了我们的话题，我甚至觉得早就该回去了。 赫伯特和我都喊叫他的弟弟，因为我们都没有表看时间，向他问时间，因为他有表。 他落在我们后面十几步远的地方，正在树篱下忙活他的烟斗。 他放大嗓门，在渐渐加深的暮色中喊出'四点二十'来。 他的嗓门之大，仔细听起来像是在宣告什么爆炸性的大事。 他大概没感觉到他的嗓门过大，不过不祥之兆总是这样。 今天下午这个时候的时间不是很吉利。 据瓦伦丁医生证明，可怜的德鲁斯正巧死于大约四点半的时候。

"他们兄弟俩说，我们有十分钟，没有必要急着赶回去。 于是，我们就沿着沙滩再往前走。 一路上我们无事，只是往前扔石子让狗衔回来，或者往海里丢手杖，让它跳进水中把它衔回来。但是对我来说，蔼蔼的暮色让我感觉异常压抑，就连头重脚轻的命运之石的影子落在我身上，都好像使人很有沉重感。 这时发生了一件怪事，忠实的诺克斯从海里衔回了赫伯特的手杖，他弟弟哈里也把自己的手杖丢进了海里。 狗又游出去。 然而这时传来半小时一次的钟声，也就是说这时正好是四点半，狗却游回来上了岸，站在我们面前。 它猛然抬起头，发出一声嗥叫或是痛苦的哀鸣，我还从未听到过这样的嚎叫。

"赫伯特问:'这狗怎么啦?'但是我们当中没有人能解释。在这畜生哀鸣之后,海滩上长时间地沉寂着。 那伤痛的哀鸣声在荒无人烟的海滩上消声殆尽之后,沉寂突然被打破。 真没想到,打破这沉寂的是来自远处的一声尖叫,像一个惊吓过度的妇女从我们刚刚离开的树篱背后发出的。 当时我们不知道是怎么回事,但后来很快就知道了。 这是德鲁斯小姐第一个发现她父亲的尸体时发出的叫声。"

"我建议你们立刻赶回去。"布朗神父平静地说,"后来事情发展到什么程度了呢?"

"我这就告诉你后来怎么样了。"法因斯表情严肃,加重语气,"我们回到了花园,首先看到的是特里尔律师。 我现在仍然可以回忆起他的黑礼帽和那撇黑黑的八字胡,在远方命运之石和夕阳余晖的轮廓中,衬托着一直延伸到凉亭的蓝色花丛的远景,十分突兀。 背对着夕阳,他的脸和身体都遮在阴影中。 但是我可以肯定,他露在嘴巴外面的雪白的牙齿,说明他此刻正在微笑。

"诺克斯一看到这个人,就冲向前去,在小路当中站定,对着他气势汹汹地狂吠。 好像与他有血海深仇,发出了与人类语言相像的惊悚咒语。 这时,有人弓着身子,从鲜艳的蓝色花丛间的小道上走了。"

布朗神父吃了一惊,然后不耐烦地跳了起来。

"那么,你的意思是狗在谴责他了,是吗?"他叫道,"我们虽然不知道狗在启示你什么,但是我可以肯定,它在责备他,是吗? 你有没有看见鸟在哪个方向飞? 你能肯定它是在你右手方向飞还是在你左手方向飞吗？ 你和算卦先生商量过用什么牺牲祭献吗？ 当然，你也可能会把狗剖开检查它的内脏①。 这是异教徒自认为有科学依据的诡计，然而你却在那里当真。"

法因斯目瞪口呆地坐着，好大一会儿他才回过神来说："哎呀，你现在有没有事？ 我做错什么事情啦？"

神父的眼睛露出焦虑的神色，这种神色像是一个人在黑夜中撞到一根电线杆上而怀疑自己是否撞伤了它的时候才会出现。

"我非常对不起，"他发自内心地难过，"因为我的不小心，请你原谅，请你宽恕。"

法因斯感到奇怪地望着他，"偶尔我会想，没有什么神奇、神秘的事情会比你更神奇、更神秘。"

他说道："不过，不论怎么说你不理解这只狗的秘密，但你不能否认，就在那畜生从海里回来，凄声嚎叫的那一瞬间，它主人已经死亡了，是被活人不能追踪甚至想象不出的某种无形力量打击死的。 至于那位律师，我并没有只凭这只狗仇恨他，还有一些其他的奇怪细节。 他让我想到那种圆滑、笑容满面、模棱两可的人。他的一举一动似乎都暗示着什么。

"你知道，医生和警察都是案发后很快就来到现场的。 瓦伦丁医生从医院直接来看德鲁斯小姐，他离开手术室时，带着听诊器、小件手术器械，没换下手术服。 所以他和德鲁斯小姐分手后，刚走出去就被叫回来了，他很方便地检查了尸体。 接着就打电话报警，警察赶到时，便立即封锁现场。 在这么短的时间内，没有一个人离开这所房子。 再加上这所房子与世隔绝，所以对每

_____

① 所有这些做法均为吉卜赛人的迷信活动。

一个人进行搜查都是很容易的。警察彻底检查过每一个人，每一处地方，想搜出凶器——一把匕首。可是却找不到。匕首不见了，就如凶手一般来无影去无踪。"

"匕首不见了。"布朗神父点点头说，仿佛突然想起来什么东西。

"是的。"法因斯接着说，"以前我曾跟你讲过，特里尔这个人有摆弄领带和领带别针的习惯，尤其喜欢摆弄领带别针。这个别针就像他本人一样，不但引人注目、光彩夺目，而且是老式的、经典式。别针上有颗宝石，嵌在同颜色的环里，看起来就像一只眼睛。他对别针的用心，让我浮想联翩，就仿佛他是希腊神话里的独眼巨人。不过这枚别针不但大，而且长。突然我有一丝灵感，他整理别针时的心神不安，是因为它实际比外观还要长，长得像把匕首。"

布朗神父陷入了沉思，然后点点头，问："有没有想过其他的作案工具？"

"我认为存在另一设想，"法因斯回答，"是由两个年轻的德鲁斯——我是说两个叔伯弟兄当中的一个——提出来的。他们俩，无论是赫伯特还是哈里，给我的最初印象，都不太像是会对科学侦探工作有帮助的人。赫伯特是古典骑兵，除了关心马，另外还关心成为一名能为皇家骑兵卫队增光彩的角色，其他的他都漠不关心。他的弟弟哈里在印度警察局工作过，经历过一些侦察破案的事。当然，他是用自己的方式进行侦察的。他十分聪明，我认为他甚至有点聪明过头了。我和他对凶器有过争论，这场争论引出一些新的东西。争论是从狗对特里尔狂叫开始的，他不赞同我的观点，他说狗充其量只会叫两声，不会狂吠。"

"他的话很有道理。"神父评论说。

法因斯说："这个年轻人接着说，如果说到咆哮，他曾经听到过诺克斯之前对别人的咆哮，这些人中就有弗洛伊德秘书。我不赞同他的说法，因为这次谋杀很明显不会是两三个人干的，尤其不会是弗洛伊德干的，他像小孩子一般天真烂漫。而且整个事发期间，人们望着他高高地站在花园树篱上方，一头红发如红凤头鹦鹉般鹤立鸡群。我这个伙伴说：'我觉得这事有点儿不好说，然而我建议我们一起去花园。我要让你看一件东西，我确认没有别人看过。'这就是发现谋杀案当天的情景，花园还是原来的样子。双脚高梯傲立在树篱旁边，走到树篱下边时，我的向导停下来，从深草丛里拔出一个东西，那是修剪树篱用的剪刀，一个剪尖上有血迹。"

短暂的沉默之后，布朗神父突然问："律师去上校家有什么事情吗？"

"他跟我们提过上校邀请他来修改遗嘱。"法因斯回答，"等一下，关于遗嘱的事，还有另一件事我也应该提一下。你知道，在那天下午，在花园凉亭里，遗嘱上没有签字。"

"我想是没有，"布朗神父说，"正常程序需要有两个证人。"

"律师在出事前一天来过，当时遗嘱签了字。第二天，上校又把他请来，由于他怀疑其中一个证人，必须再查证一下。"

"证人都是谁？"布朗神父问。

"这正是问题的核心，"消息提供人急切地回答，"证人是那个秘书弗洛伊德和瓦伦丁医生，外国外科医生或者随便说他是什么人。他们俩曾经吵过一架。我现在不得不说，这个秘书是一个多管闲事的人。 他又热情又莽撞，而且热情容易转变，然而不幸地非常容易转到争强好斗和猜忌方面，转向了不信任人方面去。 红头发人总是那么极端轻信一切，要么怀疑。 有时二者并存。 他不但对每一件事了如指掌，而且他警告每一个人提防自己的同伴。 在他对瓦伦丁医生的怀疑中，所有这些因素都必须考虑进去。 然而就这个案件而论，他怀疑瓦伦丁是有道理的。 他说瓦伦丁并不真的叫瓦伦丁。 他曾经在异地见过他，那时他叫德维隆。 当然，这样一来就会使遗嘱无效。 然而，他善意地耐心地给律师解释法律是如何规定这一点的。"

布朗神父笑了："人们在为遗嘱做证时经常这样。 就这件事来说，如果依据法律，他们得不到遗赠。 不过，瓦伦丁医生是怎么说的呢？ 可以相信，这位天下事知晓一半的秘书，对医生的名字，知道的比医生自己还多。 然而医生对自己的名字有一些争议吧。"

"瓦伦丁医生以一种奇特的方式接受了挑战。 瓦伦丁医生是一个怪人，但是他有出众的外表，而且外国味浓郁。 他年轻，总是蓄着一撮剪得方方正正的胡子。 他有着苍白得怕人、严肃得怕人的脸色。 他的眼睛好像总是在痛，仿佛应该戴一副墨镜，或者他眼痛是因为头痛。 不过，他很英俊，而且穿着考究，总是戴着高顶礼帽，穿黑色礼服，别着红色的小玫瑰花结。 他的举止相当冷静、傲慢。 看人或者注视人的时候眼神不停地盯着对方，使人感到窘迫。

"当他的秘书揭发他曾经改名换姓之后，他只是像一个狮身人面像似的盯着秘书，浅笑了一下说，他认为美国人改改名字并不是什么新奇的事情。 对此，上校也急躁不安起来。

"他对医生发了脾气，说了一些最愤怒的言语，其缘故是因为医生自以为是地以为未来将会占有上校家的重要地位。

　　"不过我不应该过多地了解这些事情，但是由于悲剧发生的那天下午的早些时候，我碰巧听到了几句话。本来我不想多提这些话，按照正常的情况，这些话并不是人们愿意听到的。

　　"我和我的两个伙伴带着那条狗向前门走去的时候，听到两个人的声音。根据声音来判断，瓦伦丁医生和德鲁斯小姐已经躲在花园的阴影里不短时间啦。在一排开着花的植物后面，两人秘密地争论着，话语里时而充满激情，时而言辞激动，既可以说是情人间的争吵，也可以说是情人间的腻语，所以没有人会去思量那些话。可是后来却发生了这样的意外，使我感到有必要说出来。在他们的话语中，要杀人的词语频繁出现。不过，那个姑娘似乎是在恳求他不要杀某人，或者说是在告知他没有任何理由杀人。一位小姐与一位顺便来喝茶的人讨论这些，应该不是很正常吧。"

　　神父问："你是否知道，瓦伦丁医生对秘书和上校出演的那场闹剧非常生气。我是说为遗嘱做证那回事。"

　　"根据大家的观点，"对方回答，"医生生的气不如秘书的一半。在为遗嘱做证后，生气走的竟然是秘书而不是医生。"

　　"讲一讲有关遗嘱的事。"布朗神父说。

　　"因为上校非常富有，所以他的遗嘱至关重要。这段时间里，特里尔不会告诉我改动的内容。但是从案发之后，说准确点是今天早上，好像上校想把原本准备传给儿子的大部分财产给女儿，只留给儿子很小一部分。并且除了他们，没有人可以得到他的财产。我告诉你，我的朋友唐纳德和那个德鲁斯一样，花天酒地、灯红酒绿，行为放荡。这个儿子很不讨上校的喜欢。"

"作案方法比作案动机复杂得多，"布朗神父评论道，"目前，德鲁斯小姐明显是上校死亡的遗嘱受益人。"

"上帝啊，你这样说话多么冷酷啊，"法因斯瞪着眼睛又叫了起来，"你的意思是在暗示她——"

"她要不要和这个瓦伦丁医生结婚？"神父打断了他的问话。

"是的吧，有些人不赞同。"他的朋友回答，"瓦伦丁医生是一个医术高明、热心的外科医生，在当地声名远播、德高望重，受人尊重。"

"热心过分的外科医生。 他在拜访那位年轻小姐的短暂的时间里，还随身带着外科手术器械，想必会有小手术刀什么的。 他有高超的医术，做手术用刀时肯定不会错过任何要害部位。"

法因斯跳了起来，沉着脸以询问的眼光望着他，"你是说他有很大可能用手术刀行凶杀人——"

布朗神父摇摇头："全部这些现在还只是预设。 问题不是在于谁干的或者用什么工具干的，而是怎么干的。 我们可以想到很多可能作案的人和工具，柳叶刀啦，剪刀啦，别针啦。 可是凶手是如何靠近凉亭的呢，甚至一根别针又是怎么进去的呢？"

他讲话的时候，望着天花板思考问题。 但是在讲到最后几句话的时候，眼神里忽然有一丝灵光，仿佛在天花板上突然看见了一只奇怪的苍蝇。

"嗯，你对这个案子打算怎么办？"年轻人问，"你经验丰富，现在你有什么好的想法呢？"

"我的作用可能不大。"布朗神父叹口气说："我从来没有到过那个地方，没接触过那些人，我没什么过多的建议。 不过，你能画一张上校遇害的凉亭位置和周围环境的草图吗？"

法因斯画好之后，神父仔细地看了看，然后指着一点说："那只狗在海滩惨叫之前，我猜当时你是站在这里的。"

"确实是这样的。"法因斯坦然地回答道。

神父停顿了一下，说："眼下，你只能就地调查。我想，你的那位从印度警察局来的朋友，多少能帮你们负责一些调查工作。我应该下去看看他在怎么进行，看看他以业余侦探的方式一直在干什么。我想应该有结果了。不过，现在我很忙，不能下去。"

两位来访客人，一位是两只脚，一位是四只脚，辞别离开之后，神父拿起钢笔，重新回到被打断了的讲道准备工作上。题目是《关于新事物》[①]，由于范围太广了，以至于不得不多次修改。

两天之后，神父正忙着工作的时候，那条大黑狗又蹦蹦跳跳地进了他的房间，非常热情，激动地张开前爪，整个儿地趴在他身上。它的主人跑着进来，不像狗那么热情但却一样激动。但是他的激动并不是愉快的激动，因为他的眼睛快从脸上鼓出来了，而且他神色急切的面容有些苍白。

"你告诉过我，"他不说多余的话，直接切入主题，"让我查出哈里·德鲁斯在干什么。你知道最近他做了什么吗？"

神父没有回答，年轻人用断断续续的声音讲述道：

"我告诉你他干了什么，他杀了他自己。"

布朗神父的嘴微微启合，却什么都没有说——只是一些与这个故事，与这个尘世无关的话，他在为死者的灵魂祈祷。

"有时候你的神秘让人感到恐惧，"法因斯说，"你早就已经——已经猜到了所有的事情。"

---

① 《关于新事物》：这是为了调解法兰西第三共和国和教会之间的事务，一八九一年教皇利奥十三世颁发的教皇通谕。

"我早就觉得这种事情可能会发生，"布朗神父说，"所以我要你去看看他在干什么，当时我只希望你不会去得太迟。"

"是我发现了他的尸体，"法因斯说话的声音有点粗哑，"这是我所见到过的最丑陋、最神秘、最恐怖的事情。我回去，再次走进老花园，感觉到这里除了发生了谋杀案之外，还发生了一些新的令人不自然的事。在通向古老的灰色花园凉亭的阴暗小路两旁，成片的蓝色花朵飘落下来。但是对我来说，这些蓝色花朵就仿佛是蓝色幽灵在地狱的洞穴前跳舞，我四下张望，似乎每件东西都原封未动。可我就是产生了一种奇怪的想法，觉得天空的形状有些不对头。跟着我就看出来是怎么回事了，那块命运之石一直对着海滩耸立在树篱之外，从花园往外看可以看到。"

布朗神父很认真地听着。

"这就像一座山从地面上走开，或者月亮掉落凡间一样让人觉得不可能。不过，我当然知道，只要一碰，它就会落下去。对这一件事情我一直很困惑，我一阵风似的冲下花园小路，噼里啪啦地穿过树篱，它就如同一张蜘蛛网一般。这树篱很薄，大概只有一根树枝那么厚，不过却是整整齐齐，似乎从来没人碰过它，只是拿它当作花园的围栏墙。在海滩上，我发现那块岩石从它的支撑点上滑落下来了。可怜的哈里·得鲁斯被它压在了下面，像失事船骸一样躺着，一只胳膊抱着一块石头，好像是他把它拉下来倒在自己身上似的。旁边的沙滩上，他用狂乱的字体写出了这句话：命运之石现在在一个傻瓜手里。"

"是上校的遗嘱造成的。"布朗神父评论说，"年轻人把全部希望都押在唐纳德失宠由他替补的想法上，因为除了唐纳德之外，就只剩下他们兄弟俩是亲属关系了。

"那天，他的伯父不但请了律师还请了他们，而且对他们非常热情地接待，更使他认定了他会在遗嘱中代替唐纳德，因为他的哥哥老实厚道。 如果这个宝没押准，那么他就完蛋了。 因为他失去了印度警察局的工作，又在蒙特卡里输了很多钱。 只有老德鲁斯死了，他才会从他认定有他一份的遗产中得救。 在他杀了他的伯父之后，他才知自己仍然是穷光蛋，自然只有自杀了。"

"喂，等一下，"法因斯瞪大眼睛，喊道，"讲慢点我才能跟得上。"

"说到遗嘱这件事情，顺便说点小事。"布朗神父继续平静地说，"在我们谈论大问题之前，为了防止遗忘，我想对有关医生名字的事作一点简单的说明。 从我所知道的一些历史知识来看，医生实际上是法国贵族，头衔是德维隆侯爵。 然而他是一个热忱的、狂热的共和主义信仰者。 他放弃了爵号，恢复了已经被忘却的原来的瓦伦丁这一家族姓氏，和《法国大革命》这本书写的一样——'你的里凯蒂公民身份，使欧洲困惑了十天。'指的就是米拉博伯爵①。"

"你讲了些什么？"年轻人一脸茫然地问。

"你讲了很多啦。"神父说，"总之，改名换姓十次有九次是不诚实的行为。

然而这次却是狂热的高尚行为。 这也就是他讽刺美国人没名

----

① 里凯蒂（Riquette）：十八世纪的法国的革命派政治家米拉博伯爵（Comte Mirabeau）的家族姓氏。 米拉博（1749—1791年）放弃了爵号，在法国革命前恢复家族姓氏。 此处，布朗神父是说瓦伦丁医生与米拉博的名字问题相同。 他引用了托马斯·卡莱尔——Thomas Carlyle（1795—1881年）所著《法国大革命》书中的一段。 原文为："以你的里凯蒂姓氏，你使欧洲相互矛盾了三天"——有些删节。

字可改的理由——美国人没有头衔可改。 在英国，哈延顿侯爵可能会永远地成为哈延顿先生。 可是在法国，德维隆侯爵可以是德维隆先生，也可以是瓦伦丁先生。 所以，这看起来就像改名换姓一样。"

"那么他们杀人有什么缘由呢？"法因斯追问。

"按照法国贵族的习俗来杀人。 医生是说，他要向弗洛伊德挑战决斗。 姑娘极力劝阻他。"

"啊，我明白了。"法因斯若有所悟，近乎于喊叫地说道，"现在我明白她在说什么了。"

"但是这话又是从哪里说起来的呢？"他的朋友微笑着问道。

"哦，"年轻人说，"这是刚好在我发现那个可怜人的尸体之前碰到的事，因为只顾谈论哈里的悲剧结局，而忘记了那件事情。我想如果你亲眼看到这个悲惨结局，可能你也会不记得这段小小的浪漫插曲。

"当我走在通往凉亭的小路上时，遇到了在散步的德鲁斯小姐和瓦伦丁医生。 她当然是身穿丧服，医生则是一身黑色礼服在参加葬礼。 可是看起来根本不像是来参加葬礼的，我从来没看到过有比他俩更开心的人来参加丧事。 他们停下来向我致敬，她告诉我他们已经结婚了，现在住在近郊的一所小房子里，她的丈夫继续在那里救治病人。 对此，我感到非常吃惊，因为我知道，按照她父亲生前所立的遗嘱，已经留给了她所有财产，包括房子和花园，只有少量的钱留给了她的弟弟。 当我有意地提到这一点时，她只是笑了笑，说：'哦，我们已经全部放弃了，我丈夫不希望成为一个被说是吃软饭的人。'当我听到他们真的坚持把全部财产还给了可怜的唐纳德时，我觉得特别意外。 我希望唐纳德受到这次某种程度上对他有益的打击之后，能够理智地利用好这笔财产。从此别再和狂饮豪赌的哈里搅在一起，因为我当时还没有得到哈里已经自杀的消息。

"她随后所说的话我当时不太理解，但是现在我已经了解了。

"她说：'我希望红头发的傻瓜不会再因为遗嘱而发生什么事端。我丈夫为了他的原则，情愿放弃与十字军同样古老的家族纹徽和贵族头衔。可这傻瓜却觉得我丈夫这种人会为了一笔遗赠把一个老人杀死在花园凉亭里。'她笑了笑说道，'除了以决斗的方式，我丈夫不会去杀任何人。而且他一直没让他的朋友去找我弟弟的秘书①。'现在我总算明白她的意思了。"

"不过，我只是明白了她话中的一部分意思，"布朗神父说，"她说秘书为了遗嘱大惊小怪，准确点说，还有什么其他的意思？"

法因斯回答的时候笑了一笑："布朗神父，我觉得你应该先去了解秘书的相关事宜。对你来说，他把事情弄得一团糟，你看着会很开心的。在服丧的房子里，他弄得忙忙碌碌，像把葬礼弄成了很好的运动会，使葬礼充满了活力与热情。只要真的出了事，谁也拦不住他这么干。我已经告诉过你，过去他是怎样监督园丁的，就好像管理花园的是他本人似的。还有他是如何在法律方面指导律师的，等等。当然，在外科业务方面他也会指导外科医生。但是由于这个外科医生是瓦伦丁，你完全可以想象得到这其中的后果，会变成指控瓦伦丁干了一些比庸医杀人还要恶毒的事。

"这个秘书在他那满头红发的脑袋里，认定犯罪的是医生。

---

① 指决斗时挑战方的代表去向被挑战方正式宣战，并商谈各种决斗的相关事宜。

于是警察来到的时候，他趾高气扬，劲头十足。 还用我说吗？ 他成了现场一个了不起的业余侦探。 歇洛克·福尔摩斯从来没有认为自己智力超群，胜过苏格兰场的任何人，然后以此为傲，不把警察看在眼里。 哪会像德鲁斯上校的秘书那样，竟然不把调查上校凶案的警察看在眼里。

"我提到过，通过观察他，你会得到很多乐趣。 他带着一副大大咧咧的神态，到处蹍来蹍去。 有时向后甩一下他那满头红发，极其不配合警察的提问，总是三言两语搪塞过去。 他这几天的行为把上校的女儿气得要死。 当然，对于案情，他也有自己的看法，尽管只是空谈而已。 他属于书本上描绘的那种会让人开心的角色。"

"他是怎么说的？"神父问。

"哦，满带劲的。"法因斯说话时情绪不那么高昂了，"假如他说的话能有那么一点点站得住脚，哪怕能站得住脚十分钟，他都会是令人称赞的、具有新闻价值的报道对象了。 他说当他们在花园凉亭里发现上校时，上校还没死。 是医生用外科医疗器械杀死的，以割开衣服为由。"

"我明白了，"神父说，"我估计上校是背朝上平卧在地上的，像是午睡的样子。"

报信人继续说："哈里的尸体是从命运之石发现的，这之后，整件事情就像被炸药炸开了似的。 这太妙了，那个无事生非的小子还能说什么呢？ 我相信，弗洛伊德本来会把他的想法在报纸上发表的，也有可能提出逮捕医生这样的要求。 说来说去，还是言归正传吧！ 我想哈里的自杀是忏悔。 他作案的全部经过，还是没有人知道。"

神父沉默了一会儿，然后谦虚地说："我觉得全部的经过我已经知道了。"

法因斯瞪圆了眼睛，望着神父叫道："可是，怎么可能呢？你是如何了解经过的呢？ 你怎么能证明你所说的经过就是事情的真实情况呢？ 你一直坐在一百英里外的地方，写你的讲道文章。而你现在却告诉我你已经知道了事件的真相。 你到底是怎么看出结果的，假如你所说的经过是正确的？ 开始说说你知道的经过吧。"

布朗神父突然跳了起来，激动得很不寻常。 他喊出了一声具有爆炸性的话语："那条狗！"他再次喊道："当然是那条狗。假如你能注意到那条狗在海滩上的表现的话，那么你就已经掌握了事件的全部经过了。"

法因斯的眼睛瞪得更圆了："可是你以前告诉过我，狗和这件事没有关系，我当时觉得和狗有关的说法被你否决了。"

"那条狗和这个案子关系很大。"神父说，"你应该知道狗就是狗，不能像全能天主审判人那样来看待它，所有事情的真实情况你其实早就可以了解到了。"

他有点尴尬地停了一会儿，然后面带激动的神色，道歉说："其实，刚好我是狗的爱好者。 但我觉得，在人们对狗迷信而产生的耀眼光辉中，这是对狗的误解，没有真正地了解狗。 我们从小事开始说起吧，从那条狗对律师的狂吠和对秘书的咆哮开始说起。

"你问我怎么能在一百英里远的地方推测出事情的真相，我只能说这其实很大一部分得归于你的功劳。 因为你把这两个人的情况介绍得很清楚，让我对他们到底是什么样的人有了很好的了解。

像特里尔这样的人，时常皱着眉头，又会忽然微笑。同时，他又喜欢摆弄东西，特别是喜欢摆弄脖子下面的东西。其实，他是一个很容易激动的人。我相信，那是一个工作很有效率的秘书，就像我刚刚所说的那样，是那种人，这些神经质的活跃分子经常是这样的。否则，他在听到珍妮特·德鲁斯的尖叫时，手就不会被剪刀割破，然后剪刀又掉在地上。

"狗恨神经质的人，我不知道是否是因为狗的神经对神经质的人过敏，或者是否因为它终究是畜生，是那种带点儿霸道的畜生，或者是否因为它不受人喜欢而虚荣心受到了伤害（狗的虚荣心还是很大的哩）。所有的这些都有可能让狗发起神经来。但是，在可怜的诺克斯对这两个人的敌对情绪中，除了因为他们怕它而使它不喜欢他们之外，没有什么其他的理由可以解释了。

"我知道你很聪明，但是理智的人是不会拿他的聪明去炫耀的。但是我有时候想，你聪明过头，不管是动物还是人，你都不能理解，特别是在人的行动简直和动物一样简单的时候。动物是缺乏想象力，只讲求实际的，它们有它们自己的生活规律，自己的世界。拿这个案件来说，一条狗对一个人狂吠，而一个人从狗这里跑开。我想任何有头脑的人都可以看出：狗之所以狂吠是因为它不喜欢这个人，相同的道理，这个人逃跑也是因为怕狗。他们没有其他动机，也不需要有什么动机。而你非得把心理奥秘加进去，觉得狗的视力是超自然的，是命运的神秘代言人。你非要认为那个人不是逃避狗的牙齿，而是在避免被杀人犯搜索到。如果你想通了，那么就不存在什么更深一层的秘密了。

"假如狗知道谁是真正的杀人犯，那么它就不会站在那里汪汪乱叫，像在茶话会上对一个副本堂神父乱叫一样，而会直接对着这个人的喉管下手。 另一方面，你真的认为有一个人硬起心肠谋杀了自己的老朋友，然后走出去，会在那么多人的注视下对着老朋友家人微笑吗？ 即使有这样的人，他又怎么可能因为狗对他叫，就悔之不及，躬起身子跑掉呢？ 他也许会像一些悲剧故事中所说的那样灵魂受到震动。 可是却不会冲出花园时像个疯子那样，逃避明知不会讲话的唯一见证。 人们只有在害怕狗的牙齿而不是灵魂受到震动的时候，才会有后来的那些行为。 它回来是要严肃地控告手杖的行为，因为从前没有发生过这样的事情，从来没有哪条高贵的狗，会受到如此的对待，被手杖这样地对待过。"

"啊？ 关手杖什么事？"年轻人问。

"它沉到海里了。"布朗神父说。

法因斯什么也没说，呆呆地继续望着。 倒是神父继续讲话：

"它之所以会沉下去是因为它不是一根真正的手杖，而是一根钢棒，棒身边缘扁平而薄，端头是尖的，这是剑杖。 我想，凶手能把凶器这么神奇而又自然地销毁掉，这简直是头一回——把凶器在抛给一头拾獚的幌子下消失在海里。"

"我想我知道你表达的是什么意思了。"法因斯承认，"但即使是一根剑杖，我却猜不出他是怎么使用的。"

"上次你开始讲案情时说上校死在花园的凉亭里，那时我就有一种猜测。 你说上校穿的是白上衣，我又有了一种猜测。 可当时我们却被告知杀人凶器是一把短匕首，这就使案情复杂起来，我的推断和案件的发展相差太远了。 因为上校送律师出凉亭之后，就一个人待在凉亭里，再也没有人去过凉亭，都在花园或者房间里。 那么凶手是如何潜入凉亭用短匕首刺杀上校的呢？ 难解之谜就在这里。 假如我们早点儿想到凶器也许会是双刃长剑，那么可能早就解决这个案子了。"

神父向后靠去，望着天花板，继续按照他的思路讲述着："我把花园凉亭、白上衣和双刃长剑联想起来，心里又有了另外一种不明确的猜测。 谁有这种机会和可能呢？ 应该说任何人都没有。后来你说到哈里落后于你们十几步，当你和年轻的德鲁斯从海边回来的时候，他却正在树篱下面忙活他的烟斗，我的那个猜测得到了更好的解释。 等我看到你画的草图之后，我相信我能百分百地确定我的推断是正确的，因为哈里所站的地方就是那个凉亭。 除掉不可能的因素，剩下来的就是肯定的了。 没有人靠近凉亭，在花园里的时候，外边你和赫伯特始终在一起，所以不会是赫伯特。那么就只有哈里有这个可能了，他在树篱下面待了一两分钟，只有他才有作案的机会。 可是我又不能去问他是否有长剑以及如何隐藏凶器的，如今诺克斯把这一环连接起来了。"

房内鸦雀无声，法因斯默然无语，神父继续说："你跟我说过，上校改动了遗嘱内容，那么我知道，这之后一个彻底失败的赌徒会干什么。 可没想到还是晚了一步。"

法因斯几乎跳起来了，他问："在那里他是如何作案的？"

"像《黄屋》①这种类型的侦探小说所写的那样，说一个人被人发现死在无人能进得去的封闭房屋里。 这件案子不适合这些类似的情节，因为这是花园凉亭。 我们谈到黄屋或什么屋的时候，意思是房间所有的空间都是封闭的。 但是花园凉亭不是这样修建的。 本案的这座凉亭，它的四周是由紧密交织的树篱修建成的，到处都是能够作案的空隙。 德鲁斯上校坐的柳条椅，椅背上也有

———————————

① 即法国侦探小说家加斯东·勒鲁（1868—1928 年）写的《黄屋的秘密》。

空隙。 从你的草图中，我可以看出谋杀的过程，凉亭的枝条板墙靠着树篱，柳条椅背又紧靠枝条板墙。 而且，树篱外到柳条椅背也就一英尺多点的直线距离。 因为你刚才说过，树篱很薄，人站在树篱外边，可以很容易地从枝条叶丛的空隙中看到上校的白上衣，他就像一个很明显的靶子。"

法因斯微微颤抖一下说："你的意思是在那里哈里拔出剑来穿过树篱刺进了那个白靶子。 这真是一个奇特的机会，也是一个突然的决定。 此外，他唯一不能确定的就是上校是否把钱传给他了，事实上也没有传给他。"

布朗神父显得很兴奋。

"我们都太小瞧他了，"他像透视过这个人似的，"这个人是属于胆大妄为的赌徒类型。 在他的想法中，唐纳德失宠了，老头子请律师，赫伯特和他一起前来了。 老头子对他咧着嘴笑，热情地与他握手，他就已经认定这就是属于他的钱了。 问题是如何早点到手，以解燃眉之急，可是没有事先安排好。

"当他偶然在树篱外看到里面的白色上衣身影时，他觉得自己就像被金钱包围了一样，使他欲火燃烧。 魔鬼对赌徒说，这么好的机会如果都把握不住，难道不是蠢蛋一个吗？！"

他停了一会儿，神情严肃地说："现在，我们可以如同亲眼见到过一样去尽量想象那个场面。 他站在那里，为魔鬼给他的这个机会而头晕目眩。 他抬起头来，看到命运之石的奇异轮廓。 那块大险岩，却很危险地系在另一个石头上，像金字塔倒过来似的立在另一座塔尖上。 我想这应该是他当时的灵魂堕落的真实感受。 你能想象得出吗？ 在一个特定的时刻，特定的机遇面前，怎样去理解这样一种信号呢？ 这个信号激起了他行动的念头，要有收获就要敢于冒险。 不管怎么样，他行动了。

　　"接着他要做的就是怎样不让人发现他的罪行。 在随后进行的搜查中，被人发现一把剑杖，更别说是有血迹的剑杖，将会是致命的物证。 假如丢弃在什么地方，也有可能会被发现，被追踪。即使往海里丢，这也是很能引起人们怀疑的一种行为，除非他能想出什么更好、更自然的方式来处理凶器。 他不辜负自己的渴望，找到了一个很好的办法。 他是你们三个人中唯一一个戴手表的，他跟你们说现在时间还早呢，没必要这么早回去，并催促大家再向前走一会儿，接着他就开始了丢手杖的游戏。 他的眼光想必是先阴沉地落在了荒凉的海滩上，最后才落到了狗的身上。"

　　法因斯点点头，沉思地望着空中，他的思绪又回到了他想不通的那部分。

　　"奇怪，"他说，"这个故事和这条狗还是密切相关的。"

　　"假如案件中的狗可以说话，它本来差不多可以告诉你这个故事。 我所有的抱怨是因为它不会讲话，所以你给它编了这样的一个故事。 你让它用人和天神的语言讲话，这是我现在很关心的一类事情。 它出现在所有报纸、谣传、聊天，和口号中——随心所欲，毫无权威可言。 你们很轻易地就会相信这样、那样的谣言，这些东西会湮没掉一切固有的唯理主义和怀疑主义，像海洋一样铺天盖地而来。 其实，也不过是所谓的迷信。"

　　他突然站了起来，脸色沉重，不以为然的神情表现在脸上，他继续说道："这可能就是没有相信天主的后果之一。 丧失常识，不能按事物的本来面目去看待事物。 不管谁要谈论事情，都会弄出许多名堂，并且加以无限延伸，就像是噩梦般的真实存在的事物。 狗是凶兆，猫是奥秘，猪是吉祥物，甲虫是护身符。 从埃及和古印度的多神教里，许许多多的这样的情况。 阿努比斯——埃及神话中引渡灭亡的神，形态为狗头人身，还有各式各样的兽神：象啦、蛇啦、鳄鱼等等。 因为你们害怕它们成了人啦这句话而成的这些！"

年轻人很是尴尬了一回，似乎刚刚偶然听到了一幕戏剧性的独白。 他对狗喊了一声，然后含含糊糊、高高兴兴地和它说了声再见，就离开了房间。 但他不得不对着狗连续喊了两声，因为狗还纹丝不动地待着呢，目不转睛地望着布朗神父，就像那头狼望着圣方济各一样——意大利天主教圣人、圣方济各传教会的创始人。

（英 彗 译）

名侦探之

梅格雷探长

Inspector Maigret

【乔治·西默农（1903—1989年）】

比利时作家，是世界闻名的法语侦探小说家。 他1919年进入《烈日日报》当记者。 16岁的时候发表处女作《在拱桥上》，引人注目，被誉为天才少年，从此致力于文学创作。 他一生的作品超过450部，全球销售超过五亿册。 大部分是侦探小说，如《十三个谜》《十三个罪犯》和以梅格雷为探长的系列小说。 他的写作速度奇快，快到可以三天写完一部小说，平均"速度"可以达到每月一部，在高速高产的同时，他的作品构思严密，文风朴实，情节紧张，笔下的小人物令人同情。 其中，梅格雷探长系列更是成为世界文学史的艺术典范，他在法国被誉为最杰出、最受舆论赞赏的作家之一。

蜡泪

这是一个不寻常的案件。 不过，像这一类案件，有了作案现场的平面图，有了调查材料，通过推理和科学的侦察方法，似乎可以作出结论的。 更何况，警长梅格雷离开刑事警署的时候，对案情已经了如指掌。

因为出事的地点并不远，所以他预计这次出差用不了多少时间。可实际上他却做了一次长时间的疲惫不堪的"旅行"。他乘坐又旧又老的小火车，来到离巴黎100多公里的韦特欧劳。这种小火车简直是荒唐可笑，只有在埃比那勒地方印制的纪念画片上可以见到它们。下车以后，他向周围的人打听，想叫一辆出租汽车，可人们都用惊奇的眼光看着他，以为他是在开玩笑。那么剩下的那段路怎么走呢？只有坐面包师傅的小推车了。可是，他终于说服了那位开小卡车卖肉的老板，老板答应送他一趟。

"您常去那儿吗？"警长一边谈着他要去执行任务的村子，一边问。

"一星期去两趟。多亏您'照顾'我，这不是又增加了一趟吗！"

其实，梅格雷就坐在离那个村子40公里的卢瓦尔河畔。但是他完全没有想到，在奥尔良森林里，还能找到一个这样偏僻落后的小村庄。

小卡车行驶在森林深处，两边都是高耸入云的大树。走了约十公里以后，终于到达一片林中空地，一个小小的村庄坐落在空地中央。

"是这里吗？"

"不是，是前面那个村子。"

雨停了，树林里很潮湿。阳光蒸发起白茫茫的水汽，使人感到窒息。树枝是光秃秃的，脱落的枯叶正在霉烂，不时发出咔咔的响声。有时还看到远处一团团磷火闪着光亮。

"常有人来这儿打猎吧？"

"那一定是某位公爵……"

车继续往前开，又来到一片林中空地。 这块地方比刚才经过的那一块地方要小一点儿。 三十来所简陋的小平房把一个有尖顶钟楼的教堂紧紧地围在中央。 这些房子没有一所不是百年以上的，那黑色石板的屋顶，看上去就使人觉得扫兴。

"请您把车停在鲍特玉姐妹家的对面。"

"我想，大概是在教堂前边……"

梅格雷下了车。 卖肉老板把车退到稍远一点的地方停下来，打开汽车的后盖儿。 村子里几个爱管闲事的女人围了过来，她们看着新鲜的猪肉，却没有决定是买还是不买，因为按照惯例，这一天不是来车卖肉的日子。

出发之前，梅格雷已经把前次来过的侦察员所画的平面图研究得相当透彻并且记在脑子里。 现在，他闭上眼睛都能毫不费劲地在这所房子里走动。

梅格雷走了进去，房间是那样阴暗，幸亏他记住了图上标出的位置，否则简直是寸步难行。 这是一家店铺，它的古老和陈旧像是在对我们的时代提出挑战。 仅有的几束光，透过缝隙射在几幅古旧的油画和室内的家具上。 在这阴暗对比很强烈的房间里，墙和那几幅油画一样，都蒙上了一层模糊不清的灰暗颜色。 偶尔可以看到瓷瓶和铜器在光线照射下闪闪发亮。

鲍特玉家的两位老小姐自出生以来就一直住在父母留给她们的这所房子里，如今已有六十五年了。 （姐姐至少有六十五岁，因为妹妹已经六十二岁了。）长久以来，房子里的一切陈设都丝毫没有改变：柜台上放着称和装糖的盒子；货架上的食品杂货散发着桂皮和香草的气味；甚至连喝茶用的小桌子也放在原来的地方。 在一个角落里，并排放着两个油桶，大桶里装的是煤油，小桶里装的是食用油。 再往里边有三张桌子，左边的一张，由于用的时间太久，已经褪了颜色。 桌子两侧摆着没有靠背的椅子……

左侧的门开了，进来一个三十二三岁的女人。 她挺着肚子，腰间系着一条围裙，怀里抱着一个小孩，站在那里看着警长梅格雷。

"这是怎么回事？"女人说。

"我是来做调查的。 您一定是这家的邻居吧？"

"我叫玛丽·拉考尔，铁匠的妻子。"

梅格雷看见挂着的那盏煤油灯，不知道这个小村庄里没有电灯。

没有人邀请他，梅格雷就进了里屋。 这里一片昏暗。 幸亏有两根正在燃烧的木柴，借这一点亮光，梅格雷看见一张大床，床上铺着很厚的褥子，红色鸭绒被鼓鼓囊囊得像个大球。 床上躺着一个老太婆，一动不动，脸色灰暗而呆滞，只有那双眼睛证明她还活着。

"她总也不说话吗？"梅格雷问玛丽·拉考尔。

"不说。"玛丽用手势作了回答。

梅格雷耸耸肩膀，然后坐在一把藤椅上，从口袋里掏出一沓材料……

案件发生在四五天以前，案子本身并没有什么特别轰动的地方。 鲍特玉姐妹两人同住在店铺里，为了攒钱，过着十分节俭的日子。 在这个村子里，她们还有三处房屋。 她俩因吝啬而出了名。

星期五夜里，邻居们的确曾经听见了什么动静，可是并没有引起注意和不安。　星期六拂晓，一个农民经过这里，发现一间屋子的窗户大开着，他走近一看，大喊起"救命"来。

窗户旁边，穿着睡衣的安梅丽·鲍特玉躺在血泊中，她的妹妹玛格丽特·鲍特玉面朝墙躺着，胸部被砍了三刀，右面颊被砍裂，一只眼睛上也有刀伤。

安梅丽当时没有死，她推开窗户想去报警，可就在这时，由于失血过多而晕倒在地。　她的十一道伤痕都不算太严重，而且这些伤痕都在肩部和右侧。

五屉柜的第二个抽屉开着，在那些散乱的衣物上边，人们找到了一个发霉变绿的皮夹子，想必姐妹俩在这里面珍藏着各种证件和票据。　在地上找到了一个存折，一些产权证书，房屋租约和各种各样的发票。

奥尔良地方有关部门对这个案子已经作了调查。　梅格雷不仅有详细的现场平面图，而且还有照片和审讯记录。

死者玛格丽特在出事后两天就被埋葬了。　至于安梅丽，当人们要送她去医院的时候，她拼命地用手抓住床单，死也不肯走，她的眼神似乎在命令人们：把她留在家里。

法医断定安梅丽身体的主要器官没有受到伤害。　她突然沉默不语，一定是因为受了惊吓。　她已经五天没有开口了。　虽然一动不动地躺在那里，可是她在观察着周围发生的一切。　现在也是这样，她的目光一直没有离开过警长梅格雷。

在奥尔良检察总署作了调查以后的三小时，一个男人被捕了。一切迹象表明他就是凶手。　这个人叫马尔塞，是已经死去的玛格丽特的私生子。　玛格丽特在 23 岁的时候，生了一个儿子，现在已经 25 岁了。　村里人都说，他先在一个公爵家里当仆人，后来在树林里靠砍柴过日子，他住在芦邦底池塘旁边，离他母亲家有十公里。 过去那里是一个农场，现在农场已经荒废了。

马尔塞被关在一个单人囚室里，梅格雷到囚室去看过他。这完全是一个没有教养的野蛮人，有好几次，他离开家几个星期也不告诉妻子和五个孩子。 这些孩子从父亲那里得到的拳头比得到的别的东西要多得多。 另外，他还是一个酒鬼，一个堕落的人。

梅格雷想在案件发生的具体环境中，重读一下一天晚上对马尔塞的审讯记录。

"那天晚上7点钟左右，我骑着自行车到了'两个老太太'家，她们正准备吃晚饭。 我从柜台上拿起酒喝了几口，完了就到院子里杀了一只兔子，我母亲就拿去炖。 像平常一样，我姨妈嘴里嘟囔着，因为她一向讨厌我。"

村里的人都知道，马尔塞常来母亲家大吃大喝，母亲不敢拒绝，姨妈也怕他。

"那天，我们还吵了两句嘴，因为我从柜台里拿了奶酪，切了一块……"

"那天你们一起喝的什么酒？"梅格雷问。

"是店里的酒……"

"你们点的什么灯？"

"煤油灯，吃过晚饭后，母亲有一点不舒服，就上床休息去了。 她叫我打开五屉柜的第二个抽屉，把她的那些证件、票据拿出来。 她给了我钥匙，我拿出来以后就和母亲一起数发票，因为到月底了……"

"皮夹子里还有别的东西吗？"

"还有一些产权证书、债券和借据，还有一大沓钞票，有三万多法郎。"

"你没有到储藏室去过吗？　你点过蜡烛没有？"

"没有……九点半钟，我把那些票据都放回原处，然后就走了，经过柜台时，我又喝了几口烧酒，要是有人对您说，是我杀的那两个老太太，那是撒谎，您最好去审问南斯。"

梅格雷不再继续审问马尔塞，这使马尔塞的律师感到非常惊奇。

至于南斯，他的名字叫亚尔高，因为他是南斯拉夫人，所以人们就叫他南斯。　这个古怪的人战后在国内待不下去，就来法国住下了。　他是个单身汉，一个人住在隔壁店铺一所房子的小厢房里，他的职业是在森林里赶大车。

他同样是酒鬼，最近以来，鲍特玉姐妹已经不再接待这个顾客了，因为他欠她们的钱太多了。　有一次，马尔塞也在母亲的店里，母亲让他把南斯赶出店去。　为了这个，马尔塞还把南斯的鼻子打出了血。

在鲍特玉姐妹家的院子里，有一个马棚。　南斯租了这个马棚存放马匹，可是从来不按期交租金。　所以姐妹俩就更加讨厌他了。　现在这个南斯拉夫人大概正在树林里运木材。

梅格雷手里拿着调查材料，按照自己的思路向壁炉走去。　在报案的那天早上，人们从炉灰里发现了一把锋利的大菜刀，刀把儿已经被烧光了。　毫无疑问，这就是作案的凶器。　刀把儿既然没有了，指纹也就无处可查了。

与此相反，在五屉柜的抽屉和皮夹子上，却有许多马尔塞的指纹，而且只有他一个人的指纹。

桌子上放着一个蜡烛盘，上边布满了安梅丽的指纹。

"我看您是不打算开口说话了！"梅格雷点上烟斗，不耐烦地抱怨着。

然后，他弯下身子，用粉笔把地板上的血迹标了出来。 这些血迹的位置早已被画在梅格雷手中的平面图上了。

"您是不是可以在这儿待几分钟？"玛丽·拉考尔问梅格雷。

"我要把饭锅放到炉子上去……"

玛丽出去了。 只有警长和老太婆两个人留在屋子里。 梅格雷虽然是初次到这儿来，可是出发之前，他已经用一天一夜来研究这些调查材料和平面图。 奥尔良地区的侦察工作做得很不错，不然他会遇到更多的麻烦。 研究了材料以后，梅格雷已经有了自己的估计。 因此，现在当他看到眼前的环境比他想象的更肮脏、更落后的时候，也就一点儿也不感到意外了。

梅格雷是农民的儿子。 他知道，在一些小村庄里，直到今天，人们仍然过着十三四世纪的生活。 然而，当他突然来到这林中的小村庄，来到这店铺，来到这间屋内，面对着躺在床上的受伤的老太婆，面对着老太婆拿警惕的目光看他的时候，他的心情是那样的不平静。 只有当他参观一所医院或一个收容所，看见那些缺胳膊少腿，身心受到摧残的人时，才会有同样的心情。

在巴黎，他开始研究这个案件的时候，曾在侦察报告稿纸的边缘空白处写过以下几个值得思考的问题：

（1）为什么马尔塞烧掉了刀把儿，而没有想到他的指纹还留在柜子和皮夹上？

（2）假定他用了蜡烛，为什么要把蜡烛又拿回房间里，并且把它熄灭？

（3）为什么血迹不是从床边到窗户旁的一条直线？

（4）为什么马尔塞不从通向村里的后院门逃走，而从前门逃走？难道他不怕被人认出来吗？

有一件事使马尔塞的律师感到失望：就是在两个老小姐睡觉的大床上，找到了马尔塞衣服上的一个扣子。这是一个带绒边的猎服上面钉着的扣子，扣子的样子有一点特殊。

"在剥兔皮的时候，我挂掉了一个扣子。"马尔塞肯定地说。

梅格雷又看了一遍手中的材料，站起身来，看着安梅丽，脸上露出一种滑稽的微笑。心想：您没办法再盯着我了，我这就离开这间屋子。他真的推开储藏室的门，走了进去。

这是一个破旧的小套间，黑洞洞的，只有从天窗上透进来的一点点亮光。里面堆着木柴，靠墙的地方放着几个木桶。前边的两个桶是满的，一个装着葡萄酒，另一个装着白酒。后面两个桶是空的。侦察员们曾经注意到，其中的一个桶上，有蜡烛点燃时滴下的烛油。可以证明，这些烛油就是从屋里放着的那只蜡烛上滴下来的。

奥尔良的侦察报告这样写道：

"这些蜡泪很可能是马尔塞去喝酒的时候留下来的，他的妻子承认他回到家的时候，已经喝得酩酊大醉。他是骑自行车回家的。路上留下的歪歪斜斜的车轮痕迹，也可以证明他的确是喝醉了。"

梅格雷想找一件工具，可是周围没有。于是他回到屋里。当他推开窗户时，看到两个小男孩站在不远的地方注视着这所房子。

"小朋友，你们去给我找一把锯来，行吗？"

"一个锯木头的锯，是吗？"

梅格雷的背后，那张没有血色的脸，那两只眼睛射出的冰冷目光，总是随着警长粗壮的身影不停地移动。不一会儿，两个小孩子跑回来，他们给梅格雷拿来一大一小两把锯子。

玛丽·拉考尔又进来了。

"我没有让您等得太久吧？我把孩子送回去了，可是我还得回去照料她。"

"请您过几分钟再来！"

"我去把火烧上。"

梅格雷正希望她不要来打扰。一次又一次，已经够麻烦了。警长回到做储藏室用的小套间，走到那个有蜡痕的木桶旁，把锯子对准桶口，开始锯了起来。

他蛮有把握地认为将会发现什么。如果说今天早上他可能还有疑问的话，那么当他来到这里以后，环境和气氛已经使他确信自己的估计——安梅丽·鲍特玉，就是他要找的那个人。

姐妹两人之间的隔阂不仅仅是由于吝啬，难道还有怨恨？当警长走进这间屋子的时候，难道没有看见柜台上放着的一大堆报纸吗？这是一个很重要的线索。上次的侦察报告忽视了这一点：两位老小姐还负责代销报纸。安梅丽有一副眼镜，但是平时不戴，她的眼镜是看报用的，她常常看报……

现在警长把分析推理上的最大障碍排除了。

梅格雷认为：这个案件发生的根本原因就在于怨恨。这由来已久的怨恨产生于姐妹两人的独身生活。共同生活在一所窄小的房子里，甚至睡在同一张床上，她们有着共同的利益……

但是，玛格丽特有一个孩子，她曾经有过爱情。而她的姐姐，甚至连爱情的幸福也没有享受过！在 15 年至 20 年的生活中，玛格丽特的孩子曾经在她们共同的抚养下长大成人。以后，他独立生活了，可是他常常回来，回来就大吃大喝，不然就是要钱！然而钱是属于姐妹两人共有的。既然安梅丽是姐姐，自然工作的时间比妹妹长，她赚的钱，总起来说也比玛格丽特要多。

日常生活中有许多琐事，譬如玛格丽特给儿子烧兔肉吃，马尔塞把店里卖的奶酪切一块拿走，可是母亲并不说他……这些都激起了安梅丽的不满和怨恨。

安梅丽常常看报，一定看过对一些重大案件的分析和报道，因此知道指纹在破案中的重要性。

安梅丽怕她的外甥。当玛格丽特把她们两人秘密放钱的地方告诉马尔塞的时候，安梅丽气极了。而那天晚上，玛格丽特竟然叫儿子亲手去数弄这些票据，安梅丽更加恼火了，因为她知道马尔塞对这些财产早已垂涎三尺。但是，她不敢说出来，只好憋一肚子怨气。

"哼，有一天这小子会把我们俩都杀死的！"

梅格雷断定，这句话安梅丽在妹妹面前不知重复过多少次了！

警长一边思索，一边用力锯那个大桶，他热得把帽子摘掉，大衣也脱下放在另外的木桶上。他在想：兔子……奶酪……突然又想到马尔塞留在抽屉和皮夹上的指纹，还有那个扣子……那时候，他母亲已经躺在床上了，没有来得及给他缝上这个扣子……假设，马尔塞真的杀了母亲，那么他为什么不把皮夹子里的东西全部拿走，反而把它们扔在地上！是不是南斯干的呢？不，不会，他是不认字的。梅格雷肯定这一点。

安梅丽的伤口都在右侧，伤的地方不少，可伤口都不深。正是这一点，最先引起警长的怀疑。 他设想，安梅丽准是笨手笨脚，又怕疼痛，才把自己砍成这个样子。 她并不想死，又怕被疼痛折磨的时间太长，所以作案以后，打算推开窗户喊邻居……然而，命运嘲弄了安梅丽，当她还没来得及喊醒邻居时，就晕倒在地上了。 整整一夜没有被人发现。 事情就是这样发生的，经过也仅仅如此而已。 安梅丽杀死了正蒙眬入睡的妹妹玛格丽特！ 为了使马尔塞不再惦记着那些钱财，她制造了一种假象——钱都不见了。于是，她往自己的手上包了一块布，拉开柜子抽屉，打开皮夹子，把票据等东西扔在地上……

之后，她留下了蜡烛的痕迹……

最后，安梅丽在床旁边砍伤了自己，又跟跟跄跄地走到壁炉旁边，为了消灭指纹而把作案用的菜刀投进火里。 然后，她推开窗户……地上的血迹已经证实了这个过程。

梅格雷的工作接近尾声了……他突然听到了一个声音，像是角斗场上绝望者的嘶喊。 他转过身去，看见门开了，一个稀奇古怪、阴森可怕的影子出现在面前；穿着短衫和衬裙，手臂和上身缠着绷带，呆滞的目光死死地盯着他。 这正是安梅丽·鲍特玉。 身后跟着扶着她的玛丽·拉考尔。 此时此刻，一种难以形容的心情使梅格雷几乎丧失了说话的勇气。 他希望赶快结束工作离开这里！ 桶口终于被锯开了，一个纸卷儿从里面露了出来，这不是别的，正是一些借据和修铁路时发行的公债券。 这些东西是从桶口处塞进去的。 这关键性的发现，也没有使警长兴奋起来。

他想马上离开这里，或者像那个庸俗的马尔塞一样，去喝一大杯或者一瓶英国罗姆烈酒。

安梅丽半张着嘴巴，仍然沉默不语。 要是现在她失去了控制的话，一定会倒在玛丽的怀里，而玛丽一定会摔倒，因为她比安梅丽瘦弱得多，更何况正在怀孕。

眼前的一切难道是发生在我们的时代？ 不，这是另一个世纪和另一个世界的生活场景！ 梅格雷感到无限惆怅和痛苦。 他一步步朝前走，安梅丽一步步往后退……

"去把村长找来。"梅格雷对玛丽·拉考尔说。 他的声音有些嘶哑，因为他觉得连喉咙都发紧。 "我要让村长来当旁证……"

然后，他对安梅丽说：

"您最好还是去睡觉……"

尽管由于职业的需要，他养成了好奇和不动感情，可是现在，他却不愿再多看她一眼。 他背转过身，一动不动地站在那里，只听见背后的钢丝床发出吱吱的响声。 村长来了，却不敢走进来。

村里没有电话，不得不派一个人骑自行车到韦特欧劳去。 警车和卖肉老板的小卡车走得一样慢，他们终于到了……

天空还是那样惨白，西风摇动着树枝。

人们问他："您有什么新发现吗？"

梅格雷心不在焉地回答，他并没有因为任务的完成而感到轻松，他在思考别的问题。 他知道，这个案件一定会成为刑事犯罪问题的研究重点，这不仅对巴黎，而且对伦敦，对伯尔尼，对维也纳，甚至对纽约也同样有意义。

（王 晔 译）

淹死鬼客栈

一

"您真的不愿意去避避雨吗？"宪兵上尉十分为难地又问了一遍。

这时候，梅格雷两手插在大衣兜里，圆帽上积存的雨水，只要轻轻一晃便会流下来。连日来的坏天气使他有些快快不快，好像连反应也有些迟钝了，他身子动也不动，从咬着烟斗的牙缝里咕噜道："不。"

有一点应当提一下，凡是那些叫人头痛的案子，总要历经艰辛才能解决。其结局又多多少少不那么令人愉快。对这类案子，人们往往会因为偶然的因素，或仅仅因为在还来得及的时候缺乏抛弃错误判断的勇气，而愚蠢地误入歧途。

这正是梅格雷又一次所面临的情况。前一天，他为了和宪兵上尉皮耶芒核实一件不大重要的案子，来到了尼姆尔。

上尉是索米尔人颇有教养，爱好运动，很讨人喜欢。他不顾梅格雷的推辞，拿出好酒，殷勤款待了他一番；只因大雨倾盆，他就将梅格雷安顿在他平日招待朋友的房间里睡了。

那正是秋天里最糟糕的日子。两个星期以来，人们一直生活在雨雾之中，罗安河水猛涨，混浊的泥流里夹带着不少树枝丫杈。

"这件事不会搞错！"梅格雷长叹一声，这时电话铃响了，才早晨六点，太阳还没有出来。

片刻之后，上尉已在门外低声说道："您还在睡吗，警长？"

"没有。"

"如果您现在随我到离此地十五公里的地方去一趟，不会对您有什么不方便吧？ 那个地方昨天夜里发生了一起奇怪的车祸……"

不必说，梅格雷当然是去了。 在罗安河畔，连接尼姆尔和蒙塔尔奇的国家公路沿河而筑。 因为大清早就爬了起来。 这里的环境更显得令人厌恶。 天空低沉沉的，空气潮湿阴冷，水流如注。 肮脏的河水泛着褐色。 在河的对面，一行白杨倚岸而立。 四周望不见一个村庄，而仅有的那家客栈——"渔夫客栈"，位于七百米之外，梅格雷早就知道本地人叫它"淹死鬼客栈"。

至于这次事故的淹死鬼究竟是谁，人们尚不得而知。 起重机嘎嘎地忙着，两个水手打扮的、穿着油布衣服的人正在那里摆弄一架潜水机的唧筒。 有一些小轿车停在这儿，其中五六辆靠在路边，来往的车辆都放慢车速，不时地停一下，想知道到底出了什么事，然后再继续赶路。

一眼看过去，到处是穿制服的宪兵以及叫来的夜勤救护车，这些救护车显然是派不上用场了。

应该等待，等到在急流中的那辆小轿车被起重机的钢索挂住，然后从河里吊上来。 一辆十吨位的卡车停在公路转弯的地方。 这是一辆日夜奔驰在国家公路上的那种庞然怪物。 对于所发生的事情，人们心中还没有个准数，只知道在前一天晚上，八点稍过一会儿的时候，这辆在巴黎和里昂之间跑车的十吨卡车，驶经这条公路，将一辆早已停在转弯处的、灯火全熄的小轿车撞进了河里。

司机约瑟夫·勒管说他听见了呼救声，"美丽的德莱斯"号的货船驾驶员也声称听见了呼救声，当时他正在这条停泊在一百米外的运河中的货船上。

他们两个人在岸边碰上了，借助车灯的光亮，对四周草草地寻查了一番。然后卡车司机又驾车上路，一直开到蒙塔尔奇，在那里向宪兵队报了案。

出事地段属尼姆尔管辖范围，这个城镇的宪兵队随后也获悉了情况，但因天亮前什么也办不了，所以中尉在清晨六点才将事情报告给上尉。

四周的景象一片阴郁。每个人都因寒冷而拱着肩膀，甚至连在那些投向混浊河水的目光里，也只有冷漠，而看不出什么焦灼之感。

客栈老板也在场，正用一种行家的口气同别人讨论着这件事。

"要是人没给堵在车里的话，一时半会儿甭想能找到他们了。因为所有的河闸都提了上来，他们会一直顺水漂到塞纳河里的。除非他们挂上什么树根之类的玩意儿……"

"他们肯定不在车里了"，卡车司机反驳道，"因为这是辆敞篷车！"

"噢，那就怪了！"

"怎么？"

"因为昨天，我那儿有两个小客人就是开敞篷车来的。他们睡了觉，还在店里吃了午饭。他们本该还在那里睡的，但我后来就没再看见他们。"

不能说梅格雷听信这些闲扯，但他听见了，就随手记了下来。

潜水员终于浮出水面，人们急忙拧下他的大铜帽子。

"弄好了，"他说，"滑车挂紧了。"

公路上，汽车一辆跟着一辆，排成了长串。人们都探出头来张望，想看看这堆人在干什么。

从蒙塔尔奇调来的起重机的轰鸣声震耳欲聋。 终于看到了小轿车的灰色顶部，然后是引擎盖，再就是车轮子……梅格雷的两只脚都湿了，裤脚也沾满了泥，他很想喝一杯热咖啡暖暖身子，但又不愿离开现场走那么远去客栈，而宪兵上尉也不愿再来打扰他。

"注意，小伙子们！ 左边松一点！"

小轿车前部被撞的痕迹清晰可辨，正如卡车司机所讲的那样，这辆敞篷车的车头在被撞的那一刹那转向了巴黎方向。

"起！ 一，二，起！"

车终于被拉上岸来。 已经被撞得不成样子，车轮歪歪扭扭，车身两侧像揉皱了的纸一样，车座上满是污泥和残渣、碎片。

宪兵中尉记下了车号，上尉在车内找到了写有车主姓名的牌照。 牌照上写着：罗·多布瓦，戴尔纳大街一百三十五号，巴黎。

"我是不是要派人去给巴黎打个电话，警长？"

梅格雷好像在说，你想干什么就干吧！ 这跟我有什么关系！ ……

这本是宪兵分内的活儿，并非司法警察该操心的事。 说话间，一个侦缉队员已经跳上摩托，给巴黎打电话去了。 所有的人，包括从过路汽车上下来的十来个看热闹的，都围着打捞上来的敞篷车，有的人还摸摸它，或者探身向车内张望。

有个不知姓名的人好奇地拧了拧后备厢的把手，出乎人们的意料，后备厢尽管已经变了形，可还是毫不费力地被打开了。 那人突然惊叫一声，倒退了几步，其他人则蜂拥而上，想看个究竟。

梅格雷像其他人一样，也走向前。 突然，他紧皱双眉，接着，他从清早以来第一次大声地，不再是叽里咕噜地喊道：

"闪开！ 大家都往后退！ 什么也不准碰！"

他也看到了：一个像人形样的东西奇怪地蜷缩着，被塞在后备厢的底部，为了关上后备厢的盖子，看来颇费了一番气力。 在这人形的上头露出几缕灰黄色的头发，使人可以断定包里是个女人。

"上尉，您清出场地来，可以吗？ 有新情况，而且干得相当卑劣。"

他们的破案工作所面临的情况也将十分恶劣……只等把那女人从淌水的包里拖出来就……

"您没有觉察出什么吗？"

"觉察到了……"

"您不认为……"

"是的，一刻钟以后就会有证据了。"

过路的汽车中有个长相呆头呆脑的医生。 他就着公路的斜坡，对尸体做了检查。 必须不断地驱散聚拢上来观看的人们，尤其是孩子们。

"这女人至少是在三天前死的……"

有人揪了揪梅格雷的袖子。 这是"淹死鬼客栈"的老板茹斯丹·罗杰。

"我认出来了。"他故作神秘地说道，"这就是我那两个小顾客的车子。"

"您有他们的姓名吗？"

"他们填过住宿单的。"

这时，医生又插进来说：

"您知道这是件罪行吗？"

"用什么东西作的案？"

"刮脸刀。 这个女的喉咙被割断了……"

雨水仍旧不停地打着汽车、尸体和在烟雾蒙蒙中忙碌的人影。

一辆摩托……那个侦缉队员跳下车来……

"我打电话查明了，那辆车子已经不再属于多布瓦先生。 他在上周将车卖给了马幽门的车行老板。"

"那老板呢？"

"我也打电话问了。 三天前，车行老板又将车转卖给了一个年轻人，因为是付的现款，所以没有记下他的姓名。"

"可我这里有他的姓名啊！"客栈老板觉得别人不大理会他，有点着急起来，"请到我店里去吧。"

这时来了位长着一头褐发的人，他是蒙塔尔奇仅有的一家报纸的编辑，同时又是巴黎一家大日报的通讯记者。 天知道他是怎么搞到消息的，因为梅格雷和宪兵上尉把他轰走了，但这丝毫也不妨碍他一到了这儿，就占据了电话间，整整一刻钟才出来。

一小时后，就要由向宪兵出示过记者证的记者们出面来阻挡那些看热闹的人拥进客栈了。 摄影师们也来了，争先恐后地抢占桌椅，闲扯着与本案毫无关系的那一套老生常谈。

而梅格雷呢，他正在接听巴黎回的电话。

"国家安全部同意了。 既然您在现场。 就请继续非正式调查。 一天之内即给您派去一位警官。"

总的说来，这是件相当离奇的案子。 这客栈也够古怪的，偏偏位于公路的急转弯处。 梅格雷不是刚刚打听到，在五年之内已经是第三次有汽车在此落水了吗？

另外两起事故没有这么神秘：开过来的汽车没有料到这里有个

急转弯，未能及时刹住就掉进了河里。 其中一辆，全家五口全葬身鱼腹。 在第二起车祸里，只有一个牺牲品。 这个客栈的绰号看来没有起错，尤其因为在圣灵降临节，一个年轻女人为了某种难言的隐衷在此投河自尽，而当时她的丈夫正在百米之外引竿垂钓呢！

"淹死鬼客栈"现在成了记者们热衷的地方。 他们一个接一个地鱼贯钻到里面，每个人都想在天黑之前，叫这家客栈在他们的报上出出风头。

……"淹死鬼客栈"的奥秘……"淹死鬼客栈"的罪行……后备厢内的尸体……灰色轿车之谜……

梅格雷默不作声，冷静地抽着烟斗，大口大口地喝着啤酒，吞咽着火腿三明治，像是根本没有看见面前这一片历来难免的纷扰杂乱，而这种杂乱往往会给警察的工作带来不少麻烦。

这群人里，只有两个人使梅格雷感兴趣，"美丽的德莱斯"号货船驾驶员和卡车司机。

驾驶员谦恭地走过来找到他。

"您知道，我们的运货速度是关系着奖金的。 ……我本来应该今天早上出发，……您看，如果可能的话……"

"你到哪里卸货？"

"巴黎的杜尔耐码头……先要在运河里走一个白天，然后在塞纳河里再走一天一夜，恐怕要在后天晚上才能到那儿……"

梅格雷让他又重复了一遍他的证词。

"那会儿，我们刚吃完晚饭，我老婆已经躺下了。 我正要去休息，却听到一阵奇怪的声响，在船舱里听不太清楚，我把头伸出舱口，觉得好像听见了一声呼救声……"

"是一种什么样的声音？"

"人声……当时雨点敲打着甲板，我听不太清楚，……那喊声似乎很远。"

"是男人的声音还是女人的声音？"

"多半是男人的。"

"和第一阵响声隔有多长时间？"

"这我一下子说不上来，我当时正在脱鞋，我花了些工夫才穿上拖鞋。"

"后来你又干了些什么？"

"我不能穿着拖鞋就出来啊。 我又下到舱里，穿了件皮衣服和一双木底鞋。 我还对没睡着的老婆说，可能有人落水了。"

梅格雷强调了一下："您怎么想到是有人落水了？"

"因为我们一直在这条河和这条运河上，每当听见有人叫救命的时候，一般说来总是这么回事。 我用我的铁钩子已经救起不下五个人了。"

"那么你去河那边了？"

"可以这么说吧！ 因为在这个地方，运河跟罗安河之间只隔不到二十米。 我瞧见了卡车的灯光，然后又看见一个大块头男人在走动。"

"那是司机喽……就是那一位吧？"

"是的，……他对我讲他撞了一辆车，这辆车子滚进河里去了，……于是我就去取我的电棒……"

"换句话说，这些事用去了一定的时间喽？"

"当然。"

"在这段时间里，司机干了些什么呢？"

"我不清楚。 我猜想，他恐怕想在黑暗中发现什么吧。"

"你走近他的卡车了吗？"

"可能走近过。 我记不得了，……我当时主要在想，有没有人漂到水面上来……"

"所以你没弄清汽车里是否只有司机一个人？"

"我想他可能是一个人……如果还有人在车里的话，就会出来帮助我们。"

"当你们发现没有什么事可做之后，司机对你讲了些什么没有？"

"他说他要去通知宪兵队。"

"他没有具体讲去哪个宪兵队吗？"

"没有，我想他没有说。"

"你没有想到提醒他，可以到离这里只有七百米的客栈去打电话吗？"

"我后来想到了，但他已经开车走了。"

这是个跑长途的司机，长得像个古代力士。 他用电话通知了他的公司，说他因一起车祸被警察扣住了。 他像没事人似的，静等着事态的发展。 他喝着新闻记者们给他叫的饮料。 作为交换，他不厌其烦地一遍又一遍地重复着他的这档子遭遇。

梅格雷把他叫出来，两个人走进一个单间餐室，那里的沙发颇能说明这个名字虽不吉利的客栈，为什么会很受情侣们的欢迎。

"我想，根据习惯，跑公路的，尤其是跑长途的司机，一般总是两个人一辆车？"

"通常是这样。 但我的同伴手受了伤，吃社会保险去了，所以这个礼拜就我一个人开车。"

"你是几点离开巴黎的？"

"两点。 我走的货是经常变换的，并且因为公路很滑，我不能开快车。"

"我想你一定在司机们常去的那家饭铺前停过吧？"

"您说对了！ 各人有各人爱去的地方。 我们这帮人差不多老是在同一个钟点聚在一处的。 我一到尼姆尔，就停了车，走进卡德琳娜大妈的饭铺。 那儿的饭菜有点小名气。"

"门外停了几辆车？"

"四辆！ 其中两辆是毛令木器行运输家具的，还有一辆大轿车，一辆快速出租车……"

"你和其他那几个司机一起吃的饭吗？"

"和三个司机一起吃的。 其他人在旁边的一张桌上。"

"你们是按什么顺序离开饭铺的？"

"其他人我不清楚……我呢，因为要等巴黎的回话，是最后一个离开的。"

"你给谁打电话？"

"给老板，为了让他们在莫栏准备些活塞环，我发现我的发动机不大好了，第三个汽缸……"

"嗯。 你估计你离那些伙伴们有多远？"

"我比最后一个人晚走十分钟。 最后一个是开大车的，我开得比较快，他大概在我面前四到五公里的样子。"

"在撞车的那一刹那，你没有看见那辆小轿车吗？"

"在只离几米远的地方才看见，但已来不及躲开了。"

"没有一点儿亮光吗？"

"一点儿没有！"

"你也没看见任何人吗？"

"我说不清楚，……天正下着雨，……我的雨刷也不好使，……我只知道，当小车掉进水里时，我好像觉得有人在挣扎着游水。然后，我听见了有人喊救命。"

"再问你一个问题：刚才，在你的座位底下的工具箱里，我发现了一个完全没毛病的电棒，……你为什么当时不把它取出来用呢？"

"我不知道……我当时已经糊涂了。……我担心我的卡车也滑进罗安河里。"

"你经过这家客栈的时候，里边没有亮光吗？"

"可能有灯光吧！"

"你经常跑公路？"

"每礼拜两次。"

"你当时没有想到可以上客栈去打电话吗？"

"没有！我只想到蒙塔尔奇已经不远了，于是就直奔了那儿。"

"当你在岸边东找西找的时候，没有人藏在你的车里吗？"

"我想没有。"

"为什么？"

"要是有的话，那人非得解开车篷的绳子不可。"

"谢谢你。不过，你还得留在这儿。我随时有可能麻烦你。"

"随您的便吧！"

他现在唯一想的是吃饱喝足。梅格雷看着他走进厨房去吩咐预备晚饭。

在厨房操持烹调的是店老板的妻子，一个又瘦又黄的女人。

由于突然来了这么多顾客，她有些应接不暇，甚至都腾不出工夫来乘记者们打电话的空隙，向城里订货了。

一个名叫莉莉的年轻女佣人，长着一副与她的年龄极不相称的精明面孔，一边送着开胃饮料，一边和所有的人逗笑，老板本人在柜台上也没有一刻闲着。

这本来是淡季。如果在夏天，客栈就可以在那些旅游者、情侣们以及来远郊垂钓的人们身上做一笔好买卖。秋天，来光顾这小客栈的只有几个可怜巴巴的从巴黎来打猎的，几个事先定好饭的客人。

罗杰向梅格雷宣称：

"前天晚上，我这儿来了一对年轻人，开着一辆灰色小轿车，就是从河里捞上来的那辆。我当时想，这是对新婚夫妇吧。您瞧，这就是我让他们填写的住宿单。"

住宿单的字迹尖细而且歪歪扭扭，让·维尔布瓦，二十岁，巴黎阿卡西亚街十八号。

对住宿单上提出的问题的回答是：从巴黎来，去尼斯。最后，当老板让他的同伴也照填一份时，年轻人在他的单子上斜着添上了"及夫人"几个字。

情况已经通过电话告知巴黎，派人去阿卡西亚街做了调查，这条街在十三区，离卖那辆车的车行不远。

"……一个挺俊俏的姑娘，大概有十七八岁的样子，"客栈老板回答梅格雷的问题说，"这是咱们之间讲话，她可还是个'乳臭未干的毛孩子哪！'她穿着一条不大合时令的、过于单薄的裙子和一件运动式的大衣。"

"这一对有行李吗？"

"有一只箱子，还在上面呢。"

箱子里只装有男人的外衣和衬衣，这使人猜想到年轻姑娘是神秘的外出，事先一定毫无准备。

"他俩显得神色慌张吗？"

"不特别……照实对您说吧，他们满脑子里想的全是爱情。白天大部分时间，他们都是在房间里消磨掉的。他们让把饭送到楼上，莉莉发现伺候像他们这样不大注意掩饰感情的人，实在叫人头疼……您明白我的意思吗？"

"他们没有对你讲为什么他们要去尼斯；却在离巴黎不到一百公里的地方就停下来了呢？"

"我想，对于他们来说，只要有间屋子，在哪儿落脚还不都一样？"

"那辆车呢？"

"停在车房里……您看见过了……这是辆豪华的车子，但已经老早过时了，那些钱不多的人就爱买这样的东西，既显得阔气，又比买一辆最新式的车便宜得多。"

"您当时就没有好奇地想打开后备厢看看吗？"

"我可从来不干这种事。"

梅格雷耸了耸肩。因为这老板没有给他提供任何有价值的东西，而他是很了解这种客栈老板真正好奇心之所在的。

"不管怎么说，这一对本来该回到你这儿来睡觉的吧？"

"回来吃晚饭和睡觉。我们一直等到晚上七点才收拾……"

"车子是几点离开车房的？"

"让我想想，……当时天已经黑了，……大概是在四点半左右，……我琢磨咱们这对年轻人大概在屋里也待腻了，想到蒙塔尔奇城里或其他什么地方兜兜风去……他们的箱子一直放在这儿，因此我也不担心他们会赖我的账。"

"你一点儿也不知道发生了车祸吗？"

"在夜里十一点左右宪兵来这儿之前，我什么也不知道。"

"你马上就想到这是你的顾客出了事吗？"

"我这样担心过，……我注意到年轻人把车子开出车房时，干得很不利索，显然是个新手，并且我们很了解河边那个拐弯的地方。"

"你在那对年轻人的话语中觉察到一些可疑的迹象吗？"

"我没有听见他们的谈话。"

事件的经过现在可以概述如下：

星期一，下午近五点，一个叫让·维尔布瓦的人（二十岁，广告员，居于巴黎阿卡西亚街十八号），在他住所附近的一家车行买了一辆豪华但已过时的汽车，用五张一千法郎的票子付了款。（刚才有人打电话告诉梅格雷说，车行老板当时有个印象：在他的顾客的钱夹里还有相当大的一沓钞票。维尔布瓦没有讨价还价，并声称第二天就去换牌照。他是一个人来车行的。）

对于星期二一整天发生的事，人们尚一无所知。

星期三晚上，同一个维尔布瓦，驱车来到离巴黎不到一百公里的"淹死鬼客栈"，随他同来的是位非常年轻的姑娘，从这姑娘的外表，人们一眼就能看出——就像客栈老板所估计的那样——她出自有钱人家。

星期四，这对情人驾车离开客栈，像是要在附近兜兜风似的。几小时以后，这辆车在灯火全熄的情况下，在距离客栈七百米的地方，被一辆卡车撞进了河里，一个货船驾驶员自信在黑夜里听见了呼救声。

　　让·维尔布瓦和年轻的姑娘踪影全无。　本城的宪兵队倾巢出动，从早到晚地在这一地区进行搜索。　他们找遍所有的火车站，但毫无所获！　走遍所有的村庄，查访了所有的旅店，跑遍各条公路，没有一个人对他们说见过两个这样的年轻人。　相反，却在汽车后备厢里发现了一具装束打扮十分讲究、妖艳、年龄在四十或五十之间的女尸。

　　法医确认了那位过路医生的说法，即这个女人是在星期一被人用刮脸刀谋杀的！　另外，法医还不十分有把握地说，尸体是在人死了仅仅几小时后就被装进了后备厢，而且是相当笨拙地塞在里面的。

　　结论是：当这对情人到达客栈时，车内已经有了这具死尸！

　　维尔布瓦事先知道吗？

　　他的年轻伴侣知道吗？

　　晚上八点，他们的汽车灯火全熄地停在河边，又是在干什么呢？

　　是不是出了故障而技术不熟练的驾驶者没能将它修好呢？

　　那时有谁在车里呢？

　　又是谁在车里呼救的呢？

　　宪兵上尉是个很懂事的人，在梅格雷进行调查时，他非但避免干扰他，而且与他自己手下人一起尽其可能地搜寻着线索。

　　十条平底船沿罗安河用钩子搜索着。　一部分人在泥泞的河岸上来往奔波，另一些人在水闸边忙碌着。

　　新闻记者们把客栈当作占领了的阵地，像主人一样地安顿下来，他们的喧哗声充斥了所有的房间。

"美丽的德莱斯"号满载着建筑用的石板片向杜尔耐码头出发了。卡车司机呢，他对在眼前的喧嚣置若罔闻，像个哲人似的享用着这意外的假日。

在报纸的印刷滚筒上，一些题目已经尽可能地用上了醒目的大号字，一位记者的报导耸人听闻地用了如下的标题：

一对年方二十的情侣
利用轿车后备厢运载一具尸体

接着用斜体字写道：

罗安河的浊浪吞噬了罪犯和他们的牺牲品。

调查工作现在处于令人八十分头痛的阶段。梅格雷这时的情绪很不好，很容易发火，跟谁也不讲话，嘴里嘟嘟囔囔，大杯大杯地喝着啤酒。那样子很像是一只被困在笼子里的熊，不停地在转圈子。现在他好似处在十字路口。到目前为止，收集到的材料本身就有许多自相矛盾之处，在这堆材料里不但理不出一条主导线索来，相反，却很可能被一条错误线索引入歧途，最终毫无所获。

运气像是坏到了家，客栈的取暖设备十分糟糕，这最使梅格雷恼火。客栈的饭菜也做得极其平常，毫无特色。为了应付不同的口味，客栈只是预备了各种各样的调味汁，由顾客自己取用。

"警长，请您原谅我向您汇报一点儿事……"

皮耶芒上尉一边审慎地微笑着，一边在比刚才变得更加郁闷不乐的梅格雷对面坐了下来。

"我知道您正埋怨我。不过我倒很庆幸能把您挽留住，我开始觉得这只是一起平平常常的公路车祸。没想到却变成一件能使人大大发挥想象力的神秘案件了。"

梅格雷只管吃着土豆、沙丁鱼和甜菜拌成的沙拉，这是那些蹩脚客栈的传统冷菜。

"什么时候我们才能知道这个漂亮、多情的年轻姑娘是谁呢？"

话音未落，一辆由身穿制服的司机驾驶的大型轿车，风尘仆仆地停在了大门口。一个头发灰白的男人从车里走下来。看到一群随时做好了准备的摄影师，他本能地向后退了几步。

"瞧！"梅格雷低语道，"我敢肯定这是她父亲来了！"

二

警长没有搞错；但如果说这次会面本来会出现梅格雷所担心的尴尬场面，公证人拉包梅莱耶得体的表现却使这种不愉快避免了。公证人摆出一副他习以为常的要人的架势，毫不费力地驱散了记者们，然后随着梅格雷走进一间单开的小客厅。他自我介绍道：

"日尔曼·拉包梅莱耶，凡尔赛的公证人。"

他的职业与他稍呈圆形的、毫无光泽的脸，以及在他向梅格雷发问时眼睛盯住地板、脸部线条纹丝不动的刻板样子十分般配，就像凡尔赛宫的各个部分十分谐调一样。

"您找到她了吗？"

"我将不得不对您提一些很具体的问题，请您原谅。"梅格雷长出一口气说道。

公证人打了个小手势，意思是：

"请吧！我理解这种事情……"

"您能先对我讲一下，是什么使您想到您的女儿可能卷进这个事件中来了呢？"

"您马上就会明白的。 我的女儿维瓦娜现年十七岁，但看上去却像二十岁。 我讲她'现年'，大概不如讲她死前是十七岁更合适些吧，……她是个好感情冲动的人，像她母亲一样。 不管是对还是错吧，自从鳏居以来，我总是凡事都由着她的性子去做，……我说不准她是在哪里认识了这个让·维尔布瓦的，好像是在一个游泳池，要不就是在一个位于布洛尼附近的体育运动俱乐部里。"

"您本人认识让·维尔布瓦吗？"

"我只见过他一次。 我再重复一遍，我的女儿是个好感情冲动的人。 一天晚上，她突然对我宣布：'爸爸，我要结婚了。'"

梅格雷突然站起来，猛地打开房门，对一个将耳朵贴在门上偷听的记者投去极端轻蔑的一瞥。

"先生，请您继续讲下去吧！"

"开始，我把事情当成是开玩笑。 后来，当我觉察出这是件不可不严肃对待的事情时。 我就让这位待入赘的女婿上门来见我。 这样，一天下午。 让·维尔布瓦来到凡尔赛。 他一来就使我很不高兴。 他是开着一辆向朋友借来的大型赛车来的。 我不知道您是否理解我？ 年轻人有绝对的权力渴望做出一番事业，但我不喜欢在年仅二十岁时就轻易地去满足自己对奢华的追求，尤其是追求一种趣味相当不正的奢华……"

"简而言之，这次见面对您说来仍然记忆犹新吧？"

"当然了，这次见面太不平静了。 我问年轻人，他打算用什么来养活自己的妻子。 没想到，他用一种使人瞠目结舌的直率口吻回答说，在等待一个光辉的前途到来之前，我女儿的嫁妆足以使

261

她免于饥饿。 您想想他那副样子吧，完全是个寡廉鲜耻的小野心家。 他的言谈与他的举止完全一样，于是我暗自思量了一会儿，他的不顾廉耻是否是个姿态，其中是否掩盖了他的某种怯懦。

"维尔布瓦就父母滥用权力等等所谓资产阶级落伍思想对我发表了一通长篇大论，并认为我就是那个阶级造就的一个典型。……

"一小时之后，我把他赶出了大门。"

"这事情离现在有多久？"梅格雷问道。

"刚刚一星期。 当下我就找来女儿，谁想她向我宣称，非维尔布瓦不嫁！ 她说我对他不了解，说我看错了他，等等。 我的天，她威胁起我来了，说如果我不同意他们的结合，她就要和他一起逃走。"

"您表示抗议了吗？"

"唉！ 开始我还以为这仅仅是个口头威胁而已。 我指望随着时间的流逝，一切都会好好解决的，……可是。 从星期二下午，维瓦娜就失踪了。 ……星期二当晚，我就去了阿卡西亚街维尔布瓦家。 但是人家对我说他已经旅行去了，……我询问了女门房，确悉他是由一个非常年轻的姑娘陪同出走的，也就是说，是由维瓦娜……这就是为什么今天中午，当我在报上看到这里夜里发生的这桩事情时……"

他的态度依然沉静而得体。 不过在他的额头上冒出了几滴汗珠。 这时他眼望着别的地方，一字一句地说：

"我只请求您一件事情，警长，坦率地说，如果是接受一个直接的打击，我还相当坚强；但我却经不起长时间的、希望复失望的折磨。 依照您的看法，我女儿还活在人世吗？"

梅格雷沉默了好长一段时间没有回答。终于，他咕噜道：

"请先让我对您提最后一个问题吧。您给我的印象是您很了解自己的女儿。她对维尔布瓦的爱情似乎是完完全全、毫无保留的，既浪漫又狂热。您认为在您的女儿一旦知道维尔布瓦是个杀人犯时，会不会出于爱情而做了他的同谋？请您别太急于回答这个问题。请您设想一下，您的女儿来到她情夫的家里……请您原谅我不得不使用这个不幸的字眼儿，……当她了解到：她的情夫为了能和她一起逃之夭夭并得到逃走所必需的钱款，不得不走上了杀人的道路。"

两个人都沉默不语。最后，还是拉包梅莱耶叹了口气说道：

"我不知道，……不过，我可以对您讲一件事情，警长，这件事情没有人知道……我刚才已经对您讲过，我是个鳏夫……我的妻子死了，这是真的！她三年前死在南美。在那里，八年前，她跟了一个咖啡种植园主。在她离开我出走的时候，她从文具盒里拿走了一万法郎……维瓦娜很像她的母亲……"

当他听到梅格雷长出一口气说"但愿她也是这么一个人"，浑身抖了一下。

"怎么讲？"

"因为，如果让·维尔布瓦对他的女伴无所顾忌的话，他就没有理由把她干掉了。反之，比如说，在后备厢内发现了那具女尸。而您的女儿表示愤慨，甚至再讲些威胁他的话……"

"我懂您的意思了，但我还不大明白那些记者们所描述的后来发生的事情。既然卡车司机和货船驾驶员都听见了呼救声，那么两车相撞时，汽车里既不是空无一人；而维尔布瓦和维瓦娜又没有丝毫理由分开，……因此是否今天……"

"从今天早上起，人们不断在给罗安河排水。 但直到现在仍然一无所获。 我可以请您陪我到这对年轻人住的房间里去一下吗？"

这是间很普遍的房间，墙壁糊着印花纸，原是钢制的，镶有镜子的衣柜是桃花心木做的。 梳妆台上摆着几件东西：一把刮脸刀，一把剃须用的肥皂刷，两把牙刷，其中一把是新的。

"您看到了吗？"梅格雷指出道，"这个人携带了他的随身用品。 但他们必须在半路上停下来，给年轻姑娘买一把牙刷和这双放在床脚的旅行用拖鞋。 我很希望能找到一件证据来说明这就是您的女儿。"

"找到了！"做父亲的愁苦地说，指了指地毯上闪着微光的一件首饰。 "维瓦娜总是戴着她母亲的这对耳环。 其中一只的搭袢不大好用了，她经常弄丢它，但是每次又都会奇迹般地找回来。就是这一只！ 您现在还认为我仍有可能找到活着的女儿吗？"

梅格雷猜想，在目前这种情况下，维瓦娜·拉包梅莱耶小姐很可能已经成了谋杀胁从犯。 但是他不敢把这话说出口。

让公证人下决心回到凡尔赛去颇费了一番周折。 雨依旧不停地下着，"淹死鬼客栈"越来越像是一个作战司令部了。

记者们再也懒得在瓢泼大雨中追随那些正在河里搜寻打捞的货船驾驶员了，他们开始带着一副听天由命的样子玩起贝洛特来。宪兵上尉把自己的汽车交给警长支配，但警长始终没有用过，而且，他的那些看来毫无条理的活动，对于不了解他工作方法的人来说，实在难以产生信心。

因此，看见他钻进了电话间，记者们都以为获得新材料的机会来了。 出于职业的需要，他们毫无顾忌、毫不迟疑地拥向电话间的门口。

谁也没想到梅格雷是给巴黎的气象台打电话。 他先让对方告诉他最近几天的天气预报，然后又着重问了几个细节。

"您是说昨晚八点左右没有月亮吗？ 今晚也是同样情况？ 您在讲什么？ 月亮将在零点十三分升起？ ……谢谢您……"

当他走出电话间，显得格外满意。 他甚至还调皮地对记者们嚷道：

"先生们，好消息：咱们起码还有三天的好雨呢。"

随后，人们看见他和皮耶芒上尉进行了一番长谈，然后皮耶芒离开了这里，整个白天都没再露面。

有个人发现客栈里有葡萄汽酒，要了一瓶，一会儿所有的人就都争着要起来，大家开始起劲地喝起来。 莉莉不停地在桌子中间穿梭行走。 她走到哪儿，都有人向她伸胳膊，她佯装生气地将他们一一推开。

四点半钟，夜幕降临了。 人们结束了在罗安河上的工作，到了这时候，再也别指望捞到什么尸体了。 如果有，也早就顺水流进塞纳河了。

为了扫清道路，一辆拖车把从河里捞上来的小轿车拖到了蒙塔尔奇，在那里听候警察局的安排。

六点钟了，有个记者把老板叫来，对他说：

"晚饭你给我们准备了些什么好吃的？"

"什么也没有！"

吃惊最小的可不是老板，他用眼睛搜寻着，看看是哪个人胆敢替他答话，而且这句回答和他的生意经完全背道而驰。 答话的不是别人，正是梅格雷。 他一边说一边心平气和地向人们走过来。

"先生们，我明确要求你们今晚不要在这里用饭。但我不禁止你们在十点左右回到这里来睡觉，如果你们高兴回来的话。不过，从七点至八点，我强烈希望这里只留下昨天晚上在这里的那些人。"

"是搞现场复演吗？"一个调皮鬼叫道。

"不是！现在我警告你们，赖在附近不走，一点儿好处也没有，因为你们什么也不会看见。相反，如果你们放聪明点儿，倒有可能在明天早上为你们的报社写上一篇漂亮的报导。"

"几点？"

"就定在十一点以前吧，……我知道，在蒙塔尔奇有一家大钟饭馆，饭菜很好。你们都到那儿去吧！对老板说，是我请你们到那儿去的，你们将受到非常殷勤的招待。等我和你们再见面时，……"

"您不和我们一起吃晚饭吗？"

"我另有约会了。……但我不会搞得很迟的……现在该是你们决定去留的时候了。如果有人想捣鬼，我保证他一丁点儿消息也捞不到，……先生们，回头见！祝你们胃口好！"

当这些记者走了以后，梅格雷觉得连呼吸也比原来畅快些了。他瞧着怒气冲冲的老板说道：

"算了吧！你已经在酒上大赚了一笔，就别在饭食上打主意了吧！他们不是从一大早就开始喝？"

"他们本来还可以继续不断地喝下去的！"

"听我说，至关紧要的是，从七点到十点，留在客栈里的每个人都应该在昨天晚上的位置上，灯火也像昨天一样……"

"这倒不难办。"

人们好像忘记了还有一个人：卡车司机约瑟夫·勒管。 他惊讶不已地观察着梅格雷，最后终于开了腔：

"那我呢？"

"你吗，带我到尼姆尔去。"

"坐卡车去？"

"我的天，为什么不呢？"

"随您便吧！ 如果这样对您有用的话……"

于是，梅格雷警长坐上发着地狱般喧嚣的十吨卡车离开了"淹死鬼客栈"。

三

"我把您送到什么地方下车？"

一路上，依然大雨如注。 两个人都默不作声。 卡车间或与一些亮着拐弯指示灯的小轿车穿插而行。 雨刷有规律地嚓嚓作响，在黑暗中，像是一只长了毛的大蜜蜂。

"你不用让我下车，老朋友！"

司机诧异地瞧了瞧他的同伴，还以为是在同他开玩笑。

"那怎么呢？ 转回巴黎去？"

"不。 等我看一下表……"

在一片漆黑中，他不得不打着打火机，时针正指在七点三十分上。

"好吧，你就在遇到的第一家饮料快售店前面停车好了，我们还有时间……"

横穿人行道时，梅格雷将大衣领竖了起来。 在勒管的陪同下，他十分随便地将胳膊肘支在咖啡店的柜台上。 卡车司机对梅格雷态度的这种突然改变，感到十分惊奇。

这倒并非因为后者变得对他越来越具有威胁性了，也并非是后者在以另一种方式来表现他的坏情绪。

事实恰恰相反，梅格雷十分冷静。 甚至有几次，他的眼睛里还流露出一丝笑意。 看来他对自己信心十足。 如果有人在这时候问他笑什么，他会十分乐意地告诉你：

"生活是多么美好啊！"

他一边品尝着饮料的滋味，一边看着手表。 付过账后，他宣布说："上路吧！"

"去哪儿？"

"先到卡德琳娜大妈那儿去吃碗饭，就像你昨天做的一样。你看，雨还是下得那么大。 我们正好在同一时刻……"

只有三辆卡车停在外表十分简朴的客栈门前。 但在客栈里面，那些跑长路的人们很容易找到他们可口的小菜。 老板娘亲自招待顾客，她有个十四岁的女儿给她搭下手。

"哟，你怎么又来了？"看见勒管进来，她吃了一惊。

勒管在和其他司机一一握过手后，和警长在一个角落里坐了下来。

"咱们还吃昨天你在这里吃过的东西，好吗？"梅格雷提议道。

"这儿可没有三十六道菜，大家都是当天上什么就吃什么，……您瞧，酸果烤小牛肉片……"

"噢，这可是我爱吃的……"

在这几分钟里，难道在这个大块头司机身上没有出现某种态度上的变化吗？ 他的情绪变得不像先前那样爽快了。 他瞟了几眼他的对话者，大概他正满腹狐疑，摸不透这位警长肚子里究竟搞的什么鬼。

"卡德琳娜，快点吧！ 我们这些人是没有多少时间的……"

"你总是这么讲，可说完了，还得待上一刻钟喝完你的咖啡。"

小牛肉片烤得好极了，咖啡也比小铺里的味道来得纯正。 梅格雷不时地从口袋里掏出表来看看，似乎有些不耐烦地等着其他的司机离开这里。

那帮人终于在喝完一杯马尔克酒后站起身来，一会儿就听见了马达的嗡嗡声。

"给我也来点马尔克酒。"梅格雷吩咐道。

接着又对勒管说：

"昨晚就是这样过来的吧，是不是？"

"是这样的，……快到出发的时间了，……在昨天这个时候，我已经接到了电话……"

"出发！" "还回到那里去吗？"

"和昨天完全一样……这让你讨厌吗？"

"我？ 干吗让我讨厌呢？ 反正我什么也没有隐瞒。"

就在这个时候，卡德琳娜走过来，问司机：

"你说说，我嘱咐的事，你跟贝努瓦谈了吗？"

"当然谈了，一切都谈妥了。"

一坐到车上，梅格雷就问他：

"贝努瓦是谁？"

"是我的一个朋友，他在蒙塔尔奇经营一个加油站。 我总在他那里加油。 卡德琳娜大妈也想让人在她这里搞个加油站，她要我对贝努瓦说……"

"雨下得真大啊？"

"甚至比昨天还大些，……您想想吧，在这种鬼天气还不得不整夜地跑车……"

"咱们开得不太快了点儿吗？"

"一切都和昨天一样……"

梅格雷点上他的烟斗。

"我们这些人，"勒管嘟囔着说，"人们老是对我们大叫大嚷，因为我们总在路中央行车。 车身大，动作不灵活。 要是让那些开小车的人试着来开开咱这种庞然大物……"

突然，紧跟着一声骂，一个紧急刹车使得梅格雷差点将头撞上前风挡。

"他妈的！ ……"约瑟夫·勒管叫道。

他瞧了瞧他的同伴，双眉紧锁地埋怨道：

"是您让人把车停在这儿的吧？"

确实，就在让·维尔布瓦的车子昨天被撞的那个地方，停着一辆车。 这是一辆灰颜色的车，与那辆一模一样！ 天，下着大雨！ 夜黑得伸手不见五指！ 汽车呢，也同样灯火全熄！ 但是卡车却在离小轿车三米多的地方刹住了！

有一小会儿，司机脸上露出一股怒气，但他克制住了，只是抱怨道：

"您应该事先通知我一下，万一我没能及时看见它呢？"

"不过，咱们那会儿正聊着天……"

"那后来呢？"

"昨天你是一个人开车……你一定是全神贯注吧？"

勒管一边耸耸肩，一边问道：

"您现在还想做什么？"

"咱们马上下车，……在这里下……等一下，……我要做个实验，……你现在喊几声救命……"

"我？"

"因为昨天在这里喊叫的人不在场，得有个人代替啊。"

勒管很不情愿地喊了几声，嗅出了其中必有圈套。

但最使他担心的，还是当他听见了脚步声和看见一个人影在黑暗中走动的时候。

"过来！"梅格雷对新来的人喊道。

来人是"美丽的德莱斯"号货船的驾驶员，这是梅格雷让宪兵队把他叫来的，事先谁也没有告诉。

"怎么样？"

"不敢说十分有把握……但我觉得差不多是一样的。"

"什么？"勒管嘀咕道。

"我不知道这是谁喊的，但我可以说这声音和昨天的差不多。"

这一回，大块头司机可差一点就沉不住气了。 他对那个直到现在还不明白自己在这出戏里扮演了什么角色的驾驶员简直恨得牙根发痒。

"你上车去吧！"

有人走近。 在这以前，这人一直站在旁边。

"一切都很好！"梅格雷对那人低声说，"其余的，走着瞧吧！"

他在勒管旁边坐下，而勒管也不再想装出彬彬有礼的样子了。

"现在我还干什么？"

"像昨天一样！"

"去蒙塔尔奇？"

"像昨天一样！"

"随您的便吧！ 我真不明白您脑子里想的是些什么。 但如果您认为我卷进了这件事情的话……"

说话间，他们已经来到"淹死鬼客栈"的对面。 客栈的四个窗户全亮着灯，其中一个还挂着珐琅制的电话号码盘。

"这么说，昨天你脑子里就没有闪过在这里停下来打电话的念头吗？"

"既然我已经对您说过……"

"继续往前开！"

一阵难堪的沉默。 这一个紧皱双眉，憋着一肚子火，每个动作都铆足了劲儿。 那一个呢，正在昏暗的角落里悠闲地抽着烟斗。

就这样，他们来到了蒙塔尔奇。 突然，警长指出：

"你开过去了……"

"开过什么去了？"

"宪兵队……"

"您呀，老是找些啰唆事！ ……"

他想倒车，因为宪兵队在后面五十公尺的地方。

"不！ 不用倒回去！"梅格雷反对道，"继续！"

"继续什么？"

"继续准确地做你昨晚做过的事。"

"但是我去了……"

"你没有马上去宪兵队，……证据是，时间不对头，……贝努瓦的加油站在哪儿？"

"就在这条街的第二个拐角那儿。"

"开到那儿去！"

"去干什么？"

"什么也不干，……照我对你说的做吧。"

这是个极普通的加油站。附设在一家卖自行车的铺子前面。车铺里没有灯光，但是透过玻璃窗，可以看到铺子后面有个厨房，里面有人影在晃动。

卡车刚停下，从厨房里就走出来一个男人。这人显然是听见了马达声和刹车声。

"要多少升？"他连眼皮都没抬一抬就问。

过了会儿，当他认出是勒管时，看了他一眼，就盘问起来：

"你来这儿干什么？我以为……"

"给我加五十升！"

梅格雷仍旧待在他的角落里，车铺老板没有看见他。贝努瓦以为他是独自和他的同伴在一起，正想再说什么，但勒管已经觉察到危险就在眼前，急忙开了腔：

"喂，警长先生，您要求做的就是这些吗？"

"啊，有人陪着你？"

"有个警察局的人要进行现场复演，这是他说的……我可是什么也不明白……总是找小人物的麻烦呗，而对……"

梅格雷跳下车，走进车铺里，这使车铺老板大吃一惊。

梅格雷直奔店铺后面，向老板的妻子身边走去。

"勒管想问一问那件事是怎么安排的……"他装作漫不经心的样子问了一句。

她疑惑地瞧了瞧他，扒到窗玻璃上往外望了望，说：

"他来了吗，勒管？"

"他正加油呢。"

"没有人找他的麻烦吧？"

因为吃不准这个头戴圆帽的人为什么突然闯进来，她感到不安地向门口走了两步。

外面不大亮，很不容易看清一个人的面孔。

"说说吧，保尔……"她向门外叫道。

保尔是她的丈夫，手里正拿着油管，显出很为难的样子。

"是勒管在那儿吗？"她又问了一句。

梅格雷十分沉静地装着烟斗，借着车铺背风把烟斗点着了，这一下把自行车的镀镍的车把儿全照亮了。

"你过来吗，保尔？"

这时，警长清晰地听见两个男人中的一个在问另一个：

"咱们怎么办？"

他警惕地握住藏在口袋里的手枪，准备一旦必要，立即就隔着衣服开枪。街上空荡荡的，一丝亮光也没有。勒管是属于那种能把对方一拳就撂倒的人。

"你打算怎么办呢，你？"

那个女人依然站在门口，冷得紧抱着双肩。约瑟夫·勒管沉重地从车座上下来，在人行道上迟疑不决地踱了两步。

"咱们到里面来谈谈好吗？"梅格雷将了他一军。

车铺老板挂上他的油管嘴子。尚未下定决心的勒管慢腾腾地拧着油箱嘴。

最后还是他，一边向车铺门口走去，一边对梅格雷嘟囔道：

"本来没想到事情会这样……您请吧，警长先生。"

四

这是地地道道的小手工业者的住所，靠里面立着个雕花橡木柜，桌上铺着一块方格漆布，那些花瓶和摆设全是露天市场上搞来的，颜色不是大红的，就是浅紫的，让人一看就觉得庸俗不堪。

"您请坐吧。"那女人机械地擦拭着梅格雷面前的桌子，小声说道。

贝努瓦从柜橱里取出一瓶酒、四只杯子，一言不发地把每个杯子都斟满了，勒管侧着身子颓然坐下，两只胳膊支在椅背上。

"您怀疑些什么呢？"他盯着梅格雷的眼睛劈头问道。

"有两点理由使我对一些事情产生了怀疑：首先是，有人听见了呼救声，但只有男人的，这是相当令人不解的。因为在出事地点还有位年轻姑娘，如果她也落水的话，她水性不错，是完全可以在水面支持一阵喊救命的……另外一点，在发生了这种车祸后，不会有人舍弃近在咫尺的电话不用，反而继续开车走二十公里才去通知宪兵队……而当时客栈的窗户全亮着灯……这使人不能不想到……"

"当然啦，这是他要那么做的……"勒管表示同意。

"那显然他是坐在卡车里的喽？"

这时候再想后退已经太晚了。再说，两个男人也已打定主意，那女人也显出一块石头落了地的样子。

她建议道：

"最好还是和盘托出吧！犯不着为两张一千法郎的票子就……"

"让约瑟夫讲吧……"她丈夫插嘴道。

这时勒管已经喝完了他那杯酒，开始讲起来：

"咱们就当是昨晚发生的一切和今晚一样吧。……您没有搞错……尽管天下着雨，我的雨刷也不怎么好用，但我的眼睛却很好使，车闸也灵，完全能避免撞上停在路上的车子……我是在离那小车一米半的地方停住车的，当时我还以为那车子出了故障。我从车座上下来，想帮他一把……但我看见那人神色慌张。他问我是否想挣两千法郎……"

"如果你能帮他把小轿车推进河里的话？"梅格雷插进一句。

"如果只是要推的话，他自己就完全可以用手把车推下水去。在我到那儿时，他也正在那么干呢，……但是他更希望有人能把他带走，让人们永远忘记他。我想，如果只有他一个人，我也就不会上当了。可是旁边还有个小姑娘……"

"她还活着吗？"

"当然活着。为了促使我下决心帮他干，他又对我解释说。有人不愿让他俩结婚，但他们相爱，他们想叫人相信这是自杀，为的是让人们断了再找到他们的念头，这样他们就可以永远不分离了，……我不大喜欢这一类小把戏，……可您要是看见那个站在雨地里的姑娘……长话短说吧，我帮他们把车撞进了罗安河，……他们为了让事情做得像真的一样，又让我喊几声救命，我也照样做了……这样一来，人们就会以为他俩全淹死了，……然后我又把他们带到了蒙塔尔奇。"

"在半道上，我发现这年轻人可不是个蠢货。……他知道不能去住旅馆，……也没有想去坐火车的意思，……他问我是否有什么熟人可以收留他俩住几天，一直躲到警方调查结束，……于是我想到了贝努瓦……"

那女人承认道："我们也以为这是对情人，……正赶巧我们的姻兄在这儿有间房，他服兵役去了。"

"他俩一直住在你家里吗？"

"她不在了……"

"怎么回事？"

这时梅格雷不安地向四周看了看。

"下午，"车铺老板开始讲，"当我见到报纸后，我就上楼问他，关于尸体的事是否属实。 那姑娘从我手里夺过报纸，飞快地溜了几眼，就趁房门开着，突然跑了出去……"

"没穿大衣吗？"

"没穿大衣，也没戴帽子……"

"那年轻人呢？"

"他对我发誓说，一点儿也不明白这是怎么回事，说他是刚刚买下的车子，他当时没多个心眼想到要查看一下后备厢里会有什么……"

"你家除了这个门外，还有其他的门吗？"

就在车铺老板表示"没有"这一瞬间，忽然听见街上响起一片喧哗声。

梅格雷疾步跑到人行道上，只见一个人躺在那里，一个年轻人，正在那里拼命地挣扎着，不顾从二楼跳下来摔断的腿，徒劳地企图爬起逃走。

这情景看上去既具有戏剧性，又让人不由得产生一种恻隐心。维尔布瓦像疯了一样，还不甘心接受他的失败。

"如果你敢走近，我就开枪……"

梅格雷可不理会他这套，不顾一切地向他扑去，而他也没开枪……或许是胆怯了，或许是失去了必要的镇静吧。

"现在，放老实点……"

年轻人怨恨司机、车铺老板和他的老婆把他出卖了。

这是那种典型的自作自受的人，是不幸被梅格雷研究过数十例的那种人：阴险，梦想得到一切，对享乐和金钱贪得无厌，以至到了不择手段的地步。

"维瓦娜现在在哪里？"梅格雷一边给他铐上手铐，一边问道。

"不知道。"

"这么说，你成功地叫她相信了。你把车子弄到河里去，只不过是为了让人们以为，这是一桩情杀事件喽？"

"她一步也不离开我……"

"这可叫你着急得很，是不是？带着一具尸体却又甩不掉！"

这是一件既愚蠢又丑恶，而且到头来自食其果的谋杀案。

让·维尔布瓦看到他的结婚计划破产了，即使拐走维瓦娜，也拿不到拉包梅莱耶的钱了，于是就对他的一个旧情妇起了歹心。那个女人已经不年轻了，他把她引到家里，杀了她，拿到了她的钱包，用其中的一部分买了辆廉价的车子，打算找个僻静的地方再将尸体甩掉。

不料想，正在此时，维瓦娜突然来到他家里找他。少女的爱情和情欲支配着她，她决心再不回家了，而要和她的情人远走高飞，甘苦与共。

从那以后，她寸步不离她的情人！时间一小时一小时地过去了，汽车一直载着那具尸体。

维瓦娜一直以为在度着真正的蜜月，万万没有想到她本人正处于一个令人作呕的丑剧的中心！

她搂抱着她所爱的男人，而那一位呢，却一心盘算着怎样才能尽快地处置掉那个装着死尸的包裹。

就在他别无他计、决心孤注一掷制造自杀假象时，一辆不期而至的卡车帮了他的忙，结果就把事情复杂化了……

"警长，您答应提供的新情况呢？"

从记者们的情绪就可以看出来，在大钟饭店里，他们的的确确享用了一顿真正的美餐。

"谋杀马尔特·道尔瓦拉的罪犯现在在医院里……"

"马尔特·道尔瓦拉？"

"一个滑稽的老演员，有些积蓄，一直是让·维尔布瓦的情妇……"

"他在医院里？"

"在蒙塔尔奇医院，他摔断了一条腿，……我允许你们去拍照，并向他提出你们愿意提的任何问题。"

"那姑娘呢？"

梅格雷低下了头。 对于她的去向，他一无所知，不难想象这是她出于极度失望后采取的行动。

半夜已过，警长在他在尼姆尔下榻的房间里接见了皮耶芒上尉。 他俩正在闲聊，电话铃响了。

上尉拿起电话，脸上露出惊喜的神色，他向对方提了几个问题：

"你们肯定地址没有错误吗？ 听着，为了防备万一，你们把司机给我带来，……喝醉了酒也得带来。"

然后，他向梅格雷讲道：

"我手下的人刚刚发现了一个司机，他在白天捎带过一个没穿大衣、没戴帽子的姑娘，……她让司机把车开到布尔日附近的乡下去，在那里她走进了一座孤零零的住宅，……一路上，由于司机见她手里什么也没有带，担心得不到搭车钱，她就对他不停地唠叨：'我姑妈会付钱的……'"

维瓦娜·拉包梅莱耶疲惫不堪、气喘吁吁地跑进了她姑母家里，从此隐居起来。她曾在那里度过她童年的假期。

（佚 名 译）

山姆·霍桑

Sam Hawthorne

【爱德华·霍克（1930—2008 年）】

美国著名推理小说家，被誉为"世界短篇推理小说之王"。1968 年以小说《长方形的房间》拿下爱伦·坡奖的最佳短篇小说奖。 1973 年 5 月开始，他在美国发行量最大、经营最长久的《EQMM》上持续刊载小说达 34 年之久，发表的作品数量超过450 篇，几乎占毕生总创作量的一半。 他的作品文笔流畅、结构严谨、谜团设置巧妙、逻辑性和公平性兼具，是 20 世纪欧美"不可能犯罪"创作史上的最后一位大师。 霍克的笔下曾出现过二十余位侦探角色，且大部分都构成系列，其中最著名者莫过于山姆·霍桑——这位在新英格兰小镇行医的医生总是能在镇里遇到并破解各类不可能犯罪案件。

闹鬼音乐台谜案

"我说呀，那个闹鬼的音乐台的事我承诺过会跟你说的，对吧？ 这椅子坐得还舒服吗？ 杯子里倒满了？ 要听故事就不能没有——呃——一点喝的，那是不成的！"

"这件事情还是发生在一九二四年的夏天，就在我从让我牵扯进捕龙虾小屋那件案子脱身，回北山镇之后不久。 就夏天来说，那年的夏天没有太多需要我服务的人，因为大家都很健康。 以至于都没人注意到，那天我的护士爱玻和我出远门了，我想很可能是因为大家都已经开始忙着要庆祝七月四号的国庆日。"

"你知道，就是七月四号那天，在那个音乐台那里，案子就是那时候在那里发生的……"

那年的国庆日正好是礼拜五，对北山镇一带的人来说这可是难得的大好事，因为在那个时候不存在大周末之类的说法，差不多每个人礼拜六都至少要上半天班，不过向来没有人在国庆日的后一天辛苦工作。

大约在举行庆典的一个礼拜前，在镇上广场附近的公园里，我遇到了亨瑞·邱尔曲大夫，本地的药剂师。 邱尔曲大夫一向对我很友善，大概因为我给他送去了大部分的生意。 当年的药房还没开始从香水到野餐用具等什么都卖，邱尔曲大夫所卖的不过也就是药和香烟之类的，还有一个冷饮柜台。

"这里到了下个礼拜会非常热闹，山姆医生，你会来听乐队演奏和看烟火吗？"

"我一定会来的，亨瑞，这是我在北山镇的第三个夏天了，国庆日是重要节庆之一。"

他是一个面带微笑、中等身材、四十岁左右的男人，他妻子和两个孩子都一起在镇上住着。 虽然邱尔曲大夫老是开我的玩笑，说我是有身价的年轻单身贵族，但我还是很喜欢他。 "我以为像你这样的人，与听我在小镇乐队里演奏的长笛相比，在夏日夜晚应该有更重要的事可做吧。"他揶揄道。

"可这就是非常重要的事情呀，"我回答时眨了一下眼睛，

"所有的年轻女孩子都会到场呢。"

我们漫步走进公园，走着走着就走到了那座很古老的音乐台。那是一个很高的木头台子，经历了多年的风吹雨打，需要重新油漆，八个边都是空的，屋顶形成一个尖顶，顶上还有一个风向标。地板离地约有四英尺高，相当于从地面走七层阶梯这么高，阶梯的边上都有栏杆，乐队席的那几边也都有栏杆围着，大概是为了预防吹奏者过度热情往后仰得翻身跌入人群中。音乐台下方的空间完全用木头格子围起来，以避免钻进小孩。

"蓝思警长有没有跟你说过闹鬼的事？"邱尔曲大夫问道。

"这里？音乐台？"

"是呀。就是这座音乐台建好之后，大概是一八八〇年左右发生的事。"

"发生什么事情了？"

"两个流浪汉——一个黑人和他的吉卜赛老婆来到了镇上。他大概是一个被主人放予自由的黑奴，从南北战争之后就到处游荡，可真实情况是怎么样的就没有人知道了。有一天晚上，他闯进一家五金店，被别人抓住了。他们说他有一把一英尺长的刀，只差一点就把警长杀了。我猜镇上的人毫不留情，他们用绳子把他吊死在音乐台的顶上。"

"动私刑？"我都不敢相信自己的耳朵，"在新英格兰没有人动私刑的。"

"虽然这种情形很少见，但毕竟还是有的。殖民地时期的印第安人，还有女巫——在榭冷①。反正，他的吉卜赛老婆对音乐

---

① Salem，美国马萨诸塞州东北部的港市。

台下了诅咒，在被赶出镇子之前，他们说他有时还会回到这里来，仍然戴着头罩，绳子还绕在脖子上。"

"我觉得，这听起来就像是村妇的乡野传说。"

"我承认近几年都没人见过他了。"邱尔曲大夫说道。

"我敢打赌说压根就没有！ 现在的人不会笨得去相信这种胡说八道的事了。"

"也许你说得对。"他表示同意道。 我们调头往回走。

"狄维金斯镇长从华盛顿回来没有？"

"今天早上刚回来，他到店里来取了药。 他说华盛顿到处都是苍蝇，天气特别热。 那种地方居然是我们国家的首都，啊？"

"我想那里的夏天可能的确不怎么舒服，英国外交部说那里是亚热带气候。 他和纽部长谈得有好结果吗？"刚当选不久的狄维金斯镇长在竞选的时候承诺了太多，特地坐火车去华盛顿要求邮电部部长哈利·纽在北山镇设立自己的邮局。

"根本就没见到人。 姓纽的出城到什么地方去了，镇长只好和他的助理见了个面，估计姓纽的在钓鱼吧，不过他觉得很有希望。 话又说回来，狄维金斯镇长什么时候不是满怀希望的呢！"

我们走到了他的药房，邱尔曲太太这时正在柜台后面忙着。 "我得回去看我的病人了，亨瑞。"

"多开点处方笺吧，山姆医生。"

在国庆日的那个礼拜里，我的诊所有点忙，大部分是夏天常有的在农场上意外受伤或是碰到毒常春藤。 和往常一样，没有病人的时候，爱玻也不让我闲着，坚持说这是诊所大扫除的好时候。

"我可没那个兴趣，"我在礼拜四抱怨道，她要清空我木头做的档案柜抽屉，要彻底弄干净，"那改天再做不行吗？"

她矮胖的身子从我办公桌那边绕了过来："现在正是打扫整理的时候，冬天有感冒，春天大家生孩子，到时候哪有时间啊。"

"可是，无论什么时候都有人生孩子。"

"反正，据我观察春天生的多一点。你到这里也有两年半了，山姆医生，这还是我们第一次真正做大扫除呢！要是病人看到你把病历上的蜘蛛网擦掉，他们会作何感想呢？"

这话让我忍不住笑了起来："不至于你说的那么糟糕吧，爱玻。"

"明天晚上你会去听乐队演奏、看烟火吗？"

"当然，你呢？"有时候我会为她感到有点难过，因为，她连一个固定的男伴都没有。"要跟我一起去吗？"

没等我问她第二次，她就连忙说："当然好！"

"也许我们可以先去狄克西餐坊吃点东西。"狄克西餐坊是镇上唯一有好吃东西的小吃店，"我七点钟去接你。"

她的眼睛瞪大了，"我们要坐着你的敞篷车去吗？"自从几个礼拜以前那场喜宴之后，她就对我的那部车痴迷不已——那部我父母送给我当作毕业礼物的一九二一年响箭型黄色敞篷车。

我还来不及回答，外面的铃响了，有病人来了。"我们有约诊的病人吗，爱玻？"

"我去看看是谁来了，今天下午的行事历上是空的。"

她很快就回来了，而且把汤姆·扬乐夫也领了进来。汤姆是当地的房地产商人，最近一直在收购附近的农地，他最终的目的一直让大家说闲话并且担心不已。"山姆医生，"他喘着气说，"你赶紧来帮帮我。"

"你最好先喘过气来，我一直在劝你要减减肥，至少把腰围稍微减小一点。"

"不是我的问题——是狄维金斯镇长，他不肯见我。"

"我能怎么办呢？"

"他取消了今天的会面，原因是他生病了。 是真的吗？"

"在我检查过之前没法给你正确的答案，你说是吧？ 我一直在给他的心脏病开药。 可是，我还没听到他有什么别的不舒服的地方。 会不会是他上个礼拜周末才从华盛顿回来，在那边感染了什么，听说那里的夏天虫子很多。"

"才不是什么虫子让他不见我的！"扬乐夫大发脾气地说，"是我的土地交易。 他知道我礼拜一之前需要得到镇务委员会的批准，他这不是摆明了在拖延时间嘛。"

"什么土地交易呀？"我和其他人一样好奇地问道。

可是，扬乐夫不想谈这件事，又把话题转到狄维金斯镇长的健康问题上。 "你能不能打个电话给他，确认一下他是不是真的病了？"

"如果他生病了，他会主动打电话找我的，你就不能等到明天吗？"

"明天是假日。"

"可是，他明天晚上会去听乐队演奏，他第一次以镇长身份出席国庆庆典，没有什么理由不去。"

"对呀，你提醒我了，"扬乐夫承认道，"我要到那里去见他。"

这时候，爱玻插了进来："你现在先走吧，山姆医生今天非常忙。 本来我根本就不应该让你进来的，因为你没有预约。"

扬乐夫有点畏畏缩缩地退了出去，而她继续清理档案柜的工作。 不知道为什么，这个插曲让我感到很不安。 "你觉得他是想干什么？ 爱玻，买那些土地？ 狄维金斯假装生病而不见他到底是为了什么呢？"

"搞政治的全都一样，"她回答道，"他们对选民躲得远远的，除了竞选的时候。"

我站了起来："来，我请你吃东西。"

我已经养成了这样的习惯了，在空闲的日子里，请爱玻到邱尔曲大夫的药房去吃一杯巧克力冰淇淋苏打。 他那家店就在同一条街上，一个狭长的店面，地上铺着格子花的瓷砖，天花板上是雕花的马口铁皮。 香烟放在左边的玻璃橱窗里，右边是冷饮柜台，冷饮柜台有一排六张高脚凳。 在我们进门的时候，邱尔曲大夫在店后面朝我们挥手。

"提醒我，"爱玻说，"在我们回去之前，我得替我母亲买点金缕梅。"

我坐上一张用缠绕的铁丝当脚而且看起来很脆弱的高脚凳。 "老样子，来两杯巧克力冰淇淋苏打吗？"邱尔曲大夫看着我们问道。

我摇了摇头。 "我今天想要一杯柠檬汽水，亨瑞。"

"给我一杯麦芽牛奶。"爱玻决定道。

"汤姆·扬乐夫刚刚在我的诊所，"我对邱尔曲大夫说，"他为了镇长生病不肯见他而大发脾气。"

"听他说他生病了，"爱玻忍不住纠正了我。

邱尔曲大夫手里的装柠檬汽水的杯子滑了下来，里面的东西全洒在柜台上了。 "该死！ 又报销了一个礼拜的利润！"他另外倒了一杯，放在我面前。 "扬乐夫买那么多地到底要干什么？"

"如果我知道就好了，"我回答道，"也许我们也应该买地。"

我要在回去之前提醒爱玻替她的母亲买金缕梅……

礼拜五的黄昏明亮而爽快，天一直亮到八点多钟才黑。我们那个州是当年美国少数实施日光节约电力的地方，一九一八和一九一九年通过那不受欢迎的法案后，大部分的州都大表拒斥。北山镇附近的农民尽管也是抱怨连连，但不照做行吗？！

差不多快到九点钟的时候，才终于准备开始乐队的演奏了，由身体结实的老罗伊·平克顿率领他制服鲜明的乐手登上音乐台。罗伊在走过的时候轻轻对我说"我会恨死了今天晚上"。而我知道他为什么这么说。罗伊在竞选时候的对手——狄维金斯镇长在今晚的节目中要扮演一个重要角色。

我猜想，这证明了用言语拉到的选票比用音乐拉来的要多得多。

拿着长笛的邱尔曲大夫走过去，我朝他挥了挥手，想着他穿了有铜扣子的制服显得很神气。其他十五位乐手我就都不是很熟了，我只认识他和罗伊·平克顿，他们没有一个是我的病人。而且，我还知道，事实上平克顿从辛角镇找来了好几个人，因为在本地找不到那么多有音乐才华的人。

乐队开始演奏开场曲子的时候，我四下张望着找爱玻。我没看到她，不知道她逛到人群的什么地方去了，却见到汤姆·扬乐夫，他依旧是烦恼不已地向我走来。"我还是没见到狄维金斯镇长。"

"开心点，他马上就会到了。"

乐队正在演奏有些走音的《星条旗进行曲》，远处已经有人架设好了烟火。 蓝思警长和两三个手下则忙着阻止小孩子靠得太近。 夕阳的余晖已经消失了，镇上广场周围的灯亮了起来。

"有没有听说过这个音乐台的故事？"扬乐夫在我身边问道，"就是有一个人在那上面被他们吊死了的事？"

"我听说了，不是真的吧？"

"当然是真的，他们说他的灵魂还——"

人群的外缘响起了一阵欢呼声，我们转过身去，看见狄维金斯镇长和他的太太薇拉正穿过一大群向他招呼问好的人。 狄维金斯到底是搞政治的，他不断地停下来，和每一个人握手。 他其实倒也不是坏人，虽然看起来像波士顿监狱的牢头。 他非常希望有一天能成为国会议员，虽然他上礼拜才走过一次从北山镇到华盛顿的路，但是，这路还长得很呢。

他的太太薇拉个子很高，仪态高雅，看起来比镇上其他女士更优秀一点。 奇怪的是，她们并不因此而讨厌她。 我发现我没法挤到镇长大人面前，就在薇拉经过时伸手碰了一下她的手臂。 "你好，山姆医生。"她说。

"你还喜欢华盛顿吗？"

"那个地方在夏天真是太可怕了！ 我真高兴能回家来。"汤姆·扬乐夫这时想和她说话，可是，她只说："音乐很美，是吧？"说完就迅速走开了。

在响亮的铙钹声中，音乐会的上半场结束了。 乐手们站起身来准备休息。 有几个走到人群中去喝冰啤酒，我觉得镇长在装饰了旗帜的音乐台上致辞的时候就不必留下来了。 可是，罗伊·平克顿，走上前来介绍他的对手，他表现得很有风度。

"女士们、先生们！"他透过麦克风叫道，"在乐队辛苦演奏后休息，而大家在准备看烟火之际，我很荣幸地请到我们的镇长——大卫·狄维金斯大人！"

我后面什么地方有个气球爆了，接着，一个小婴儿的哭声开始响起来，但我们选出的镇长发出的一阵响亮而发自肺腑的喝彩声马上把这些声音淹没了。狄维金斯和他的太太很快地走上音乐台的阶梯。他和罗伊·平克顿握手，而薇拉则向群众挥手致意。在她走下阶梯之后，镇长开始致辞。

"我很荣幸我当选镇长后的第一个国庆是和你们一起共度……"他的声音很有力，他挥手不要平克顿的麦克风，可是，他的脸色苍白，看起来像是病了。但我并不确定，他不是那种有一点小病小痛就会跑去找医生的人。

邱尔曲大夫拿着一杯啤酒从我身边走过："他会讲上一个钟头，我看等他讲完后再放烟火的时候，小孩子都睡着了。"

他说得很在理，我决定想想办法。我一路挤出人群，到了那些小孩子在暗处玩耍的地方，然后，穿过那一片空地到施放烟火的地方。我认得那个叫克里斯的农家青年是负责人，我告诉他说："镇长说开始烟火表演。"

他不太肯定地看着我。"现在？他还在致辞呢，不是吗？"

"现在就开始。"

我刚往音乐台走，走到一半，在我们头顶上爆开了第一枚烟火。狄维金斯镇长话说到一半停了下来，但很快地回过神来说："看来已经开始了烟火秀，各位，我现在把节目现场交回给我的好朋友——罗伊·平克顿，请大家给罗伊和乐队热烈的掌声，好不好？"

群众非常尽责地鼓掌，在一片热情的掌声中，乐队其余的人回到音乐台上，坐下来，拿起他们的乐器。 大多数人都在看天上闪现的红、蓝、白色的火光，而一些年轻男女也在地上放他们自己带来的烟火。

事情就是在这个时候发生的，发生得太突然了，以至于我们都不相信自己的眼睛。

一个人影穿着黑色斗篷，推开了在阶梯上的乐手，冲向镇长。那个人头上戴着头罩，脖子上还垂着一段绳子，右手高举着一把切肉刀。 狄维金斯镇长只觉得疑惑而没有警觉地转过身来面对着他，然后，那把刀深深地刺进了狄维金斯的胸口，女人们在人群中尖叫起来。

戴了头罩的人影转过身来，把那把刀插在被害人的胸膛上。这时候，罗伊·平克顿和其他人都扑上来抓那个凶手。 可是，就在那一刹那，突然出现了一阵让人睁不开眼的强光和一阵浓烟。我们什么也看不见，直到大约十秒钟，等烟散开之后，我看到平克顿和其他乐手站在死者尸体的四周。

这时，已经看不到凶手的踪影了。

我冲上前去，推开仍然挡在音乐台阶梯上的乐手，现场一片混乱，人群里不时地传来尖叫和哭喊声。 在我们头上的夜空中，烟火仍然不停地绽放着。

"刚才那是什么呀？"平克顿追问道，"是鬼吗？"

邱尔曲大夫站在他旁边，手里拿着一个垂吊着的绳圈。 "我抓住了绕在他脖子上的绳子，可是，他就那样消失了！"

我转过去俯在狄维金斯镇长的身子上，伸手去摸他的脉搏，可这似乎是多余的。 那把刀直接插进了心脏，我早知道他已经没有心跳了。 "他消失了，"平克顿用像是敬畏的语气说，"杀他的

291

那个人就这么消失了。"

我直起身来，朝台下远处的蓝思警长叫道："把人群疏散了吧，警长，庆典结束了！"

"发生了什么事？"他朝着音乐台挤过来。

"有人杀死了狄维金斯镇长，而凶手就在我们眼前消失无踪——消失在一阵烟雾里。"

"他妈的！"一个小时后，蓝思警长在他的办公室里大发雷霆。"凶手不可能会在一阵浓烟里消失！ 受私刑而死的人也不会在四十年后复活！"

"当然不会，"我同意道，"这种音乐台闹鬼的说法我跟你一样不相信。"

"那凶手到底是怎么回事呢？"

"等到明天我在太阳光底下检查过音乐台之后，可能会多掌握一些线索。"

爱玻站在窗口，望着外面的街上。 虽然已经很晚了，可大部分人还没有回家，大人围成一个个小圈圈轻声交谈，而孩子们则仍然在不时放一串鞭炮。 "我曾经在波士顿看过一个魔术师的表演，"她主动开口说道，"他就是在一阵烟里消失不见的。"

我表示同意地点了点头："地板上有暗门。"

蓝思警长哼了一声："你怎么会认为音乐台上有暗门呢？"

"有没有早上就会知道了，现在要彻底检查的话，光线不够亮。"

"这个鬼音乐台怎么还会在地板上装暗门？"

"用来当绞首台的。"我对他说。

邱尔曲大夫在外面等着我，他那有铜扣子的乐队制服被烧黑了，晚上这件事还让他很紧张不安。 "我的天哪，山姆医生，他们弄清楚了是怎么回事了吗？"

"什么也没有，"我承认道，"你先告诉我你所看到的。"

"只有这一点——这个人戴着头罩，穿着一件黑披风。 真的，山姆医生，我离他太近了，以至于我都可以碰到他！"他用手挥着熏黑了的乐队制服。

"仔细想想，亨瑞，那个我们都看到的人影有没有可能不是真的？ 只是用什么魔术灯光投射出来的？ 哪怕只有那么一点可能？"

"你不相信我说的吗？ 山姆医生。 他就跟你我一样真实！ 见鬼了，我抓住他的时候，他正拿刀刺向镇长。 我抓住的是他脖子上的绳圈，当他消失不见的时候，我手里还抓着绳圈。 何况投射出来的影像是不可能拿刀刺人的，你也知道。"

"如果那个影像是投射出来的，再引爆烟幕弹或什么之类的东西，站在镇长旁边的人可以用真刀行刺。"

邱尔曲大夫听到我这么说吓坏了。 "见鬼了，山姆医生，我可没离他那么近，罗伊·平克顿比我更近得多。"

"我记得看到他在那里。"我同意道。 想到这一点，我又觉得他毫无问题是有血有肉的，因为我也记得看到那个凶手在阶梯上推开了两个乐队的队员。

"有没有可能是他趁混乱翻过栏杆去了？"

我不这么认为："阶梯被挡住了，台子外四面八方都有人，闪光和烟雾加在一起只让我们大约十秒钟的时间里什么也看不见。 这么短的时间内，除非他不是一个真人，否则，他只能往上或者往下，哪里也去不了。"

"也许这件事我可以帮你调查，"他自告奋勇地说，"我可以替你和蓝思警长拍摄音乐台的照片。"

我差点儿忘了，邱尔曲大夫是北山镇少数几位业余摄影家之一。"也许在那方面，我们确实需要你的帮助。"我说。

在我离开他，沿着那条街向狄克西餐坊走去时，爱玻跑了过来。"等等我，"她叫道，"你不会是打算把我丢下，然后整晚跟蓝思警长在一起吧？"

"不会啦。不过，这样想来，这也许会让那老小子的性情有所改进。不是的，我是想到狄克西去一下，看看还有没有人在那里。"在狄克西餐坊里，你可以在咖啡杯里加一点走私来的威士忌，而我觉得大家今晚可能都有此需要。

我们刚刚走进狄克西餐坊，首先映入眼帘就是汤姆·扬乐夫，他正坐在前面的一张桌子旁。"这件事真可怕，"他说，"他这一死可把我给毁了，我的土地生意签约到礼拜一就到期了。"

"这事确实把他害惨了。"

"抱歉，虽然看起来我像一个没心没肝的人，可是，那是一笔重要的生意。"

"我想警方会很想知道你到底是在做什么样的生意。"

他要爱玻和我跟他坐一桌。"我看这个早晚都得说了。你们知道我一直在买农地。我预备在这里盖一个工厂，现在正和一家新的汽车公司在谈。"

爱玻哼了一声："在北山镇盖汽车工厂！真奇怪为什么没人杀了你！"

"你们听我说，这个时代很快就会让每一个美国家庭都有一部汽车，一部像你有的响箭，山姆医生，或是一辆史塔兹，或是乔登，或是佩卡德。 全国各地都在盖工厂，对北山镇来说，这是一个分享未来繁荣美景的大好机会。"

"在底特律已经有很多了。"

"当然，可是乔登是在克利夫兰生产的。 我不能透露那家公司的名字，但是他们确实要盖两个厂——一个在新英格兰，给东岸用；另外一个在丹佛，给西岸用。"

"你是因为这件事情才需要和狄维金斯镇长谈谈？"

"就是这件事情，我需要这个镇批准把农地改为工业用地。"

"你对汽车的未来看法也许很正确，"我说，"可是，我不认为北山镇是盖汽车工厂的地方。"

这时候，罗伊·平克顿走进门来，他像是某出轻歌剧里的将军那样穿着那一尘不染的乐队制服。 他在我们的桌子前面停了下来，说道："这个晚上真乱！ 出了那么多事，刚刚鞭炮又炸伤了布南迪家的老么。"

我立刻起身问："他在哪里？"

"就在音乐台附近。 不过他们已经帮他包扎好了。"

"我最好还是去看一看，"毕竟，医生才是我的本职工作，侦探只是其次。 我的首要责任就是去看看那个孩子。

爱玻跟着我去，我们发现小布南迪在广场上靠着一棵树坐着。让我想不到的是，薇拉·狄维金斯刚刚把他的手包扎好。 "太好了，山姆医生，你来了，"她说，"最好再看一下我包扎的结果。"

那个小男孩还在哭，我尽可能温柔地检查他受伤的手。 她的急救工作做得很好。 "如果哪天爱玻不干了，我想请你来当护士。"我说。

"谢谢你。"

"我以为你已经回家了。"

"我今晚要住在朋友家，我没法独自面对那空荡荡的房子。可是，我现在还面对不了他们。"

"你没什么事的，"我安慰那个小男孩道，"让你妈妈明天早上打个电话给我。"爱玻牵着他走了，我转回身来对薇拉说："对你先生的事我真的很难过，我对他不太熟，他只是偶尔来看个病。可是，我很喜欢他，我知道你一定很难过。"

"他一直很看重你，山姆医生。"

我拉着钉在树上的一片皱纸做的装饰："他对汤姆·扬乐夫有什么看法？"

"他一直没有认真对待汤姆的事。"

"昨天你先生说他病了，拒绝了与扬乐夫的会面。"

"他是病了，他的胃很不舒服，我原本想找你过来帮他看看。可是，他不让我打电话。"

"原来如此。 呃，那罗伊·平克顿呢？ 有没有因为落选而与你们不和呢？"

"据我所知是没有。"

我抬头看了看教堂的钟："我们两个都该去睡一下了，谢谢你帮忙给小男孩包扎伤口。"

"没什么大不了的。"她回答道。

第二天早上，太阳刚刚升起来，我就回到镇上广场的公园里。我到的时候，那里还没有一个人，用皱纸做的装饰仍然挂在树上和音乐台上，此时却显得特别凄惨。

我爬上音乐台，仔细检查那个戴头罩的凶手消失前所站的地板，那里有一点儿烧黑的地方，还有一些烧焦了的纸屑。可是，没有暗门。地板的木头很结实，我站直了身子，把视线转移到头上的屋顶。可是，在支撑屋顶的木梁上也没有发现一点绳子或铁丝的痕迹。

可是——我们见到的幽灵总会去了什么地方。

"案子解决了吗？"我背后一个声音问道。说话的是蓝思警长，看起来很疲惫，像整晚没睡觉的样子。

"我只是检查了地板，警长，没有暗门。"

"你问我不就得了。"

"那他到底去哪里了呢？"

"你相信鬼的说法吗？"

"我知道，我听说过这个故事了，四十多年前在这里被吊死的那个人。"

蓝思警长很难过地点了点头："我真希望马上就找到别的答案，在波士顿的记者都挤到这里来之前。"他懊恼地四下环顾，"谁他妈的听说过音乐台会闹鬼的？"

"这件事也让我非常困惑，"我说，"除了是怎么做的以外，更想知道为什么要在大庭广众面前，选择在很难逃走的情况下作案？显然，私底下把他杀了既容易又安全得多。"

蓝思还来不及回答，一辆黑色的福特开过来停在街边。薇拉·狄维金斯坐在驾驶座上，向我们招手。我跑了过去，警长跟在我后面。"早，狄维金斯太太。有什么事情吗？"

"我跟你说过，我昨晚住在朋友家。刚刚我回到家里，发现有人趁我不在的时候闯了进去，把侧门的玻璃打碎了。"

"发现有什么东西少了吗？"蓝思警长问。

"好像没少什么东西。可是——呃，我担心会是那个凶手来找我。"

"我去看看，"蓝思说，主要是安慰她，"你要一起吗，山姆医生？"

"好，"我回头看了一下音乐台，"反正在这里也发现不了什么。"

可以很明显地看出玻璃是被人打破了，伸手进去拉开门闩之后，从侧门进入了已故镇长的家里。地板上嵌着踩碎的玻璃，估计是被闯入者踩的。我弯下身去仔细看过，然后进厨房四下看看。"你确定没什么东西丢了吗？"我问薇拉·狄维金斯。

"相当确定，山姆医生。"

我走进客厅。那是一栋很好的房子，大部分北山镇的房子都没有这栋房子大，我还是第一次到这里来。狄维金斯从来没有病得严重到要找医生出诊的地步。

"你的浴室能不能让我看一下？"我突然问道。

她似乎很意外："没问题。在那上面，就在这道楼梯顶上。"

我走进去所见到的第一样东西，就是有一小片碎玻璃在有兽爪形脚印的浴缸旁边的瓷砖地上。"你今天早上进来过吗？"我向她问道。

"没有。"她回答道。

那一小片碎玻璃告诉我那个闯入者进过浴室，而就是这个让我知道了是谁杀了狄维金斯镇长。

半个小时后，当警长和我走进邱尔曲大夫的药房时，有一个小女孩正坐在饮料柜台那边。"现在就吃冰淇淋，是不是还太早了点？"蓝思警长逗着她说，在我们走过时揉了一下她的头发。

邱尔曲大夫站在一张梯凳上，在店铺后面整理架子上的药瓶。
"下来一下好吗？ 大夫，"我问道，"我们有事要和你说说。"

他低头看看我和警长，从他眼睛里我看出来他已经知道我们为
什么找他了。 "有好多工作要做呢。"他咕哝道。

"你最好和我们谈谈，大夫。"我说。

"关于那件命案，山姆医生有些看法。"蓝思警长不动声色
地说。

邱尔曲大夫从梯凳上下来。 "你怀疑是我干的，对不对？"
他问道，此时，他的两手颤抖着。

我点了点头："我知道是你干的，亨瑞，不仅如此，我还知道
你杀他的时间。"

"什么时候？"蓝思警长重复了一遍，一脸困惑的表情，"不
就是在昨晚吗？ 哎，这是有目共睹的呀。"

"你错了，警长。"我说着，两眼一直盯着邱尔曲大夫，"狄
维金斯镇长是昨晚死的，可是真正说起来，在一个多礼拜之前亨瑞
就杀了他，因为亨瑞给错了治他心脏病的药。"

邱尔曲大夫无力地跌坐进一张椅子里，把头埋在两只手里：
"你知道了！ 你怎么可能会知道？"

"从昨晚命案发生之后，我就一直想不明白，为什么凶手要花
那么大的工夫去装鬼，而且在几百个证人面前犯下谋杀案。 这种
做法很危险，很多地方可能会出差错，被逮到的机会很大。 可
是，在你发现因为你的错误，狄维金斯已经将不久于人世之后，就
不得不当众用那样的方式杀了他。 这样，就没有人怀疑他的死
因了。

"你知道，你跟我说过，他上个礼拜到你这里来拿了药。 后来，礼拜四那天我们在你店里，爱玻和我谈起狄维金斯病了，所以没有见汤姆·扬乐夫。 还记得吗？ 当时，这个消息让你不安得打翻了我叫的那杯柠檬汽水。 之所以会让你不安，是因为你怕已经犯下了错误，而我的话证实了你心里想的事。

　　"昨晚有人闯进了狄维金斯的家里，可是，什么也没有偷走，这事让我想到了一点。 我上楼去浴室查看，发现了一小片被那个闯入者带到那里去的碎玻璃。 因为你得把那瓶药从放药的小柜子里偷出来。 所以，你的目标就是浴室，对不对？"

　　邱尔曲大夫抬起头来，我看到他正在哭。 "我犯了一个非常可怕的错误。 他当时一直在谈他去华盛顿的事，我就没那么注意手边的工作。 所以，我错用了一种白色的药粉来压成药片，几天之后，当我看到他的时候，他好像很苍白而且不舒服。 我回到店里查看了一下，这个时候我发现自己可能犯错误了，我还希望我的担心是多余的。 可是，礼拜四那天，你告诉我说他病了，我就知道发生了最坏的事情。

　　"我知道他命在旦夕，可我也救不了他，他已经一个礼拜吃错药了。 即使我去找他，承认事情的真相，也来不及挽救他的性命。 而我的一生包括我家人的生活就会永远毁了。 以后还有谁会拿处方笺来找一个毒死过镇长的药剂师配药呢？"

　　"可是，为什么要用刀刺死他呢？"蓝思警长问道。

　　我替他回答说："这是因为邱尔曲大夫一定得用一种使警方觉得不需要做解剖的奇怪方法杀死他。 当时有几百个目击证人，这样就没有人会怀疑他的死因了。 我希望将来每件凶杀案都必须进行司法解剖，可是，我们这个州还没到那个地步。 大家都认为狄维金斯的死就是看到的那样——在大庭广众面前遭到刺杀，而体内被毒药侵蚀的事就会被大家忽视。"

"他究竟是如何从音乐台上消失不见的呢？"

"他只是除去化装，恢复他的本来面目，并没有消失。 一旦我们知道凶手是谁之后，方法就不证自明了。 邱尔曲大夫曾经告诉过我音乐台闹鬼的传说，从那个时候开始，他就决定加以运用。他在乐队里吹长笛，所以，他一定知道狄维金斯镇长会在乐手中场休息的时候致辞。 我看到他在人群里喝啤酒，可是，我没有注意他回到音乐台上。

"你一定记得凶手是在那些乐队的人都正准备坐回他们的位子，又在放烟火的混乱当中动的手。 就连平克顿在内，谁也不能发誓说当时邱尔曲大夫究竟是不是在音乐台上。 可是，等浓烟散尽之后，他就在那里了，手里还紧抓着那条绳圈，说是从凶手脖子上抓下来的。

"其实，真正的状况远远比我们想象中的简单，我想起今天早上在音乐台上找到的一些烧焦的黑色纸屑时，就可以肯定自己明白是怎么回事了。 在中场休息的时候，邱尔曲大夫走到了那些树后面路灯照不到的地方，在他的乐队制服外面套了一件用黑色皱纸做的披风。 在头上罩了一个挖了眼洞的布头罩，再把一圈绳子绕在脖子上，就扮成了鬼的模样。 然后，他跑上音乐台，用刀刺死镇长。"

"那道闪光和浓烟是怎么回事呢？"蓝思警长问道。

"他在皱纸上洒了镁光粉，大概是黏上去的。 如果你知道他是一个业余摄影家，那么你一定明白他家里肯定有这些东西。 等他给镁光粉点上火，不但镁光让我们什么都看不见，也把那件很薄的纸披风给烧掉了。 然后，他把头罩塞在他的制服底下，再在手上拿着绳圈，伪装成他本来想抓住凶手的样子。"

"你为什么会知道这些呢？"邱尔曲大夫问道，又抬起头来。

"那些烧焦的皱纸，还有你熏黑了的乐队制服。 虽然头罩保护了你的脸部，可是，你的制服被烧了的纸灰弄黑了。 我们应该会以为衣服弄黑是你向凶手扑过去的缘故，可是，你当时承认平克顿比你还靠近。 但是，他的制服却是干干净净的。"

蓝思警长摇着头："像这样的计划实在是要碰运气，这里有很多不确定因素，一旦失手就会有很多差错发生！"

"他的被害人已经快死了，警长。 那却是他唯一的机会，这当然要靠碰运气。"

"来吧，大夫，"蓝思说，"你必须跟我走了。"

靠门口的冷饮柜台边，那个小女孩还在那里坐着。

"你现在该回去了，"邱尔曲大夫对她说，"我要打烊了。"

"你什么时候才会回来？"她问道。

他对警长看了一眼，回答道，"这恐怕要等上很久了。"

"事情的经过就是这样的，虽然那是一九二四年的事了，可是，我想我永远也忘不了那次国庆。"

老医生停了下来，两眼如梦似幻，像在注视着遥远的地方。

"对了，那天早上还有一件事也证实了我的想法是对的。 还记得那块打破的玻璃，还有闯入者带到浴室去的那一小片碎玻璃吗？ 呃，当我们走进药房的时候，看到邱尔曲大夫站在梯凳上，他的鞋跟上还黏着另外一小片碎玻璃。"

"来，让我再给你的杯子斟满。 哎，有回我去坐火车的事我一定没和你说过吧，在路上发生的那件不可思议的窃案？"

（英 彗 译）

神秘消失的空中飞人

"北山镇也举办过很多嘉年华和游园会。"老山姆·霍桑倒了两杯雪利酒,一杯递给客人,"不过,直到一九三五年的夏天,第一个真正的大型马戏团才来到本镇。 那个七月,本镇真是声名鹊起,甚至连哈特福德①、普罗维登斯②和春野市③的人都大老远赶来……"

马戏团的到来是临时决定的,大城市没能按时建好新的游乐场。 所以,比格尔和兄弟马戏团于七月中旬才有档期,屈尊光临北山镇。 他们选择本镇的原因是,道路便利,整个新英格兰南部地区的观众都能轻易来到本镇。 蓝思警长也是直到表演开始前一个月才得到消息,还是看到广告牌和告示贴才知道的。

比格尔和兄弟马戏团是国内第一批搭火车的马戏团之一,却不是乘坐马车四处巡演。 他们要求演出场地临近铁道,还必须得有几英亩大。 这样一来,波普·沃顿的农场刚好能用。 老头子住院后,农场正好空置下来。 波普是我的病人,快七十岁了。 在被风湿病击垮之前,他精神一直很好,整天忙个不停。 沃顿家的儿子麦克不愿意管理农场,他说服老头接受了马戏团的合同,趁农场闲置期间挣几个小钱。

---

① Hartford,美国康涅狄格州首府,保险业之都。
② Providence,罗德岛的首府,也是该州最大的城市。
③ Spring Field,新英格兰地区的缅因州,新罕布什尔州和佛蒙特州都有春野镇,而马萨诸塞州有春野市。 山姆医生系列故事应是发生在马萨诸塞州,所以此处据译者推测,应指马萨诸塞州的春野市。

马戏团搭乘星期一一早的火车到达北山镇。 我答应特迪·蓝思早上七点就带他去看看。 特迪是蓝思警长的外甥，从波士顿来到舅舅家做客。 小家伙的父亲因为大萧条失去了工作，我猜蓝思警长夫妇得照顾他一个夏天，他家也能暂时省下一口嚼用。 小家伙非常活泼可爱，从到北山镇第一天起，就盼望马戏团的到来。

"他们到了没？"他一边往我的敞篷跑车里爬，一边问道。

"应该到了。 我们去看看。"

"山姆医生，你这车真酷。"

"谢谢。"我笑了笑，径直驶向沃顿农场。 想到能看到大象和空中飞人，我简直和特迪一样激动。 并且，还有一种将诊所的工作置于不顾的罪恶快感。

我们没有失望。 汽车爬过最后一个小山坡，首先进入视野的就是两头大象，正帮忙搭建帐篷。 四下忙活的工人有一百人之多。 有些忙着卸车，有些在安放兽笼，还有些在搭建帐篷，挂广告牌。 我把车停好，牢牢拉住特迪的手，生怕他一不小心冲到巨大的象群前。

"欢迎光临。"一个留着八字胡、穿着皮夹克的男人讨好地问道，"带儿子来观看马戏团的演出准备吗？"

"这个，他不是我儿子，但我们的目的你还是说对了。 我是山姆·霍桑医生，在北山镇营业。 这位是特迪·蓝思，警长的外甥。"

特迪和男人握握手。

"我叫乔治·比格尔，"男人一边握手一边说，"这家马戏团就是我开的。"他低头冲特迪咧开嘴笑道。

"认识你很高兴，先生。 我可以见到兄弟先生①吗？"

男人笑出声："孩子，没有叫兄弟的人。 我想你说的是蓝皮兹飞人兄弟。 在演出中你会见到他们——有五弟兄呢。"他指着正在挂起的大广告牌说。 广告牌上印有五个黑发年轻人，在铺满锯末的演出场地上，打着高空秋千飞来飞去，不停地转。 其中一个正放开手里的秋千，向用膝盖挂住另一个秋千的接应者飞去。

"哇呜！"特迪喊道，"你们有小丑吗？"

"小丑？"比格尔看看四周，将刚好在一旁的瘦男人喊过来："哈维，这孩子问我们有小丑没。"

男人转过身，向我们走来，脸上都已经化好了小丑妆。 他沉静地将一只手伸进宽大的袖口，变出一束纸花，递给特迪。 接着他又故伎重演，从另一只袖口里变出一只活兔子。 他将兔子也送给特迪，接着朝我们笑着鞠了个躬，慢慢地离开了。

"他就是小丑哈维，"乔治·比格尔说，"从来不说话，可是总能把人逗乐。"

"他让我高兴极了！"特迪轻轻地抚摸着毛茸茸的小兔子，叫道，"山姆医生，我能将它留下吗？"

"那要问你舅舅、舅妈了。"我只要想到蓝思警长对待宠物小兔的模样，忍不住乐了。

"你们是第一个来访的客人，我们团还准备了其他礼物。"比格尔递给我两张下午演出的门票，"但愿有幸在前排见到二位。"

"我们一定到。"我郑重地说。 原本我没打算当天下午带特迪去看马戏，可看他兴高采烈的模样，的确是不忍拒绝。

---

① 马戏团名为比格尔和兄弟马戏团，既然比格尔是一个人的姓，特迪误以为兄弟也是一个人的姓。

此刻，一个高个美女向比格尔走过来。她长长的黑发已到腰部，闪闪发亮。"这是我妻子希尔达，"他说，"今天下午她将表演裸鞍骑术。"

希尔达向我们敷衍地点了点头，对比格尔说："快来，乔治。拆老虎笼时出了点状况。"

"好吧。我要忙去了，伙计们。晚点见。"

我们留下来看了一会儿野兽明星，又去观看了搭帐篷，接着我就带特迪回家了。下午好戏才正式开演。

蓝思警长和夫人薇拉决定下午和我们一起去看马戏。他们的座位十分靠后，并且在最边上。我和特迪在第四排正中坐着，得意地朝他们挥手。座位都不是真实的椅子——是座位上画线的露天看台——可对特迪来说并不重要，要紧的是，这是他人生中最美好的一天。演出一开头就是马戏大巡游，动物明星和演员们按顺序出场，包括裸鞍骑师希尔达、穿着闪亮紧身裤的空中飞人——蓝皮兹五兄弟。面容哀伤的小丑哈维也在队伍中，仿佛哈勃·马科斯①似的吹着小号。

在最后一组动物明星和演员退场后的时候，乔治·比格尔穿着马戏传统主持戏服，盛装出现在聚光灯中央，向四周观众脱帽，鞠躬致意："欢迎！欢迎各位来到比格尔和兄弟马戏团，让我们在帐篷里一起欣赏精彩的马戏表演！接下来的两小时将会让大家目不暇接、惊喜不断、笑声连连。观赏过程中，大家千万别眨眼。因为不只在三块场地内，甚至大家的头顶上都将会有精彩呈现。首先，让我们欢迎裸鞍女王——让人窒息的希尔达！她将和两匹

---

① Harpo Marx（1888—1964年），著名的喜剧表演艺术家马科斯兄弟中的老二，其表演风格受小丑影响很深。

野马一起，为大家送上让人惊叹的特技骑术表演！"

希尔达骑坐在两匹并排而行的灰马上，姗姗登场。特迪惊叹着睁大了眼，甚至我也忍不住睁大了眼睛，因为希尔达闪亮的演出服十分清凉，露出了她优美身姿的大部分。她表演了非常多的骑术杂技，当她在马背上翻跟斗时，观众席上爆发出雷鸣般的掌声与欢呼声。

骑术表演结束后，五光十色的聚光灯又一次对准舞台入口。哈维带着一群小丑，摇摇晃晃地打闹着出场了。"那不是哈维吗！"特迪认出表演者，拉着我的袖子激动地喊道。

"对，是他。"

哈维从宽大的外套里变出了一只活鸭子。其余的小丑用拳头敲打他时，他假装要摔倒的样子。他似乎认出了我和特迪，专门走上前来，给特迪发了一枚勋章，是用彩色厚纸板做的。接着，他回到铺满锯末的场地中央，另一个小丑拿着橡胶棒子朝他一阵猛打。

忽然，马戏团乐队演奏出激昂的音乐，虽然小丑们还在接着嬉闹，可聚光灯已转向别处，照在迅速出场的五个杂技演员身上。比格尔的声音不知从哪儿传出，通过扬声器响遍全场："女士们先生们，让我们欢迎本次演出的超级明星——飞人蓝皮兹五兄弟！"

五个黑发小伙子向观众鞠躬致意，灯光照在他们闪亮的紧身裤上，闪闪发亮。五个人的裤子颜色都不相同，白色、粉色、蓝色、黄色和绿色。五个人长得很像，一看就是兄弟。比格尔接着介绍道："穿白裤子的这个是阿图罗，粉色裤子的是卢西奥，还有蓝色裤子的古伊塞皮、黄色裤子的皮尔托、绿色裤子的伊格拉治奥。请将热烈的掌声送给他们！"

五兄弟马上开始表演。 他们轻易地通过绳梯爬到帐篷最高处，来到木头搭建的高空平台上。 阿图罗第一个纵身，他跳得又高又远，稳稳抓住了秋千杠，人群中爆发出一片欢呼。 兄弟们一个挨着一个跳上秋千架，在高空中表演着令人瞠目结舌的杂技。 他们表现得十分自信，在一个特别花哨的动作过后，卢西奥和阿图罗落在了安全网上。 观众还是乐呵呵地喝彩，认为这也是表演的一部分。 可能真是表演的一部分也说不准——哈维和小丑们在落网的兄弟俩四周嬉笑打闹着，明显训练有素。 这时，继续在天空中飞来飞去的兄弟三人仍表演杂技，一丝不乱。

　　聚光灯一直照着卢西奥爬上了绳梯。 整个大棚里五彩的灯光亮得晃眼，变幻地、跳跃变化着，让人疯狂。 古伊塞皮和皮尔托叠在一个秋千上，接着向回荡着，在半空中皮尔托惊险地接住了伊格拉治奥。 阿图罗似乎是领头的，现在站在高空平台上，等着空秋千荡回来。 他轻易地接住秋千，向其他三兄弟荡去。

　　过了好久我才发现有什么不对劲，慢慢觉察到问题出现在哪里了。 灯光依旧炫彩、喝彩声和惊呼声连绵不绝、高空秋千依然在来回晃荡、高空杂技继续着——只不过刹那间，表演的五兄弟变成了四个。 我又数了一遍，认真核对着裤子颜色。 蓝色、黄色、白色、绿色。 穿粉色紧身裤那位——卢西奥——消失了。

　　"你看到粉色兄弟了吗？ "我问特迪。

　　"没有。 他去哪儿了？ "

　　"我也不清楚。 可能他掉到安全网里去了。"可我心里明白不是这样。 他们仅仅失手掉落过那么一次。

　　现在，好像表演着的兄弟们也感觉到卢西奥消失了，他们聚在一头的高空平台商讨着。 地面上，乔治·比格尔再次穿着马戏主持服出现了。 "请大家再次为飞人蓝皮兹兄弟送上最热情的掌声!"他大声喊道。

高空中的四兄弟一个挨着一个跳上秋千,荡到空中再优美地跳落到安全网上。 我认真看着,确实是四个人——古伊塞皮、皮尔托、阿图罗和伊格拉治奥。 兄弟们在观众的热情喝彩声中迅速退场。 紧接着,狮笼和虎笼被推了出来,接下来准备表演驯兽。

"你一个人在这里待一会儿好吗?"我问特迪说。

"好,山姆医生。 你要去哪里?"

"就出去一会。 不要走开,待在原位。"我清楚从蓝思警长夫妇的座位能看到他,因此也不是太担心。

我走向铺满锯末的地面,向演员们登场退场的通道走去。 乔治·比格尔没戴帽子,和四兄弟激烈地交谈着。 "发生什么事了?"我问阿图罗,"你弟弟呢?"

"他消失了。"阿图罗摊开手简略地说,"他本来还在,忽然就不见了。"

蓝思警长见到我离开座位,也跟了出来:"怎么了?"

"有个杂技演员似乎失踪了。"

"我记得一开始仿佛有五个人。"

比格尔的妻子,希尔达穿着演出服跑过来:"他的住宿拖车里也没有。"

"我们似乎遇到麻烦了。"比格尔皱着眉头说。

"大活人总不能凭空不见了。"我坚信。 在过去的几年里,我倒是听说过几个例子,可都有精心设计的诡计帮助。 "你发现他不见了是什么时候?"

"一个两周空翻我刚做完,"伊格拉治奥说,"卢西奥原本应该跟在我后面，可我在平台上到处看也没找到他。"

"他会不会是落到网子里去了？"我问。

年龄最大的兄弟阿图罗说："他的确掉下去一次，同我一起。可是，我们都再次爬了上去。"

"我清楚。 我看到他了。"我扭过头对蓝思警长说，"警长，你一定也看到了吧？"

"我记得看到这家伙爬上去了，"他向阿图罗点了点头说，"可是，另外那个家伙就没注意到。"

"好吧，不管怎么样我看到他了。 我看到他爬上去，可不记得之后有没有看到他。 高空秋千那儿倘若灯光不直射，实在有点暗。"

"他没路可逃啊，"比格尔坚持道，"要不然就是他爬到帐篷顶上去了。"

"会不会真是这样？"我向后退了几步，好看清帐篷顶。 但上面一个人也没有。

"不，我随便说说罢了，"比格尔说道，"搭帐篷的帆布紧绷在支柱上，下雨时我们可不愿意帐篷漏水。 并且，高空平台离帐篷顶有十多英尺，倘若他爬上去没人看到是不可能的。"

"无论他出了什么事，总应该有人看到。"警长说，"帐篷里至少有好几百名观众。"

"他会出现的。"希尔达不是很肯定地说。

所有人都呆站着，不知怎么办。 我打算回到特迪身旁，蓝思警长紧紧地跟在后面。 "马戏团的人真奇怪，"他说，"我还记得有一次——"

"警长！"我突然站住脚。

"怎么了？"

他的眼睛盯着兽笼，驯兽师正在扬着鞭子和枪，要猛兽们乖乖待在原地。可是，我却看向帐篷顶。绳梯上没人，高空平台上同样没人。可一架空秋千却来回晃荡着，好像有个隐形的杂技演员正挂在上面。

古伊塞皮和皮尔托迅速爬上绳梯，去看个究竟。他们回到地面上，带来使人十分失望的答案。"也许是风吹的吧。"皮尔托猜测道。

"我不这么认为。晃动十分有节奏，不像是风吹的。并且，我听到了帐篷布拉紧的声音。"我去看特迪，看到他一切都好之后，又一次和蓝皮兹四兄弟一块来到棚外。哈维和小丑们不知从哪儿冒了出来，打算等驯兽表演一结束，就再次登场。

"你有没有看到卢西奥？"比格尔问哈维。哭脸小丑摇摇头，我还是不清楚他会不会说话。

蓝思警长打算回座位，一边走一边念叨，没什么可调查的。但卢西奥·蓝皮兹的神秘消失还是让我困惑。"你觉得表演如何？"回到座位后，我问特迪。

"棒极了，山姆医生。驯兽师让一只老虎跳过了大圈！接着，他将圈点着火，让老虎又跳了一次——从火圈中间跳了过去！"

我眼睛再次回到高空秋千上，它似乎又动起来了。过了不久，当蓝皮兹兄弟最后一次出场时，我注意到他们也发现了。阿图罗带着其他人爬上绳梯，这次的动作好像没有那样轻快，他扭过头看着晃荡的秋千。对于大多数观众来讲，哪怕他们发现了阿图罗的行为，大多数也认为是表演的一部分。但，我知道事情不对劲。

过后，皮尔托跳上一架秋千，接着跳上还在晃动的那一架，稳稳地没一点差错。那之后，表演照常进行下去。直到高空表演结束，也没人提起不见的卢西奥。接着，希尔达又一次骑马登场，带来了整个表演的终幕。一群喧闹的牛仔放起了空弹。

最终，乔治·比格尔的声音又一次从扬声器里响起，宣布表演到此结束，请大家多多宣传。整个演出只持续了一个小时四十分钟，比预计的两小时少了二十分钟。我想是因为卢西奥忽然不见的原因。

散场时，我和坐在边上的观众聊了会儿，确定自己的观察。对，开场时是五兄弟，没人敢确定第五个家伙是如何消失的。每个人都注意到他不见了，而且很好奇。一个女人猜测说，是不是他落网时受伤了，可是有一个老头向她保证，他之后再次爬上了高台。好几个人附和，说是有一个穿粉色紧身裤的家伙再次爬了上去。

蓝思警长和夫人薇拉都敢肯定，阿图罗同样回到了高台上，他们从后排座位上看得十分清楚。

我考虑了一会儿，什么办法也没有。"一开始上去的是五兄弟。有两个人掉了下来，不过又都爬了上去。三个兄弟一直在空中。三个加又爬上来的两个。三加二等于——四？"

"一定是博宣传的把戏。"蓝思警长嘀咕道，"我们不管了。"

警长夫妇、我和特迪一行四人，穿过尘土飞扬的停车场，向我的敞篷车和警长的轿车走去。忽然，我看见一个小丑打扮的男人从马戏团出来，穿过田野，向沃顿家走去。"看啊，"我对警长说，"有情况。"

"站住！"警长大声叫道，"快回来！"

小丑听到后反而加快脚步，跑了起来。 我迅速追上去。 那时我才三十多岁，身体很好。 即使地面坑洼不平，我还是很快追上了他，将他扑倒在地。 "如此着急去哪儿啊？"我抓住他问道。

"我什么也没做，"他说，"放开我。"

蓝思警长追了上来："你是马戏团的小丑？"

他站起来，挣脱我："不，不是。"

"那你被捕了，罪名是非法穿越他人土地。"

"穿越个鬼！"他吼道，忽然间我清楚他是谁了，"我是麦克·沃顿，这块土地是我老爸的。"

蓝思警长很吃惊："那你能否解释一下，为什么打扮成小丑？"我跟他父亲挺熟，可不怎么认识他。

他肩膀垮了下去，将贴在鼻子上的红色橡皮球拧掉，掏出手巾擦着脸上的油彩。 "我——我也不清楚。 我一直就想打扮成小丑试试。 租地给比格尔时，我开了个条件，让他答应我参加小丑表演。"

"人们对我真是知无不言啊。"蓝思警长轻声抱怨道。

"参加小丑表演又不是什么丑事，"我对麦克·沃顿说，"你刚刚跑什么呀？"

"我不愿意被牵扯进去。"他说。

"牵扯什么？"

"那个不见的空中飞人。 我想警方会到处盘问，我看到蓝思警长已经在四下打探了。 我不想老家伙发现我在扮小丑，他会说这太傻了。"

“你如何会知道空中飞人的事？”

“我听哈维说的。”

“哈，原来他会说话，我真高兴。”

“因此，我想在被盘问前快快溜走。”

“你认识卢西奥，就是不见的那家伙吗？”

沃顿耸耸肩："在我看来他们长得都很像。我见过他们五个，和他们聊过，可分不清谁是谁。"明显，急着走开。

“去吧，”蓝思警长道，“倘若我们有其他问题，知道去哪儿找你。”

“好的。”沃顿说着，仿佛挣脱陷阱的狐狸一样，迅速跑开了。

“你觉得他知道详情吗？”我问警长。

“不，我猜测那孩子连几点钟都弄不清。波普·沃顿真走运，碰到这一对笨蛋。”我知道他是说沃顿的女儿伊莎贝拉，很多年前跟私酒贩子跑了，就再也没回来过。

我看着田地那头的空农舍，不知道何时才会再有人住。几个月前麦克就在镇上租了间屋。老爸一住院，显然他不想再承担农活儿的重任。现在那宅子空了下来，没人住。马戏团近在眼前，可欢快的乐曲和孩子们的欢笑没有人听了。

我和警长夫妇、特迪一同回到了警长家，他们邀请我留下来吃个便饭。特迪持续不断地说着马戏团的趣事，根本没注意到发生了怪事。甚至我也开始觉得，好像没什么特别的。不见了的卢西奥也许明天又会出现在镇上，我猜想，可能每次表演他都要消失这么一会儿。

当天有些晚了，我回到公寓，发现在寓所外一个叫杰夫·斯拉特里的记者正在等我。 "我来自《春野报》，"他拿出记者证说，"有人打电话来提供新闻，说今天比格尔和兄弟马戏团表演时，有个空中飞人不见了。"

"你为什么来问我？"我问。

"我去马戏团找过乔治·比格尔，他承认有这回事，还说你能做证。 他说警长也目睹了事件经过。"

我靠近打量面前的年轻人，他戴着软呢帽，领带松松的，可能是模仿大城市记者的装扮。 他竟然没把记者证别在呢帽缎带上，很让我吃惊。 我把听见的一切都告诉了他。

"比格尔说空秋千的确自己晃了起来，好像失踪的空中飞人还在上面，隐形看不见。 这你看到了吗？"

"是的，我看到了。 可能是强风引起的。"

"今天没什么风。"

我耸耸肩："听着，你想怎么写就怎么写。"

"他们说你处理类似的神秘事件很有经验。"

"还好吧。"

"你打算解开这个谜底吗？"

"没人拜托我。 并且，我不觉得这一定是神秘事件。"

"在我看来够神秘了。"

在他准备离开时，我问他："给你们提供新闻的是谁？ 留名字了吗？"

"没有。 提供消息的人说他那时就在马戏团，目睹了整个事件，听声音是个男人。 我认为这个新闻值得跑一趟。"

"是吗？"

"怎么说呢，卢西奥·蓝皮兹依然没找到。 对我来讲这就够了。"

我不再理会他，进了屋。 我想，无论发生了什么，反正与我没关系。 我打开房门，电话正不停地响着。 是护士爱玻，问我今天玩得开不开心。 "特迪喜欢马戏团的野兽吗？"

"野兽、小丑，什么他都喜欢。 诊所里没什么急事吧？"

"没什么重要的。 米切尔夫人老毛病又犯了，我对她说你明天一早去看她。"

"很好。"

"山姆——"

"怎么了？"

"我今晚回家的时候，路过沃顿家。 当时天刚黑，我看见波普·沃顿的房间亮着灯。"

"他不是还在住院吗？"

"当然。 因此我才觉得奇怪。"

"没准是他儿子。 可能他让马戏团的人借宿几天，也许他自己住。"

"明天早上你是直接去米切尔夫人家，还是先来诊所？"

"我要先来诊所。 感谢你的电话，爱玻。"

"山姆，晚安。"

我挂了电话，尝试回忆她从什么时候起不再叫我山姆医生，可想不起来。

次日我一大早就起床了，计划绕道去沃顿农场瞅瞅。 不为别的，只是好奇。 我刚到老木屋，就看见二楼卧室的灯还亮着。 虽然天都亮了，顶灯的光线依然从蕾丝窗帘中透出。 木屋后面，在田地的另一头，马戏团帐篷矗立着，仿佛稀稀疏疏的哨岗。 我隐隐听到远处雄象在闷吼，不过在这里，一切归于宁静。

我认为，也太过安静了。

北山镇的居民不可能整夜亮着灯。

前门没锁，我扭动门把儿，推开门。"麦克！"我大叫着，"麦克·沃顿！你在吗？我是霍桑医生。"

去往二层的楼梯上有一个红色的物体，是麦克的橡皮鼻子。我叫了很长时间也没人回答，于是捡起橡皮鼻子，向二楼走去。主卧室的灯亮着，没有一个人，床上的东西明显没动过。我沿着走廊走向隔壁房间，推开了门。

刚一打开灯，色彩斑斓的装饰就向我迎面而来。房间墙壁刷成了粉色，上面贴满了小丑的画像和照片，看样子大多是从杂志上剪下来的——有马戏团的小丑，有电影里的小丑，甚至还有卡鲁索①扮的普奇雷诺②。在房间中间的地上摊着一堆东西，我原本还以为是穿着小丑服的假人——但是认真一看，我这才发现那是真人，脸向下趴在一大摊已经干掉的血迹里。

"麦克。"我喃喃着弯下腰，将那人翻过来，看看是否还活着。

让我吃惊的是，穿着小丑服的竟然不是麦克·沃顿。我敢确定自己之前仅仅远远见过他——他就是那个不见了的空中飞人，卢西奥·蓝皮兹。

蓝思警长和州警到达犯罪现场，仔细侦查。我一直等到另外

---

① Kalusuo Enrico Cacuso（1873—1921年），意大利那不勒斯著名男高音歌唱家，以演出歌剧世界闻名。

② Punchinello，意大利那不勒斯著名丑角形象，主要特征包括高挺的鹰钩鼻以及装疯卖傻的本领。

几个蓝皮兹兄弟前来认尸。 阿图罗一见到尸体就谩骂起来，古伊塞皮失声痛哭。 四兄弟都确定死者就是他们消失的兄弟。 死因是胸口周围六处锐器伤，起码有一处伤到心脏。 现场没找到凶器。

"我猜测死亡时间是昨晚前半夜。"我对警长说，"等尸检后会更确定。 不过，从干掉的血迹，及昨晚爱玻从诊所开车回家时看到房间内有灯光来判定，死亡时间应该没错。"

"那他失踪后没多久就被害了。"

"的确是这样的。"我说，"在小丑服下，他还穿着粉色紧身裤。"

"可是，他如何从帐篷顶上消失的，大夫？ 我们都看到他爬上去了，谁也没有看见他下来。"

"我有个主意，"我说，"你们最好赶紧去找麦克·沃顿。他好像是头号嫌疑人。"

"他有什么理由？ 昨天之前，他肯定见都没见过死者。"

"我也不清楚。 不过，既然卢西奥昨天跟着凶手回到空宅，其中好像有一丝暗示性的意味。"

"你是说小沃顿和卢西奥是那什么？"

"我也不清楚，警长。 我得先去看看米切尔夫人。 之后，我计划去医院看看波普·沃顿。"

我到圣徒纪念医院时都快要中午了。 我首先到诊所向爱玻报到，接着就去探望波普·沃顿。 他一个人待在病房，人很虚弱，看上去比六十九岁的实际年龄老很多。 我看了看他的病情卡，坐在床边，问他感觉怎么样。

"有时候好，有时候不怎么好。"他回答，声音既小又模糊，"倘若胳膊和腿能动就好了。"

"麦克来看过你吗？"

"好几天没来了。 我想他被农场上的马戏团弄昏了头。"

他目光中满含回忆："所有孩子都热爱马戏团——动物明星、小丑，还有空中飞人，喧哗而色彩斑斓。 我的两个孩子都喜欢马戏团。 我觉得有段时间他们还十分着迷，特别是对小丑。"

"我看到你们家有个房间贴满了小丑的画。"

他的眼睛看着我的眼睛："很疯狂，是吗？ 但是，孩子们没有母亲，只有我。 我认为自己不知道该如何管教小孩。 有时麦克很调皮，我会将他锁在卧室里，但是他会从窗口跳出去。 我不够严厉，总认为对他们来说，失去母亲已经十分惨了。"

"你是不是认为，小丑某种意义上成了母亲的代替品。"

"我也不清楚。 但是，我知道他们这种痴迷不太正常。"老人的眼角流下了泪水，"失去孩子十分痛苦。"

回到诊所，爱玻让我看了春野市下午出版的报纸。 "那个记者杰夫·斯拉特里刚刚来过，将这份报纸留下了。"她说。

报纸头条大标题是"神秘失踪的空中飞人命丧怪诞小丑演出"。

"真够骇人听闻的，"我说，"一定能多卖不少报纸。 或许我该拿去给乔治·比格尔看看。"

"你打算再去马戏团？"

"我还能去哪里？ 倘若抓紧，我还可以赶上下午的演出。"

我赶到的时候演出刚刚开始，表演帐篷四周的停车场塞满了汽车和马车。 卢西奥·蓝皮兹的消失及死于非命一点儿没有影响马戏团的生意，我准备马上去质问比格尔。 可是，路上碰到了蓝皮兹兄弟的老大，阿图罗。 我吃惊地看见他穿着闪亮的紧身裤，明显是准备上场表演。

"演出继续，"他简略地回答我的问题，"毕竟大家都是来看蓝皮兹兄弟的。"

"阿图罗，给我讲讲你弟弟。 他是什么样的人？"

"与其说他是一个男人，不如说他还是一个孩子。 他还不满二十岁。"

"他有女友吗？"我问。

"当然。 很多女朋友。"

"都在演出的镇上？"

"有时候是。 在马戏团里他也有一个女友。 我在他这个年纪时和他一样。"

哈维和小丑们迅速退场，乔治·比格尔穿着主持人服装又一次出现了。 "此刻没时间说话，"我一接近，他就说，"演出完再来找我。"

"不用太久，我就一个问题。 你为什么要选择北山镇？"

"马戏团里有人熟悉本地，觉得来这儿演出不错——我不记得是谁。 医生，让开，行吗？ 希尔达立刻要骑着马过来了。"

我观看了骑术表演，而且第一次认真观看了驯兽演出。 接着我集中精力观察着蓝皮兹兄弟，观察他们在空中表演时光线的变化。 当他们鞠躬离场时，观众席沸腾了。

"你在等我丈夫？"演出完后，希尔达问我。

"对。"

她显得有点担忧："听着，我们不想找麻烦。"

"在我看来你们已经遇到麻烦了。 谋杀总是恼火的事儿。"

"我不是说谋杀，我的意思是——"

忽然乔治·比格尔在她身边出现。"闭嘴，希尔达。"他说，"你太多话了。"观众们慢慢退场，有些人还专门过来要希尔达的签名。

我将她的丈夫拉到一边："比格尔先生，这可是谋杀调查。事情迟早会暴露的。"

"暴露什么？"

"卢西奥·蓝皮兹的失踪是马戏团赢得宣传的把戏，就像蓝思警长刚开始认为的那样。"

"你疯了！"他目光透出害怕，"谋杀算什么宣传方法？"

"我此刻说的不是谋杀，是别的事。 我知道卢西奥失踪的秘密：他和阿图罗摔下高台之后，小丑们全围了上去，扶他们，其中一个小丑替卢西奥穿上了宽大的小丑服，他混在小丑之中退了场。"

"每个人都看到他又爬回了高台。"比格尔反讥道。

"不，不是每个人。 我看见了，特迪看见了，我们座位四周许多人都看见了。 但是坐在后排的观众说，仅仅看到阿图罗爬回去。 演出让人眼花缭乱，观众很难分出什么时候是四兄弟在表演，什么时候是五兄弟全在。 我问我自己，怎么知道卢西奥回到了高台？ 要知道他们看上去都差不多，并且我之前都没见过他们。 唯一一个能分辨他们身份的办法，就是他们穿的紧身裤的颜色。 从我的座位角度看，粉色聚光灯射在阿图罗的白裤子上，让我认为他就是卢西奥。 从蓝思警长座位角度看过去，却知道那就是阿图罗。"

乔治·比格尔想用目光镇压住我，但是他终究还是软下来："好吧，我们的确想博点宣传。 这有什么不对？"

"空秋千后来自己晃动起来，是因为你们绑了黑线偷偷扯动。就像魔术表演一样。"

"对，对。"

"并且，是你给《春野报》的记者打的电话。"

"为什么不呢？ 我还给哈特福德和普罗维登斯的记者都打了电话。 但是，只有《春野报》的家伙来了。"

"谁把那孩子杀了，比格尔？ 你怕他将实情泄露给新闻界？"

"卢西奥就像我的儿子。 我连他一根头发都不会碰。"

我们尴尬地站着，我想了一会儿，决定信任比格尔。 小丑们帮卢西奥消失，并掩护他离开帐篷。 小丑一定是其中的关键。 并且，麦克·沃顿也装扮成了小丑。

我看到哈维安静地站在一旁，叫住了他。 他不仅没过来，反而躲进了演出用的大帐篷。 帐篷里肯定没有一个人。 就在此刻，我忽然明白了真相。

我赶紧追了上去。 "我知道你是谁！"我大声喊，"你跑不掉！"

哈维向对面出口跑去，但是蓝思警长忽然在那里出现，杰夫·斯拉特里紧跟其后。 哈维四周看看，小丑面孔慌乱地扭曲起来。忽然，他顺着绳梯，向高空平台爬去。 我深吸了一口气，追了上去。

"大夫！"蓝思警长大吼，"别去！ 你疯了吗？"

哈维比我爬得快，他爬上平台后，扭过身低头看着我，从衣服下面拿出一把小刀。 蓝思警长说得对——我疯了才追上来。

"得了，哈维，"我轻声说着，爬上平台朝向他，"你已经杀了一个人了。 你不能再沾上鲜血了。"

他面对着我，刀子握得稳稳当当。 我十分小心地向前迈了一步，他挥舞小刀，几乎要划破我胸口。 地面上发生了什么我看不见，同时也听不到。 此时，我的世界里只有小丑哈维一个人。

"你在老宅的旧房间里将卢西奥杀了，"我平静地说，"你这么做是为了什么？"

刀子又一次划过空中，让我不敢靠近。

"你为什么要这么做？"

小丑哈维最后说话了，声音就像耳语："我不是麦克·沃顿。"

"我知道。"说着，我猛地向前一扑，撞到小丑的腰上。 我们一块儿掉下了高台。 我从高空坠落，过程久得仿佛是永恒。 终于，我们落到了安全网上。

小丑哈维是麦克·沃顿的姐姐伊莎贝拉，几年前从家出走。 "离家出走后她加入了马戏团。"后来我告诉蓝思警长，"从她房间里如此多的小丑图片来看，她痴迷了。"

"我还以为那是麦克的房间。"

"麦克装扮成小丑只是为了暂时接近一下他姐姐。 凶案现场的墙壁涂成粉色——从这儿我们就可以看出这是女孩子的房间。 估计波普·沃顿没动她的旧房间，一方面也许是太伤心了，没法动手，另一方面也许是希望她还会回来。 她的确回来了。 比格尔告诉我，是马戏团某个人建议来北山镇演出，我肯定这个人就是伊莎贝拉。 并且，她打扮成小丑哈维时从不说话，正是因为她不想被人发现哈维是一个女人。"

"也可能麦克在他姐姐房间杀人。"警长说。

我摇摇头："波普·沃顿告诉我，有时他把麦克·沃顿锁在房间时，他会翻窗逃走。 因此，麦克的房间一定在一楼。"

"她为什么要杀死卢西奥？"

"阿图罗说过，在马戏团卢西奥有个女友，这个人肯定就是伊莎贝拉。 她带他回到老宅，去看她贴满小丑图片的旧房间。 可能她受到什么刺激，忽然失控——也许正是她最初离家出走的原因。肯定也可能只是出于嫉妒罢了。 阿图罗说卢西奥有时候会在演出的镇上，与当地姑娘暧昧不清。"

蓝思警长哀伤地摇了摇头："波普一定受不了这个打击。"

"警长说得对。"山姆医生总结地说，"警方决定起诉，可那之前伊莎贝拉就疯了，波普也送了命。 倒是麦克一直在，可帮不上忙。 那之后他也逃离了本镇，再没什么消息了。 我不清楚蓝皮兹剩下的四兄弟怎么样了。 但是，我认为乔治·比格尔不敢再搞宣传的把戏了。 而我呢，我再也不敢从高空跳进杂技安全网。 倘若你很快再次光临，我会给你讲一个商业大亨到北山镇附近种植烟草，希望让大家发财的故事。 结局，不光他的发财梦成了泡沫，还有其他东西也随之毁灭。 这个，我要等下次再告诉你。"

（宋晶晶　译）

324

| 名侦探之 |

明智小五郎

Edokawarannbo

【江户川乱步（1894—1965 年）】

日本著名推理作家、评论家。被誉为日本"侦探推理小说之父"，是"本格派"推理的创始人。他原名平井太郎，从小爱读英美侦探小说，毕业后从事过公司职员、书商、记者等十几种职业。1923 年，在《新青年》发表小说《二钱铜币》，而且因仰慕推理小说始祖爱伦坡（Edgar Allan Poe），为自己取了一个日文发音和爱伦坡相近的笔名"江户川乱步"，从此开始了侦探小说创作。代表作有短篇的《D 坡杀人案》《心理测试》等。长篇的有《白日梦》《蜘蛛男》《吸血鬼》《孤岛之鬼》《盲兽》《黄金假面人》《侍人幻戏》《透明怪人》《月亮手套》等。

D 坡杀人案

一、事实

九月上旬的一个闷热的傍晚，我在 D 坡大街中间一家名叫白梅轩的茶馆喝着冷咖啡，当时我刚从学校毕业，尚无职业，因此常常是在寄宿的房中以读书消磨时光，腻了则出去漫无目的地散步，来到这收费低廉的茶馆泡上一阵，每天如此。 白梅轩茶馆距我宿舍较近，又是我出去散步的必经之地，所以我也乐得来这里。 不过，我有个怪毛病，一走进茶馆，屁股上就像长了钉子，坐上好一阵。 我本来食欲就不大，再加上囊中寒碜，自然不敢问津西餐，只能要上两三杯便宜咖啡，默不作声地坐上一两个小时。 我倒无心对女招待调情，或对她有某种意思，大概是这地方比我的宿舍美观一些，令人心情舒畅吧。 这天晚上同往常一样，我要了杯冷咖啡，面对着街，一边细啜慢饮，一边呆呆地望着窗外。

白梅轩所在地 D 坡，先前是做菊花人偶出了名的地方。 最近市里改建，狭窄的街道拓宽，变成通畅大道，马路两旁店门稀落，与今日相比，当时市面比较冷清。 白梅轩对面有一家旧书店，实际上我从刚才就开始看着这家旧书店了。 这间旧书店破陋偏僻，并没有多少景色值得观赏，但我对它却别有一番特殊的兴趣。 最近我在白梅轩新结识一位奇特的男子，叫明智小五郎。 这人语言玄妙，头脑灵活，我欣赏他在于他喜欢侦探小说。 前几天听他说，他童年时的女友现在是这家旧书店的女主人了。 我曾在这家书店买过两三本书，据我的印象这位女主人相当漂亮，倒也说不出漂亮在哪里，只是她属于那种性感的、能够吸引男人的女人而已。 晚上，书店的生意都由她照看。 所以我想，今晚她必定在店里。 小店门面只有四米多宽，看了半天，仍不见那女人出来。 我一边想着她一定会出来，一边目不转睛地向对面观望。

然而，还是不见那女人出来。 我不耐其烦，目光正要转向旁边一家钟表店时，那店里间房门的拉窗"叭嗒"一声关闭了。 这拉门别具一格，在通常应该糊纸的中央，做了两个方格，每个约五公分宽，可以左右自由移动。 书店货物是易被人偷窃的，要经常有人看管，所以，若店面没人照应，通过这格子的缝隙也可以看到。 但此时为什么要关上那格子呢？ 怪哉！ 如是寒冷天气倒也情有可原，可现在是九月，天气闷热，关上格子真让人费解。 大概里面有什么事，我不由得又盯上了。

从茶馆女招待的口中，偶然我也听到关于旧书店女主人的奇特传闻，总之，像在浴池里相遇的妇女或姑娘们咬嘴嚼舌的延续，你说给她听，她又传给了别人。 "旧书店女主人人倒蛮漂亮，但是脱光了衣服哇，那浑身都是伤啊！ 肯定是给人打的，或抓的。 不过他们夫妻两个关系还挺好的，你说怪不怪？""那旁边的旭屋炒面馆女主人身上也有许多伤呢，一定是给人揍的。"……这些市井传言意味着什么呢？ 当时我并未特别留意，我觉得那不过是那家男主人的粗暴而已，但是，各位读者，事情并非如此简单，这件小事与本故事关系重大，读到后面你自然会明白。

闲话少说。 我约莫对着那书店盯了三十分钟，大概是由于一种不祥预感的支使，我的眼睛一直没离开过。 这时，刚才我提到的那位明智小五郎，身穿那件常穿的黑竖条浴衣，晃动着肩膀从窗前走过。 他发觉我在，向我点点头，于是走进茶馆要了杯冷咖啡，在我旁边与我一样面对窗户坐下。 他发觉我总是看着一个方向，便顺着我的视线向对面旧书店望去。 奇怪的是，似乎他也很有兴趣，眼睛一眨不眨地凝视着对面。

如同约好了一般，我们边观望边闲聊。 当时说了些什么，现在大多已经忘记，且与本故事关系不大。 不过，谈话内容都是关于犯罪与侦探，在此仅举一例。

小五郎说："绝对不可破获的案件是不可能的吗？ 不，我认为很有可能。 例如，谷崎润一郎的《途中》，那种案子是绝对破不了的。 纵然小说中的侦探破了案，但那纯粹是作者非凡想象的结果。"

"不，"我说，"我不那么认为。 实际问题如果暂且不谈，从理论上讲，没有侦探破不了的案，只不过现在的警察中没有《途中》所描写的那样全能的侦探而已。"

谈话大抵如此。 瞬间，我们两人同时收住话题，因为我们一直注意的对面旧书店里发生一桩怪事。

"你好像也注意到了？"

我轻声问。 他立即答道：

"是偷书的吧？ 怪啊，我来以后，这已是第四个偷书的了。"

"你来还不到三十分钟，就有四个人偷书，怎么里边就没人出来看一看呢？ 在你来之前我就盯着那个地方，一个小时前我看到那个拉门，就是那个格子的地方关上了。 从那以后我一直在盯着。"

"是里间的人出去了吧？"

"拉门一直没开过，要出去也是从后门……三十分钟没一个人出来，确实奇怪啊！ 怎么样？ 去看看吧？"

"好吧。 即使屋里没发生什么事，外面也许会有的。"

这要是件犯罪案就有意思了，我边想边走出茶馆。 小五郎一定也在这样想，他表现出少有的兴奋。

和一般的书店一样，旧书店内没铺地板，正面及左右两侧的墙壁全被高至天花板的书架排满，书架半腰是便于排放书籍的柜台。

房子中央有一张桌子，上面堆满各种各样的书籍，如同一个小岛。在正面书架的右手空出约一米宽的通道，通往里间，通道上装有先前提到的那个拉门。 书店男女主人平常总是坐在拉门前照看书店的生意。

小五郎和我走近拉门高声叫喊，屋里没人应声，像是没人。我稍微拉开拉门向里面窥视，屋里电灯已熄，黑乎乎的，仿佛房间拐角处有个人躺着。 我觉得奇怪，又喊了一声，依然没人应。

"没关系，我们进去看看。"

我俩咚咚地走进里间，小五郎打开电灯，在这同时，我俩吃惊地发现，房间的角上躺着一具女尸。

"这不就是女主人吗？"我好不容易回过神来，"看样子像被掐死的。"

小五郎走近尸体察看。

"没有希望复活了，必须赶快报告警察。 这样，我去公用电话亭，你在这看守，先不要惊动四邻，那样将会破坏现场。"

他命令式地说道，一边往街上公用电话亭飞奔。

平时议论起犯罪和侦探，我能讲得头头是道。 实际碰上，今天还是头一遭。 我不知如何是好，两只眼睛直愣愣地看着房间。

整个房间有六条日本席大小，再往后面的一间，其右侧隔出一条窄小的走廊，走廊外是个小院，还有厕所，院墙由木板做成——因为是夏天，所有的房门都开着，所以能够一直看到后院。尸体靠近左侧的墙壁，头向着书店，为尽可能地保留犯罪现场，也因为气味难闻，我尽量不接近尸体。 然而，房间狭小，即使不想看那女人，眼光也自然转向那个方向。 那女人身穿中粗格子浴衣，仰面躺着，衣服卷到膝盖以上，腿部完全裸露，没有特别抵抗的痕迹，脖子看不太清，但掐过的地方已经变紫是确实无疑的。

大街上传来行人咔嗒咔嗒的木屐声和高声谈笑声，还有人醉醺醺地哼着流行歌曲，一派太平景象。然而就在这一道拉门之内，一个女人惨遭杀害，横尸内房，真是莫大的讽刺啊！我心中异样，木然伫立。

"马上就到！"小五郎回来了。

"噢。"

不知怎的，我说话有些吃力。之后很长一段时间，我俩四目相对，一言不发。

不久，一位身穿制服的警官和一位西装模样的人赶来，后来才知道身穿制服的警官是 K 警察署的司法主任，另一位从相貌和随身携带的物品即可知，是警察署的法医。我们把情况向司法主任前后叙说了一遍。随后，我补充说：

"这位小五郎君进茶馆时，我偶然看钟，时间刚好是八点半。所以这拉门格子关闭的时间，大约是在八点。那时房间里灯泡还亮着，因此，很显然，至少在八点钟，这个房间里还有活着的人。"

司法主任边听取陈述，边做笔记。法医已把尸体检验完毕，等待着我们谈话结束。

"是掐死的，用手掐的。请看这儿，这里变紫的地方是手指的痕迹，出血的地方是指甲的位置。拇指的痕迹在头颈右侧，看来是用右手干的，是的。死亡时间大约在一小时之内。已经没有希望复活了。"

330

"被人从上面向下按，"司法主任沉思地说，"但又没有抵抗的迹象……大概力量很大而又非常迅速吧？"

他转向我们，询问这家书店男主人的去向。我们当然不得而知。小五郎灵机一动，随即出去叫来隔壁一家钟表店的男主人。

司法主任与钟表店男主人的问答大致如下：

"这店里的男主人到什么地方去了？"

"他每晚都出去，不到十二点不回来。"

"到什么地方？"

"好像常去上野大街，但今晚到什么地方我不清楚。"

"一个小时之前，你有没有听到什么动静？"

"动静？"

"这还不明白吗？就是这个女人被害时的叫喊声，或搏斗声……"

"好像没有听到什么特别的声音。"

谈话间，附近的居民及过路看热闹的人群已把书店门口围了个水泄不通。人群中一位住在另一边隔壁的袜子店女主人为钟表店男主人做证，说她也没听到什么声音。

同时，邻居们在一起商议之后，让一个人去找旧书店男主人。

这时，街上传来汽车停车声，紧接着数人蜂拥而至。他们是接到特别警察紧急报告后立即赶来的检察厅的一帮人，和偶然同时到达的一个警察署署长以及当时的名侦探小林刑警——当然是我事后才知道他的身份的。我有一位朋友做司法记者，他与本案办理人小林刑警交情很深，所以，我从他那里了解到许多关于本案的情况——司法主任向他们报告了至此为止的所有发现，我和小五郎也只好把先前的陈述再说一遍。

"关上临街的窗户！"

突然，一个上穿羊驼呢外衣下着白色西裤的男人高声叫道，并随即关上窗，他就是小林刑警。 他赶退看热闹的人群，即刻开始检查，一举一动简直旁若无人，检察官和警察署长似乎也不在他眼里，自始至终一人动手，其他人好像是专门为了一览他那敏捷的动作而赶来参观的。 他对脖颈周围的检查特别仔细，看后对检察官说：

"指痕没有特征，也就是说除了表明是右手按压的以外，其他别无线索。"

随后，他说要对尸体裸体检查，如同召开秘密会议一般，我们这些旁观者只得被赶到外间。 所以，这期间他们又有了什么新发现，我不得而知，不过，据我的推测，他们一定发现死者身上的许多新伤，一如先前茶馆女招待所说。

不一会秘密解除，但我们仍不便进入里间，只能在拉门外向里面窥望。 幸运的是，我们是案件的发现者，小五郎等一会还要被取指纹，所以我们没有被赶走，或者说被扣留下来更准确。小林刑警的搜查并不限于里间，他也到外间搜查。 虽然我们站在那儿一动不动，不可能看到他搜查的全过程，但幸运的是检察官始终坐镇里间，所以，刑警每次向检察官报告搜查结果，都一字不漏地送入我们耳中。 书记员记下小林的报告，做案情报告笔录。

对死者所在房间的搜查，似乎没有发现罪犯遗留物、足迹或其他东西，只有一个例外。

"电灯开关上有指纹。"小林向硬胶开关上撒着白粉，"从前后情况看，电灯肯定是罪犯熄灭的，你们谁开的灯？"

小五郎回答说是他。

"是吗？ 好吧，等一会取你的指纹。 把电灯开关取下带走，注意不要触摸。"

之后，刑警爬上二楼，在上面待了好一会，下来后又去查看后门胡同。 约十分钟，他带回一个男人，手中的手电筒还在亮着。这男人约四十岁，衣衫污浊。

"脚印已经不行了。"刑警报告说，"可能是日照差，后门路很泥泞，几个木屐脚印根本无法看清。 不过，这个人，"他指着带来的男人说，"他的冰淇淋店开在后门胡同拐弯处，胡同只有一个出口，如果罪犯从后门逃走，必然会被这男子看到。 喂，请你再回答一遍我的提问。"

冰淇淋店主与刑警一问一答。

"今晚八点前后有人出入胡同吗？"

"一个也没有。 天黑以后，猫也没过去一只。"冰淇淋店主的回答很得要领，"我在这儿开店很久了，这个店的女主人，夜间极少从那儿走，因为路不好走，又暗。"

"你店里的顾客中有没有人进胡同？"

"没有。 所有的人都在我面前吃完冰淇淋后，马上就离开了，这是毫无疑问的。"

假如我们相信冰淇淋店主的证词，那么，即使罪犯是从后门逃去，他也没有走这唯一的通路——胡同。 但也没有人从前面溜走啊，因为我们一直在从白梅轩向这里观察，从未离开。 那么，罪犯到底是从哪儿逃走的呢？ 按照小林刑警的推理，罪犯逃走有两种可能，要么他潜入胡同某家有前后门的家中，要么他本人就是租住在某人家中的人。 当然也有可能从二楼顺屋顶逃走，但从二楼调查结果看，临街的窗户没有动过的迹象，而后面的窗户，因为天气闷热，所有人家的二楼都开着门窗，人在阳台上乘凉，从这儿逃走看来是较困难的。

检查人员在一起开会研究新的侦查方针，最后决定分组侦查附近的房屋。前后左右的院落总共也不过十一个，侦查工作并不费事。同时再次对旧书店进行侦查，从屋檐下到天花板内，全部查了个遍。结果不仅没有得到任何线索，反而把事情弄得复杂起来。原来，与旧书店一店之隔的点心店的男主人，从傍晚到刚才，一直在屋顶凉台吹箫，他坐的位置正对着旧书店二楼的窗户。

各位读者，此案越发有趣了。罪犯从哪儿进去，又从哪儿出来的呢？不是后门，不是二楼窗户，当然也不可能是前门，会是哪里呢？抑或如烟气似的消身遁形？不可思议的事并不仅仅如此，小林刑警带到检察官面前的两个学生说得更玄。他俩是某工业学校的学生，寄宿在附近，都不像调皮捣蛋搞恶作剧的人，但他们的陈述使案情愈发不可理解。

对检察官的提问，他们的回答大体如下：

"刚好在八点钟左右，我站在这旧书店前，翻看桌子上的杂志，这时里边响起一个声音，当我抬眼望过去时，这扇拉门关闭了，不过这个格子还开着，透过格子的缝隙，我看到一个站着的男人。但就在我看到的同时，那男人刚好关格子，所以详细情形不清楚。从腰带上看肯定是个男人。"

"你说是个男人，你有没有注意到别的什么？如身高，衣服式样什么的？"

"我只看到腰以下的部位，身高不清楚，衣服是黑色的，可能的话，也许是细条子的，不过，我看到的是黑色。"

"我和他一起在看书，"另一个学生说，"同样听到了声音，看到格子关闭，但是那个男人穿的确实是白衣服，没有条纹的纯白衣服。"

"这可怪了，你们俩必定有一个错的。"

"绝对不错。"

"我从来不说谎。"

两个学生相互矛盾的陈述意味着什么？ 敏感的读者或许能够发现这个问题，实际上我本人就已经发现了。 但检察官和警察们似乎没有注意到这一点，他们没有做更深的考虑。

不久，死者的丈夫，旧书店店主接到通知后返回家中。 他年轻、赢弱，不像个店主。 见到妻子的尸首后，惊慌失措，一句话也说不出来，只有眼泪一滴一滴地往外流。 待他平静些后，小林开始提问，检察官有时也从旁插语，结果却令他们失望，店主全然没有关于罪犯的一丁点线索。 "我们平常与人可无冤无仇啊！"说完，年轻的店主又啜泣不止。 而且，各种调查表明，他从未有过盗窃的劣迹。 店主和店主妻子的历史及其他调查事项，都不存在特别的疑点，并且与本故事关系不大，因而略去。 最后，刑警对死者身上的许多新伤提出质问，店主极度踌躇之后，终于回答说是她自己搞的。 然而，关于其理由，虽经严厉询问，仍得不到清楚的回答。 由于他当天夜里一直在外，即使这是虐待的伤痕，也不会伤害其性命，刑警或许是这样考虑的，因而未予深究。

如此这般，当晚的调查告一段落。 他们留下我和小五郎的住址、姓名，取下小五郎的指纹。 待我们踏上归途，时间已是下半夜一点钟了。

如果警察的侦查没有遗漏而人们的证词也没有说谎的话，这个案子则委实无法解释。 然而，据我事后所知，小林刑警第二天进行的所有调查仍一无所获，较之案件发生的当夜，案情无丝毫进展。 所有的证人都足以信赖，十一栋房子里的人全部没有值得怀疑之处。 对被害者的家乡所进行的调查，也没有发现任何疑点。 至少小林刑警——刚才说过，他被人们誉作名侦探——所做的竭尽全力的侦查，只能得出根本无法解释的结论。 事后我还听说，作为唯一的物证，小林让人带走的电灯开关上，只有小五郎的手印，没有其他任何发现。 也许是小五郎当时手忙脚乱，开关上才留下许多指纹，但全部是小五郎一个人的。 小林刑警认为，或许是小五郎的指纹把罪犯的指纹掩盖消除了。

各位读者，故事读到这里，您是否会做出这样的想象——本案杀人犯并不是人，而是猩猩，或印度毒蛇，我就曾这样想过。 然而东京 D 坡并无此类物种，而且证人明明看到室内有男人的身影。 即使是猿类也该留下足迹，死人脖子上的指痕岂能是毒蛇所为！

闲话休提。 我和小五郎在归途中非常兴奋，海阔天空，谈兴大增，不妨试举一例。

"你知不知道作为小说《黄色的房间》的素材，发生在法国巴黎的 Rose Delacourt 案？ 即使到了百年后的今天，那件杀人案也还是个谜。 今晚的案子，从罪犯没留下足迹这一点来看，不是与那个案子极其相似吗？"小五郎说。

"是啊，真不可思议啊。 经常有人说在日本这样的建筑物里，不可能发生外国侦探小说所写的那样扣人心弦的案件，可我不那么认为，眼前就发生了这样迷离的奇案。 能不能破案我没把握，不过，我想通过这个案子试试我的侦探能力。"我说。

我们在一小巷处道别。不知为什么，小五郎那抖动着肩膀，转过小巷离去的背影给我留下奇怪的印象，那件漂亮的条纹浴衣，在黑暗中显得更加与众不同。

二、推理

十天以后，一天，我前去小五郎的住处拜访。在这十天里，关于这个案子，小五郎和我做了哪些事？想了些什么？得出什么结论？读者可以从今天我和他的谈话中得到充分的了解。

在此以前，我与小五郎只是在茶馆相见，拜访他的宿舍今天还是第一次。以前我曾听他说过这个地方，所以没费什么周折就打听到他的住处。我走到一家香烟店门前，向女主人询问小五郎在不在家。

"啊，在。请等一下，我马上去叫。"

说着，她走到柜台近处的楼梯口，高声叫喊小五郎，小五郎借住在这家二楼，听到喊声应声赶下楼来，看到是我，吃了一惊，说："啊，请上楼！"我跟在他身后走上二楼。他的房间使我大为惊讶，这房间布置很特别，虽然耳闻小五郎很怪，但确实没想到会怪到这种程度。

四条半日本席的铺面上，全都堆满书籍，只有中间露出一小块榻榻米，一摞摞书籍宛如石林，高抵天花。房的四周什么也没有，真让人怀疑，在这间房子里他怎么睡觉？主宾二人甚至无处落座，若不小心，或许会把这书山碰塌。

"实在太挤了。对不起，没有坐垫，请找本软些的书坐吧！"

穿过书山，终于找到一个可以落座的地方。我茫然环顾四周许久。

在此，我应该就这间房子的主人明智小五郎向诸位做一简单的叙述。我与他仅仅是萍水相逢，他有什么经历？靠什么生活？以什么为生活目标？我都一概不晓，只有一点我敢肯定，他是一个无固定职业的游民之一。退一步说，算他是个学究，他也是个行为怪异的学究。他常常说他在研究人，但我终究不明白这话是什么意思。我仅仅知道，他对犯罪案件和侦探有着非同寻常的兴趣，并且具有令人敬佩的丰富的知识。

他与我年龄相仿，不超过二十五岁，身材精瘦，如先前所说，习惯走路晃肩，但这习惯决非英雄豪杰式的。其走路姿势倒使人想起那位一只手不太自由的牧师神田伯龙。从脸型到声音，小五郎与他酷似——没见过伯龙的读者，各位可以想象一位充满魅力，并极富天才的男士，但不一定是美男子——不过，小五郎的头发更长一些，而且茂密蓬乱，似乎要把头发搞得更密。好像一向不讲究穿戴，通常在棉织衣服上扎一条粗布带。

"你来了，我很高兴。从那以后我们很长时间没见面了。D坡的那件案子现在怎样了？警方好像还没有找到罪犯的线索，是吧？"

小五郎同往常一样手揉着头发，目不转睛地看着我。

"其实，我今天到你这儿来，就是要跟你谈这件事。"在不知如何开始之中我开口说道："从那以后，我对本案做了各种考虑，不仅考虑，而且我还做了侦探式的现场调查，并且已经得出结论。今天我想对你通报……"

"噢？你这家伙还真不简单啊！那我倒要详细听听啦。"

在他的眼神里浮现出一种明白了什么似的轻蔑而自信的神色，

这激励起我这颗有些犹豫的心，我开始信心十足地讲下去：

"在我的朋友中有一位新闻记者，他与负责本案的小林刑警是好友。 因此，我通过新闻记者了解到许多警察方面的详情。 不过，警察一直没有侦查方向。 虽然做了各种各样的努力，但都没得到什么有价值的线索，你还记得那只电灯开关吧？ 那对他们也没丝毫用处，那上面只有你的指纹，他们认为大概是你的指纹把罪犯的指纹掩盖了。 我知道他们困惑迷茫，因此我就更热心于我的私人调查。 你想想，我得到了什么结论？ 而且我为什么要在向警察报告之前到你这儿来？

"不知道也没关系。 从案发当日我就发现一个问题，你还记得吧？ 那两个学生关于罪犯的衣服叙述，两个完全相反，一个说黑，一个说白。 眼睛再不好使的人也不会把完全相反的黑白两色搞错。 我不知道警方对此作何解释，不过，我认为这两人的陈述都没错。 你知道为什么吗？ 那是因为罪犯穿着黑白相间的衣服，粗黑条浴衣，出租房中常有的那种出租浴衣。 那么，为什么一人看成黑一人看成白了呢？ 因为他们是从拉门格子的缝中看到的，在那一瞬间，一个人眼睛处于缝隙与衣服白的部分相一致的地方，一个人的眼睛处于与黑的部分相一致的位置。 也许这是难得的偶然，但偶然绝不是不可能，而且在本案中也只能做这种考虑。

"在明白了罪犯的衣服是条纹形状之后，这仅仅缩小了侦查范围，还没有找到确实的证据。 第二个证据是电灯开关上的指纹。我通过我的新闻记者朋友要求小林刑警对指纹——你的指纹——进行了多次检查，结果证实我的想法是正确的。 哎，你有墨汁吗？我想借用一下。"

于是，我给他做了个实验。 首先我用墨汁薄薄地涂在右手拇指上，然后从怀中取出一张纸，按上手印。 等待指纹晾干，再次在同一手指上涂上墨汁，在原来的指纹上，改变手指的方向仔细按下，这样则清楚地显现出相互交错的双重指纹。

"警方以为你的指纹压在罪犯的指纹上，从而消除了罪犯的指纹。 从现在这个实验可以知道，这是不可能的。 无论怎样用力，只要指纹是由线条构成的，线与线之间必然会留下先前指纹的痕迹。 假如前后指纹完全相同，按的方法毫厘不差，各线完全一致，或许后按的指纹可以掩盖先按的指纹，但这是不可能的。 即使可能，对本案来说，其结论仍然不变。

"如果是罪犯熄灭了电灯，那么，他必然会在开关上留下指纹。 假想我就是警察，我在你的指纹线与线之间寻找罪犯留下的指纹，可是一点痕迹也没有。 也就是说，不管是先是后，在那个开关上只按下了你的指纹，——尚不清楚为什么没有留下书店主人的指纹，也许那个房间的电灯打开以后就没人关过。

"以上事实究竟说明了什么呢？ 我这样猜想，一个身穿粗黑条纹的男人——这男人与死者青梅竹马，可以考虑失恋而引起的怨恨是他杀人的动机——你知道旧书店男主人每夜外出，于是，趁他不在家之机袭击了他的妻子。 没有声音，没有抵抗痕迹，说明死者非常了解那个男人。 那男人在充分达到目的后，为了让人们迟一些发现尸体，他熄灭了电灯，然后溜之大吉。 但是，他犯了一个大错误，他事先不知道那道拉门的格子没关闭，而且在惊慌之中关闭时，被偶然站在店前的两个学生看到了。 之后，虽然他已经逃了出去，但他猛然想起熄灯时开关上一定留下了自己的指纹。他想，无论如何也要消除那指纹，但用同样方法再次进入房间又比较危险，于是，他想起一条妙计，自己充作杀人事件的发现者。

这样不仅可以自然地自己动手开灯以消除以前留下的指纹，而且人们谁都不会怀疑发现者就是罪犯，一箭双雕！ 他若无其事地看着警察在现场所做的一切，甚至大胆地做了证词，其结果恰恰如愿以偿，因为五天以后，十天以后，没有任何人来逮捕他。"

在听我这番话时，小五郎是什么表情呢？ 我预料他一定会大为骇然或中途打断我的话。 然而吃惊的却是我，他的面部没有流露任何表情。 虽然平时养成了不露声色的习惯，但此时此刻他也太无动于衷了。 他的手始终插在头发里揉搓着，一语不发。 我想这家伙真麻木不仁，便继续讲述我的最后论证。

"你一定会反问，罪犯是从什么地方进去，又是从什么地方逃走的呢？ 的确，不弄清这个问题，其他的一切都将化为乌有。 遗憾的是，这也没能逃出我的眼睛。 当晚侦察的结果，全然没有发现罪犯逃出的痕迹。 但是，只要杀人，罪犯就不可能不进出，所以，只能做这样的考虑，警察的搜查在某个地方出现了漏洞。 警察似乎对此大费苦心，然而不幸的是，他们却不及我一个青年人的推理能力。

"啊，这话听起来有些狂妄，不过我就是这样想的。 警察已做过严密的调查，因此首先可以不必怀疑附近的人，假使是附近的人，那么他也一定是使用了即使被人看到也不会发觉他就是罪犯的方法逃走的。 也就是说，他利用人的注意力的盲点——仿佛魔术师当着观众的面把一件大物品隐藏起来一般，他把自己隐藏了起来。 因此，我所注意的，是与旧书店一店之隔的旭屋炒面馆。"

旧书店右边是钟表店、点心店，左边是袜子店、炒面馆。

"我曾去炒面馆打听过，案发当晚八点有没有男人到他们的厕所去。 你大概也知道那个旭屋炒面馆，从店堂穿过里间可以走到后头，紧挨着后头就是一个厕所，所以，罪犯装作上厕所走出后门，然后再从后门回来是毫不费事的——冰淇淋店开在胡同入口的拐角处，当然看不到这里——还有，对象是炒面馆，借口上厕所当然极其自然。据说那天晚上，炒面馆女主人不在家，只有店老板一人在店堂里忙乎，所以那是个极理想的时机。你说，这不是个绝妙的主意吗？

"我的调查证实，恰好那时有位顾客借用厕所。很遗憾，旭屋老板一点也记不起那顾客的脸型和装束——我立即通过我那位朋友将这个发现通知小林刑警。让他亲自到炒面馆调查，但同样没有更多的发现……"

我稍稍停顿一下，给小五郎一个发言的机会。以他现在的处境，总不能不说一句话吧？然而，他仍一如既往，依然手搓着头发，装模作样。于是，我只得改变到目前为止，为了对他表示尊敬所使用的间接的表达方式，而采取直接表达了。

"小五郎君，你还不明白我的意思吗？确凿证据表明，罪犯就是你。说心里话，我实在不想怀疑你，然而，所有证据都已具备，我只能做这样的推想……我曾费尽苦心努力在附近居民中寻找身穿粗黑条浴衣的人，然而一个人也没找到。这已是铁的事实。即使有人穿条纹浴衣，也没有完全能与那格子缝隙相一致。而且，巧妙的指纹骗术以及借用厕所的骗术，唯有像你这样的探案学者，其他人谁也没有这个本事。并且，令人怀疑的是，你既然是死者青梅竹马的朋友，当晚调查死者身份时，你就站在旁边，为何对此缄口不语呢？

"现在，唯一的希望，就是你证实你是否有不在现场的证明。然而这已经不可能。你还记得吗？那天晚上返回途中，我曾问你到白梅轩之前你在什么地方？你告诉我，你在附近散步约一小时。即使有人见到你，证明你在散步，但你也有可能在散步途中借用炒面馆的厕所。小五郎君，我的话有错吗？可能的话，我想听听你的辩解。"

各位读者也许会想，在我询问时，奇人明智小五郎是什么反应？他大概已匍伏案头无颜见人了吧？然而，他竟哈哈大笑。这使我不由得心怯起来。

"哎呀，失败，失败啊！我决没有取笑你的意思，不过，你也太幼稚了。"小五郎辩解似的说，"你的想法很有趣，但可惜啊，你的推理只注意到表面，而且是纯物质的。譬如说，关于我与那女人的关系，你有没有做过内部心理性调查？究竟我们是怎样一个青梅竹马关系？以前我与她是否有过恋爱？我现在是否恨她？你有没有进行过这方面的推测呢？那天晚上，为什么我没有说我与她相识？其理由非常简单，因为我并不知道任何能够具有参考价值的事……还在没上小学时，我就与她分手了，从此再也没有见过面。"

"那么，指纹你又作何解释呢？"

"你以为从那以后我什么都没做吗？其实，我做了许多努力，我每天都到 D 坡上去观察，特别是旧书店。我找到店老板，询问许多问题——当时我告诉他我认识他妻子，这样就便于我向他们提问——就如你通过新闻记者了解到警察许多情况一样，我从旧书店老板那儿问到许多问题，刚才提到的指纹问题，待会儿你就可以明白。我也觉得奇妙，调查之后，哈哈哈，这完全是个笑话，灯丝断了，谁也没去关它。认为是我按了开关电灯才亮，那是个错误。当时，一度断掉的灯丝恰巧又突然连接上了。因此，开关上自然也就只留下我的指纹。 你说你从缝隙中见到电灯亮着，灯丝断线也就在其后，因为灯泡已旧，即使没有任何东西碰撞，它也会自动断线。 下面再说罪犯衣服的颜色，与其由我说，不如——"

说着，他从身边的书堆里东扒西找，一会找出一本陈旧的西洋书。

"你读过这本书吗？ 《心理学与犯罪》，请你看看'错觉'一章开头十行。"

听着他充满自信的议论，渐渐地我开始意识到我的失败。 于是，我立即接过书读了起来，内容大致如下：

> 曾有一件汽车犯罪案。在法庭上，两个举手宣誓陈述事实的证人，一个人说发案的道路非常干燥，尘土飞扬，一人说下雨之后道路泥泞不堪；一个说发案的汽车徐徐行驶，一个说从未见过开那样快的车；前者陈述村庄道路上只有两三个人，后者做证说男女老幼行人熙攘。此两证人都是当地受人尊敬的绅士，歪曲事实显然对他们毫无意义。

待我看完之后，小五郎又翻动着书说：

"在实际生活中确有此事。 下面是'证人的记忆！'一章，在这一章的中间部分，写着预先作好计划的实验内容，恰好这里有关于服装颜色的论述。 可能你觉得麻烦，不过，还是请你读一下。"

其文如下：

> ……举一个例子，前年（该书于一九一一年出版）在哥廷根召开了由法学、心理学及物理学学者参加的学术讨论会。与

会者皆谙熟于缜密地观察。此时适逢狂欢节，人们欢闹异常。正当学究们的会议进行到热烈之时，突然大厅门被打开，一个身穿怪异服装的丑角，发疯似的冲了进来。紧接着，一个黑人手持手枪追赶而来。在大厅中央，两人相互用严厉的语言斥责对方。不一会儿，丑角突然躺倒在地，黑人刚要站在他身上跳舞，随着叭的一声枪响，两人忽地逃遁于大厅之外。全部经过二十秒钟。众人骇然。除大会主席外，谁也不知道这些语言、动作事先都做过安排，并且对此现场拍了照片。大会主席说，此类问题经常告到法庭，请各位会员写出自己正确的记忆。此时，与会代表方恍然大悟（中略，这期间他们用百分比来表示各自正误的程度）。写对黑人头戴什么的，四十人中只有四人。关于服装的颜色，更是无奇不有，红色、茶色、条纹、咖啡色及其他各种色调，不一而足。实际上，黑人下穿白色裤子，上穿黑色西装，系着一条红色大领带。……

"如同本书所说，"小五郎开始说话，"人的观察和记忆实际上是不可靠的。 在本例中，连学者们也分不清衣服的颜色。 我认为，那天晚上学生关于服装的记忆是错误的，也许他们看到了某个东西，但那人根本没穿什么黑竖条纹浴衣。 自然也就不是我。 透过格子的缝隙看到了你所想象的黑竖条纹浴衣，这推进真是难得的精妙，不过，这未免太一厢情愿了吧？ 至少，你是宁愿相信那种偶然的巧合，也不愿相信我的清白。 最后一点，就是借用炒面馆厕所的男人。 关于这一点，我与你有相同的考虑。 确实，除旭屋之外，罪犯没有别的出路。 因此，我便去实地调查，结果很遗憾，结论与你完全相反。 实际上根本不存在借用厕所的男人。"

也许读者已经注意到小五郎既否定证人的证词，又否定罪犯的指纹，甚至要否定罪犯的出路，进而证明自己无罪。但这并不能否定犯罪的事实。我一点也不明白他在想些什么。

"那么，你有罪犯的线索吗？"

"有。"他搓着头皮说，"我的方法与你稍有不同，物质的证据可以因解释的方法不同而得出不同的结论。上面的侦探方法，应该是心理式地看透人的内心。这就要凭侦探本人的能力啦。总而言之，这次我是以此为重点而加以调查的。

"最初引起我注意的，是女店主身上的新伤。其后不久，我又听说炒面馆女主人身上也有同样的新伤，这你是知道的。但他们两对夫妻的丈夫决非粗暴之徒。于是，我找到旧书店的老板，想从他口中探知其中奥秘。因我与他死去的妻子以前相识，因此，他并没有多少戒心，事情较顺利，并且打听到一个奇特的事实。但炒面馆老板仅凭外观就可看出他相当强硬，所以，对他的调查颇费些周折。不过，我采取了另一种方法，事情很成功。

"你是否知道目前犯罪侦查方面已开始使用心理学上的联想诊断法？就是，给嫌疑者以许多简单的刺激性语言，以测试嫌疑者对语言概念联想速度的快慢。我认为如心理学家所说，并不仅仅局限于'狗''家''河'之类简单的刺激语，也没有必要经常借助于天文计时器。对于领悟到联想诊断真谛的人来说，这种形式要不要无所谓。过去的各种判官、名侦探就是明证，那时没有今天这样发达的心理学，他们只是依靠他们天赋的才能，于不知不觉中实行了心理学的方法。大冈越前守就是他们杰出的代表。在小说中，大名鼎鼎的福尔摩斯也是如此，他们都在某种程度上使用了联想诊断法。心理学家所创造的各种机械的方法，只不过是为那些不具备天才洞察力的凡夫俗子所准备的。 话说远了。 我向炒面馆老板问了许多问题，都是些无聊的闲话，我在研究他的心理反应。 这是个非常微妙的心理问题，相当复杂，所以，对详细的问题必须慢慢询问。 总之，结果使我确信一个事实，就是说我发现了罪犯。

"但却没有一件是物证，因此，还不能向警察报告。 即使告诉了他们，他们也不会理睬。 我明明知道谁是罪犯而袖手旁观还有另一个理由，因为这次犯罪完全没有恶意。 这种说法有些离奇，但这次杀人事件确实是在罪犯与被害者相互同意的情况下进行的，或许也可以说，是根据被害者自己的要求进行的。"

我的头脑中掠过各种想象，但终不能理解他的思想。 我忘记了自己失败的羞耻，侧耳倾听他奇异的推理。

"我以为，杀人者是旭屋的老板！ 为了逃避罪责，他回答说有个男人借用厕所。 但这并不是他的发明，而是我们的错误。 因为你我都曾问过他是否有人来过，给了他启示，而且他也误以为我们是刑警。 他为什么犯了杀人罪呢？ 从这个案子里，我清楚地看到，在表面极其平静的人生背后，还隐藏着十分凄惨的秘密，真是只有在噩梦的世界里才能够看到啊！

"原来旭屋老板是个强烈的 SQ 虐待狂①，真是命运的恶作剧，旧书店的老板娘是个 SQ 被虐待狂。 于是，他们以病者特有的巧妙，在谁也不知道的情况下发生通奸——你现在明白我所说杀人的含义了吧？ ——最近，他们各自强迫不解其中趣味的丈夫和妻子来满足他们病态的欲望，两个女人身上的新伤就是证据。 他

---

① Sex Quotient 的缩写。 此处指性虐待狂。

们当然不可能得到满足。 所以，我们不难想象，在他们发现近在咫尺的邻居中有他们所需要的人时，他们之间相互理解的速度是何等迅速。 但命运的恶作剧演过了头。 由于被动和主动力量的合成，他们的狂态逐渐加倍，最后，于那天夜里发生了这件他们根本不愿发生的事件。"

听着小五郎独特的结论，我浑身不觉一阵惊颤，这是件什么案子啊！

这时，楼下女主人送来晚饭，小五郎接过报纸，翻阅起社会版。 不一会儿，他暗自叹了口气。

"看来他终于忍耐不住，自首了。 真是奇妙的巧合，恰好在我们谈话之时接到了这份报纸。"

我顺着他手指的地方，看到一道小标题。 约有十行字，刊载炒面馆老板自首的消息。

（夏 勇 译）

心理测验

一

露屋清一郎为什么会想到这将来可以记上一笔的可怕的恶事，其动机不详。 即使了解他的动机，与本故事也无关紧要。 从他在某大学半工半读来看，也许他是为必需的学费所迫。 他天分极好，且学习努力，为取得学费，无聊的业余打工占去了他的许多时间，使他不能有充分的时间去读书和思考，他常常为此而扼腕痛惜。 但是，就凭这种理由，人就可以去犯那样的重罪吗？ 或许因为他先天就是个恶人，并且，除学费之外，还有其他多种无法遏止的欲望？ 这且不提，他想到这件事至今已有半年光景，这期间，他迷惑不安，苦思冥想，最后决定干掉他。

一个偶然的机会，使他与同班同学斋藤勇亲近起来，这成了本故事的开端。 当初他并无歹意，但在交往中，这种接近已开始带有某种朦胧的目的；而且随着这种接近的推进，朦胧的目的渐渐清晰。

一年前，斋藤在山手一个清静的小镇上，从一户非职业租房人家中租了间房子。 房主是过去一位官吏的遗孀，不过她已是年近六旬的老妪。 亡夫给她留下几幢房屋，靠着从租客那里取得的租金，她可以生活得舒舒服服。 她没儿没女，只有金钱才是她唯一的依靠，所以一点一点地攒钱成了她生活中最大的乐趣。 她对确实熟悉的人才出租房子，且租金不高。 把房子租给斋藤，一是为了这都是女人的房子里有个男人比较安全，二来也可以增加收入。无论东西古今，守财奴的心理是一脉相通的，据说除表面上在银行的存款外，大量的现金她都藏在私宅的某个秘密的地方。

这笔钱对露屋是一个强烈的诱惑。 那老太婆要那笔巨款一点价值也没有。 把它弄来为我这样前程远大的青年作学费，还有比这更合理的吗？ 简而言之，他的理论就是如此。 因此，露屋尽可能地通过斋藤打听老妪的情况，探寻那笔巨款的秘密隐藏地点。不过，在听斋藤说出偶然发现那个隐藏点之前，露屋心中并没有什么明确的想法。

"哎，那老婆子想得真妙，一般人藏钱大多在房檐下，或天花板里，她藏的地方真叫让人意外。 在正房的壁龛上放着个大花盆你知道吧？ 就在那花盆底下，钱就藏在那儿，再狡猾的小偷也绝不会想到花盆底会藏着钱。 这老婆子可以算个天才守财奴啦。"

斋藤说着，风趣地笑了。

从此以后，露屋的想法开始逐渐具体化。 对怎么样才能把老妪的钱转换为自己的学费，他对每一种途径都进行了各种设想，以考虑出万无一失的方法。 这是一件令人费解的难题，与此相比，任何复杂的数学难题都相形失色，仅仅为理清这个思绪，露屋花了半年时光。

不言而喻，其难点在于避免刑罚，伦理上的障碍，即良心上的苛责，对他已不成什么问题。 在他看来，拿破仑大规模地杀人并不是罪恶，有才能的青年，为培育其才能，以一只脚已踏进棺材的老太婆作牺牲是理所当然的。

老妪极少外出，终日默默坐在里间榻榻米上。 偶尔外出时，乡下女佣人则受命认真看守。 尽管露屋费尽心机，老妪的警惕仍无机可乘。 瞅准老妪和斋藤不在的时候，欺骗女佣让她出去买东西，乘此机会盗出花盆底的钱，这是露屋最初的想法。 但这未免太轻率。 即使只是很少一段时间，只要知道这个房间里只有一个人，那就可能造成充分的嫌疑。 这类愚蠢的方案，露屋想起一个打消一个，反反复复整整折腾了一个月。 可以作出被普通小偷偷盗的假象来蒙骗斋藤或女佣，在女佣一个人时，悄悄溜进房中，避开她的视线，盗出金钱；也可以半夜，趁老妪睡眠之时采取行动。 他设想了各种方法，但无论哪种方法，都有许多被发现的可能。

唯一的办法，只有干掉老妪。 他终于得出这一恐怖的结论。 他不清楚老妪藏有多少钱。 但钱的金额还不至于让一个人从各个角度考虑，执着地甘冒杀人的危险。 为了这有限的金钱，去杀一个清白无辜的人，未免过于残酷。但从社会的标准来看，即便不是太大的金额，对贫穷潦倒的露屋来说却能够得到充分的满足。而且，按照他的想法，问题不在于钱的多少，而是要绝对保证不被人发现。为了达到这个目的，无论付出多大的牺牲也在所不惜。

乍看起来杀人比单纯的偷盗危险几倍。但这不过是一种错觉。当然，如果预料到要被发现而去做的话，杀人在所有犯罪中是最危险的。但若不以犯罪的轻重论，而以被发现的难易作尺度的话，有时（譬如露屋的情形）偷盗倒是件危险的事。相反，杀死现场的目击者，虽残酷，却不必事后提心吊胆。过去，大杀人犯杀起人来平心静气干净利索，他们之所以不被抓获，则得助于这种杀人的大胆。

那么，假如干掉老妪，结果就没有危险？对于这个问题，露屋考虑了数月，这期间他做了哪些考虑，随着本故事的进展，读者自然会明白，所以暂略不赘。总之，在精细入微的分析和综合之后，他最终想到了一个滴水不漏、绝对安全的方法，这方法是普通人所不能想象到的。

现在唯一的是等待时机，不过，这时机来得意外地快。一天，斋藤学校有事，女佣出去买东西；两人都要到傍晚才能回来，此时正是露屋做完最后准备工作的第二天。所谓最后的准备工作（这一点需要事先说明）就是确认，自从斋藤说出隐藏地点后，半年之后的今天钱是否还藏在原处。那天（即杀死老妪的前两日）他拜访斋藤，顺便第一次进入正房，与那老妪东拉西扯地聊天，话题逐渐转向一个方向，而且时不时地提到老妪的财产以及她把那笔钱财藏在某个地方的传说。在说到"藏"这个字时，他暗中注意着老妪的眼睛。 于是，像预期的效果一样，她的眼光每次都悄悄地注视壁龛上的花盆。 反复数次，露屋确信钱藏在那儿已毫无疑问。

二

时间渐渐地到了案发当日。 露屋身着大学制服制帽，外披学生披巾，手戴普通手套，向目的地出发。 他思来想去，最后决定不改变装束。 如果换装，购买衣服，换衣的地点以及其他许多地方都将会给发现犯罪留下线索。 这只能使事情复杂化，有害而无益。 他的哲学是，在没有被发现之虞的范围内，行动要尽量简单、直截了当。 简而言之，只要没有人看见他进入目的地房中就万事大吉。 即使有人看到他在房前走过，这也无妨，因为他常在这一带散步，所以只要说句当天我在散步即可摆脱。 同时，从另一角度看，假如路上遇上熟人（这一点不得不考虑），是换装好，还是日常的制服制帽安全，结论则不言而喻。 关于作案时间，他明明知道方便的夜晚——斋藤和女佣不在的夜晚——是能等到的，为什么偏偏选择了危险的白天呢？ 这与着装是同样的逻辑，为的是除去作案的不必要的秘密性。

但是，一旦站到目的地房前，他便瞻前顾后，四处张望，同普通盗贼一样，甚至有过之而无不及。 老妪家大院独立而居，与左右邻居以树篱相隔。 对面是一家富豪的邮宅，水泥围墙足有百米多长。 这里是清静的住宅区，白天也时常见不到过路行人。 露屋艰难地走到目的地时，老天相助，街上连条狗都看不到。 平时开起来金属声很响的拉门，今天露屋开起来顺顺当当毫无声响。 露屋在外间的门口以极低的声音问路（这是为了防备邻居）。 老妪出来后，他又以给她谈谈斋藤的私事为借口，进入里间。

两人坐定后，老妪边说女佣不在家，我去沏茶，边起身去沏茶。露屋心中正等待此刻的到来。待老妪弯腰拉开隔扇时，他猛然从背后抱住老妪，（两臂虽然戴着手套，但为了尽量不留指纹，只能如此）死死勒住老妪的脖子。只听老妪的喉咙"咕"的一声，没有太大的挣扎就断了气。唯有在痛苦的挣扎中抓向空中的手指碰到立在旁边的屏风。这是一扇对折的古式屏风，上面绘有色彩鲜艳的六歌仙，这一下刚好无情地碰破了歌仙小野小町的脸皮。

确定老妪已经断气后，露屋放下死尸，看着屏风的残点，他有点担心，但仔细考虑之后，又觉得丝毫没有担心的必要，这说明不了任何问题。于是，他走到壁龛前，抓住松树的根部，连根带上一块儿从花盆中拔出。果然不出所料，盆底有个油纸包。他小心翼翼地打开纸包，从右口袋中掏出一只崭新的大票夹，将纸币的一半（至少有五千日元）放入其中，然后将票夹放入自己的口袋，把剩余的纸币仍包在油纸里，原样藏入花盆底。当然，这是为了隐瞒钱被盗的痕迹。老妪的存钱数只有老妪一人知道，虽然只剩下一半但谁也不会怀疑钱已被盗。

然后，他将棉坐垫团了团，塞在老妪的胸前（为防备血液流出），从右边口袋里掏出一把大折刀，打开刀刃，对准老妪的心脏咔嚓一声刺去，搅动一下拔出，然后在棉坐垫上擦净刀上的血迹，放入口袋中。他觉得仅仅勒死还会有苏醒的可能，他要像前人一样，刺其喉而断其气。那么，为什么最初没有用刀呢？因为他害怕那样自己身上会沾上血迹。

在此必须对他装钱的票夹和那个大折刀做一叙述。这是他专为这次行动，在某个庙会的露天小摊上买到的，他看准庙会最热闹的时间，在小摊顾客最多的时候，按价目牌付款、取物，以商人及顾客无暇记忆他面孔的速度迅速离去。 而且，这两件东西极其平常，没有留下任何印记。

露屋十分仔细地查清没有留下任何线索之后，关上折扇，慢慢走向前门。 他在门边蹲下身，边系鞋带，边考虑足迹。 这一点无须担心。 前门的房间是坚硬的灰泥地，外边的街道由于连日的艳阳天而干爽无比。 下面只剩下打开拉门走出去了。 但是，如果在此稍有闪失，一切苦心都将化为泡影。 他平心静气，极力倾听街道上有无足音……寂然无声，只有什么人家的弹琴声悠然地奏着。他横下心，轻轻地打开门，若无其事地像刚刚告辞的客人一般，走了出去。 街上一个人影也没有。

在这一块住宅区，所有街道上都很清静。 离老妪家四五百米处有一神社，古老的石头围墙面临大街伸延好长一段距离。 露屋看了看确实没有人，于是顺手把凶器大折刀和带血的手套从石墙缝中丢入神社院内。 然后溜溜达达向平常散步时中途休息的附近一个小公园走去。 在公园，露屋长时间悠然地坐在长椅上观望孩子们荡秋千。

回家路上，他顺便来到警察署。

"刚才，我拾到这个票夹，里面满满地装着一百日元的票子，所以交给你们。"

说着，他拿出那个票夹，按照警察的提问，他回答了拾到的地点和时间（当然这都是可能发生的）和自己的住址姓名（这完全是真实的）。 他领到一张收条，上面记有他的姓名和拾款金额。 的确这方法非常麻烦，但从安全角度讲最保险。 老妪的钱（谁也不知道只剩一半）还在老地方，所以这票夹的失主永远不会有。 一年之后这笔钱必然回到他的手中，那时则可以毫无顾忌地享用了。精心考虑之后他决定这样做。 假如是把这钱藏在某个地方，有可能会被别人偶然取走。 自己拿着呢？ 不用说，这是极其危险的。不仅如此，即使老妪的纸币连号，现在的做法也万无一失。

"神仙也不会想到，世间还有偷了东西交给警察的人！"

他抑制住欢笑，心中暗悦。

翌日，露屋和往常一样从安睡中醒来，边打着哈欠，边打开枕边送来的报纸，环视社会版，一个意外的发现使他吃了一惊。 但这绝不是他所担心的那种事情。 反而是他没有预料到的幸运。 朋友斋藤被作为杀人嫌犯逮捕了。 理由是他拥有与他身份不相称的大笔现金。

"作为斋藤最密切的朋友，我必须到警察署询问询问才显得自然。"

露屋急忙穿起衣服，奔向警察署。 与昨天交票夹的是同一地方。 为什么不到别的警察署去呢？ 这就是他无技巧主义的精彩表现。 他以得体的忧虑心情，要求与斋藤会面。 但正如他预期的那样，没有得到许可。 他一再询问怀疑斋藤的原因，在一定程度上弄清了事情的经过。

露屋做出如下想象：

昨天，斋藤比女佣早到家，时间在露屋达到目的离去不久。这样，自然他发现了尸体。 但就在立刻要去报案之前，他必定想起了某件事，也就是那个花盆。 如果是盗贼所为，那里面的钱是否还在呢？ 出于好奇心。 他检查了那个花盆，可是，钱包却意外地完好无缺。 看到钱包后，斋藤起了恶念。 虽说是想法肤浅，但也合乎情理。 谁也不知道藏钱的地点，人们必然认为是盗贼杀了老妪偷去了钱，这样的事情对谁都有强有力的诱惑。 然后，他又干了些什么呢？ 若无其事地跑到警察署报告说有杀人案，但他太粗心，把偷来的钱竟毫无戒意地塞在自己的缠腰布里。 看样子他一点没想到当时要进行人身搜查。

"但是，等一等，斋藤究竟怎么样辩解的呢？ 看样子他已经陷入危险境地。"露屋对此作了各种设想，"在他腰中的钱被发现时，也许他会回答：'钱是我自己的。'不错，没有人知道老妪财产的多寡和藏匿地点，所以这种解释或许能成立。 但金额也太大了！ 那么，最后他大概只得供述事实。 不过，法院会相信他吗？ 只要没有其他嫌疑人出现，就不能判他无罪，搞不好也许要判他杀人罪，这样就好了。 ……

"不过，预审官在审讯中或许会搞清楚各个事实。 如他向我说过老妪藏钱的地点。 案发二日前我曾经进入老妪房中谈了半天，还有我穷困潦倒，连学费都有困难等等。"

但是，这些问题在计划制定之前，露屋事先都认真考虑过。而且，不管怎样，再也别想从斋藤口中说出更多对露屋不利的事实来。

从警察署回来，吃过早餐（此时他与送饭来的女佣谈论杀人案），他与往常一样走进学校。 学校里到处都在谈论斋藤。 他混在人群中扬扬得意地讲述他从别处听来的新闻。

三

读者诸君，通晓侦探小说精髓的各位都知道，故事绝不会就此结束。 的确如此。 事实上，以上不过是本故事的开始。 作者要让各位阅读的是以后章节。 即露屋如此精心筹划的犯罪是如何被发现的？ 其中的经纬曲直如何？

担任本案预审的审判员是有名的笠森先生。 他不仅是普通意义上的名审判员，而且因他具有某些特殊的爱好，更使他名气大增。 他是位业余心理学家，对于用普通方法无法判断的案子，最后用他那丰富的心理学知识频频奏效。 虽然资历浅，年纪轻，但让他做一个地方法院的预审员确实屈才。 这次老妪被杀事件由笠森审判员审理，毫无疑问，谁都相信此案必破。 笠森先生自身当时也这样认为。 同往常一样，他想，本案要在预审庭上调查透彻，以便公判时不留任何细小的麻烦。

可是，随着调查的推进，他渐渐明白此案确非轻易可破。 警方简单地主张斋藤有罪，笠森判官也承认其主张有一定道理，因为，在老妪活着的时候，进出过老妪家中的人，包括她的债务人、房客、熟人，均一个不剩地进行了传讯，作过周密地调查，却没有一个可怀疑的对象（露屋自然也是其中之一）。 只要没有其他嫌疑人出现，目前只有判定最值得怀疑的斋藤为罪犯。 而且对斋藤最不利的，是他那生来软弱的性格。 一走进审讯室就神情紧张，结结巴巴地答不上话来。 头昏脑涨的斋藤常常推翻先前的供述，忘记理当记住的事情，讲些不必要的话，越急越着急，于是嫌疑越来越重。 自然也因为他有偷老妪钱的弱点，若非这一点，斋藤的脑子还是相当好使的，再软弱，也不至于做那么多蠢事。 他的处境，实在值得同情。 但是，否定斋藤是杀人犯，对此，笠森先生确实没有把握。 现在最多是怀疑而已。 他本人自然没有承认，其他也没有一件令人满意的确证。

如此，事件已过去一个月，预审仍无结果。 审判员开始有些着急。 恰在此时，负责老妪所在地治安的警察署长给审判员带来一个有价值的报告。 据报告，事件当日，一个装有五千二百一十日元的票夹在离老妪家不远的×××被拾到，送交人是嫌疑人斋藤的密友露屋清一郎。 由于工作人员的疏忽，一直没有引起注意。 如此巨款，时间已过去一个月，尚无失主前来认领，这其中意味着什么？

困惑不安的笠森审判员得到这个报告，恰如看到一线光明。他立即办理传唤露屋清一郎的手续。 可是，尽管审判员精神十足，却未得到任何结果。 在事件调查的当日为什么没有陈述拾到巨款的事实？ 对此露屋回答，我没有想到这与杀人事件有什么关系，答辩理由充分。 在斋藤的缠腰布里已经发现老妪之财产，谁会想到除此以外的现金，特别是丢在大街上的现金是老妪财产的一部分呢？

难道这是偶然？ 事件当日，在离现场不远的地方，并且是第一嫌疑人的密友（根据斋藤的陈述，露屋知道藏钱的花盆）拾到大笔现金，这能是偶然吗？ 审判员为此苦思冥想。 最使判官遗憾的是，老妪没有将纸币连号存放。 如果有了这一点，就可以立刻判明这些可疑的钱是否与本案有关。 哪怕是件极小的事，只要能抓到一件确凿的线索也行。 审判员倾注全部心力思考，对现场调查报告又反复检查数次，彻底调查了老妪的亲戚关系，然而，什么也没得到。 如此又白白过去了半个月。

只有一种可能，审判员推想，露屋偷出老妪存钱的一半，反把剩下的放回原处，将偷来的钱放入票夹，作出在大街拾到的假象。但能有这种蠢事吗？ 票夹做过调查，并无任何线索，而且，露屋相当镇静地陈述，他当时散步，沿途经过老妪家门前。 罪犯能说出这样大胆的话吗？ 最重要的，是凶器去向不明。 对露屋宿舍搜查的结果，什么也没找到。 提到凶器，斋藤不是同样也可以干得出来吗？ 那么，究竟怀疑哪一个呢？ 现在没有任何确凿证据。如署长所说，若怀疑斋藤，那就像是斋藤。 但若怀疑露屋，也不是没有可怀疑之处啊。 唯一可以确定的，这一个半月侦查的结果表明，除他二人以外，没有别的嫌疑者存在。 绞尽脑汁的笠森审判员觉得，该是进一步深入的时候了。 他决定对两位嫌疑者，施行过去每每成功的心理测验。

四

事过两三天后，露屋清一郎再次受到传讯。 第一次受传讯时，他已经知道这次传讯他的预审审判员是有名的业余心理学家笠森先生，因此，心中不由得十分惊慌。 他对心理测验这玩意儿一无所知。 于是，他翻遍各种书籍，将有关知识烂熟于心，以备将来之用。

这个重大打击，使伪装无事继续上学的他失去了往日的镇静。他声称有病，蛰居于寄宿的公寓内，整日思考如何闯过这个难关。其仔细认真的程度，不亚于实施杀人计划之前，或者更甚。

笠森审判员究竟要做什么心理测验呢？ 无法预知。 露屋针对自己所能知道的心理测验方法逐个思考对策，可是心理测验本来就是为暴露陈述的虚伪而产生的，所以对心理测验再进行撒谎，理论上似乎是不可能的。

按露屋的看法，心理测验根据其性质可分为两大类。 一种是依靠纯生理反应，一种是通过问话来行。 前者是测验者提出有关犯罪的各种问题，用适当的仪器测试，记录被测验者身体上发生的细微反应，以此得到普通讯问所无法知道的真实。 人纵然可以在语言上、面部表情上撒谎，但却不能掩盖神经的兴奋，它会通过肉体上细微的征候表现出来。 根据这一理论，其方法有，借助自动描记法的力量，发现手的细微动作，依靠某种手段测定眼球震动方式，用呼吸描记法测试呼吸的深浅缓急，用脉搏描记法计算脉搏的高低快慢，用血压描记法计算四肢血液流量，用电表测试手心细微的汗迹，轻击膝关节观察肌肉收缩程度，及其他类似的各种方法。

假如突然被提问"是你杀死老太婆的吧？"他自信自己能够镇静地反问"你这样说有什么证据呢？"但是，那时血压会不会自然地升高，呼吸会不会加快呢？ 这绝对防止不了吗？ 他在心中做出各种假定和实验。 但奇怪的是，自己向自己提出的问题，无论怎样紧急和突然，都不能引起肉体上的变化。 虽然没有测试工具，不能说出确切的情况，但既然感觉不到神经的兴奋，其结果自然产生不了肉体上的变化是确定无疑的。

在进行各种实验和推测之中，露屋突然产生一个想法，反复练习能不能影响心理测验的效果？ 换句话说，对同一提问，第二次比第一次，第三次比第二次，神经的反应会不会依次减弱？ 也就是说习以为常呢？ 很有可能！ 自己对自己的讯问没有反应，与此是同样的道理，因为在发出讯问之前，心里早有预知了。

于是，他翻遍《辞林》几万个单词，把有可能被用于讯问的词句一字不漏地摘录下来，用一周时间对此进行神经"练习"。

然后是语言测验，这也没什么可怕，毋宁说仅仅是语言游戏，容易敷衍。 这种测验有各种方法，但最常用的联想诊断，这与精神分析学家看病人时使用的是同一种把戏。 将"拉窗""桌子""墨水""笔"等毫无意义的几个字依次读出，让被测验者尽可能不假思索地讲出由这些单词所联想到的语言，如由"拉窗"可以联想到"窗户""门槛"。"纸""门"等等，什么都行，总之要使他及时说出突然想到的语言。在这些无意义的单词中，不知不觉地混入"刀子""血""钱""钱包"等与犯罪有关的单词，以观察做测验者对此产生的联想。

以杀害老妪事件为例，智力浅弱者对"花盆"一词也许会无意中回答"钱"。因为从花盆盆底偷"钱"给他的印象最深。这样就等于他供认了自己的罪状。但是，智力稍深的人，即使脑中浮现出"钱"字，他也会控制住自己，做出诸如"陶器"之类的回答。

对付这种伪装有两种方法：一种是，一轮单调测验后，稍隔一段时间再重复一次。自然做出的回答则前后很少有差异。故意做出的回答则十有八九后次与前一次不同。如"花盆"一词，第一次答"陶瓷器"，第二次可能会答"土"。

另一种方法是，用一种仪器精确地记录从发问到回答所用的时间，根据时间的快慢，如尽管对"拉窗"回答"门"的时间为一秒，而对"花盆"回答"陶瓷器"的时间却是三秒，这是因为脑中最先出现的对"花盆"的联想之抑制占用了时间，被测验者则成为可疑。时间的延迟不仅出现在这一单词上，而且会影响以后的无意义单词的反应速度。

另外，还可以将犯罪当时的情况详细说给被测验者听，让他背诵。真正的罪犯，背诵时会在细微之处不自觉地顺嘴说出与听说内容相悖的真实情况。

对于这种测验，当然需要采取与上一种测验相同的"练习"，但更要紧的是，用露屋的话说，就是要单纯，不玩弄无聊的技巧。

对"花盆"，索性坦然地回答"钱""松树"更为安全。因为对露屋来说，即使他不是罪犯，也会自然根据审判员的调查和其他途径，在某种程度上知道犯罪事实，而且花盆底部藏钱这一事实最近必然会给自己留下最深刻的印象。做这样的联想不是极其自然吗？另外，在让他背诵现场实况时，使用这个手段也相当安全。问题在于需要时间，这仍然需要"练习"。花盆出现时要能毫不犹豫地回答出"钱""松树"，事先需要完成此类练习。这种"练习"又使他花费数日时间。至此，准备完全就绪。

露屋算定另有一事对他有利。即便接触到未预料到的讯问，或者进一步说，对预料到的讯问做出了不利的反应，那也没有什么可怕。因为被测验的不止我一人。那个神经过敏的斋藤勇，心里也没做过亏心事，面对各种讯问，他能平心静气吗？恐怕至少要做出与我相似的反应吧。

随着思考的推进，露屋渐渐安下心来，不由得直想哼支歌曲，他现在反而急着等待笠森审判员的传讯了。

五

笠森审判员怎样进行心理测验，神经质的斋藤对此做出什么样的反应，露屋又是怎样镇静地对付测验，在此不多赘述，让我们直接进入结果。

心理测验后的第二天，笠森审判员在自家书斋里，审视测验结果的文件，歪着头苦想，忽然传进明智小五郎的名片。

读过《D坡杀人案》的读者，多少知道这位明智小五郎。从那以后，在一系列的疑难犯罪案中，他表现出非凡的才能，博得专家及一般民众的一致赞赏。由于案件关系，他与笠森的关系也较亲密。

随着女佣的引导，小五郎微笑的面孔出现在审判员的书斋里。本故事发生在《D 坡杀人案》后数年，他已不是从前那个书生相了。

"嘿，这次真让我为难啊。"

审判员转向来客，神情忧郁。

"是那件杀害老妪案吗？怎么样，心理测验结果？"

小五郎边瞅着审判员的桌上边说。案发以来他时常与笠森审判员会面，详细询问案情。

"结果是清楚的，不过，"审判员说，"无论如何不能令我满意。昨天进行了脉搏试验和联想诊断，露屋几乎没什么反应。当然脉搏有许多可疑之处，但与斋藤相比，少得几乎不算回事。

联想试验中也是如此，看看对'花盆'刺激语的反应时间就清楚了，露屋的回答比其他无意义的词还快，斋藤呢？竟用了 6 秒钟。"

"唉，这还不非常明了吗？"审判员边等待着小五郎看完记录，边说："从这张表可以看出，斋藤玩了许多花招。最明显的是反应时间迟缓，不仅是关键的单词，而且对紧接在其后的第二个词也有影响。还有，对'钱'答'铁'，对'盗'答'马'，联想非常勉强。对'花盆'的联想时间最长，大概是为了区别'钱'和'松'两个联想而占用了时间，相反，露屋非常自然。'花盆'对'松'、'油纸'对'藏'，'犯罪'对'杀人'，假如露屋是罪犯，他就必须尽力掩藏联想，而他却心平气和地在短时间内答出。如果他是杀人犯，而又做出这种反应，那他必定是相当的低能儿。可是，实际上他是×大学的学生，并且相当有才华华啊……"

"我看，不能这样解释。"

小五郎若有所思地说。但审判员丝毫没有注意到小五郎这有意味的表情，他继续说：

"由此看来，露屋已无怀疑之处，但我还是不能确信斋藤是罪犯，虽然测验结果清楚无误。即使预审判他有罪，这也并不是最后的判决，以后可以推翻，预审可以到此为止。但你知道，我是不服输的，公审时，我的观点如果被彻底推翻，我会发火的。所以，我有些困惑啊。"

"这实在太有趣了。"小五郎手持记录开始谈到，"看来露屋和斋藤都很爱看书学习啊，两人对书一词都回答《丸善》。更有意思的是，露屋的回答总是物质的，理智的，斋藤则完全是温和的，抒情的，如'女人''服装''花''偶人''风景''妹妹'之类的回答，总让人感到他是个生性懦弱多愁善感的男人。另外，斋藤一定有病在身，你看看，对'讨厌'答'病'、对'病'答'肺病'，这说明他一直在担心自己是不是得了肺病。"

"这也是一种看法，联想诊断这玩意儿，只要去想，就会得出各种有趣的判断。"

"可是，"小五郎调整了一下语调说，"你在说心理测验的弱点。戴·基洛思曾经批评心理测验的倡导者明斯达贝希说，虽然这种方法是为代替拷问而想出来的，但其结果仍然与拷问相同，陷无罪者为有罪，逸有罪者于法外。明斯达贝希似乎在哪本书上写过，心理测验真正的效能，仅在于发现嫌疑者对某场所某个事物是否有记性，把它用于其他场合就有些危险，对你谈这个也许是班门弄斧，但我觉得这是十分重要的，你说呢？"

"如果考虑坏的情况，也许是这样。当然这理论我也知道。"

审判员有些神色不悦地说。

"但是，是否可以说，这种坏的情况近在眼前呢？假定一个神经非常过敏的无犯罪事实的男人受到了犯罪的嫌疑，他在犯罪现场被抓获，并且非常了解犯罪事实。这时，面对心理测验，他能静下心来吗？啊！要对我测验了，怎么回答，才能不被怀疑呢？他自然会兴奋。所以在这种情况下进行心理测验，必然导致戴·基洛思所说的'陷无罪者为有罪'。"

"你在说斋藤吧？我也模模糊糊有这种感觉，我刚才不是说过，我还有些困惑吗？"

审判员脸色更加难看。

"如果就这样定斋藤无犯罪事实（当然偷钱之罪是免除不了的），究竟是谁杀死了老太婆呢？"审判员中途接过小五郎的话，粗暴地问，"你有其他的罪犯目标吗？"

"有，"小五郎微笑着说，"从这次联想测验的结果看，我认为罪犯就是露屋，但还不能确切地断定。他现在不是已经回去了吗？怎么样，能否不露痕迹地把他叫来？若能把他叫来，我一定查明真相给你看看。"

"你这样说，有什么确切的证据吗？"

审判员十分惊异地问。

小五郎毫无得意之色，详细叙述了自己的想法。这想法使审判员佩服得五体投地。小五郎的建议得到采纳，一个佣人向露屋的宿舍走去。

"您的朋友斋藤很快就要判定有罪了。为此，我有话要对您说，希望您能劳足到我的私室来一趟。”

这是传话的言辞。 露屋刚从学校回来，听到这话急忙赶来。就连他也对这喜讯十分兴奋。 过分的高兴，使他完全没有注意到里面有可怕的圈套。

六

笠森审判官在说明了判决斋藤有罪的理由后，补充说：

“当初怀疑你，真对不起。 今天请你到这儿来，我想在致歉的同时，顺便好好谈一谈。”

随后叫人为露屋沏了杯红茶，神态极其宽舒地开始了闲谈。小五郎也进来插话。 审判员介绍说，他是他的熟人，是位律师。死去的老妪的遗产继承人委托他催收银款。 虽然一半是撒谎，但亲属会议决定由老娘乡下的侄子来继承遗产倒也是事实。

他们三人从斋藤的传闻开始，山南海北地谈了许多。 彻底安心的露屋，更是高谈阔论。

谈话间，不知不觉暮色临近。 露屋猛然注意到天色已晚，一边起身一边说：

“我该回去了，别的没什么事了吧？”

“噢，我竟忘得一干二净，”小五郎快活地说，“哎呀，这事也没什么，今天正好顺便……你是不是知道那个杀人的房间里立着一个对折的贴金屏风，那上面被碰破了点皮，这引起个小麻烦。因为屏风不是那老太太的，是放贷的抵押品，物主说，是在杀人时碰坏的，必须赔偿。 老太太的侄子，也和老太太一样是个吝啬鬼，说也许这伤原来就有，怎么也不答应赔。 这事实在无聊，我也没办法。 当然这屏风像是件相当有价值的物品。 你经常出入她家，也许你也知道那个屏风吧？ 你记不记得以前有没有伤？ 怎么，你没有特别注意屏风？ 实际上我已经问过斋藤，他太紧张记不清了。 而且，女佣已回乡下，即便去信询问也不会有结果，真让我为难啊……"

屏风确实是抵押品，但其他的谈话纯属编造。 开始，露屋听到屏风心中一惊，但听到后来什么事也没有，遂安下心来。

"害怕什么呢？ 案子不是已经决定过了吗？"

他稍微思索了一下该如何回答，最后还是决定与以前一样照事物的原样讲最为安全。

"审判员先生很清楚，我只到那房间去过一次，那是在案件的两天前，也就是说是上个月的三号。"他嘻嘻地笑着说。 这种说话方法使他乐不可支。 "但是，我还记得那个屏风，我看到时确实没有什么伤。"

"是吗？ 没有错吗？ 在那个小野小町的脸的部位，有一点点伤。"

"对、对，我想起来了，"露屋装着像刚刚想起似的说，"那上面画的六歌仙，我还记得小野小町。 但是，如果那上面有伤，我不会看不见的。 因为色彩鲜艳，小野小町脸上有伤一眼就可以看出来。"

"那么，给你添麻烦了，你能不能做证？ 屏风的物主是个贪欲深的家伙，不好应付啊。"

"哎，可以可以，我随时听候您的方便。"

露屋略觉得意，立即答应了这位律师的请求。

"谢谢。"小五郎边用手指搔弄着浓密的头发，边愉快地说，这是他兴奋时的一个习惯动作。 "实际上，一开始我就想你肯定

知道屏风的事，因为，这个，在昨天的心理测验的记录中，对
'画'的提问，您做出了'屏风'这一特殊的回答。 喏，在这
儿。 寄宿舍中是不会配置屏风的，除斋藤以外，你似乎没有更亲
密的朋友，所以我想你大概是由于某个特别的理由才对于这屏风有
特别深的印象的吧？"

　　露屋吃了一惊，律师说得丝毫不错。 昨天我为什么漏嘴说出
屏风的呢？ 而且到现在我竟一点也未察觉到这一点。 这是不是危
险了？ 危险在哪里呢？ 当时，我确实检查过那伤的痕迹，不会造
成任何线索啊。 没事，要镇静，要镇静！ 经过考虑之后，他终于
安下心来。 可是，实际上他丝毫未察觉到他犯了个再清楚不过的
大错误。

　　"诚然，你说得一点不错，我没有注意，您的观察相当尖
锐啊。"

　　露屋到底没有忘记无技巧主义，平静地答道。

　　"哪里哪里，我不过偶然发现而已。"假装律师的人谦逊地
说，"不过，我还发觉另一个事实，但这绝不会使您担心。 昨天
的联想测验中插入八个危险的单词，你完全通过了，太圆满了。
假如背后有一点不可告人的事，也不会干得这样漂亮。 这几个单
词，这里都打着圆圈，在这里，"说着，小五郎拿出记录纸，"不
过，对此你的反应时间虽说只有一点点，但都比别的无意义的单词
回答得快。 如对'花盆'回答'松树'您只用了零点六秒钟。 这
真是难得的单纯啊。 在这三十个单词中，最易联想的首先数
'绿'对'蓝'，但就连这个简单的词你也用了零点七秒时间。"

　　露屋开始感到非常不安。 这个律师究竟为了什么目的这样饶
舌？ 是好意？ 还是恶意？ 是不是有什么更深一层的居心？ 他倾

尽心力探寻其中的意味。

"除'花盆''油纸''犯罪'以外其他的单词绝不比'头''绿'等平常的单词容易联想。 尽管如此，你反而将难于联想的词很快地回答出来。 这意味着什么呢？ 我所发觉的就是这一点，要不要猜测一下你的心情？ 嗯？ 怎么样？ 这也是一种趣事。 假如错了，敬请原谅。"

露屋浑身一颤。 但他自己也不明白为什么会搞成这个样子。

"你大概非常了解心理测验的危险，事先做了准备。 关于与犯罪有关的语言，那样说就这样对答，你心中已打好腹稿。 啊，我绝不想批评你的做法。 实际上，心理测验这玩意儿，根据情况有时是非常不准确的。 谁也不能断言它不会逸有罪于法外陷无罪为有罪。 但是，准备太过分了，自然虽无心答得特别快，但是那些话还是很快就说出来了。 这的确是一个很大的失败。 你只是担心不要迟疑，却没有觉察到太快也同样危险。 当然，这种时间差非常微小，观察不十分深的人是很容易疏漏的。 总之，伪造的事实，在某些地方总要露出破绽。"小五郎怀疑露屋的论据仅此一点。"但是，你为什么选择了'钱''杀人''藏'等词回答呢？ 不言而喻，这就是你的单纯之处。 假如你是罪犯，是绝不会对'油纸'回答'藏'的。 平心静气地回答这样危险的语言，就证明了你丝毫没有问心有愧的事。 啊？ 是不是？ 我这样说对吗？"

露屋一动不动地注视着说话者的眼睛。 不知为什么，他怎么也不能移开自己的眼睛，从鼻子到嘴边肌肉僵直，笑、哭、惊异，什么表情都做不出来，自然口中也说不出话来。 如果勉强说话的话，他一定会马上恐惧地喊叫。

"这种单纯，也就是说玩弄小花招，是你显著的特长，所以，我才提出那种问题。哎，你明白了吗？就是那个屏风。我对你会单纯地如实地回答确信无疑。实际也是这样。请问笠森先生，六歌仙屏风是什么时候搬到老妪家中的？"

"犯罪案的前一日啊，也就是上个月四号。"

"哎，前一日？这是真的吗？这不就奇怪了吗？现在露屋君不是清楚地说事件的前两天即三号，看到它在房间里的吗？实在令人费解啊，你们大概是谁搞错了吧？"

"露屋君大概记错了吧？"审判员嗤笑着说，"直到四号傍晚，那个屏风还在它真正的主人家里。"

小五郎带着浓厚的兴趣观察露屋的表情。就像马上要哭出来的小姑娘的脸，露屋的精神防线已开始崩溃。这是小五郎一开始就计划好的圈套。他早已从审判员那里得知，事件的两天前，老妪房中没有屏风。

"真不好办啊！"小五郎似乎困惑地说。

"这是个无法挽回的大失策啊！为什么你把没见到的东西说见到了呢？！你不是从事件两天前以后，一次也没进那个房间吗？特别是记住了六歌仙的画，这是你的致命伤。恐怕你在努力使自己说实话，结果却说了谎话。嗯？对不对？你有没有注意到两天前进入正房时，那里是否有屏风？如你所知，那古屏风发暗的颜色在其他各种家具中也不可能特别地引人注目。现在你自然想到事件当日在那儿看到屏风，大概两天前一样放在那儿吧？而且我用使你作出如是想的语气向你发问。这像是一种错觉，但仔细想想，我们日常生活中却不足为奇。如果是普通的罪犯，那他绝不会像你那样回答。因为他们总是想方设法能掩盖的就掩盖。 可是，对我有利的是，你比一般的法官和犯罪者有一个聪明十倍、二十倍的头脑。 也就是说你有这样一个信念，只有不触到痛处，尽可能地坦白说出反而安全。 这是否定之否定的做法。 不过我又来了次否定，因为你恰恰没有想到一个与本案毫无关系的律师会为了使你招供而制作圈套，所以，哈……"

露屋苍白的脸上、额上渗出密密的汗珠，哑然无语。 他想，事到如今，再进行辩解，只能更加露出破绽。 凭他那个脑袋，他心中非常清楚，自己的失言是多么雄辩的证词。 在他脑海里，奇怪的是，孩童时代以来的各种往事，像走马灯似的迅速闪现又消失。 他长时间地沉默。

"听到了吗？"隔了一会儿，小五郎说："沙啦沙啦的声音，隔壁房间里从刚才开始就在记录我们的谈话……你不是说过可以做证词吗？ 把它拿过来怎样？"

于是，隔扇门打开，走出一位书生模样的男子，手持卷宗。

"请把它念一遍！"

随着小五郎的命令，那男子开始朗读。

"那么，露屋君，在这里签个名按上手印就行，按个手印怎么样？ 你绝不会说不按的吧，我们刚才不是刚刚约定关于屏风任何时候都可以做证吗？ 当然，你可能没有想到会是这样做证。"

露屋非常明白，在此纵使拒绝签名也已无济于事了。 在同时承认小五郎令人惊异的推理意义上，露屋签名按印。 现在他已经彻底认输，蔫然低下头去。

"如同刚才所说，"小五郎最后说道，"明斯达贝希说过，心理测验真正的效能仅在于测试嫌疑者是否知道某地、某物或某人。 拿这次事件来说，就是露屋君是否看到了屏风。 如果用于其他方面，恐怕一百次心理测验也是无用的。 因为对手是像露屋君这样，一切都进行了缜密的预想和准备。 我想说的另一点是心理测验未必像书中所写的那样，必须使用一定的刺激语和准备一定的器械，如同现在看到的我的测验一样，极其平常的日常对话也可以充分达到目的。 古代的著名审判官，如大冈越前守等，他们都在不自觉的情况下严谨地使用着现代心理学所发明的方法。"

（夏 勇 译）